La institutriz

La institutriz

GABRIELA MARGALL

Penguin
Random House
Grupo Editorial

Primera edición: septiembre de 2021

© 2021, Gabriela Margall
© 2021, Penguin Random House Grupo Editorial, S. A., Humberto I 555, Buenos Aires
© 2021, Penguin Random House Grupo Editorial, S. A. U., Travessera de Gràcia, 47-49.
08021 Barcelona

Printed in Spain — Impreso en España

ISBN: 978-84-666-7026-5
Depósito legal: B-9.053-2021

Compuesto en Fotocomposición gama, sl
Impreso en Rotoprint by Domingo sl

BS 70265

A María José Mansilla

Cuando compruebo con cuánta violencia seres y cosas que se cruzan por mi vida se me clavan en el corazón, tiemblo al pensar en los desgarramientos futuros. El peligro no viene desde fuera. Está dentro. Ahora extraño el sol, el cielo de mi tierra. Por primera vez comprendo que la tierra donde hemos nacido nos tiene atados.

Victoria Ocampo

1

Elizabeth tenía las manos unidas en la espalda, como si meditara su determinación por última vez. Cuando llamara, un círculo se cerraría. Volvería a aceptar las decisiones de personas que tenían una influencia extraordinaria sobre su vida.

Llamó con fuerza, para demostrarse que estaba segura de lo que hacía.

Oyó la voz de la criada que avanzaba hacia la puerta. Era normal que eso ocurriera en lugares con pocas habitaciones y ventanas, pero no pasaba en casas que ocupaban tanto espacio como una iglesia y donde el silencio era un bien de lujo que los dueños aprendían a respetar desde niños.

Una mujer le abrió sin ceremonia ni saludo y le indicó con el dedo que tomara asiento. Elizabeth concluyó que la señora no estaba en la casa y que por eso la criada había relajado su comportamiento. Se preguntó quién la recibiría. Sentada en el borde de un sillón —que no quería mirar con detalle—, le llegó la respuesta.

—El señor Tomás la recibirá ahora.

La criada avanzó unos pasos y llamó a la puerta que estaba frente a Elizabeth. Sin esperar contestación, la mujer entró en la habitación. La siguió. De nuevo trató de vaciar la mente de todo posible prejuicio.

Tomás Hunter se puso de pie cuando ella accedió al estudio. Avanzó con la mano alzada para saludarla.

—Elizabeth —murmuró.

Ella aceptó saludarlo con la mano, pero la retiró de inmediato. La situación era extraña y no quería dar ningún paso en falso, sobre todo cuando había tanto margen para que las cosas salieran mal.

Se sentó en la silla que estaba al otro lado del escritorio. Las manos juntas sobre la falda y entre ellas su bolso de paseo. Tenía dos cartas de recomendación preparadas, pero estaba segura de que no se las pediría. Él también tenía algunos sobres sobre la mesa, como si los hubiera puesto allí para la entrevista. Elizabeth, por tercera vez, no quiso llegar a ninguna conclusión apresurada.

—Debería pedir té —murmuró él.

Ella no contestó.

—¿O agua?

Elizabeth no estaba dispuesta a darle una respuesta, así que hizo una pregunta.

—¿Cuándo veré a la señora Hunter?

Él asintió, pero lo que dijo a continuación no fue lo que Elizabeth esperaba:

—Ella está al otro lado de la casa.

Elizabeth enderezó la espalda.

—La nota que recibí decía que la entrevista era hoy.

—Sí. La envié yo.

Ella seguía sin entender, de modo que volvió a preguntar.

—¿Y a qué hora veré a la señora Hunter?

—Mi esposa no se encuentra bien. Hablarás conmigo. Yo me encargo de esto, después de todo.

La respuesta fue tan desconcertante que Elizabeth sintió

frío. No entendía qué pasaba o por qué Hunter hablaba como si estuviera hecho de piedra. En contra de su voluntad, tuvo que plantear de manera directa:

—Señor Hunter, ¿con quién voy a tratar las condiciones de mi trabajo?

—Conmigo.

Estuvo a punto de levantarse y abandonarlo todo. La mantuvieron en su sitio los años de trabajo como institutriz y el terror a hacer un escándalo que afectara el buen nombre que había ganado con esa experiencia.

—Esto es muy inusual —dijo con serenidad.

—¿Sí? —preguntó él—. Supongo que sí. No estoy al tanto. La última persona que estuvo a cargo de los niños fue Juliette y murió hace dos años. La envió mi tía Luisa desde Francia.

Ella se puso de pie. Él hizo lo mismo.

—Tiene que haber un error, señor Hunter.

—No, no lo hay. Por favor, Elizabeth... ¿Cómo debo llamarte? Presumo que Elizabeth no está bien.

—Todos mis empleadores me llaman miss Shaw.

—Bien. Así será. Por favor, siéntate, miss Shaw. Esta no es una situación común. No sé qué se dice en casos como estos. Pero ya que nombré a mi tía comenzaré por ella. Mi tía Luisa me escribió varias veces. Me dijo que ya estás planeando tu regreso a Inglaterra.

Elizabeth asintió y agregó información a lo que había dicho Hunter.

—La señora Luisa también me escribió, y me pidió por favor que retrasara mi regreso a Inglaterra y aceptara este empleo. Le respondí que no. Le expliqué que había decidido volver a Fowey este año, pero ella insistió en que debía trabajar aquí. Insistió mucho.

—¿Y lo harás? —preguntó él con cautela.

—No si continúa con ese trato de confianza, señor Hunter.

Él pestañeó un par de veces.

—Entiendo.

Ella asintió.

—Tengo en mi bolso dos cartas de recomendación. Son más que suficiente en estos casos. Pero la carta de la señora Luisa debería ser bastante para usted. ¿Es así?

—Para mí sí.

—Para mí también. La señora Luisa describió este trabajo como un favor personal hacia ella. Insistió mucho en que viniera. Le expliqué que aceptaba, pero que solo sería un año. ¿Usted entiende esto?

—No del todo. En otras casas estuviste más tiempo. Eso me ha dicho mi tía. Quizá puedas pensar en vivir aquí unos años más.

—No, esta es mi decisión final. En abril del próximo año partiré a Inglaterra. Así se lo dije a la señora Luisa y es necesario que quede claro ahora.

—Está claro.

—Bien —dijo Elizabeth con tranquilidad—. Entonces mi siguiente pregunta es qué se espera de mí en esta casa. Y por eso prefiero hablar con la señora Hunter. Quizá lo mejor sea posponer la reunión hasta que ella esté mejor.

Él la interrumpió.

—No pedí el té, ¿verdad? ¡Marta! —gritó—. ¡Marta, venga, por favor!

Elizabeth tuvo que contenerse para no llevarse la mano al pecho. El grito de Hunter la había asustado y avergonzado al mismo tiempo. Conocía ese tono de voz elevado, pero no esperaba reencontrarse con este porque alguien llamara a la criada. Entreabrió los labios y dejó escapar el aire con suavidad.

Hunter, impaciente, se puso de pie y fue hasta la puerta. Marta era la misma mujer que había recibido a Elizabeth. Ni los dueños ni los empleados moderaban las voces en esa casa.

—Marta, prepare té para mí y para miss Shaw.

—Como mande, señor —dijo Marta.

Se oyó sonar el teléfono. Elizabeth esperó que Marta respondiera, pero volvió a escuchar la voz de Hunter que hablaba.

—¡Sí, páseme!

«Los dueños establecen el tono de la casa», le había dicho la señora Luisa una vez y, muchos años después, Elizabeth volvía a comprobar que tenía razón. Se preguntó qué clase de niña sería Adela Hunter y cómo respondería a la educación que ella podía ofrecerle. La voz de Tomás la distrajo y no pudo seguir el hilo de sus pensamientos.

—¡Lo recibí ayer, Bauman! Llegó en perfectas condiciones. Estamos contentos. Enrique más que yo, sí. Planeamos llevarlo a la azotea esta noche, espero que no llueva.

Elizabeth miró por la ventana. Estaba nublado. Era probable que los planes de Hunter y el mencionado Enrique tuvieran que cancelarse. Cerró los ojos ante el acto instintivo de huir. «Es una mala idea», se repetía, «todo esto es una mala idea.»

Tuvo que recordarse que le había prometido a la señora Luisa que se quedaría un año, ya que no estaba segura de poder cumplir con su palabra. Haría lo posible, solo porque la señora había sido parte necesaria de su vida.

Tomás Hunter volvió a su asiento detrás del escritorio. La expresión de su rostro había cambiado.

—Bauman es un alemán que trae máquinas y artilugios de Europa. Nos trajo un telescopio de Alemania, exclusivo para nosotros. Al menos eso me dijo. No es la primera vez que me engaña.

Elizabeth no respondió. Se quedó con los ojos fijos en él. Quería estudiar la reacción de Hunter a su silencio. La situación era anormal. Las madres se ocupaban de los niños dentro de la casa y los padres vivían de puertas para fuera. Esa era la sociedad que conocía. Trataba con las madres todo el tiempo, no con hombres que hablaban de telescopios alemanes.

Llamaron a la puerta y, sin esperar a que el hombre respondiera, aparecieron Marta y tres mujeres que Elizabeth identificó como las dueñas de la casa. Se puso de pie para saludarlas, confundida pero aliviada.

Las tres mujeres vestían de negro. Elizabeth, que siempre se había movido entre las familias Hunter, Perkins y Madariaga, no recordaba ninguna muerte en el último año. No sabía cuál de las mujeres más jóvenes era Adelina y cuál Eduarda, la esposa de Hunter. Tampoco pudo determinar si alguna estaba enferma, porque las dos estaban pálidas. Una era rubia y con pecas y la otra morena y parecida a la madre.

—¿Quién es esta señorita? —preguntó la mujer de pecas.

—Miss Shaw —dijo Tomás Hunter—. Es la nueva institutriz.

—¿Va a reemplazar a Juliette? —insistió ella.

Elizabeth observaba la escena con atención. El entusiasmo que el telescopio había despertado en Hunter se había esfumado por completo. Hablaba sin expresión y como si no entendiera qué pasaba.

La mujer parecía interesada, así que podía ser la madre de Adela. Si era así, Elizabeth no entendía por qué no le hablaba a ella. Quizá fuese un acuerdo del matrimonio que tendría que descubrir.

—Sí —le respondió Tomás Hunter—. La tía Luisa y su hermano Eduardo la aprueban.

—Enrique es muy inteligente —le dijo la mujer de pecas a Elizabeth.

Ella asintió sorprendida por la atención, pero comprendió de inmediato. La que le hablaba era Adelina Perkins y Enrique era su hijo.

—Le gustan mucho las estrellas —le decía la mujer mientras ella ordenaba sus conclusiones—. Habla todo el tiempo de eso. Tiene que ocuparse de enseñarle los nombres de las constelaciones y las estrellas más importantes.

—Haré lo posible —respondió Elizabeth con voz firme.

La mujer de pecas asintió satisfecha. Se volvió hacia las otras dos mujeres y sin decir palabra se retiraron. Marta preguntó al señor Hunter si necesitaba algo más y, como él le dijo que no, salió del estudio.

Hunter volvió a sentarse, pero Elizabeth permaneció de pie. Aunque la habitación estaba cálida, sentía las manos frías. La mujer de Tomás no le había hablado, no había preguntado por la educación de su hija, ni siquiera había hecho ruido al entrar o al salir.

Una vez más quiso huir. Podía irse y escribirle a la señora Luisa. Preguntarle otra vez por qué le pedía con tanto fervor ser institutriz de la hija de Tomás Hunter y, según parecía, del otro niño de la casa. También podía encararse directamente con Hunter y preguntarle por qué de todas las institutrices extranjeras que vivían en Buenos Aires tenían que elegirla a ella.

—Señor Hunter, debo hablar con sinceridad. Creo que lo mejor será que no tome el puesto. Sé que se lo prometí a la señora Luisa, pero no veo qué puedo hacer aquí en un año que no pueda hacer alguna otra de mis colegas. Miss Wellington, por ejemplo, quizá usted la conozca. Ha trabajado para varias familias, tiene tantos conocimientos como yo y ninguna intención de dejar Buenos Aires el año próximo.

—¿Por qué te vas?

—¿Perdón?

—¿Por qué de repente decidiste irte de Argentina?

—Es un asunto mío, señor Hunter.

—Quiero que eduques a mi hija. Que sea como vos.

—¿Quiere que se convierta en institutriz?

Hunter ladeó la cabeza, molesto.

—Quiero que tenga tu personalidad. Que sea independiente y segura.

—Esa independencia y seguridad no es otra cosa que el resultado de haber trabajado toda mi vida. ¿Eso quiere para su hija? —preguntó Elizabeth.

—No siempre trabajaste. En París tu vida era otra.

—En París era dama de compañía de la señora Luisa Perkins de Hunter. Era mi trabajo.

—Mi tía te dio una educación.

—Y la señora Luisa recibió su contrapartida. Siempre fue un trabajo.

—Eso quiero —dijo él señalándola—. Quiero que mi hija sea capaz de responder así.

—Mi trabajo de institutriz no implica enseñar a las jóvenes cómo responder a los demás.

—Eso no es cierto.

—¿Perdón?

—Todas las niñas que tuviste como pupilas salen iguales. Señoritas distinguidas.

—No todas —dijo Elizabeth.

—¿No? Bueno, incluso Belén. Hizo lo que quería, ¿no? Yo quiero para Adela la educación que tuviste.

—¿La de mis padres? ¿La de la señora Luisa? No entiendo qué implica todo esto. Puedo enseñarle francés, inglés y dibujo. Puedo enseñarle aritmética. Puedo enseñarle buenos modales y a presentarse de manera correcta en público. Hasta aquí llegan mis competencias.

—Elizabeth, no me hagas rogar. La vida que lleva mi hija es suficiente para que se arruine. Quiero que sepa afrontar lo que le depare la vida. Ya no puedo enseñarle más. No sé hacerlo.

Elizabeth alzó el mentón. Hunter hablaba rápido y decía las cosas a medias. Ella debía llenar los huecos con la información que tenía después de haber trabajado en la familia durante años. Sabía que la rama Hunter Perkins era complicada, que no tenían un lugar social predominante, pero que todavía eran parte de la «familia». No se hablaba mucho de ellos y los silencios eran más elocuentes que las palabras. Elizabeth nunca había querido saber nada de esa familia y no le había sido difícil. Podría haber vuelto a Inglaterra sin tener contacto con ellos, pero la señora Luisa le había pedido que se ocupara de Adela justo cuando ella había decidido que ya no trabajaría en casas ajenas.

Adela Hunter debía de tener catorce años. La había visto desde lejos con su padre en la calle y no había notado nada particular. Al hijo de Adelina solo lo había visto una vez y era muy pequeño. Pero sabía de él. El niño había enfermado de parálisis infantil a los ocho años. Parte de su recuperación había tenido lugar en la estancia de los Madariaga, en el tiempo que ella era institutriz de Belén, la hija menor. Por lo que Hunter y Adelina habían dicho, Elizabeth entendía que Enrique también vivía en la casa.

—¿En qué pensás? —preguntó Hunter con reserva.

—¿Cuál será mi obligación con Enrique?

—Yo me ocupo de él en todo lo que es matemáticas y ciencias. Es muy inteligente. Es un niño fuerte. La enfermedad solo le afectó una pierna. Podrías enseñarle inglés y francés. Eso lo ayudará en el futuro.

—Podría, sí. En las cartas no hablaban de Enrique.

—Nos preocupa Adela. Tiene catorce años, necesita una mujer a su lado. ¿Hay alguna razón por la que no quieras aceptar? Además de que querés volver a tu país.

—Ya trabajé suficiente para otros. Fowey es mi hogar. Quiero volver a mi tierra.

Habló con dureza. Después de pronunciar las palabras se dio cuenta de que había tenido la intención de lastimarlo. Se preguntó si lo había logrado.

—Pero allí no tenés parientes, ¿no es cierto? —preguntó él como si tratara de hacerla razonar—. Aquí tu empleo está asegurado. Cualquier familia te recibiría.

—Quisiera hablar mi lengua todo el tiempo, por primera vez en veinte años. Comer la comida que recuerdo. Respirar el aire de Fowey. Olvidar Buenos Aires. Y muchas otras razones más que no estoy obligada a mencionar.

Elizabeth movió la cabeza. El fastidio se había traslucido en la última frase y eso la molestó. No le gustaba permitirse esos lujos.

—Si hay alguna otra razón... —murmuró él.

—No hay otra razón.

—Sé que hay cuestiones personales entre nosotros, pero no van a ser problema. Al contrario.

—No van a ser problema —repitió Elizabeth con frialdad.

—No, eso está claro.

—¿Claro? Desde que llegué estoy tratando de que me llame miss Shaw y no lo logro.

Hunter se ruborizó. Elizabeth lo tomó como un triunfo y cedió en su frialdad. Podría haber continuado con el reproche, pero lo dejó descansar.

Los ojos grises de Hunter brillaron por el contraste con su piel enrojecida. Seguía siendo un hombre atractivo. Había tenido que tratarlo como a un niño para que entendiera. No le gustaba hacer eso. No era el cometido de una institutriz educar a los padres, sino a los hijos. Pero Hunter se negaba a entender que si los padres no respetaban los límites, los niños tampoco lo harían. Y entre ellos dos los límites no solo eran importantes, eran esenciales.

Si Marta andaba a gritos por la casa, si las madres de los

niños aparecían y desaparecían como fantasmas, si iba a tratar con él —precisamente con él—, entonces los límites tenían que ponerse en ese momento o todo sería un naufragio en cuestión de días.

—Perdón —dijo él.

—No se trata de disculpas. Se trata de que entienda qué está en juego aquí.

—Lo sé. Lo entiendo.

—¿Qué es lo que entiende?

—La educación de mi hija. Y la de mi sobrino. Eso es lo importante.

A Elizabeth le gustó la respuesta.

—Está bien. En mi mensaje incluí mi sueldo por un año. ¿Está de acuerdo? Es lo que ganaba en casa de la señora Perkins, mi última empleadora. Aunque no tomé en cuenta la instrucción de Enrique. ¿Está bien si sumamos la mitad por las clases de idiomas?

—Me parece bien.

La sangre había bajado del rostro de Hunter. Elizabeth no había dejado de mirarlo a la cara y él no la había escondido. Lo tomó como una indicación de que, por el momento, él era sincero en sus intenciones.

—Comenzaré la semana que viene, si le parece. Los domingos son mi día libre, espero que se respete eso.

—Así será.

—Si es posible quiero una habitación en el mismo piso de los niños, es más sencillo entrar en confianza si estoy cerca de ellos.

—Hay lugar. Es en el primer piso. Allí también duermo yo.

—De acuerdo —dijo Elizabeth para darse tiempo. Meditaría más tarde sobre la situación de dormir en la misma planta que los niños sin que se hubiera mencionado a ninguna de las madres. Dejaría para la oración antes de dormir el ruego de que la habitación de Hunter no estuviese cerca de la suya. Y dejaría para el té con Mary la certeza de que, al menos, uno de los rumores que había escuchado sobre la casa era cierto.

Elizabeth miró su reloj y esperó que Hunter entendiera que había llegado el momento de terminar la reunión. El té se había enfriado. Por la ventana se veía que la oscuridad había llegado temprano por las nubes. El dueño de la casa no entendía de sutilezas, así que tuvo que ponerse de pie.

—El sábado enviaré mis cosas y el lunes por la mañana estaré aquí. ¿Los niños desayunan con la familia?

—Desayunamos todos juntos, sí. El señor Eduardo también.

—De acuerdo. Nos veremos el lunes después del desayuno. Buenas tardes, señor Hunter.

Le tendió la mano para saludarlo. Él la tomó y se la apretó fuerte. Elizabeth había previsto el movimiento, de modo que no se sorprendió.

—Buenas tardes, miss Shaw. Nos vemos el lunes próximo.

—Nos vemos. Escríbale a la señora Luisa. Debe de estar desesperada por saber si obedecí sus órdenes o no.

—Lo haré. Lo prometo.

2

Las dos tenían día libre el domingo. Estaban sentadas contra una de las paredes de la confitería, en uno de los rincones que recibía menos luz. Hablaban con la cabeza inclinada y, de vez en cuando, lanzaban una mirada hacia el local para estar seguras de que no había nadie conocido. Para conversar con verdadera libertad tendrían que haber estado en un lugar lejano, como Japón o China, e incluso allí corrían el riesgo de encontrarse con algún argentino que compraba muebles para su palacio.

Charlaban completándose las frases, como hermanas. Las dos eran rubias y de ojos claros, «muy inglesas», decían los porteños. Ya habían pasado los treinta años y ambas tenían una reputación lo suficientemente buena como para haber educado a varios niños de familias que podían pagar institutrices. Miss Mary Anne Sharp era conocida por el buen trato con los niños pequeños y miss Elizabeth Shaw era famosa por perfeccionar señoritas.

—¿Así que quiere que eduques a Adela?

—Como fui educada yo.

—Debería hablar con él. Porque yo sé cómo fuiste educada. No sé si está seguro de lo que quiere.

—Cualquier cosa mala que hiciera fue bajo tu influencia, Mary Anne Sharp.

—Sí, y las vacas vuelan. ¿Entendió Hunter que tu intención es irte en un año?

—Se lo dije varias veces. Aunque está en contacto con la señora Luisa y ya sabés qué piensa ella. De modo que no, no lo entienden. Pero no adelantemos discusiones cuando las circunstancias prometen otras más interesantes.

Miss Sharp miró alrededor para confirmar que no había nadie y volvió a su té.

—Pensar que en un año vamos a estar saboreando té de verdad y no este líquido falso. ¿Sabés si Hunter tiene té de verdad? Podríamos tomar un poco prestado.

Elizabeth alzó las cejas ante el tono de Mary.

—No tengo diez años, Elizabeth.

—Precisamente.

Elizabeth sonrió y bebió de su té.

—No veo la hora de tomar té de verdad —dijo también ella después de un suspiro—. ¿La señora Luisa no vendrá? Quizá puedas hacer que traiga té de Francia. No es igual, pero al menos no es esta mentira.

—Hace años que ella y el señor Guillermo no viven en Buenos Aires. Y en las cartas no me dijo nada sobre un regreso. Sería extraño que volviera.

—¿Cuántas cartas fueron en total?

—Cinco cartas y seis telegramas en los que me decía que estaba en Vichy tomando las aguas y al borde de la muerte.

Mary sonrió con satisfacción.

—Me encantaría tener dinero y hacer esas cosas. Sé que no vas a perdonármelo, pero admiro a la señora Luisa. Si fuera rica haría lo mismo.

—¿Encapricharte con una huérfana inglesa?

—¿Por qué no? Si es lo que quiero. O comprarme una casa en Viena. Qué ganas de volver a Viena una vez más. Me enamoré de esa ciudad.

—Te enamoraste del dueño de una casa de esa ciudad.

—Detalles. De todos modos, no entiendo por qué la señora Luisa quiere que estés en la casa de Tomás Hunter.

—En cierto modo no es extraño. Los niños son los nietos de su hermano, hijos de sus sobrinas. Tomás es sobrino de su esposo. Todas las ramas de la familia han utilizado mis servicios. Le dije que la señorita Jane Wellington era recomendable y no le importó.

—Desabrida pero recomendable.

—No quisieron aceptar. Parece que soy la más adecuada para el trabajo.

Mary movió la cabeza.

—¿Con tu carácter? No. Ni siquiera yo soy la adecuada. Vas a pelearte con Tomás la primera semana. Esa familia necesita una institutriz francesa, que entienda que están todos medio locos. Pueden tener ascendencia inglesa, pero ahí hay algo muy francés que no encaja.

Elizabeth se llevó un dedo a los labios y Mary puso los ojos en blanco.

—La casa estaba sucia —dijo Elizabeth en voz baja.

Mary dejó la taza y apretó los labios. Los ojos le brillaban y pedían más.

—Y la sirvienta gritaba. Y el dueño de la casa también.

Mary se tapó la boca con la mano, pero no podía ocultar que estaba tan escandalizada como su amiga.

—¿Y vas a vivir ahí un año? —le preguntó después de tomar té para esconder la risa.

—No había pensado en eso. Ahora me siento peor.

—¿Y en qué habías pensado?

—Me dio vergüenza por él.

La expresión de Mary pasó de la burla al reproche en un instante.

—Pobre Tomás Hunter. Lleno de dinero en su casa sucia.

—No es eso —protestó Elizabeth sin convicción—. Es todo parte del mismo asunto. Es cierto, debe de haber algo francés en la familia.

—Ya te lo dije.

—La casa estaba como... hinchada, como si estuviera hecha de madera que hubiera flotado en el mar durante años. Era evidente que los sillones no habían sido retapizados nunca. Y no quise mirar hacia arriba porque seguramente habría telarañas. Sirvieron té, pero no lo probé. Él no ofreció servirlo; creo que no sabía qué hacer. Los criados adquieren las costumbres de los señores. La cantidad de veces que la señora Luisa me repitió eso.

—No puedo creer que Tomás viva así. Siempre lo describiste refinado. No delicado, pero sí con conocimiento del mundo. ¿Y cómo es la señora Eduarda?

—Apenas pude verla. Aparecieron las tres en el estudio después de que él me asegurara que no las veía. Habló Adelina, la madre de Enrique. Eduarda no dijo nada. Tampoco la señora Amalia pronunció palabra. Él afirmó que se encarga de los dos niños por su cuenta. No podía dejar de sentir vergüenza. No parece que sea un matrimonio normal.

—Por las cosas que hemos oído no debería sorprendernos.

—Pero no imaginaba que fuera en ese grado. Como nunca reciben, nadie conoce las condiciones de la casa o cómo la administran. Me dijo que las habitaciones están en el primer piso. Pero la casa tiene dos secciones, y las familias viven separadas, según sabemos.

—¿Y vas a convivir con ellas?

—No tengo ni idea.

Mary levantó la cabeza y vio con tranquilidad que apenas había gente alrededor de ellas.

—Y él, ¿cómo estaba? O, mejor dicho, ¿cómo lo viste? ¿Cuánto hace que no lo tenías tan cerca?

Elizabeth negó con la cabeza y le indicó que no iba a contestar a esa última pregunta. Mary le respondió alzando las cejas.

—Él siempre está en contacto con la señora Luisa. Juliette era la niñera francesa y sé que ella la había elegido. Ellos dos siempre se llevaron bien. No me sorprende que la señora actúe en su nombre o se ocupe de los niños. Hasta donde tengo información, él será el heredero de su tío Guillermo. Lo que me sorprende es que se pusieran de acuerdo para que me quedara en Buenos Aires.

—Pudiste haberte mantenido en tu decisión de no volver a trabajar en una casa de familia.

—A él puedo decirle mil veces que no. Con la señora Luisa es diferente. Aun así, todo es muy raro. Pero el dinero no me viene mal, y si esperé todo este tiempo para volver a Fowey puedo esperar un año más.

—Un año más para tomar té de verdad... —dijo Mary con ojos soñadores.

—Y ver el mar todos los días. ¿Estás moderando tus gastos?

—Tengo gastos personales —murmuró Mary.

—¿Con nombre y apellido?

Mary la miró seria. Elizabeth conocía las debilidades de Mary y se divertía mucho con esas historias mientras no afectaran la amistad que había entre ellas o pusieran en riesgo sus trabajos.

—Y un globo aerostático llamado Pampero.

Fue el turno de Elizabeth de quedar sorprendida. En efecto, una de las debilidades de Mary era enamorarse de sus patronos o de alguno de sus amigos. Desde hacía más de quince años trabajaba con alguna rama de la familia Anchorena y siempre andaba enamorada de alguien de ese apellido o pariente cercano. Sin embargo, esta vez no se trataba de un miembro de la familia. Muy sorprendida, Elizabeth escuchó el nombre que Mary murmuraba.

—¿Newbery?

Mary asintió delicadamente.

—Vamos, espero tu reproche sobre la disciplina, el deber y el honor de una mujer sola.

—No me sale —le dijo Elizabeth—. Para ser sincera, no sé como no te aterra eso de andar en el aire. Y estoy sorprendida de que la herencia norteamericana no te espante.

Mary rio y hasta se ruborizó ante el comentario. Siempre había estado muy orgullosa de su tradición inglesa y no tenía problema en señalar que los franceses eran la peste de la humanidad y los norteamericanos una pobre sombra de lo que había sido una floreciente colonia británica.

—Como si Aarón Anchorena no fuera tu amigo, Elizabeth.

Fue su turno de ruborizarse. En efecto, el dandi de Buenos Aires tenía en alta estima a miss Shaw, a quien había conocido a través de los Madariaga. Anchorena y Newbery eran muy amigos y compartían gustos por las máquinas que volaban.

—¿Newbery es amigo de Hunter? —preguntó de pronto Elizabeth.

—Me informé por si preguntabas.

—Muchas gracias.

—Hunter es conocido de Newbery y de Anchorena, pero, como sabemos, no hace vida social, así que se cruzan en alguna exposición sobre máquinas que vuelan o cosas por el estilo. Al parecer llegaron unos telescopios muy modernos de Alemania y los dos están enojados porque el vendedor les dijo que eran únicos y exclusivos. No me respondiste la pregunta que te hice.

—¿Cuál fue la pregunta?

—¿Cómo lo viste?

—¿A Hunter? —Elizabeth movió la cabeza—. Tengo que dejar de llamarlo así. Señor Hunter. Él me decía Elizabeth y me alteraba los nervios. Si me llega a llamar Beth le tiro una de las sillas de tapizado viejo por la cabeza.

Mary tuvo que esconder la cara en un pañuelo que sacó prolijamente del bolso. Elizabeth tenía un altísimo control de sus emociones, pero de haber estado a solas con Mary en una habitación seguro que habrían estallado en carcajadas. Se concentró en no reírse, pero no podía mirar a su amiga sin contagiarse.

—¿Te llamaba Elizabeth?

—Y hablaba a los gritos con la sirvienta.

Mary volvió a cubrirse la cara.

—Tu comportamiento siempre debe ser ejemplar, miss Sharp. La risa desmedida es un mal ejemplo para los niños.

Mary tomó té para calmarse.

—No vas a recuperar la dignidad con ese líquido falso.

Y no lo hizo. Se ahogó otra vez y tuvo que sujetarse a la mesa. Llamó la atención de uno de los mozos, que se acercó a ver si la señorita necesitaba un vaso de agua. Elizabeth aceptó y agradeció por ella. También aprovechó para terminar las pastas totalmente secas que les habían servido con el té.

—Cuando te recuperes te contaré cómo vi al señor Hunter.

—Sos la maldad personificada.

—Soy un ángel. Perfecciono niñas. No podría ser malvada jamás. Para eso están las institutrices francesas.

—No puedo estar más de acuerdo. Con la parte de las francesas.

—No establezco las reglas. Trabajo para otros porque no

tengo dinero. ¿Es demasiado esperar que ellos respeten las reglas que imponen? Cuando eduque a la niña tendré que decirle una vez por día que la casa es el reflejo de sus dueños y ¿qué me encuentro? Que la casa Hunter se encuentra en un estado calamitoso.

Mary se había calmado, aunque Elizabeth vio en el brillo de sus ojos que buscaba divertirse un rato más.

—¿Habrá sido el señor Guillermo el que insistió? Quizá supo del estado de la casa y pensó que podrías ayudar en algo. Siempre fuiste su favorita.

—No tengo idea. Ya conocés las cartas que recibo del señor Guillermo. Nunca me escribió más allá de lo necesario.

Mary aceptó el vaso de agua que le trajo el mozo y aprovechó para comer las pastas. Las tragó con la resignación de quien sabe que nada tiene el sabor del lugar donde se nace.

—Bueno —dijo después de recuperarse—. ¿Me vas a decir cómo viste a Tomás?

Después de un profundo suspiro, Elizabeth habló.

—Está cambiado. Lo cual es normal en un hombre de cuarenta y dos años. Todos cambiamos con la edad. Tiene la ropa gastada. No es de mala calidad, pero es ropa vieja. Me acostumbré a ser exigente con mis patronos. Al igual que con los muebles, las alfombras y las cortinas. Sabía por comentarios de la familia, pero no esperaba que fuese así. Y me dio pena. No quería mirar demasiadas cosas porque estaba concentrada en entender qué quería que hiciera con la niña.

—¿Y él?

—¿Perdón?

—¿Y él cómo lucía?

—Es lo que te estoy diciendo.

—No, Beth, no me lo estás diciendo. ¿Cómo está él? ¿Sigue atractivo?

—Lo has visto tanto como yo.

—Pero no tan de cerca. Y dejame decir que, como buena amiga que soy, no te pregunto qué sentiste al estar a solas con él en una habitación después de todo este tiempo.

Elizabeth se llevó el dedo a los labios de inmediato.

—¿Pensás que la gente no va a prestar atención porque me hacés ese gesto?

—Mary.

—Elizabeth.

—Sigue atractivo. ¿Algo más?

—¿Más? Por supuesto que quiero más.

—No vas a sacar mucho más de mí, así como miss Duncan no iba a sacarme dónde estaba mi amiga Mary Sharp en la Richmond School de Plymouth.

—Terca.

—Mi terquedad te salvó de varios problemas.

—¿No vas a decirme nada más?

—No hay mucho más que decir.

Esta vez fue el turno de Mary de usar sus cualidades de institutriz. La miró fijamente hasta que Elizabeth no pudo sostener la mirada. Habló con los ojos concentrados en el fondo de la taza.

—No pude entender qué quería. O si estaba nervioso por verme otra vez. Estaba concentrado en Adela y en que fuera la institutriz. Y en el otro niño, Enrique. Creo que voy a tener que educarlo a él también. Tuve que hacerle notar que no dejaba de llamarme Elizabeth. Se puso colorado cuando lo hice. Me sentí mal. Me pareció algo perdido, como abrumado, o preocupado por algo. Y hablaba conmigo como si no hubiese pasado el tiempo. Y después dijo lo más extraño: «Quiero que le enseñes eso a mi hija» y me señaló con el dedo. Estaba tan sorprendida que no lo reté por señalarme con el dedo. Supongo que la niña entró en la etapa interesante y la madre..., no sé, la madre es extraña.

—¿Cómo te sentiste?

—Confundida. Tuve que concentrarme en entender qué pasaba. La señora Luisa puede invocar miles de enfermedades para que yo sienta culpa y acepte trabajar en la casa, pero aún sigo sin entender cuál es la necesidad de que yo esté allí.

—Quizá porque te conocen y saben qué esperar. Quizá porque saben que no vas a divulgar secretos.

—¿No deberíamos conocer ya los secretos?

—Sí, la mayoría. Pero no sabemos mucho de esta rama de la familia. Y no tienen vida social como para que se hable de ellos. Eso es lo bueno, no vas a necesitar un vestuario nuevo.

—Una institutriz no necesita un vestuario nuevo cada vez que cambia de familia.

—Pero tampoco necesita ir vestida como una estudiante de la Richmond School de Plymouth. Hay más colores que el blanco y el negro.

—Es cómodo. Y me recuerda el esfuerzo que hicieron mis padres al enviarme allí a la escuela. Me produce una sensación de obligación y respeto.

—Es que la misma obligación y el respeto te llevaron a aceptar un trabajo en la casa Hunter cuando ya tenías todo listo para volver a Fowey y me pedías que renunciara a mi empleo.

—Será solo un año. Entonces podrás renunciar.

—Vas a vivir con Tomás Hunter, ¿te das cuenta de lo que significa?

—No significa nada.

—Espero que no signifique nada. Porque estás en la casa del único que puede hacerte tropezar con toda tu perorata de honor y comportamiento social.

—Esas cosas pasaron hace mucho tiempo. Es ridículo preocuparse por eso.

Elizabeth dio por terminada la discusión y le preguntó

por Newbery de la forma más discreta que pudo. Le divertían las aventuras románticas de Mary con sus patronos. Vivía una y otra vez en una *Jane Eyre* personal en la que se enamoraba y desilusionaba de un Rochester que la eludía de manera permanente. En la Richmond School, Mary había leído tantas veces la novela que la sabía de memoria. Y se había iniciado en el camino de ser maestra con la genuina —e inocente— idea de que quizá algún dueño de casa se enamoraría de ella. Elizabeth, menos romántica y menos lectora, disfrutaba de llevar adelante el proyecto de sus padres: la educación bastaría para darle una vida.

Veinte años después, la realidad que habían descubierto era bastante diferente. No había Rochesters ni ideales que cumplir. Tenían que lidiar, en cambio, con señoras que poseían ideas muy claras sobre la educación de los niños y nada tenía que ver con enseñarles francés, dibujo o las primeras nociones de aritmética.

Se conocían desde pequeñas. Elizabeth era la hija del reverendo del pueblo y Mary, la de la lavandera. Elizabeth era adoptada y Mary no sabía quién había sido su padre. Habían ido a la escuela de Fowey juntas. La maestra las había sentado una al lado de la otra el primer día de clases y desde entonces eran amigas.

Los Maddison habían decidido enviar a Elizabeth a la Richmond School en Plymouth y concluyeron que debían intervenir para que Mary, que había perdido a su madre, también fuese aceptada por medio de una beca. Mary y Elizabeth se educaron bajo la férrea disciplina de miss Duncan y cobijadas por el cariño de los Maddison, que las esperaban en verano cuando regresaban a Fowey.

La desgracia hizo que los caminos de Mary y de Elizabeth se separaran. Pero estaban destinadas a ser amigas. Buenos Aires volvió a reunirlas. Una ciudad ávida, deseosa de parecer todo lo que no era, que buscaba maestras que enseñaran buenos modales e idiomas. Las institutrices francesas eran las más requeridas porque todo lo que tuviera acento francés hacía desmayar de emoción a los porteños. Pero las inglesas también eran solicitadas, sobre todo por familias de origen británico que tenían una o dos generaciones en el país.

Mary había llegado a Buenos Aires reclutada en la misma Richmond School por un miembro de la familia Anchorena, y desde entonces se movía por las ramas de ese árbol familiar. Se especializaba en adaptar niños pequeños a los requerimientos de sus padres.

A Elizabeth le había tocado un camino más complejo. Solo pudo completar dos años en la escuela. A los dieciséis la llamaron con urgencia desde Fowey para avisarle de que sus padres se habían visto afectados por un brote de influenza en la región y que debía ir de inmediato. Llegó para despedirse, enterrarlos y entender que no tenía herencia ni dinero para seguir en la escuela.

Elizabeth había aprendido desde muy pequeña que la tristeza es una cosa y la desesperación otra distinta. Lloraba la muerte de sus padres, pero no estaba dispuesta a desesperarse. Era la hija de un reverendo. Había sido muy bien educada y se convertiría en lo que sus padres querían: una institutriz.

La vida no le dio tiempo para pensar ni para deshacer el baúl que contenía sus pertenencias. Unos vecinos de Fowey, amigos de sus padres, el joven doctor Marks y su esposa, la alojaron mientras se recuperaba de la tristeza y se preparaba para volver a la escuela y pedirle a miss Duncan una beca para completar sus estudios. No hizo falta. El doctor recibió una carta de Londres. Un conocido le informaba de que una señora extranjera buscaba una dama de compañía mientras su marido hacía negocios en Londres. El puesto era suyo si lo aceptaba. Elizabeth no lo dudó, y dos días después marchaba hacia Londres en tren, triste, pero con la absoluta confianza de que sus padres le habían dado las herramientas necesarias para llegar a su objetivo.

Se convirtió en dama de compañía de la señora Luisa Perkins, la esposa de William Hunter —o Guillermo, como lo llamaba la señora—, miembro de la Buenos Aires Great Southern Railway, compañía de ferrocarriles ingleses establecida en Argentina. El hombre, nativo de Fowey, había acumulado dinero y posición social y se había casado con Luisa Perkins, de familia de orígenes ingleses y dedicada a la cría de ovejas. El matrimonio vivía entre Londres, París y Buenos Aires.

La señora Luisa no entendía ni una palabra de inglés, de modo que Elizabeth tuvo que acostumbrarse a hablarle en francés y aprender castellano a gran velocidad. El matrimonio solo vivió tres meses en Londres y, para tristeza de Elizabeth, partió hacia París en julio de 1892. En el barco se dio cuenta de que nada, ni siquiera el inmenso océano, servía para medir la soledad que sentía. Lloró a escondidas muchas noches sacudida por la verdadera desesperación.

En París la señora Luisa la trató como un proyecto personal. Elizabeth era una joven educada en la mesura inglesa, pero los años en París la convirtieron en una mujer culta, sensible y con gustos refinados. La señora, incluso, pagó durante tres años los cursos en la Académie Julian para que perfeccionara sus habilidades en dibujo. La obligaba a hablar en francés —cosa que Elizabeth odiaba—, tenía un profesor de lengua castellana, la hacía recorrer los museos y escuchar conversaciones de escritores, médicos, arquitectos y todo aquel que se reuniera bajo el techo parisino de la señora argentina. La llevó a recorrer Europa dos veces. Le hizo leer libros, aprender música —que Elizabeth odiaba más que hablar en francés— y entender de muebles, catedrales y castillos. La señora hacía y deshacía a su antojo y Elizabeth se dejó educar sin discusión, porque honraba lo que sus padres le habían enseñado: que la formación de su intelecto era la única herramienta que tenía en la vida.

Extrañaba a sus padres, Fowey y a Mary, pero era tan disciplinada con sus sentimientos que nadie podía decir que estaba triste o que lloraba por las noches. Incluso la señora Luisa le reprochaba su frialdad, la falta de cariño. Elizabeth siempre respondía que ese era su carácter y que se reservaba el derecho de no cambiar.

Vivió cuatro años con la señora Luisa y el señor Guillermo. Se dejó formar por ellos y aceptó con gratitud cada una de las extravagancias de la señora: comprarle ropa nueva cada tres meses, pagarle los cursos de piano, llevarla a cuanta reunión elegante se hacía en la ciudad. En 1893, mantuvo un romance muy discreto con Tomás, un sobrino del señor Guillermo que había terminado los estudios de ingeniería en Inglaterra. El romance solo duró ocho meses. Tomás siguió su camino por Europa y ella continuó en París, con los sentimientos bajo control.

Una tarde de 1894 Elizabeth se reencontró con su amiga Mary Sharp en una de las casas argentinas en París. Su antigua amiga de la infancia había viajado con una de las ramas de la familia Anchorena, que tenía dos pequeños. Fue ella, que no había dejado de quererla a pesar de la distancia y de las escasas cartas que se habían cruzado en esos años, quien la convenció de que en Buenos Aires tendría trabajo asegurado si lo buscaba.

Elizabeth pensaba en Fowey todo el tiempo, pero en esos años no quería regresar. Volvería al pequeño puerto inglés cuando pudiera darse a sí misma un techo. Quería ver qué más había en el mundo y le intrigaba conocer la ciudad que tenía tan fascinada a Mary.

Por la misma señora Luisa se enteró de que había unas hermanas solteras que se preparaban para volver a Buenos Aires después de pasar un año en Europa. Eran las Martínez Hunter, primas del esposo de la señora Luisa, y habían perdido a la dama de compañía en un confuso episodio en Italia. Ambas partes se conocían y quedó cerrado el trato. Viajaría con ellas a Buenos Aires en enero de 1895.

Elizabeth no estaba preparada para la escena que hizo la señora al conocer la noticia, pero tampoco quería dejar pasar el empleo. Luisa no estaba dispuesta a dejarla ir y llegó a decir a su marido que jamás volvería a hablar con las Martínez Hunter si Elizabeth se iba con ellos. El señor Guillermo intentaba consolarla, mientras Elizabeth, sentada frente a ella, esperaba que se calmara y entendiera que no cambiaría de opinión.

Le llevó dos semanas, pero la señora aceptó que Elizabeth tenía derecho a hacer una vida lejos de ella, por más que la idea le pareciera ridícula. Elizabeth le hizo comprender que no había manera de pagar lo que había hecho por ella, pero que toda su educación era un adorno inútil si no empezaba a trabajar de institutriz o dama de compañía en algún lugar. Después de llamarla ingrata durante dos días, la señora Luisa llegó a aceptar —nunca a entender— que partir era la decisión de Elizabeth y que no cambiaría por más que ella insistiera.

Habían pasado quince años de esa decisión. Elizabeth miraba la calle desde la ventana del hotel Majestic en la avenida de Mayo. Era una extravagancia que estuviera allí alojada, pero había sido el capricho de la señora Luisa, uno más, y lo aceptó por el mezquino hecho de que le ahorraba el gasto de pagar una pensión.

Estaba segura de que su trabajo en la casa de los Hunter Perkins era resultado de manipulaciones de la señora Luisa y la gran cantidad de dinero de que disponía para enviar telegramas desde París a su abogado y a su sobrino Tomás Hunter. No sabía si el señor Perkins, el hermano de la señora, estaba involucrado en esas maniobras. No conocía al matrimonio Perkins, solo los había visto de lejos. Sabía que vivían en la otra mitad de la casa Hunter y que llevaban una vida muy reservada.

Tampoco sabía cuánto le habría costado a la señora convencer a Hunter de que ella se convirtiera en institutriz de su hija, porque estaba segura de que él no había tomado la decisión por su cuenta.

Había cometido el error de decirles a sus antiguos patronos, los Perkins Recalde, que tenía planeado irse del país después del casamiento de Angelita Perkins. Hacía quince años que no veía a la señora Luisa, pero la carta en que la solicitaba tardó solo una semana en llegar. Fue la primera de cinco, que viajaron como una catarata a través del océano Atlántico.

Por fortuna, la señora Luisa no sabía que la debilidad de Elizabeth era el señor Guillermo Hunter, porque entonces lo habría hecho enfermarse solo para conseguir que hiciera su voluntad. El señor Hunter siempre había sido amable con ella y fue una carta suya la que le hizo aceptar el trabajo en la casa de su sobrino Tomás.

Esa era la carta que Elizabeth releía sentada frente a la ventana después de tomar el té con Mary. La mayoría de sus cosas ya estaban en la casa Hunter. La carta le explicaba que Adela era una jovencita inteligente y que Tomás quería que Elizabeth se ocupara de su educación. Le decía también que toda la familia se había sorprendido con su decisión de abandonar Buenos Aires cuando daban por sentado que en algún momento iba a educar a Adela, como se había ocupado de Angelita y antes de su prima Lucía y de Belén, y de las demás niñas de la familia.

A Elizabeth no le sorprendía que todos asumieran los propósitos de su vida. De una forma u otra había sido parte de la vida de los Hunter, los Madariaga y los Perkins. No tenía una familia propia, pero contaba los años con los acontecimientos de esas vidas ajenas: casamientos, bautismos, muertes, malas decisiones, errores que se convertían en secretos.

Las cartas de la señora Luisa, los telegramas y el afecto medido del señor Hunter hicieron entender a Elizabeth que había dado un paso demasiado largo. La familia se consideraba dueña de la vida de miss Elizabeth Shaw y no le agradaba que ella decidiera por sí misma. Que se tratara de la casa de Tomás Hunter era solo la medida de la desesperación de la señora Luisa por mantener su designio sobre ella. Le pedían que se ocupara de la rama más desagradable de la familia, la que tenía secretos y sillones con tapizados raídos para demostrarle que ellos todavía podían decidir.

Había aceptado para conciliar, porque todavía debía gratitud a la señora Luisa y al señor Guillermo. Porque entre la retahíla de sobres y telegramas había un cariño al que debía responder, por obligación y afecto, como había dicho Mary. Los Hunter eran su debilidad.

Pero estaba determinada a volver a Fowey. Se construiría un hogar para ella, una casa pequeña donde cada silla y cada mesa obedecieran sus órdenes.

3

Las primeras impresiones eran importantes para Elizabeth, y el perro tuvo la oportunidad de destacarse en este aspecto. Fue el primero en recibirla ese lunes de abril en la casa de los Hunter. No era un cachorro, pero se notaba que era muy joven y que apenas tenía entrenamiento o disciplina. A Elizabeth le gustaban mucho los perros y tenía un gran recuerdo de Trotter, el pastor que había pertenecido a sus padres. Lo extrañaba tanto como a su padre, y en cuanto pudiera deshacerse de su contrato tácito con los Hunter volvería a Fowey y conseguiría un perro igual a Trotter, con el mismo pelaje y las mismas manchas.

De modo que no tenía problema con Toby, ni con su muestra de cariño inmediata y desmesurada. Ni siquiera le preocupaba su tamaño. Los problemas con los perros eran en realidad con los amos que no sabían disciplinarlos. No había cualidad que Elizabeth admirara más que la disciplina. Era una cualidad árida. Nadie iba por el mundo diciendo «Qué persona interesante, qué persona encantadora y disciplinada es Fulano», pero ella la reconocía como la mejor de las cualidades, junto con la moderación y la honestidad.

El perro le lamía la mano y la inmovilizaba con la pata

derecha. Era un animal amable, no había duda. Su dueño no lo trataba con disciplina, tampoco había duda. Quiso imaginar que el perro era de Enrique o de Adela, porque no podía creer que Hunter tuviera tan poco control sobre su mascota.

Mientras esperaba que alguien la salvara del animal, pensó que quizá el perro era del señor Perkins. Por alguna razón se había escapado hacia un sector que tenía prohibido y estaba haciendo todas las locuras posibles antes de que fueran a buscarlo. Era poco probable que perteneciera a las señoras de la casa, porque las mujeres solían tener perros más pequeños que dormían todo el tiempo en su falda. Pero estaba lista para la sorpresa.

Cuando escuchó el «¡Toby!» comprendió que cualquier ilusión era nula y que, en efecto, el perro era la mascota de Tomás Hunter, por más vergüenza que le causara la situación. Toby alzó las orejas al oír la voz de su dueño y Elizabeth se preguntó cuánto era, realmente, lo que le debía a la señora Luisa. También se preguntó cuál era el beneficio real que podía darle a Adela al quedarse solo un año junto a ella. Sabía que era capaz de convertirla en una joven dama refinada, pero no estaba segura de que eso pudiera hacerse en un año, sobre todo si un perro tan alto como ella no la dejaba avanzar hasta la escalera.

Marta había desaparecido en busca del dueño de la casa. Escuchaba que Hunter se aproximaba porque la voz que llamaba a Toby era cada vez más fuerte. Pero se notaba que lo buscaba en las habitaciones del primer piso y no en el pasillo de la planta baja, donde Elizabeth estaba atrapada con él.

—No te atrevas a rasgarme la falda, Toby.

Fue un error que no calculó. Al oír su nombre, el animal empezó a dar vueltas a su alrededor. Saltaba entusiasmado demostrando que no tenía disciplina en absoluto.

—¿Toby?

Cuando apareció Hunter en el recibidor Elizabeth no ocultó su mortificación. Por suerte el perro reconocía a su amo y la dejó de inmediato. Elizabeth se sacudió la falda y respiró más tranquila.

—¿Te lastimó? Puede ser un poco bruto a veces.

Ocultó un suspiro y respondió:

—No, no me lastimó. Parece muy cariñoso. Necesita salir a correr y alguien que le enseñe disciplina.

—Es obediente. Está siempre con nosotros y no está acostumbrado a ver gente. Preparé a Adela y a Enrique para recibirte y se escapó cuando oyó la puerta.

—Quizá sea eso —dijo Elizabeth sin creer lo que decía.

—En otras casas también tienen perros, supongo —murmuró Tomás como si buscara excusas.

—Sí, pero más pequeños. Y entrenados. Toby parece un oso descarriado.

Al oír su nombre, el perro movió la cola. Se había sentado al lado de Tomás, quien le acariciaba la cabeza.

—Pensé que iba a quedarse más pequeño, pero creció. Los niños lo adoran. Duerme con ellos por las noches, se turna de cama en cama. Traté de adiestrarlo, pero no es fácil. Es cierto que necesita salir a pasear. Pobre Toby, te obligamos a estar encerrado con nosotros.

—Pobrecito...

—¿Ya te mostraron tu habitación? ¿Está todo en orden?

Elizabeth contuvo muchas palabras y respondió:

—Todavía no pasé del vestíbulo. El perro me mostraba su cariño.

Hunter dejó ver una expresión de mortificación. Fue apenas visible, pero había visto el leve movimiento de cejas. Elizabeth aprovechó su incomodidad para insistir sobre la necesidad del tratamiento entre ambos.

—¿Hay alguna forma de que me trate con menos confianza? —preguntó conciliadora—. Hablamos sobre eso la semana pasada, pero no parece que podamos llegar a un acuerdo. Para mí es importante que los niños me respeten. Y ellos harán lo que usted haga.

Hunter entendió, pero no se mostró muy convencido.

—No veo la necesidad. Nos conocemos desde hace años y nunca nos tratamos con distancia. No entiendo por qué debería cambiar eso ahora.

Elizabeth reprimió un grito. Le explicó con paciencia:

—No estoy aquí porque fuimos amigos hace años. No veo por qué deberíamos hablar en otros términos que no sean los de cortesía entre un empleador y su empleada. Pero si eso no le convence, señor Hunter, le pido que entienda que si voy a ser institutriz de los niños debo ocupar un papel que esté aceptado por el padre y por la madre. Quiero saber que el respeto está de mi lado y que tengo la aceptación de la familia.

—El señor Perkins y yo estamos de acuerdo. Con eso basta.

—¿La señora Hunter no está interesada en absoluto en la educación de Adela? Noté que la madre de Enrique se preocupa por su formación. Quizá la señora Eduarda quiera intervenir cuando se sienta mejor.

—Ya hablamos sobre esto: yo me ocupo de los niños.

—Lo sé, pero necesito estar segura de que entiendo qué va a suceder.

—Ellas viven en la otra parte de la casa con el señor Perkins. Yo me ocupo de los niños y de Toby.

—Y todo lo relativo a los niños deberé hablarlo con usted —repitió Elizabeth.

—Conmigo, sí.

—Comprenda que esto es una situación inusual.

Hunter estaba serio y molesto. Pero Elizabeth no tenía problema en incomodarlo. Debía hacer las preguntas necesarias antes de que tropezara con algo que no tenía previsto.

—Vivimos una situación inusual. Y por eso necesito que te ocupes de Adela. Sobre todo de ella.

—¿Y Enrique?

—Me ocupo yo.

—Entiendo. ¿Puedo esperar que haga el esfuerzo de llamarme miss Shaw, al menos? Marcaría la diferencia.

—Puedo probar.

—Necesito más que eso. Necesito su respeto.

Tomás Hunter suspiró. Elizabeth se dio cuenta de que no era solo ella la que reprimía palabras. Sintió, de nuevo, la necesidad de huir. Era una mala idea vivir bajo el mismo techo que él.

—De acuerdo —dijo él y le señaló la escalera.

Hunter la llevó al primer piso. Toby avanzó más rápido que ellos y se perdió en una habitación que recibía mucha más luz. No vio qué habitación era, pero le agradó que al menos un lugar de la casa tuviera buena iluminación.

Él se detuvo al final de la escalera. Le habló sin mirarla.

—Quiero lo mejor para mi hija —murmuró.

—Entiendo.

—Pero no estoy seguro de qué es lo que necesita.

Elizabeth sintió pena por él. Había algo tan precario en Tomás que empezaba a preguntarse si era el mismo hombre que ella había conocido diecisiete años atrás. Parecía preocupado y molesto por tener que confesar que no sabía qué hacer. Elizabeth le apoyó la mano en el brazo. No sentía cariño por él, pero al menos le mostraría comprensión.

—La señora Luisa cree que puedo hacer un buen trabajo y confío en ella. Debería hacer lo mismo, señor Hunter.

—Confío en mi tía Luisa. Solo quiero que Adela no sufra.

—Ese no es mi trabajo —dijo ella con delicadeza.

—No —repuso él sin mirarla—. Es el mío. Entremos en el estudio, es inútil seguir posponiendo esto.

Elizabeth estuvo de acuerdo.

La habitación era mucho más clara y más grande de lo que esperaba. Todavía no conocía el resto de la casa, pero sospechaba que todo sería igual de viejo y desgastado. El estudio estaba desordenado, pero esa era la única crítica que podía hacer. Los muebles eran nuevos: escritorios, una pared cubierta por anaqueles llenos de libros, un telescopio reluciente, armarios de vidrio con elementos de dibujo, sillas, mesas y libros abiertos sobre ellas, alfombras y cortinas en excelente estado, incluso la pintura de las paredes era sencilla pero nueva. Tenía el tamaño de un salón de baile y sospechaba que quizá lo había sido en el pasado. Le gustó el lugar lleno de objetos para alcanzar conocimientos, le daba una razón para ilusionarse.

Adela Hunter estaba concentrada en un dibujo y Enrique Ward en un libro que tenía estrellas y constelaciones. Ninguno de los dos reaccionó cuando Tomás y Elizabeth entraron en la habitación. Toby estaba echado a los pies de Adela y tampoco parecía recordar que minutos atrás la había recibido con cariño. Elizabeth miró a Hunter como para señalarle que debía hacer las presentaciones, pero él la ignoró y caminó hasta el escritorio de la niña.

—Aquí es donde estudia y dibuja Adela la mayor parte del tiempo. Si no es aquí, es en su habitación.

—Buenos días, Adela —dijo Elizabeth.

La niña levantó la cabeza y la miró con reserva. Asintió a modo de saludo y luego bajó los ojos para seguir con el dibujo.

Adela copiaba una reproducción de un cuadro renacentista. Un niño, una madre y un paisaje. La imagen estaba en blanco y negro y Adela la copiaba con grafito. Tenía varias barras rotas alrededor, la hoja estaba manchada con dedos y el dibujo no estaba centrado en la hoja. Pero por lo que veía la niña tenía talento. Y siempre era preferible una niña con afición a la pintura que una apasionada por la música.

Como Hunter no le dijo su nombre, tuvo que presentarse:

—Soy miss Elizabeth Shaw, Adela. Seré tu institutriz a partir de hoy.

Adela volvió a asentir con la cabeza, esta vez sin mirarla. Elizabeth contuvo un suspiro.

—Allí está Enrique —dijo Hunter y señaló al otro lado de la habitación—. Él estudia las estrellas y las máquinas que vuelan. Y leemos libros de todo el mundo. Es un experto en el tema.

Elizabeth se asombró.

—¿Solo estudia eso?

—Sí.

—¿Aritmética? ¿Francés? ¿Inglés?

—Aritmética le enseño todo el tiempo. El francés lo aprendieron de Juliette. Los dos saben poco inglés. Me gustaría que lo aprendieran mejor. Ambos tienen ascendencia inglesa en las familias.

Elizabeth unió las manos detrás de la espalda para tranquilizarse. Hunter seguía sin hacer la presentación formal que correspondía. No lo recordaba como a alguien que desconociera las normas sociales. ¿Las había olvidado en todos esos años que no se habían tratado? Solo para no ponerse más nerviosa, postergó las teorías para la noche.

—Buenos días, Enrique. Soy miss Elizabeth Shaw.

—Buenos días —dijo el niño sin apartar la mirada de su libro lleno de estrellas.

Elizabeth se imaginó en un desierto. Solo había visto algo parecido una vez, frente a la costa de Egipto, en un viaje que había hecho con la señora Luisa y el señor Guillermo. Todo era del mismo color: la arena, las palmeras, el cielo, el río. Todo era amarronado y confuso. Los niños no la saludaban, el padre no la presentaba y las madres no estaban. Quería gritarles que esa no era la manera acostumbrada, pero gritar iba contra su carácter. Gritar era perder la calma, y la calma era el lugar donde encontraba fuerzas. Apretó las manos y se recordó que veinte años atrás había sobrevivido a la muerte de sus padres. Y dentro de un año estaría en Fowey. Era una promesa.

La calma era necesaria para todos. Dejó que Hunter se sentara en uno de los escritorios para leer el diario. Al parecer pasaba la mañana con los niños, lo cual, en principio, no estaba mal. Estaba acostumbrada a que la presencia de las madres alborotara a las niñas. La del padre las calmaba debido al respeto —o temor, según el caso— que le tenían. Conocía a Tomás, sabía que era un hombre tranquilo. No era miedo lo que se respiraba en la habitación. El lugar estaba en una paz completa que incluso Toby respetaba. Elizabeth lo buscó y el perro se estiró con pereza a los pies de Adela.

Había aprendido que una institutriz debía mostrarse siempre ocupada, así que buscó de inmediato algo que sostener entre las manos. Por suerte había libros dispersos por todas partes, como si los hubiesen retirado de los anaqueles y la pereza los hubiese dejado sobre una silla. Encontró una tarea para sí misma: los reunió sobre uno de los escritorios mientras revisaba los títulos. La mayoría eran de arte y algunos ilustrados. Había libros en inglés, francés y alemán, llenos de máquinas y artificios. Hunter era ingeniero, como había sido su padre y como era su tío. Le pareció recordar que el padre de Enrique también había trabajado para la Buenos Aires Great Southern Railway.

La falda rozó contra algo mientras daba vueltas alrededor del niño. Se cayó un objeto que hizo un ruido seco y metálico al tocar el suelo. Elizabeth y Enrique se sobresaltaron. Adela y Hunter levantaron la cabeza.

—¿Qué se cayó? —preguntó Elizabeth.

—Mi muleta —dijo Enrique, y se inclinó para levantarla y apoyarla de nuevo contra el escritorio.

La habitación volvió al silencio.

Elizabeth era una mujer orgullosa y agradeció muchísimo el silencio. Le permitió ocultar lo avergonzada que se sentía por haber olvidado que el niño usaba una muleta. Llevó unos diez libros hasta un escritorio y los apiló para esconderse detrás de ellos. Después de varios suspiros reprimidos, los ordenó por temas hasta encontrar el criterio que regía la biblioteca del estudio.

No se sonrojaba con facilidad, pero sentía las mejillas acaloradas. No podía culpar a nadie porque sabía perfectamente que Enrique había tenido parálisis infantil unos años atrás, después de la muerte de su padre. La parálisis infantil siempre dejaba secuelas, no importaba lo fuerte que fuera el niño o lo rápido que se atendieran los síntomas.

No se perdonaba el olvido porque los Hunter, Perkins y Madariaga habían hecho todos grandes esfuerzos por conseguir los mejores médicos para el pequeño Enrique Ward. Y cuando se confirmó la enfermedad hicieron lo posible por alejarlo del resto de los niños de la familia. Ella era la institutriz de Belén Madariaga en ese momento y la familia había prestado su finca para que Enrique se recuperara.

—¿Tiene un sobrenombre, miss Shaw?

—¿Perdón?

—Si tiene un sobrenombre.

Era Adela la que hablaba. Elizabeth se tomó tiempo para contestar. Los tres la miraban atentos. Enrique tenía una página suspendida en el aire; Adela, las manos apoyadas en el escritorio y Hunter había bajado el periódico.

—Puede llamarme miss Shaw, señorita Adela.

—Pero suena muy serio.

—Exacto.

—A Juliette la llamábamos Juju. ¿Usted prefiere que la llamemos miss Shaw? —preguntó la niña.

—Lo prefiero así.

Adela alzó los hombros y volvió a su dibujo. Elizabeth cerró los ojos para no desmayarse. Tendría que enseñarle a no alzar los hombros como fin de una conversación. De hecho, pensó que quizá sería mejor hacer una prueba.

—¿Adela?

La niña levantó la cabeza.

—No es de buena educación alzar los hombros de esa manera.

Adela se quedó petrificada, con las manos quietas en el escritorio. Elizabeth trataba de dilucidar si era porque nunca la regañaban o porque nunca le habían señalado que ese comportamiento no era correcto.

Los ojos de Adela se fueron hasta Hunter. Él las miraba en silencio.

—Elizabeth está aquí para enseñarte esas cosas —le respondió a su hija.

—Miss Shaw, señor Hunter. Prefiero que me llame miss Shaw.

Se arrepintió de inmediato. No se cuestionaba al dueño de la casa delante de los niños. Elizabeth oyó que Enrique cerraba el libro. Los cuatro estaban en silencio y se oyeron ruidos en la casa que los distrajeron a todos.

—El abuelo viene para acá —dijo Enrique.

—Eso parece —murmuró Adela.

La habitación se transformó. Los tres abandonaron los escritorios y se pusieron de pie para mirar la puerta que conducía al corredor principal. A Elizabeth la escena le recordó el patio de un colegio, con los niños formados a la espera del director. Ella se puso de pie y se quedó junto al escritorio donde había ordenado los libros, con las manos cruzadas en la espalda.

El señor Perkins entró sin ceremonia. Elizabeth solo lo conocía por retratos que la señora Luisa, su hermana, guardaba en una caja de madera. Tenía una barba totalmente blanca y un cabello que tendría que haber sido cortado unos meses atrás.

—Hola, abuelo —dijo Enrique y avanzó hacia el hombre hasta quedar a unos pasos de distancia. Elizabeth vio que el niño se apoyaba en la muleta haciendo el esfuerzo de mantenerse firme.

—Hola, Enrique. ¿Cómo van los números?

—Difíciles, pero el tío me ayuda.

—Bien. Los números son importantes para las máquinas. ¿Adela?

—Sigo trabajando en la *madonna*.

—Me gustaría verla terminada.

—Prometido, abuelo.

El hombre paseó la vista por la habitación hasta que se detuvo en Elizabeth. Nadie los presentó. Era evidente que Hunter había olvidado todas las formas de cortesía y presentación que conocía diecisiete años atrás. Pero no pudo seguir pensando porque la pregunta que le hizo el hombre la dejó pasmada.

—¿Ella es la niña de Luisa?

Hacía años que nadie se refería a ella como «niña» y nunca se le hubiese ocurrido pensar que era «de Luisa». La habían criado sus padres, los Maddison. La señora Luisa había echado sobre ella un barniz muy brillante que servía para instruir a otros. Era una sirvienta autorizada a educar a los miembros de la familia después de haber sido educada ella misma en el lujo por otro miembro de esa misma familia. Pero esas eran cosas que no se decían en voz alta.

—Fui dama de compañía de la señora Luisa hace muchos años. Ahora soy la nueva institutriz de Adela y Enrique.

El hombre asintió sin dejar de mirarla.

—Nunca te había visto.

—Nos cruzamos una vez en la casa de los Madariaga, hace unos años.

—¿Trabajabas para ellos?

—Era la institutriz de Belén.

—Ah, esa niña.

Elizabeth enderezó la espalda. Siempre estaba preparada para algún comentario sobre Belén Madariaga Perkins, sus más recientes decisiones y la influencia que miss Shaw había tenido sobre ella.

—Bueno, voy a dar mi vuelta por la ciudad. Los veo en el almuerzo.

Todos lo saludaron.

Los niños volvieron a los escritorios para continuar con sus tareas. Elizabeth observó, con cierta alegría, que si bien no tenían las mejores maneras, no eran descorteses. Eran un poco toscos, y eso se resolvía con facilidad. Parecían muy tímidos, y no le sorprendía porque sabía que no salían mucho de la casa. Y si pasaban mucho tiempo con Hunter, entonces la timidez era un comportamiento normal para ellos y no algo cuestionable.

El problema, como ocurría con Toby, era Hunter. No era el hombre que había conocido. La vida cambiaba a las personas, sí, pero no en esencia. Había algo diferente en él, algo que se escondía detrás de ese rostro inexpresivo.

Hunter buscó unos libros en la biblioteca. Elizabeth le preguntó si sabía dónde iban los que había ordenado sobre el escritorio. Hunter los tomó y los ubicó en —no tuvo dudas— el primer lugar vacío que encontró.

Ella notó el gesto y sintió pena. El Hunter que había conocido habría meditado sobre el lugar exacto donde ubicar el libro. Pensó en Fowey, el aullido del viento del invierno sobre el mar, el cielo cubierto por nubes plateadas, las gaviotas sobre el castillo de St. Catherine. Un año la separaba de su hogar.

4

La mañana transcurrió tranquila. Elizabeth quedó en un estado de serenidad aceptable. En cambio, el almuerzo desató de nuevo su desesperación y las ganas de dejar Buenos Aires.

El aroma a comida que se sentía en la casa le llamó la atención. Los niños intentaron adivinar qué les servirían para almorzar. Elizabeth había tratado de hacerles hablar en inglés, pero se habían puesto tímidos de inmediato. Adela propuso ir a ver qué olía de aquella manera, Enrique aceptó y dejaron la evaluación de inglés en suspenso. Se fueron con Toby, que también debía de estar interesado en saber qué habría de comida.

Ella les perdonó la descortesía y los vio marcharse sin hacerles notar que la habían ignorado. Quedó a solas con Hunter y pensó que no estaría mal hablar sobre disciplina y cortesía con él. Elizabeth vio que la puerta había quedado abierta y fue a cerrarla.

—¿Este es un día normal en la casa? —le preguntó con suavidad.

Hunter la miró confundido. Ella, que ya había aceptado que tenía tres alumnos, le explicó:

—Me refiero a si esta es la rutina diaria de la casa. De los niños, la suya, la del señor Perkins. ¿Las señoras? ¿Toby? ¿Toby hace siempre lo mismo?

Se mordió los labios porque notó que perdía la calma con facilidad. No quería mostrar que estaba nerviosa el primer día de trabajo.

—Fue una mañana tranquila. Eduardo no desayunó con nosotros, pero suele hacerlo.

—¿La rutina siempre es esta? —insistió Elizabeth—. ¿No hay cambios? ¿Visitas programadas? ¿Misas? ¿Cementerios?

—Juliette los llevaba de paseo todos los martes en el coche de mi suegro. Pero desde que murió ya no tienen quien los lleve. No me atrae la costumbre de pasear por Palermo.

—¿Los niños no tienen amigos?

—No.

—¿No quieren tener amigos?

—Ninguno dijo nada.

—¿Y verse con el resto de la familia?

—Tampoco dijeron nada.

—Quizá conocer a sus primos los haga menos tímidos.

—¿Lo son?

Elizabeth tuvo que ocultar una sonrisa.

—Sí, señor Hunter. Son tímidos. ¿Le sorprende?

—Un poco, sí. Quizá pensás eso porque todavía no los conocés bien.

—Quizá —dijo Elizabeth, aunque estaba segura de que no cambiaría de opinión—. ¿Juliette les hablaba en francés todo el tiempo?

—Sí. Adela aprendió francés antes que castellano. Y Enrique se acostumbró a hablarlo con ella cuando vinieron a vivir aquí.

—Hablan bien francés, aunque a más de una señora parisina el acento que tienen le haría alzar las cejas.

—Juliette era de Marsella.

—Se nota —murmuró Elizabeth. Ella también tenía un acento marcado cuando hablaba en inglés. Fowey era uno de los tantos pequeños puertos de la costa de Cornwall. Durante los pocos meses que vivió en Londres la gente escuchaba extrañada a la pequeña dama de compañía que hablaba como un pirata.

—¿Los niños la querían? A Juliette, quiero decir.

—Muchísimo. Adela sobre todo.

—Deben de extrañarla.

—Sí. No nos sorprendió su muerte porque ya sabíamos que estaba enferma, pero eso no hizo que nos doliera menos. Confiábamos en Juliette para todo. No sé qué habríamos hecho sin ella.

Hunter parecía triste. Si a Juliette la había elegido la señora Luisa, entonces había sido una niñera de confianza. La pérdida de alguien así después de doce años debía de ser dolorosa. Quizá era eso lo que no terminaba de entender, quizá esa pátina gris que los cubría era tristeza y no otra cosa.

—¿A qué hora es el almuerzo? —preguntó Elizabeth.

—A las doce y treinta.

—¿Y toda la familia almuerza en el mismo lugar? ¿O los niños por separado?

—Todos almorzamos en el comedor de la parte nueva, en la planta baja.

Elizabeth lo miró a los ojos.

—¿La institutriz también?

—Di la orden para que fuera así.

—De acuerdo. Si no me necesita para otra cosa, señor Hunter, iré a mi habitación. ¿Me indicaría dónde queda?

Hunter murmuró un «Sí, claro» y se levantó. La llevó hasta el final del corredor principal en silencio.

—Esa puerta es mi habitación. Esas dos son las de Enrique y Adela y esta es la que hice que te prepararan. Tus baúles ya están aquí y debe de estar tu bolso. Si falta algo me avisás.

—Gracias —dijo Elizabeth y le cerró la puerta en la cara.

«Falta que me llames miss Shaw», murmuró con acento pirata.

Exhaló con fuerza como si hubiera contenido la respiración durante cinco horas. El cuerpo le temblaba y tuvo que sentarse en la cama. Cerró los ojos para calmarse y poder concentrarse. Estaba mareada y tuvo que aferrarse al cabecero de la cama para dejar de sentir que iba a caerse.

Pensó en Fowey y en el griterío de los pescadores que llegaban con el trabajo de toda una madrugada. Si hubiese nacido hombre habría terminado allí, entre los barcos y las voces gruesas que anunciaban una nueva carga de pescado fresco. Había escuchado cientos de voces de pescadores en todos sus viajes, pero ninguna sonaba como las de los marinos de Fowey.

Había nacido mujer, así que la vida era más complicada. Era una institutriz inglesa que vivía a miles de kilómetros de su lugar natal. Llorar no alcanzaba para expresar la desesperación que sentía, pero la aliviaba. Era una equivocación enorme trabajar en la casa de los Hunter Perkins y no podía creer que la persona que mejor conocía su vida la hubiese ubicado allí.

Miró la hora. Faltaban quince minutos para el almuerzo y tenía que estar presentable para sentarse a la mesa. Abrió los ojos y observó el cuarto que Tomás le había asignado. No se sorprendió. Estaba igual que los pasillos, el recibidor y el estudio. Eran sombras de algo que había sido lujoso, pero que ya no brillaba.

Buscó un espejo para arreglarse. Lo encontró en una de las puertas del ropero. Se secó las lágrimas, se arregló el cabello. Enderezó los hombros y cruzó las manos en la espalda. Miró de frente al reflejo que luchaba por mantener la calma. Sabía que estaba cometiendo uno de los errores más terribles de su vida y que no podía hacer nada para remediarlo.

Los rumores que había oído sobre los Hunter no llegaban a describir lo que pasaba. Pero le preocupaba más intuir que no lo había visto todo. Solo alcanzaba a conocer a una familia después de unos meses, cuando ya se habían acostumbrado a su presencia. Su imagen en el espejo dejó caer la cabeza, pero Elizabeth se obligó a afrontar lo que había por delante.

Era su decisión, después de todo. Y por eso le dolía más. Mary solía bromear con que era una pena que no hubiese mujeres en el ejército, porque la disciplina que tenía Elizabeth sobre sí misma y los demás era extrema. Era extrema, sí, pero no inquebrantable. Era sencillo ser disciplinado cuando las cosas funcionaban como las esperaba. Sin embargo, estaba claro que en esa casa nada era igual a lo que había vivido en esos años en Buenos Aires.

Siempre había tenido a Tomás Hunter por un hombre de dinero. Pero el estado de la casa le recordaba que, en realidad, era el supuesto heredero de su tío Guillermo Hunter, el primo de su padre. No conocía la situación financiera del señor Eduardo Perkins, pero la señora Luisa nunca había mencionado que la familia fuera pobre o hubiesen perdido una fortuna. Elizabeth sabía por experiencia que los miembros más pobres del bosque Hunter, Perkins y Madariaga eran los más disciplinados, porque eran los que más tenían que aparentar que eran de «buena madera». En esa casa no se disimulaba nada y no había disciplina. Se ocultaban dentro, sin hacer esfuerzo por aparentar nada. Para ella esto era una novedad y no estaba segura de saber qué era lo que debía hacer.

Alguien llamó a la puerta con fuerza. Elizabeth abrió.

—El señor Tomás dice que ya está el almuerzo.

Solo asintió y siguió a Marta por el pasillo y la escalera.

El comedor era enorme y era evidente que había sido destinado para ser un salón de reuniones más importantes que un almuerzo familiar. El señor Perkins estaba sentado a una de las cabeceras de la mesa con el periódico sobre el mantel y junto a su plato. Cerca de él, uno al lado del otro, Adela y Enrique hablaban algo sobre estrellas. Tomás estaba frente a los niños, y le indicó que se sentara a su lado. En la otra punta de la mesa, acurrucadas como palomas, se encontraban las hermanas Perkins y su madre. No las había advertido hasta que se sentó junto a Tomás. Vestían de negro y las tres eran muy parecidas entre sí. La señora Perkins era reconocible porque tenía el cabello completamente canoso y Adelina, porque tenía pecas. Eduarda era un misterio gris.

Elizabeth creyó que se había desmayado, pero no debió de ser así porque Marta le sirvió un plato de sopa de verduras y ella estaba sentada a la mesa.

—¿Quién es esta señorita? —preguntó la señora Perkins con voz apagada.

Elizabeth la miró sorprendida. Tomás respondió a la mujer.

—Es miss Elizabeth Shaw, la nueva institutriz de Adela y Enrique.

La mujer asintió y volvió a su plato de sopa. Elizabeth se preguntaba si la señora había olvidado quién era o si le reprochaba a Hunter que no la presentara de manera debida. Quizá cuestionaba su lugar en la mesa. No era raro que las institutrices comieran con la familia, porque los modales en la mesa eran los más difíciles de aprender, pero tal vez a la señora le molestara que una empleada se sentara con ellos.

La familia tomaba la sopa en silencio. Era curioso que no hicieran nada de ruido, los niños, sobre todo. Elizabeth había supuesto que todo sería tan ruidoso como el día de la entrevista con Tomás, pero las cosas iban en el sentido contrario. Estaban aislados cada uno en su mundo, como si viviesen en planetas separados. La madre y las hermanas parecían tener un universo propio, donde habitaban las tres. Se preguntó si no habría entrado en una casa vacía donde los fantasmas tomaban sopa a su alrededor.

—¿Va a terminar esto, señorita? —le preguntó Marta.

—Miss Shaw no comió nada —dijo Enrique y la señaló con el dedo.

—Sí, comí —respondió ella, pero no estaba segura de que fuera cierto—. No deberías señalar con el dedo, Enrique.

—¿Retiro el plato o no? —preguntó Marta con fastidio.

—Sí, por favor —dijo Elizabeth con los hombros rígidos y con igual irritación.

Adela le habló, pero ella no pudo escuchar la pregunta, distraída por un susurro que procedía del otro extremo de la mesa.

—Perdón, Adela. No te he oído —se excusó, y puso su atención en lo que debía hacer y no en la curiosidad.

—¿Cuántos años tiene? Le pregunté a papá, pero dice que no lo sabe.

Elizabeth miró de inmediato a Hunter. Él tenía que saber cuántos años tenía ella, no podía haber olvidado ese dato.

—Tengo treinta y seis años, Adela. Y por la tarde encontraremos un modo más delicado para saber la edad de una mujer. Incluso de evitar el tema por completo.

—Yo tengo catorce años —le informó Adela sin hacerle caso.

—Lo sé. Enrique tiene doce, ¿estoy en lo correcto, Enrique?

El niño asintió con la cabeza. Era un gesto que le recordó mucho al Tomás Hunter que había conocido en París y la hizo sonreír sin querer.

—¿Siempre te llevé seis años?

Elizabeth quiso responder: «No, Tomás Hunter, no siempre. Ahora, por ejemplo, siento que nos llevamos veinte años, en otra época te comportabas conmigo como un niño de cinco y en otra época, muy hermosa, tuvimos la misma edad. Pero eso solo duró un sueño». Pudo contenerse, pero no fue fácil.

—¿Ya se conocían, papá?

—Nos conocimos en París, cuando ella era dama de compañía de la tía Luisa.

Por fortuna Marta entró con el servicio, así que la conversación se interrumpió por un rato.

—Mi papá me prometió que voy a ir a la Académie Julian en París cuando tenga la edad adecuada. Iremos a París a conocer a la tía Luisa y al tío Guillermo.

—La Académie Julian es una excelente escuela —le dijo Elizabeth—. Y los cursos tienen profesores muy exigentes.

—¿Conoce la Académie? —preguntó Enrique.

Elizabeth volvió la cabeza hacia él. Mary solía decirle que era una institutriz desalmada y que jamás había querido a ninguno de los niños que había educado, pero no era cierto. El problema era que la mayoría habían sido niñas a las que había preparado para convertirse en damas sofisticadas, arlequines elegantes de salón, pulidas, pero sin inteligencia o calidez. Había querido a algunas de ellas, sobre todo a Belén Madariaga. Mary olvidaba que siempre educaba niños y que podía divertirse mucho más con ellos que con las delicadas señoritas.

Enrique tenía los ojos celestes y era pecoso, y eso le causaba mucha gracia. Ella misma tenía pecas que se iban esfumando con los años. Le divertía mucho ver que copiaba gestos de su tío. Pero eso la llevaba a preguntarse cuánto habría de la señora Adelina o el señor Ward en él si ella reconocía de inmediato la influencia de Tomás en el niño.

—Hice los cursos durante tres años en la Académie Julian gracias a la señora Luisa.

Adela quedó tan sorprendida por la respuesta que dejó la boca abierta por un rato. Elizabeth desvió la mirada para ver qué hacían las mujeres vestidas de negro, pero no habían dejado de ser palomas acurrucadas. Volvió la cabeza al otro lado de la mesa y se encontró con los ojos claros del señor Perkins, quien esquivó su mirada y se concentró de inmediato en el periódico.

—Es aconsejable respirar por la nariz, señorita Adela —le dijo cuando vio el gesto tan exagerado de la niña.

—¿Y todavía tiene dibujos de esos años?

Padre e hija compartían, al parecer, la costumbre de no responder a sugerencias y hacer preguntas directas sin la mínima delicadeza.

—Sí, claro. Son recuerdos muy preciados para mí. En ocasiones los utilicé para enseñar a otros niños. Están en mi baúl; puedo buscarlos si desea verlos.

—Sí, quiero verlos. Esta tarde —dijo Adela con voz exigente.

No le gustó el tono y rogó al cielo que Adela no fuera de esas pequeñas tiranas que gobernaban la casa. Se asustó con sus propios pensamientos. ¿Sería ese el problema de Adela y la razón por la que Hunter quería que trabajara con ella?

Elizabeth no pudo hacer otra cosa que reprobar el tono y esperar la oportunidad para corregirlo. El problema era que cualquier corrección directa no tenía efecto sobre la niña, así que tendría que inventar otras estrategias.

—Creí que te llevaba cuatro años —dijo Hunter pensativo.

—No, siempre fueron seis —contestó ella con voz serena.

—¿Por qué no siguió como estudiante? —preguntó Adela—. Quiero saber.

—Uno puede ir a la Académie para educarse en dibujo, para ser artista o para ser profesor. Yo no tenía el talento suficiente para ser artista, pero sí tenía los cursos necesarios para ser profesora.

La respuesta hizo palidecer a Adela.

—¿Los profesores le dijeron que no tenía talento?

—No. Eso fue lo que me dije a mí misma y comprendí que era innecesario gastar un dinero que no me pertenecía.

—Papá tiene dinero. ¿No es cierto?

Elizabeth prestó atención.

—Sí, ya hablamos sobre eso —dijo Hunter con voz calma.

—¿La decisión de abandonar la escuela fue suya? —preguntó el señor Perkins.

A Elizabeth le llamó la atención que el hombre siguiera la conversación. Pero no tuvo problema en responderle.

—Sí, señor Perkins.

—¿Y qué dijo mi hermana?

—Nada.

—Es raro que Luisa no tenga nada que decir sobre un tema en particular.

—No, por supuesto. La señora Luisa tiene opinión formada sobre muchos temas. Pero estaba tan furiosa que no me habló durante dos semanas.

Hunter y el señor Perkins sonrieron y Elizabeth se dio cuenta de que era la primera vez que veía una expresión de diversión en la casa.

—Enrique y Adela no conocen a la señora Luisa, ¿no es cierto? —les preguntó.

—No —respondió el señor Perkins—. Hace años que Luisa no viene a Buenos Aires y los niños nunca salieron del país.

Elizabeth tuvo que esforzarse para no mirar a las dos hermanas y la madre. La señora Luisa hablaba con cariño sobre su hermano, pero apenas mencionaba a sus sobrinas y a su cuñada. Como había dicho, la señora tenía opinión formada sobre muchos temas y Elizabeth sabía que no sentía demasiado aprecio por la familia de su hermano.

—¿Cómo sabe una si tiene talento o no?

Adela seguía en su mundo, en el cual solo existía la Académie Julian. Elizabeth no estaba segura de que esa fuera una conversación para un almuerzo, pero todos parecían interesados en la respuesta.

—Reflexioné sobre mis trabajos. Los comparé con las obras de los maestros de la escuela: Bouguereau, Constant, Lefebvre. Llegué a la conclusión de que mi talento no era suficiente. Mi técnica en el retrato era considerable, pero no era una buena colorista y mis estudios de perspectiva eran correctos pero no impecables. No tenía sentido seguir más tiempo en la escuela. Mi posición en la vida no me permitía aceptar que alguien pagara por algo que no tendría otros resultados.

—¿Qué posición en la vida?

Elizabeth sabía que la pregunta iba a ser inmediata así que cuando Adela terminó de pronunciarla sus ojos ya estaban fijos en Hunter. Era una pregunta fuera de lugar. Por suerte, el comportamiento de Hunter no estaba tan oxidado como ella suponía.

—Adela, esa es una pregunta poco apropiada —le dijo.

—¿Por qué? Quiero saber por qué no siguió en la Académie. Es muy importante. Dígame, miss Shaw.

Por un instante Elizabeth pensó que Adela estaba a punto de hacer una escena caprichosa. Pero cuando terminó de hablar la notó genuinamente angustiada. De hecho, por primera vez percibió lo parecida que era a su padre.

La pregunta que había hecho era una que hacían todos los niños en algún momento. ¿Cuál era la diferencia entre ellos y

Elizabeth Shaw? En esas ocasiones, la madre los callaba con un empujoncito o con una mirada asesina, pero la señora Eduarda no prestaba atención a lo que pasaba. De hecho, era como si no estuviera en la casa, a pesar de que estaba sentada a la misma mesa que ellos.

Hunter se volvió hacia Elizabeth.

—Creo que es una pregunta válida —le dijo, y ella escuchó su voz a través de un silbido en los oídos y una exhalación de frío que le recorrió el cuerpo. Asintió y miró a Adela. Pronunció cada palabra con claridad, para que no se volviera a tocar el tema.

—Soy huérfana. Me adoptaron los Maddison, un pastor y su esposa, familia de Fowey, un puerto del sur de Inglaterra. Ellos sabían que tendría que trabajar para tener un futuro así que me enviaron a la Richmond School de Plymouth para ser institutriz. Allí estuve hasta que mis padres murieron por un brote de influenza en Cornwall. No tenía dinero, debía buscar trabajo y así conocí a la señora Luisa. Me empleó como dama de compañía. La señora decidió que podía darme la educación de una joven refinada.

—¿Y eso qué tiene que ver con la Académie Julian?

—La academia es costosa. Setecientos francos al mes solo puede pagarlos una joven de una familia con dinero. Estudié con los mejores maestros. Comprendí que no tenía talento para hacer del arte una profesión y dejé la escuela para ser maestra o institutriz.

Nadie habló después de las palabras de Elizabeth. Se sintió satisfecha con esa reacción porque no quería escuchar ningún otro comentario sobre el tema. La señora Luisa había tomado en serio su educación, pero eso no quitaba el hecho de que ella era la señora con dinero y Elizabeth, su empleada. Tal como ocurría en ese momento en la casa Hunter Perkins: podía estar sentada a la mesa con la familia, pero no dejaba de ser una mujer sin dinero, posición social o familia que le sirviera de refugio.

Por suerte Marta entró para llevarse la vajilla. Elizabeth tuvo que mirar el plato que le retiraba porque no tenía idea de qué era lo que le habían servido o si ella había probado algo. También descubrió que el mantel tenía manchas. Inclinó la cabeza para que no se le notara que se había puesto roja por la vergüenza que le causaban esas manchas.

—Yo no voy a renunciar a la Académie —le dijo Adela con voz firme.

—Claro que no, Adela —dijo Hunter.

Elizabeth no respondió.

Enrique hizo un ruido con la pierna. Elizabeth lo miró para preguntarle si necesitaba algo, pero una voz suave llegó primero.

—¿Estás bien, Enrique?

—Sí, mamá. Se me había cansado la pierna.

Elizabeth tuvo la oportunidad de prestar atención a Adelina. La mujer estaba vestida de negro y se había separado un poco del grupo extraño que componían con la madre y la hermana.

—¿En serio?

—Sí, mamá —respondió el niño después de tomar agua—. Estoy bien, no te preocupes.

—Me alegro —murmuró la mujer y Elizabeth la vio retirarse despacio hacia su grupo.

—Tengo cosas que hacer —dijo el señor Perkins poniéndose de pie—. Estaré en mi estudio, Tomás.

El hombre salió del comedor y unos segundos después las dos hermanas y la señora Perkins lo siguieron sin decir nada.

El arroz con leche que Marta dejó frente a ella despedía un olor espantoso. Como si la leche estuviese cortada y el arroz, quemado. Alejó el plato sin pudor. Nadie se fijaba en los modales, así que ella podía cometer una pequeña indiscreción.

—No comiste nada —murmuró Tomás.

—Siempre tengo hambre para la hora del té —dijo para animarse—. ¿A qué hora lo toman aquí?

Los dos niños alzaron los hombros para indicarle que no lo sabían y Elizabeth tuvo que apoyar el codo en la mesa y descansar la cabeza en la mano. Le causaba horror pensar que tenía el codo en la mesa, pero no quería estallar en carcajadas nerviosas y asustar a los niños.

—La próxima vez —dijo con una suavidad forzada— que ignoren algo sobre un tema no alcen los hombros. Simplemente digan que no lo saben. Siempre es mejor hablar que gesticular. Hacer señas no es de personas educadas.

—¿Usted es una persona educada, miss Shaw?

—Quiero creer que sí.

—¿Para qué necesita ser una persona educada si no tiene familia ni dinero?

—La educación no tiene que ver con la posición social, Adela. Espero que al menos eso te lo hayan enseñado.

La frase sonó como un latigazo y Elizabeth deseó con el alma tener un látigo real y ocuparlo por un rato en Tomás Hunter.

—No entiendo por qué si usted es pobre y huérfana necesita buenas maneras y no puede terminar los cursos de la Académie.

—Las buenas maneras me permiten tratar con amabilidad a cualquier persona. La cortesía es una lengua que cualquiera puede entender. La Académie Julian era un broche de oro y diamantes sobre una blusa que tiene más remiendos que costuras. Pero quizá sea algo que tu padre deba explicarte mejor.

—Sigo sin entender —murmuró Adela.

La conversación se había vuelto mortificante. Enrique

volvió a mover la pierna. Elizabeth lo observó. Tenía las mejillas rojas y los ojos brillantes. Miraba a su prima como si sintiera vergüenza.

—Quizá sea algo que entiendas con el tiempo —dijo Elizabeth para cerrar la discusión—. Seguramente aprenderás la diferencia entre una joven huérfana y una con una familia que puede ofrecerle muchas comodidades.

—No sé si lo entenderé —dijo Adela.

Tuvo que ver a los tres comer el arroz con leche en silencio. Sentía náuseas, pero al menos ninguno hablaba. Se oían los ruidos de la casa, puertas que se abrían y cerraban con fuerza y ollas que se golpeaban en el segundo piso. Los ruidos habían vuelto.

—Se le debe de haber caído algo a la cocinera —dijo Enrique.

Hunter y Adela asintieron.

—¿Qué hacen durante la tarde? —preguntó Elizabeth para distraerse.

Hunter le respondió:

—Con Enrique hacemos ejercicios de aritmética y Adela lee historia del arte o dibuja.

—¿Y todos los días son así?

Enrique asintió. Adela respondió que sí con la boca llena. Hunter no dijo nada.

Elizabeth se estremeció. Sintió un vacío enorme, como si Fowey hubiese sido levantado por el viento y arrastrado hasta las costas de China y la única forma de llegar hasta allí fuera a pie.

5

Volvieron al estudio. Adela continuó con su dibujo, pero Elizabeth vio que seguía angustiada. Cada cinco minutos la buscaba con la mirada, como si estuviera atenta a su presencia. La charla sobre la Académie Julian había sido incómoda y una de las partes ni siquiera había entendido por qué.

Enrique se peleaba con unos ejercicios de aritmética. Hunter revisaba unos libros que parecían de contabilidad. ¿Llevaría los negocios de su tío en Buenos Aires? Elizabeth les daba la espalda y se enfrentaba a la enorme biblioteca que no tenía orden ni razón alguna. Resolvió que iba a ordenarla y hacer un catálogo de los libros. Ordenar le procuraba paz y de paso pondría a los niños en movimiento. Estudiar todo el día debía de ser aburrido, incluso para chicos tan tranquilos como aparentaban ser estos. Sería una tarea a corto plazo, pero la ayudaría a pensar los próximos pasos. Y por un rato dejaría de contar los días que faltaban para volver a Fowey.

—¿Están listos los ejercicios, Enrique? —preguntó Hunter.

El chico asintió y le ofreció el cuaderno. Elizabeth se volvió con libros en la mano para disimular que quería observar la situación. Enrique tenía el aire de resignación de alguien que sabe que ha hecho las cosas mal. Hunter se acercó hasta él, tomó el lápiz y procedió a señalar cosas en el papel. El niño volvió a su libro de estrellas.

La educación que proponía Hunter era extraña. Trabajaban, sí, pero en lo que querían. Elizabeth entendía que la mejor educación era la que daba herramientas para la vida. Defendía las escuelas, incluso si iban en contra del trabajo que había hecho siempre. Si seguían así, Enrique y Adela sabrían mucho sobre estrellas o historia del arte y nada sobre otras materias necesarias. En el momento en que empezaran a tener actividad social —tenía que ocurrir algún día— solo podrían hablar de esos temas. ¿Sabría Hunter que esa vida limitada tendría consecuencias en el futuro de su hija y su sobrino?

Elizabeth se alejó de los libros. Se le había ocurrido una idea.

—Me gustaría evaluar el nivel de inglés de los niños. Voy a buscar un libro a mi habitación y vuelvo.

Nadie respondió. Ni siquiera levantaron la cabeza. Elizabeth rogó que no la hubieran olvidado a su regreso. Entró en su dormitorio contenta de disponer de un minuto de libertad sin compartirlo con otros.

No habían ordenado la habitación. Tuvo que asumir que las tareas de Marta no incluían limpiar con frecuencia el cuarto de la institutriz. Aprovechó que estaba sola y lanzó un largo suspiro de frustración que fue respondido por un gruñido y un bostezo.

—¿Toby?

Un ladrido le confirmó que era el perro.

—Toby, ¿dónde estás?

El ladrido fue más fuerte y Elizabeth entendió. Se arrodilló junto a la cama y levantó la manta.

—¿Dormís siempre acá, Toby, o solo la siesta?

El perro volvió a bostezar y se estiró por completo.

—Ya veo.

Tomó *A Tale of Two Cities* de Dickens, el favorito de su padre y del que nunca se separaba, y regresó al estudio sin pensar. Hasta que encontrara una mejor estrategia, no tenía que pensar.

—No quiero escribir en inglés —murmuró Adela sin dejar de copiar la *madonna*.

—Solo será una hora —le explicó Elizabeth—. Después volverás a tu dibujo si es lo que deseas.

—No necesito aprender inglés. Ya sé francés y eso es suficiente.

Elizabeth buscó con los ojos a Hunter. Él había terminado de corregir los ejercicios de Enrique y copiaba otros de un libro.

—Elizabeth está aquí para enseñarte inglés, Adela. Quiere hacer una valoración. Así que trabajarás en eso una hora y el tiempo que ella disponga.

El gesto fue sutil, pero no tanto como para que Elizabeth no lo notara: había alzado las cejas. Tuvo que hacer un esfuerzo para recordar qué significaba eso. Sintió nostalgia. En una época había conocido todos los gestos sutiles de Hunter. En la escuela de arte le habían enseñado a examinar a una persona antes de hacer su retrato. La fidelidad al modelo quedaba para la moderna fotografía, le habían dicho. El retrato debía mostrar a la persona y sus sentimientos, y para eso había que observar con atención.

Pero en esos diecisiete años había tratado de olvidar ese aprendizaje. Descubrió, con pena, que había hecho bien el trabajo de despegarse de todo lo referente a Tomás Hunter. No había pasado un día sin pensar en él. Pero el tiempo había erosionado su memoria tal como el mar de Fowey desgastaba las rocas de la playa.

Adela no respondió. Apartó el dibujo y cruzó las manos para señalarle a Elizabeth que esperaba instrucciones. Enrique también dejó el libro a un lado.

—Necesitamos un cuaderno nuevo —dijo Elizabeth para darse ánimos—. Empezar cuadernos siempre es interesante.

—No tengo —respondió Adela.

—Aquí hay dos —dijo Tomás después de abrir un cajón de su escritorio.

—Muchas gracias, señor Hunter.

Elizabeth distribuyó los cuadernos y se ubicó en el centro de la habitación. Veía a la perfección que los tres miembros de la familia estaban con el entrecejo fruncido. Acarició el nombre de su padre escrito en el ejemplar de *A Tale of Two Cities* y sonrió. Alzó el libro para que lo vieran.

—Siempre es bueno volver a Dickens.

—¿Quién es Andrew Maddison? —preguntó Adela.

Elizabeth no suspiró, pero su cerebro sí. «Está bien», se dijo, «es una de esas niñas que no dejan pasar nada. Es observadora, y eso es importante.»

—Andrew Maddison era mi padre. Este era su libro favorito. —Se lo acercó para que lo viera mejor—. *A Tale of Two Cities*, de Dickens.

—Pero su apellido es Shaw.

—Así es —dijo ella después de volver a su lugar.

—¿Y por qué no se llama Maddison?

—Porque fui adoptada. En el orfanato aparecí como Elizabeth Shaw y mis padres nunca lo cambiaron.

—Es extraño.

—No, no lo es. Hay muchas personas huérfanas en este mundo. Algunos solo conocemos nuestro origen por el nombre que aparece en el registro del orfanato. En mi caso sé que nací en la región de Cornwall y que mi apellido es Shaw.

—Entonces, ¿su padre se llamaba Shaw?

—No. Mi padre se llamaba Andrew Maddison. No sé de dónde viene el apellido Shaw.

—¿Y cómo sabe que nació en Cornwall? —preguntó Adela.

Elizabeth tardó en contestar. No sabía dónde había nacido, esa era la verdad. Pero no recordaba otro hogar que Fowey, así que eso decía cuando le preguntaban.

—Mis padres siempre me dijeron eso. ¿Podemos empezar con el dictado, Adela?

—Todavía no.

Adela se estaba tomando mucho tiempo en cortar las hojas del cuaderno y Elizabeth sospechaba que se tomaría más aún en preparar el lápiz con el que escribiría.

—Me olvidé de hacerles una pregunta —dijo con aire inocente—. ¿Es posible que comparta mi habitación con Toby?

La carita de Enrique se iluminó.

—Sí, Toby duerme la siesta en esa habitación.

Ella asintió.

—Es bueno saber que uno tiene compañero de habitación. Mary Sharp fue mi compañera de habitación mientras estudiábamos en Plymouth. Quizá Toby hable menos que ella.

—Toby debió de ser más ordenado que Mary —murmuró Hunter, que seguía la conversación en un silencio que impacientaba a Elizabeth.

—¿Conocés a Mary Sharp, papá?

—Me hablaron de ella.

—¿Cómo? —preguntaron los dos niños al mismo tiempo.

Elizabeth sintió cierta pena por él. Hunter podía ser ingeniero, pero no sabía medir las consecuencias de las palabras que decía. Al parecer vivía tan aislado de la vida social y de sus parientes que no entendía que las palabras tenían peso e implicaciones que debían ser medidos con precaución. Adela parecía tener el mismo problema. No comprendía que el mundo estaba hecho de palabras guardadas o dichas, según fuese necesario. Elizabeth no iba a salvarlo, así que esperaba, como los niños, que diera una explicación más extensa.

—Fue cuando Elizabeth trabajaba para la tía Luisa. Hace catorce o quince años.

—Diecisiete años —lo corrigió Elizabeth—. ¿Ya terminaste, Adela?

—Unas hojas más.

Elizabeth se cansó.

—Bueno, Adela, esté listo el cuaderno o no, aquí vamos. Dejen la primera hoja libre. Comiencen a escribir en la segunda.

Leyó en inglés las palabras que tanto le recordaban a su padre. El inicio de *A Tale of Two Cities* siempre la emocionaba. La voz de su padre era profunda y estaba entrenada para hablar en público. Los sermones eran su obligación, pero la lectura de Dickens era su placer terrenal. Se escuchaba la voz y se arrepentía de leer esas adoradas palabras a unos niños que apenas estaban interesados en el inglés, Dickens o su presencia. Creía que iba a sentirse mejor, pero solo había logrado amargarse más.

Les dictó las cinco primeras páginas de su ejemplar. Les pidió el cuaderno y les dijo que continuaran con lo que quisieran. Adela se levantó y fue hasta el escritorio donde estaba su padre. Durante el dictado, él había tomado un atlas de la biblioteca.

—¿Adónde vamos? —preguntó el padre con el brazo alrededor de la cintura de la niña. Adela se inclinó contra él y Elizabeth los observó con un poco de envidia.

—A Japón —respondió Adela con una amargura que hizo sonreír a Elizabeth. Al menos las dos compartían el deseo de huir al Lejano Oriente.

—Quiero mejorar mi inglés —le dijo Enrique interesado.

Elizabeth lo miró sorprendida.

—Qué bueno. Para eso estoy aquí.

—El abuelo y el tío hablan inglés. Y mi papá también hablaba. Y algún día aprenderé alemán. El idioma del futuro es el alemán. Los adelantos técnicos más sofisticados vienen de Alemania.

Elizabeth no supo qué decir. La tecnología no le gustaba. El ferrocarril la asustaba, los globos aerostáticos la hacían palidecer y no concebía la posibilidad de hablar por un tubo. Pero al menos Enrique estaba interesado en el aprendizaje. Lo tomó como una pequeña victoria.

—El telescopio que compró el tío es formidable y viene de Alemania —continuó Enrique con entusiasmo—. Es una pena que no podamos ir a la azotea. Aunque desde la ventana se ven bien los planetas. Si quiere le enseño algunos planetas y constelaciones, miss Shaw.

—¿Por qué no subieron a la azotea? —preguntó Elizabeth.

—El tío dice que puede ser peligroso para mí —le explicó el niño—. Le aseguré que no, pero prefiere no arriesgarse.

—Desde la azotea se vería todo mucho mejor —murmuró ella.

Si habían usado el telescopio desde las ventanas del estudio solo habrían visto un pedacito de cielo. La tecnología alemana podía ser formidable, pero no atravesaba las paredes de la casa contigua.

—Hice un mapa de los cráteres de la Luna. Se lo puedo mostrar —dijo Adela.

—¿También te interesan las estrellas, Adela?

—Sí, claro.

—Eso es extraño —dijo Elizabeth.

—¿Por qué? —le preguntó Hunter muy serio.

—Porque las jovencitas suelen interesarse en otros temas,

como la música o la pintura. No en la astronomía. Es una disciplina muy compleja.

Elizabeth observó a Adela. La niña se había acercado hasta la mesa para tomar la hoja donde había hecho el mapa de los cráteres de la Luna. Elizabeth sintió mucho interés. La conversación que tenían era casi normal y le importaba más que los cráteres de la Luna.

Adela le extendió el papel. Era un dibujo con carbonilla, tan manchado como estaba la *madonna*, pero muy interesante para ser solo un bosquejo de una niña de catorce años.

—Tu habilidad para el dibujo es notable.

—Salió bien, sí.

—Debemos agradecer cuando alguien nos hace un elogio, Adela.

—Pero ¿en serio tengo habilidad para el dibujo?

—Creo que sí.

Adela no respondió. Se llevó el dibujo de nuevo a la mesa y después volvió con su padre.

A las seis y media de la tarde el estómago de Elizabeth se retorció de hambre y dio por finalizada la corrección. La niña había permanecido junto a Hunter todo ese tiempo. Enrique leía el libro de estrellas. Elizabeth se puso de pie con los cuadernos en la mano y los repartió.

—Por lo que veo, tienen un inglés bastante pobre —les dijo—. Nada que no pueda mejorarse. Estoy segura de que solo es falta de práctica. Mañana empezaremos a repasar la ortografía y veremos cómo están en pronunciación.

Los niños no respondieron. Elizabeth se preguntó si era la primera vez que los evaluaba alguien que no fuera de la familia. Era consciente de que había pasado el día regañándolos, pero no lo lamentaba. Era su trabajo y por eso estaba en la casa.

—Espero que les guste lo que hice en la primera hoja —les dijo con una sonrisa.

Los dos abrieron el cuaderno y lanzaron una exclamación de asombro. Hunter se inclinó para ver qué era y sonrió. Buscó sus ojos por un momento, como si quisiera preguntarle algo, pero no dijo nada.

Elizabeth había dibujado a pluma un retrato de Adela y Enrique. La niña trabajaba en su *madonna* y Enrique estaba inclinado sobre su libro. Hacía mucho que no retrataba un modelo vivo y estaba bastante orgullosa de los bocetos.

El niño se señaló las pecas con el dedo. Elizabeth hizo el mismo gesto con las suyas y siguió reuniendo los elementos dispersos en el escritorio. Adela no había dicho nada, pero miraba muy de cerca el dibujo. Elizabeth dejó que la curiosidad creciera.

—¿Qué hacemos ahora? —le preguntó a Hunter, que seguía sentado en su escritorio.

—Nos distraemos hasta la cena —le dijo.

—¿No toman el té?

—No.

Elizabeth casi se desmaya.

—A partir de mañana tomaremos el té en el estudio —sentenció con un tono tan firme que nadie se atrevió a discutirle. Los niños se alegraron y lo vivió como otro pequeño triunfo.

—Estaré en mi habitación hasta la cena. Debo ordenar todo —le dijo a Hunter—. ¿Toby todavía estará allí o a esta hora tiene otros planes?

—A esta hora ya volvió a la cocina para la cena.

—Unos momentos de soledad me vendrán bien.

Nunca supo si la ausencia de Toby la serenó, porque dos horas después la despertaron los golpes y los gritos de la criada que le anunciaban que la cena estaba lista.

6

La cena fue similar al almuerzo: los niños comieron con los adultos y la institutriz, con la familia. El grupo formado por la madre y las dos hermanas se ubicó en el extremo de la mesa, Enrique y Adela hicieron preguntas cercanas a la falta de respeto y Hunter la llamó siempre por su nombre. La única diferencia fue que Toby también comió allí, de la mano de Adela. Elizabeth todavía estaba adormecida y no tenía fuerzas para señalar que el perro no debía estar allí o que la cena era horrible. Comía porque el hambre le provocaba dolor de cabeza. A ratos escuchaba que el señor Perkins y Hunter hablaban sobre ferrocarriles, pero no llegaba a entender lo que decían.

Fue una comida tan silenciosa que Elizabeth tuvo tiempo para notar que la experiencia la afectaba más de lo que había supuesto. Un año no alcanzaría para transformar a Adela en una joven preparada para ocupar el lugar de señora de sociedad. Había educado a cinco jóvenes de la familia y todas las experiencias habían sido exitosas, incluso la de Belén. No era novedad que le disgustaba el tipo de educación que recibían las niñas, pero por lo menos podía decir que los padres sabían qué querían. El terreno había sido preparado para que pudiera enseñarles lo que ellos consideraban un «aire refinado de sofisticación». Adela no tenía ese material. No había recibido educación que lo creara y dudaba de que pudiera heredarlo de la madre. Hunter era un hombre educado, pero no refinado. Si todo lo que había en Adela era de Tomás, era en esencia bueno, porque Elizabeth no podía decir que él fuera un hombre indecente o cuestionable, pero no servía para el propósito que tenían él o la señora Luisa.

La cena terminó y los niños subieron a sus habitaciones con Toby. Las hermanas y la madre saludaron con un murmullo y siguieron al señor Perkins, que salió del comedor sin decir una palabra.

—¿Enrique necesita que lo ayuden a acostarse? La escalera debe de ser incómoda para él —comentó Elizabeth.

Él se quedó con los ojos fijos en ella, como si pensara en otra cosa y la pregunta lo sorprendiera.

—No, puede arreglarse solo.

—¿Está seguro?

Él se levantó y ella también.

—Antes de acostarme lo voy a ver —dijo Hunter—. Voy con la excusa de llevarle un libro o unas láminas. Y compruebo que esté bien. A veces Toby se acuesta sobre su pierna y no puede sacarlo. ¿Podemos hablar en mi estudio?

—Por supuesto, trabajo para usted.

Hunter dejó de caminar.

—Lo único que recibo son esos comentarios maliciosos.

Elizabeth entendió que era el momento de educar al padre. Intentó razonar con él.

—Únicamente señalé la realidad, señor Hunter. No solo podemos hablar: debemos hacerlo. Parte de mi trabajo es hablar siempre con los padres.

A Elizabeth le gustaba mucho educar con el ejemplo, y esperaba que Hunter comprendiera que quería ayudarlo. Su expresión seria hizo que ladeara la cabeza para esquivar sus ojos. Él no lo entendía. No se arrepentía del comentario que había hecho, pero sabía que había traspasado el límite que había querido mantener todo el día a fuerza de reproches. En cualquier otra casa esa frase no se habría perdonado.

—Vamos al estudio —dijo él.

Ella lo siguió por el pasillo oscuro. Oía ruidos apagados que venían de la otra sección de la casa. ¿Nunca iban hacia ese lugar? ¿Solo las mujeres y el señor Perkins iban al sector más nuevo? ¿Cómo podía preguntarlo de manera delicada? En otras casas la informaba el resto del personal, pero en esta solo había visto a Marta. Si había una cocinera, no sabía su nombre.

Entraron en el despacho de Hunter. Con la luz artificial el lugar no parecía tan descuidado o raído como lo había visto la primera vez. Los libros seguían por todas partes, ese día no se había hecho la limpieza y aún no se atrevía a mirar al techo, pero era un lugar cálido y sereno. Él le señaló un par de sillones y una mesa que estaban junto a una ventana. Sobre la mesa había un servicio de té. Elizabeth sintió un escalofrío. El té de esa casa debía de ser espantoso.

—¿Lo preparo?

No esperó la respuesta. La cajita de té le llamó la atención. Hacía mucho tiempo que no visitaba a la señora Luisa, pero estaba segura de que ella tenía una igual en la casa de París. La habían traído con el señor Guillermo en un viaje que habían hecho a China.

—Esta caja se parece a una que tenía la señora Luisa en París.

—Fue su regalo de bodas.

—¿El té también es chino?

—El té me lo envían desde Inglaterra.

Elizabeth sintió mariposas en el estómago.

—¿Es té inglés?

Hunter alzó los hombros.

—Eso dice el paquete.

Elizabeth no cuestionó los hombros de Hunter y se concentró en el té. Tocó la tetera con la mano izquierda y comprobó que la temperatura era la correcta. Un milagro si se consideraba el lugar donde estaba. Con la derecha colocó tres cucharaditas de las hebras en la tetera y rogó que la cantidad de agua fuera la indicada. Necesitaba un pequeño milagro esa noche.

No se dio cuenta de cuánto precisaba ese milagro hasta que se descubrió con las dos manos sobre la taza y el vapor del té abriéndose paso por la nariz. Hunter no había dicho nada mientras ella servía, como si fuera una persona hecha de esas tuercas que tanto le gustaban.

—¿Existen personas mecánicas? —preguntó, divertida con el curso que habían tomado sus pensamientos.

Él pestañeó sin entender.

—De esas máquinas que les gustan tanto a usted y a Enrique —le explicó—. ¿Hay alguna persona así? ¿Un ser hecho de máquinas?

—¿Un autómata? Hay algunos ejemplos, sí. Vi unas láminas de la Exposición Universal de París hace tres años. Pero funcionan con manivela, como una caja de música. No son totalmente autómatas.

—Hace mucho tiempo que no tomaba té de verdad. Está exquisito.

—Qué bueno que haya algo que merece tu aprobación.

Elizabeth bajó la taza. Buscó una servilleta para secarse los labios, pero no la encontró. Se secó con la palma de la mano derecha mientras con la izquierda dejaba la taza en la mesa. De nuevo, las circunstancias especiales hacían que un acto que la hubiese horrorizado en cualquier casa fuese permitido en esa habitación llena de alfombras raídas y con una luz eléctrica anaranjada.

—¿La familia tiene problemas económicos?

—No —respondió él de inmediato.

—¿Los negocios del señor Perkins están en orden?

—Sí. Ferrocarriles, como toda la familia. También máquinas de coser y tornos para zapateros. Lo que venga de Inglaterra.

—Qué bueno que sea así.

Elizabeth se miró las manos.

—Confieso que no sé cómo decir algunas cosas.

—Dijiste que ibas a evaluar a Adela —dijo Hunter.

Elizabeth percibió su ansiedad. Le agradó que así fuera. Había conocido padres muy poco interesados en sus hijas. Según entendía, Hunter estaba todo el tiempo con ella, así que la influencia en su educación era directa. Nunca había trabajado con una familia así, pero no podía ser malo.

—Adela es una niña inteligente. Basta con hablar con ella para darse cuenta. Tiene talento para el dibujo, pero necesita más prolijidad. ¿Ha probado otras técnicas? ¿Acuarelas? ¿Óleos? Solo vi dibujos en grafito.

—No. Solo lo que pude enseñarle con carbonilla, pluma o lápiz. En la universidad usábamos acuarelas para algunos diseños, pero no manejo el color ni otros materiales.

—¿Todo lo que sabe lo aprendió de usted?

—Sí. Juliette no sabía dibujar. Les enseñó a leer y a escribir en francés y yo, en castellano. Y aritmética, pero no le gusta.

—¿Nunca tuvieron otro profesor? ¿Música?

—No.

—Entiendo —mintió Elizabeth—. Adela debería empezar con acuarelas cuanto antes. Ya tiene la capacidad del dibujo. Es una técnica refinada y apropiada para una jovencita.

—Mañana vamos a comprarlas.

—No hace falta que sea mañana —lo interrumpió con una sonrisa—. Es más, podemos aprovechar y hacer que la señora Luisa nos envíe material desde París. Ya que está tan interesada en este asunto, no deberíamos dejar pasar la ocasión. Quizá podamos hacer un pedido a la casa Sennelier.

Elizabeth vio algo parecido a una sonrisa en el rostro de Hunter. Fue tan fugaz que se preguntó si no lo había inventado ella.

—Te gustaba mucho ir a Sennelier.

—¿No les interesa la música? —preguntó ella.

—Juliette solía cantarles, pero no saben más que algunas canciones. Y yo prefiero que sea así.

—Tampoco vi instrumentos en la casa. ¿A las señoras no les interesa la música?

Hunter negó con la cabeza.

—Había un piano en la otra mitad de la casa, pero no sé si sigue allí.

—Aprendí algo de piano en mis años en París. Puedo hacer un esfuerzo, pero si el objetivo es que aprendan música lo mejor sería contratar un profesor.

—No es necesario, no nos interesa la música.

A Elizabeth no se le escapó que Hunter había dicho que no tenía idea de qué pasaba en la otra mitad de la casa. No le había prohibido ir, pero parecía haber una regla tácita y muy importante que dividía a la familia en los dos sectores.

—¿Adela no tiene ninguna amiga?

—No. Juliette fue su niñera y compañera.

—Debe de haber sido una pérdida terrible.

—Sí. Desde que murió está entusiasmada con la idea de ir a París. Enrique y ella se hacen buena compañía. Cuando murió Juliette traje a Toby. Los distrajo de la tristeza.

Elizabeth trató de hablar de la forma más suave posible.

—No es bueno que los niños estén tan aislados. Sería muy beneficioso para Adela que fuera a una escuela. Algunos meses, quizá un año. Que tomen cursos privados, incluso. Necesitan ver a otros niños.

—Por el momento no es posible.

—¿La señora Eduarda no quiere? —preguntó ella con precisión.

Él no hizo ningún gesto.

—Prefiero que los niños permanezcan en casa. Enrique no puede ir a una escuela por la pierna. Y Adela está acostumbrada a estar conmigo.

—¿Las madres no tienen ninguna influencia en su educación?

—No.

Elizabeth hizo una pausa. Había recorrido todos los caminos alternativos posibles, pero tenía que hacer preguntas directas.

—¿Mi lugar real aquí es educar a Adela en el refinamiento y las maneras sociales? ¿Inglés? ¿Dibujo?

—Así lo sugirió mi tía Luisa.

—La señora Luisa habría perdido la calma a los cinco minutos de entrar en esta casa.

Hunter pestañeó. Elizabeth quería ser lo menos agresiva posible, pero las palabras se acomodaban de tal forma que siempre sonaban como un reproche. No lo veía, pero adivinaba que algo del orgullo de él debía de estar herido. La situación en la casa no era normal. Por esa razón, ni Adela ni Enrique salían de ella.

—Cuando murió Juliette perdimos mucho. Era la mujer que se ocupaba de la casa. Ni Eduardo ni yo tenemos habilidades domésticas.

—Yo no puedo reemplazar a la señora Eduarda —dijo Elizabeth y escuchó en sus palabras un rencor que no sabía que existía—. O a la señora Perkins. Ni siquiera a Juliette —agregó para suavizar el comentario.

—Nadie te pide que reemplaces a nadie. Al contrario. Estás aquí porque sos diferente.

—No termino de entender qué se espera de mí —dijo ella con cautela.

—Yo tampoco.

Elizabeth vio la desesperación en los ojos de Tomás. Él se había puesto de pie y caminaba por la habitación. Ella lo seguía con los ojos. Descubrió que en las paredes del estudio había láminas y cuadros de lugares remotos: pagodas chinas, templos de la India, litografías japonesas, mapas de islas que no conocía. Alzó la mirada hasta el techo y en lugar de telas de araña descubrió un inmenso planisferio pintado, como si fuese una de esas iglesias italianas que a la señora Luisa le gustaba visitar. Un templo pagano dedicado al dios de los viajes.

Volvió los ojos a Hunter.

—Todavía no estoy seguro de que no seas una alucinación, miss Shaw.

—Soy real. Ni alucinación ni autómata hecha de engranajes de bronce.

—Tengo miedo por Adela.

—Soy una institutriz. Puedo pulir las habilidades sociales, la inteligencia y el talento, pero no puedo enseñarle el mundo en el que vive. Ese mundo debe entenderlo a través de sus padres. No puedo hacer milagros.

—Intento hacer eso.

—Adela no sabe qué soy. Ni entiende qué lugar ocupo en esta casa. Tuve que pasar por la humillación de explicarle que soy una criada refinada que tiene derecho a decirle que hace las cosas mal. Tuve que contarle que soy pobre y huérfana, pero que la caridad de una señora con mucho dinero hizo que fuera a una escuela exclusiva en París. ¿Por qué tu hija no sabe qué lugar ocupo? ¿Por qué le tengo que decir que trabajo para ella?

—No era mi intención humillarte.

—Hace mucho tiempo que no hablamos, pero no dejé de ser la que conociste en París.

—El orgullo ante todo.

—Mi nombre y mi orgullo ante todo, porque es lo único que me pertenece. Y hoy no me dejaste conservar ni uno ni otro.

—¿Por qué no le dijiste a Adela tu sobrenombre?

Elizabeth se exasperó.

—¿Por qué pensás que tenés dos años menos?

—¿Qué tiene que ver eso con tu nombre? —preguntó él con amargura—. Me equivoqué con tu edad. Suele pasar.

Elizabeth juntó las manos sobre el regazo y enderezó la espalda.

—Es una tontería, lo sé. Pero si Adela conoce mi sobrenombre empezará a llamarme así todo el tiempo. Dejaré de ser miss Shaw y con eso perderé autoridad. Seré Beth, otra criada a la que se puede llamar a gritos. Miss Shaw es la diferencia y necesito que la marques si voy a tener alguna influencia en los niños. Y ya me contagiaste el trato de confianza. No puedo trabajar así.

—Estamos tan aislados que pierdo la noción de todo. Las cartas de mis tíos me recuerdan que pasa el tiempo. No lo tomes como falta de respeto, es desesperación. Tengo tanta confianza depositada en tu presencia que me olvido de todo. Te veo como si tuvieras diecinueve años y yo veintitrés.

—Veinticinco.

—Me siento viejo.

—Lo sé. Yo también.

—¿Sí?

—Sí, el tiempo pasa para todos.

—Cuando te conocí en París creí que eras capaz de hacer cualquier cosa.

—Estabas enamorado.

Su padre solía decirle que tenía una inteligencia rápida, una lengua más veloz y un espíritu demasiado independiente que no se detenía a pensar en los sentimientos ajenos. Elizabeth se imaginó los ojos decepcionados de su padre cuando se escuchó decir esas palabras.

—Fue hace mucho tiempo —dijo él.

—Hace mucho tiempo y muchas tonterías atrás... —recitó ella como si empezara un cuento—. Deberíamos enseñarles a los niños esos cuentos para que aprendan a no cometer los errores de los padres.

Pretendió ser un comentario jocoso, pero de inmediato se dio cuenta de que no lo era. Tomás Hunter enamorado de Elizabeth Shaw, la huérfana a la que protegía la señora Luisa Perkins de Hunter, no había sido más que una frívola historia parisina. Los comentarios jocosos surgieron en ambos lados del Atlántico. El matrimonio de Hunter con Eduarda Perkins, la sobrina de la señora Luisa, era una cosa seria y los comentarios desaparecieron. Así había sido la historia, diecisiete años atrás.

Elizabeth ya estaba en Buenos Aires cuando se celebró el matrimonio. La noticia salió en los periódicos anunciada por la familia Madariaga. Como no hubo una gran celebración, el asunto pasó sin pena ni gloria, al igual que el casamiento de otra sobrina, Adelina Perkins, con Robert Ward, un par de años después.

—¿Y qué piensa la señora Adelina sobre la educación de Enrique?

—Que está bien lo que yo y su abuelo decidamos.

—¿Hay algún plan de enviarlo a una escuela? Una niña puede tener una educación en su hogar, pero si Enrique quiere hacer estudios más complejos debe tener otros profesores.

—Hablaremos de eso cuando esté más fuerte. Trato de enseñarle las cosas que sé. Le gustan las historias de viajes. Es despierto, aunque tiene una mente a la que le gusta vagabundear con historias fantásticas.

—¿Como la mente de su tío? —preguntó Elizabeth señalando el techo de la habitación.

Le arrancó una sonrisa triste.

—Creo que incluso más que a mí. Le gustan mucho las estrellas y la Luna, los planetas, las constelaciones. El telescopio lo conseguí para él.

—¿Ya leyó a Julio Verne?

—Creo que no. ¿Debería leerlo?

—¿*De la Tierra a la Luna*? ¿*Viaje al centro de la Tierra*? *La vuelta al mundo en ochenta días* y muchos más. No es mi especialidad, pero puedo preguntarle a Mary.

—Mañana vamos a comprar libros.

Elizabeth sonrió ante la ansiedad de Hunter.

—Con Enrique será más sencillo que con Adela —le dijo.

—¿Eso pensás?

Elizabeth se detuvo para reflexionar. Todo el día había tenido la sensación de que las cosas serían más fáciles con Enrique. Lo había visto más expresivo que a Adela, más interesado en el mundo. El niño tenía curiosidad y la curiosidad llevaba a la exploración.

—Con Enrique será más sencillo —repitió Elizabeth sin poder darle una explicación sincera.

Hunter hizo una mueca de tristeza.

—Es preferible la verdad, por más dolorosa que sea, que vivir en una ilusión, señor Hunter. La mentira no lleva a ningún lugar.

Tomás se cruzó de brazos.

—Vamos a establecer algo —dijo, irritado—. Te gusta hacer comentarios mordaces y los voy a permitir solo si se dirigen a mí. Todo miembro de la familia de esta casa está fuera de los límites de esos comentarios, no hay excepción. A cambio de esa libertad, te llamaré Elizabeth. No es una falta de respeto, es que no puedo llamarte miss Shaw. ¿Estás de acuerdo?

—Estoy de acuerdo, señor Hunter. Pero quiero un pequeño favor. Tomémoslo como un incentivo para mitigar mi orgullo exacerbado. Incluso puede ganarse una aliada importante en este asunto.

—¿Cómo es eso?

—Quisiera un poco de ese té inglés para mi amiga Mary.

Hunter alzó las cejas. Elizabeth esperó la respuesta. Él podía olvidar su edad, pero no podía haber olvidado que ganarse a miss Sharp era ganar a miss Shaw.

—De acuerdo. Si me das la dirección, mañana le enviaré un paquete que llegó hace unos días.

A Elizabeth le gustó comprobar que no había olvidado ese importante detalle.

7

—Quiero que sepas que, a partir de hoy, cualquier cosa que diga Tomás Hunter estoy de acuerdo con él. Siempre tendrá la razón. Y no creo que haya hombre más inteligente que él.

—Nunca dudé de tu traición, Mary Anne Sharp. Aunque nunca sospeché que tu precio fuera tan bajo.

—¿Tan bajo? Esa caja de té debe de costar veinte libras por lo menos. Es exquisito. La reina Victoria debe de tomarlo.

—El rey Eduardo.

—Eso. El rey Eduardo. ¿Podés creer que haya muerto? No soporto la idea de que ella no esté cuando yo vuelva a Inglaterra. ¿Te conté que de pequeña soñaba que era mi abuela? Nunca supe quién era mi padre, así que pensaba que era hija de un príncipe hijo de la reina Victoria.

—Me lo contaste cada noche en la escuela de Plymouth.

— Bueno, me disculpo si mis historias son repetidas. La vida de una institutriz no es tan emocionante como algunos pueden llegar a imaginar.

—Dudo que alguien se detenga a imaginar la vida de una institutriz —murmuró Elizabeth.

—Ese espíritu derrotado no nos sirve, Elizabeth.

—Tuve una semana difícil.

—¿En casa del maravilloso señor Hunter? Seguramente fue por tu culpa. Qué magnífico hombre debe de ser. Tomar un té de esa calidad lo hace un hombre refinado.

Mary se divertía con ella. Al menos alguien encontraba algo interesante en los días terribles que había pasado.

—Refinado no es la palabra —dijo Elizabeth después de una pausa—. Aunque tampoco es tosco. Nunca lo fue. Tiene una delicadeza natural, supongo. Y siempre fue tímido.

—No puede haber dejado de ser el mismo que conociste en París.

—Tiene canas y arrugas.

—¡Como todo el mundo! ¿Esperabas que se mantuviera de veinticinco años toda la vida? ¡Pobre hombre! Tener que convivir con alguien tan cruel.

—La realidad no es cruel. Todos tenemos signos del paso del tiempo.

—Pero no hace falta que se lo menciones a un hombre tan generoso.

—¿Y la generosidad de la persona que lo consiguió? ¿Ninguna gratitud con ella?

—Eterna gratitud —dijo Mary con voz de niño que recita una poesía ante sus tíos y primos.

Elizabeth asintió con resignación.

—No quiero hablar de Hunter. ¿Cómo está todo en tu casa?

—Como siempre. Los niños se portan como demonios con la madre, pero son unos verdaderos ángeles cuando viene gente. El padre los ve por la mañana y desaparece hasta la noche. Y todo funciona gracias a miss Sharp. No intentes desviar la charla. Hasta que dejes la casa Hunter será más entretenido hablar sobre tus aventuras.

Elizabeth hizo una mueca triste.

—Voy a empezar a tomar café —murmuró.

—Una dama toma té, Elizabeth.

—Cuando en esta confitería sirvan té, lo tomaré.

—Bueno, basta de quejas. Podés tomar de ese magnífico té del señor Hunter cada dos o tres días, qué maravilla.

—Todas las noches.

Mary se puso muy seria y se llevó la mano al pecho. Elizabeth escondió la barbilla de modo que solo le quedaban visibles los ojos llenos de inocencia.

—Todas las noches tomás té inglés y aun así no hacés otra cosa que quejarte del amable señor Hunter. Cuánta ingratitud.

—Hasta ahora no me quejé de él.

Mary asintió.

—Lo sé. Y aquí y ahora te digo que dudo que puedas criticar a Tomás Hunter. No en realidad. Quejas, por supuesto, pero nunca críticas. Por algo aceptaste trabajar en esa casa. Hay rumores, pero ninguno debe asemejarse a la verdad, ¿no es cierto?

—¿Qué rumores escuchaste exactamente sobre la familia? Porque trabajé con los Madariaga, y nunca oí nada que se pareciera a esto.

—Es que los Madariaga no hablan de esto. ¿Nunca lo notaste? Los rumores nunca vienen de allí.

—Creo que ahí está el problema. Procuraba no prestar atención sobre los temas referidos a Tomás. Y me imaginé que había sido tan buena que no me había enterado de nada. Siempre supe que no tenían vida social. Pero en esa casa hay algo más que falta de visitas.

—Eso también me intriga a mí. Pero más allá de los Madariaga. La señora Luisa y el señor Eduardo saben qué pasa en esa familia y nunca te mencionaron nada.

—Cuando ocurrió lo de Belén hubo rumores —dijo Elizabeth—. Hablaban de ella por todas partes. La señora Luisa me escribió una carta larguísima. Pero no decía nada de Tomás o su sobrina Eduarda.

—Lo de Belén fue escandaloso porque siempre tienen ganas de espantarse por una mujer que tomó una decisión visible y clara —dijo Mary con fastidio—. Todavía se habla de ella.

—¿Todavía?

—Por supuesto. Nunca lo hicieron frente a tu persona, claro. Y te redimiste con el casamiento de Angelita. Pero tu favorita se convirtió en el ejemplo para todas las jovencitas. «Vas a terminar como Belén Madariaga», dicen las abuelas. Es un milagro que sigas trabajando para esa familia.

—Sigo trabajando en la familia porque Belén se fue a París un año después de que yo dejara la casa. No tuve nada que ver con lo que ocurrió.

—Todo el mundo sabe que te pidió consejo. Y que le diste el que la familia no quería.

—Ya no trabajaba para los Madariaga. Era libre de expresar lo que pensaba.

—Acabás de decir que trabajás para la familia hace años.

—Entendés lo que digo, entonces.

—Exacto. Por eso te pregunto: ¿por qué la señora Luisa te suplicó que trabajaras con Tomás?

Elizabeth suspiró. Era la pregunta que le daba vueltas en la cabeza desde que había empezado a trabajar en la casa.

—Solo hay dos mujeres de servicio. Marta y la cocinera, Antonia. Dos hermanas españolas. Y un cochero alemán al que apenas veo. Se ocupa de los caballos y del señor Perkins, que pasa gran parte del día en la oficina de la compañía. La ropa se lava fuera. Los niños visten sin gracia. Los trajes de Hunter son viejos. La comida es terrible. Vivo preguntándome si falta dinero, pero Hunter dijo que no. Creo que la explicación más sencilla es que se ocupan de la casa dos hombres y no ven necesario hacer reformas o comprar ropa nueva.

—Qué cosa tan extraña.

—La casa tiene dos entradas, dos secciones, dos mundos. No me prohibieron ir a la sección de los Perkins, pero no hizo falta. Está claro que a ese lugar no se va. Son las mujeres y el señor Perkins los que van de un lugar a otro.

—No sé qué decirte. Las dos hemos visto familias extrañas, pero ninguna como esa. Y el señor Perkins ¿cómo es?

—Es un hombre amable. No habla mucho. Los niños le tienen cariño.

—Eso es algo.

—Sí. De vez en cuando me mira fijo y recuerda que soy «la niña de Luisa». Le digo que fui su dama de compañía por cuatro años, pero lo olvida de inmediato. Y vuelve a su periódico. Ni siquiera estoy segura de que sepa quién soy. Debió de entender que la hermana adoptó a una niña en lugar de tenerme como dama de compañía.

—Puede ser.

—Igual no es la parte extraña de la familia. Parece tranquilo y buena persona. También le gustan las máquinas como a Tomás. A Hunter, digo.

Mary sonrió.

—Costó, pero caíste. Ni siquiera miss Shaw puede tener ese control sobre sí misma. Lo que pasó con Hunter fue demasiado para que lo hayas olvidado. Parte de la familia debe de conocer la historia.

—Sucedió hace muchos años. La familia piensa que fue una tontería juvenil de Hunter. Creo que hasta se olvidaron de que era yo.

—¿La señora Luisa volvió a enviar telegramas?

—No. No recibí nada desde que le dije que trabajaría por un año.

—Quizá lo próximo que recibas sea una larga carta.

—Es probable.

Las dos se concentraron en comer y dejaron de hablar. El té nunca les gustaba, fueran a la confitería que fueran, pero se quejaron menos de las confituras. Elizabeth, en particular, estaba dispuesta a saborear cualquier comida que no fuera la que cocinaban en la casa. Una simple porción de torta azucarada la reconfortaba más que la sopa de verduras que la cocinera se empeñaba en servir todos los mediodías en la casa Hunter. El azúcar casi la hizo llorar de la emoción. Era un detalle muy simple, pero cualquier cosa era mejor que el huevo que siempre flotaba en el plato de sopa que le servían.

—En la casa se come tan mal que a veces me dan ganas de llorar. Adela y Enrique están delgados y agrisados.

—Yo soy muy feliz en la casa Anchorena. Los franceses son una raza complicada, pero saben cocinar. Mi persona favorita es el cocinero parisino. Y ahora que tengo el té, creo que podría acostumbrarme a vivir en Buenos Aires para siempre.

Elizabeth negó con la cabeza.

—No. El año que viene nos vamos.

—Ya lo sé.

—Ni en broma lo digas.

—Apenas puedo creer que hayas aceptado volver a trabajar.

—Yo tampoco. Solo por la señora Luisa, y gastó gran parte de mi gratitud en esto. Ella, que sabe qué pasó entre Tomás y yo, no debió insistir tanto.

—Eso es lo que estoy diciendo desde hace quince días.

Elizabeth comió en silencio. No quería prestar atención a los razonamientos de Mary; prefería comer algo con sabor, que fuera satisfactorio y reconfortante. Se distrajo con la confitería. No había muchas personas; había llovido todo el día, y la gente había preferido quedarse en casa y evitar el inicio del otoño. Abril era el único mes del clima de Buenos Aires que le recordaba a Fowey. Había pospuesto el regreso por un año y todavía le dolía la decisión. La melancolía la envolvió como un abrazo frío.

—Les enseñamos a las niñas que son el alma de la casa, el alma del hogar. Esa casa no tiene alma. Eso es lo que pasa —dijo Elizabeth abstraída.

—Me das escalofríos.

—No seas tonta. Hunter y el señor Perkins son hombres, los educaron como tales. Es un milagro que la casa no se caiga a pedazos.

—¿Las señoras no se ocupan de nada?

—No sé lo que hacen. Pero dudo que la señora Eduarda recuerde que tiene una hija. De vez en cuando, la señora Adelina se separa de la madre y la hermana y se acuerda de que tiene un niño. Tengo algo que decirte.

—No me asustes.

—No te asustarás. Te enojarás. El primer día en la casa le pateé la muleta a Enrique. Me había olvidado de que la usaba.

—¿Te olvidaste? —le preguntó Mary con la mano en el pecho.

—Sí. Me olvidé —respondió Elizabeth.

—¿Cómo pudiste olvidarte de eso? Llevaron al niño a la estancia de los Madariaga cuando trabajabas con ellos.

—Enrique se puso colorado y yo insulté en silencio como un marinero de Fowey.

—¡Pobrecito!

—Si lo tuvieras como institutriz te lo robarías —le dijo Elizabeth con una sonrisa.

—¿Es lindo?

—Es un encanto. Tiene pecas y ojos celestes. Y el pelo lacio y duro y hay que peinarlo con fuerza y aceite para que quede en su lugar. A la tarde ya lo tiene todo revuelto porque se rasca la cabeza con los ejercicios de aritmética que le pone el tío.

—¡Mi vida! —dijo Mary llevándose la mano al corazón—. Y le pateaste la muleta. No hay palabras para describirte. Una vergüenza para todo el honorable gremio de institutrices inglesas.

—Casi me echo a llorar. A veces imita la voz y las maneras de Hunter. Es muy divertido verlo.

—Con razón es tu favorito.

—No es mi favorito —protestó Elizabeth.

—Es inútil que lo ocultes, Elizabeth Shaw. Siempre tenés un favorito.

Elizabeth sonrió.

—A veces hay uno que por alguna razón en particular te roba el corazón. Es posible que sea el caso de Enrique. Hace una semana que estoy en la casa Hunter... ¡Ah, me había olvidado de Verne!

Mary se sorprendió ante la exclamación de Elizabeth.

—¿Verne?

—Les recomendé que leyeran a Julio Verne. Están entusiasmados con un telescopio y miran todas las noches las estrellas y la Luna desde una ventana. Leen sobre locomotoras y barcos de vapor. Hacen dibujos de poleas y otras cosas de nombre extraño. Hasta leen folletos de máquinas de coser. Pero lo que más le gusta a Enrique es la astronomía.

Mary cruzó los brazos.

—Y les recomendaste *De la Tierra a la Luna*.

—Sí —respondió Elizabeth con voz de lamento.

Mary se rio tanto que tuvo que esconder la cara en una servilleta y después tomar agua para calmar la tos.

—Eso te pasa por educar solo niñas.

—Soy una estúpida. Ahora Hunter debe de pensar que estoy obsesionada con él.

—Yo lo pensaría si me recomendaras un libro en el que uno de los protagonistas tiene mi nombre.

—Hunter consiguió el libro el martes por la mañana. Salió una hora de la casa; ni siquiera me dijo adónde iba. Volvió y treinta minutos después Enrique y él estaban con la cabeza metida entre las páginas. Hacían cálculos sobre la velocidad de las balas y los cañones y la distancia a la Luna. Y Hunter me miraba asombrado. Esa noche tuve que explicarle que no recordaba el nombre de los protagonistas.

—Por supuesto que no te acordabas.

—¡Lo leí una vez! Sufrí mucho. Creo que me puse colorada mientras le explicaba.

—Me imagino. Nada peor para miss Shaw que tener que reconocer que todavía piensa en Tomás Hunter.

—¡No pienso en él! Me quise morir unas cinco veces. Quedé como si tuviera quince años y le escribiera un poema.

Mary asintió con una sonrisa.

—Muy buena descripción.

Elizabeth apoyó la mano en la frente.

—Un año, Mary. Un año y me libraré de esto para siempre. Mientras tanto le hago copiar estampas chinas a la señorita Adela Hunter.

—¿Por qué te cae mal?

—¿Quién?

—Adela.

—¿Cuándo dije eso?

—No lo vas a decir. Pero no hablaste de ella.

Mary la miró a los ojos. La desafiaba. Eran pocas las personas capaces de hacer sonrojar a miss Shaw, y miss Sharp era una de ellas. Se conocían desde hacía tanto tiempo que cada una había tomado gestos y palabras de la otra, aun sin ser conscientes de ello. Y no solo se conocían. Ambas sabían que eran lo más parecido a una familia que podían tener. La vida las había reunido, más de una vez se habían salvado de situaciones difíciles y el futuro como mujeres que se quedarían solteras las hacía pensar de a dos. El proyecto de volver a Fowey llevaba años en la cabeza de ambas. Habían estado a punto de lograrlo, pero la señora Luisa y el señor Guillermo habían aparecido en la vida de Elizabeth otra vez y ella no había podido negarse.

Así que en esa confitería de Buenos Aires, en ese otoño que comenzaba, Mary preguntaba y Elizabeth debía responder con la mayor sinceridad posible.

—No me cae mal —insistió Elizabeth, obligada a sostener la mirada.

—Y a mí no me molesta que Newbery me ignore durante cinco días.

—¿Por qué te ignora?

—¡Miss Shaw!

Elizabeth movió una pierna. Era un gesto que estaban obligadas a prohibir a los niños porque no había nada menos refinado que mostrar ansiedad. Pero no podía evitarlo si se ponía muy nerviosa o estaba con Mary. Era un recuerdo lejano, de cuando compartían la escuela de Plymouth y debían salvarse de los problemas que creaba su amiga.

—Es la hija de Tomás —dijo Elizabeth con la voz ahogada—. ¿Qué esperás que sienta?

—La niña no tiene la culpa de nada —le reprochó Mary.

—No, pero no puedo dejar de sentirme así. Ella me recuerda todo el tiempo que no debería estar allí. Que no debí aceptar el pedido de la señora Luisa.

—La señora Luisa está convencida de que es dueña de tu vida. Y no quiere que regreses a Inglaterra, lo dejó claro muchas veces. Si realmente vamos a volver a Fowey vas a tener que decirle que no. No importa qué o cuán importante sea el favor que te pida. No importa si se está muriendo o si Hunter tiene quince hijos que necesitan una institutriz.

Pocas cosas le dolían más a Elizabeth que una reprimenda de Mary. Había llegado al mundo sabiendo que no tenía a nadie, que su familia la había abandonado, por las razones que fuera. Ella misma era lo único que tenía. Su trabajo y su respetabilidad eran parte de una personalidad construida a fuerza de una disciplina impuesta sobre sí misma. No se permitía fallar porque su vida dependía de mantener eso que había construido. Sintió un terrible dolor en la garganta y el estómago después de escuchar sus palabras.

—Sabés que no puedo decirle que no.

—¿Cuánto tiempo más vas a deberle gratitud?

—Un año.

—En un año pedirá otra cosa. O mandará telegramas desde París diciendo que se muere y que necesita que vayas a cuidarla. ¿Qué harías si pasa eso?

—En un año nos vamos a Fowey. Está decidido. ¿Puedo terminar mi té sin que me regañes?

—Te doy permiso.

Bebió el té, que ya estaba helado.

Salieron de la confitería y caminaron despacio por las veredas mojadas; Mary llevaba el paraguas y Elizabeth le tomaba el brazo. Ya atardecía y había muy poca gente en la calle. Los coches pasaban rápido, apurados por la lluvia. Algunas personas corrían para alcanzar el tranvía. No se habían dicho mucho después de la regañina. Al llegar a la casa Hunter, Mary alzó la cabeza para observarla.

—Es una casa muy rara —dijo en voz muy baja.

—Sí. ¿Mary?

—¿Qué?

—No maltrato a Adela. No lo voy a hacer nunca, no te preocupes por eso.

—No quise regañarte.

—Sí, quisiste. Y está bien. Juramos que nunca íbamos a

maltratar a un niño y no lo voy a hacer. Sé que no tiene la culpa de nada.

—Es una niña, nada más. Debe de estar tan perdida y sola como nosotras a esa edad.

Elizabeth la soltó porque estaba a punto de echarse a llorar y no quería entrar así a la casa.

—Bueno —le dijo y le besó la mejilla—. Andá con cuidado y no te tomes todo el té en un día.

Los ojos de Mary se iluminaron de malicia.

—Debería entrar y agradecerle a Hunter. ¿Cuándo vas a presentármelo? Nunca lo conocí formalmente.

—¡Hoy no! —exclamó Elizabeth con un grito casi desesperado y risa al mismo tiempo—. Hoy no podrá ser. Pero tendrás que agradecerle el regalo algún día, es cierto. Quizá en dos semanas podemos hacerte pasar para ver qué cara pone.

—Una cara gloriosa, seguro.

Elizabeth asintió divertida y subió las escaleras de la casa. Hizo sonar el timbre y se despidió con la mano de Mary, quien ya había empezado a caminar bajo la lluvia.

8

La voz de la conciencia de miss Elizabeth Shaw tenía el marcado acento de la región de Cornwall y un sospechoso parecido al tono de voz de miss Mary Anne Sharp. Mary no era el mejor ejemplo de conducta intachable, pero como se sabía imperfecta —y disfrutaba bastante de su imperfección—, no exigía a los demás que cumplieran con un comportamiento que Elizabeth sí esperaba.

El problema era cuando Mary la retaba. Se había comportado mal con Adela. Era una niña inteligente, tranquila, con un carácter muy parecido al de Hunter, al menos el que ella había conocido. Hacía preguntas incómodas todo el tiempo, pero no tenía malicia. Tenía talento para el dibujo y estaba segura de que podría estudiar con alguno de los maestros de Buenos Aires si el proyecto de la Académie Julian no prosperaba.

Había sido injusta con Adela por la razón que siempre le había resultado odiosa: porque tenía problemas con los padres. «Los niños no tienen la culpa» era una frase que las dos amigas se habían repetido con frecuencia en los primeros años en Buenos Aires. En esa época ambas lloraban mucho con el cambio de horario, clima, lengua y cultura. La ciudad era casi Babilonia, pero el idioma que menos se hablaba era el inglés. De hecho, ellas eran las que lo enseñaban. Todavía eran jóvenes y la escuela de Plymouth no las había preparado para empezar a dejar atrás los sueños y esperanzas; menos todavía para soportar que las personas que las contrataban tuvieran derecho sobre su vida. Mary fue la que notó primero que a veces el enojo hacia los padres hacía que maltratara a un niño sin razón. Y como había vivido una infancia mucho más difícil que la de Elizabeth era la primera en defender a los niños y encariñarse con ellos. Elizabeth sabía incluso que si quería mucho al niño que cuidaba lo abrazaba después de regañarlo.

Elizabeth no abrazaría a Adela por más que la regañara, pero tenía que reconocer que no había sido amable con ella. Una semana después de trabajar juntas sabía que su gusto por el arte era genuino y que debía estimularlo. Se había excusado de la cena, y después de pasar una hora en la cama con los ojos fijos en el techo se decidió a buscar la carpeta de dibujos de la Académie Julian.

La encontró en el fondo del baúl más grande, junto a otros objetos que formaban parte de su vida en París: un bolso para salir por la tarde, una cinta azul que se había puesto en el cabello durante un viaje, unos guantes amarillentos que habían servido para bailar, cinco cartas atadas con un hilo. Pertenecían a ese pasado que no se moría del todo.

Sacó la carpeta y volvió a poner todo en su lugar. Se sentó en la cama para revisar los dibujos, pero solo pudo mirar cuatro y los dejó sobre la cama, a un lado. Eran parte de una herida que se había abierto y ver cada uno de ellos le traía recuerdos que creía adormecidos.

Tenía que cambiarse para dormir, pero el cuerpo no le respondía. Comprendió que la melancolía la había ganado. La gobernaba por completo y ni siquiera podía levantarse para ponerse el camisón. Cerró los ojos y se quedó dormida. La despertaron los ruidos de unas puertas que se abrían y cerraban, seguramente de las habitaciones de los niños. Tenía frío, pero no quería moverse, ni siquiera para cubrirse con una manta.

Oyó un golpe en la puerta.

—¡Basta, Toby! —gritó.

Sus propias palabras la despertaron. Cerró los ojos y pidió al cielo con mucho fervor que nadie en la casa hubiera oído ese grito. Se sentó sobre la cama sin respirar.

—Soy Tomás.

Se puso de pie tan rápido que se mareó. Dio dos pasos en falso y tuvo que apoyarse sobre la cama para no caer.

—¿Pasó algo? —preguntó a través de la puerta.

—¿Puedo pasar?

Elizabeth alzó las manos y preguntó: «¿Por qué a mí, Señor?». Abrió la puerta con fuerza.

—No. No podés pasar. ¿Qué ocurre?

—Necesito hablar —dijo él, pero de inmediato sus ojos se distrajeron en la habitación—. ¿Esa es la carpeta de dibujos de París?

Elizabeth se ruborizó. Se sorprendió mucho porque tenía tan controladas las emociones que apenas se ruborizaba, lloraba o reía en público, a menos que fuera domingo y estuviera con Mary.

—Bajemos al escritorio —dijo con la voz quebrada.

—Sí, vamos.

Elizabeth dejó de sentirse mareada cuando tomó la taza con las manos. Seguía teniendo frío por haberse quedado dormida y todavía no había podido calmar el rubor de las mejillas.

—Mary envió sus saludos y agradeció muchísimo el té.

—¿Se puso contenta?

—Prácticamente piensa que usted es el mejor hombre del mundo.

—Las vi por la ventana cuando llegaron.

—Me acompañó hasta aquí. Preguntó si en algún momento puede conocerlo.

—Claro que sí. Me gustaría conocerla. La vi un par de veces cuando trabajaba en la casa de los García Anchorena. Pero no nos presentaron.

Elizabeth tuvo que tomar tres sorbos de té para ocultar que se había ruborizado otra vez. «En esa época todo el mundo pensaba que eras amante de la dueña de casa, por eso no te presentaron», pensó.

Recordó que, mientras estaban en la escuela de Plymouth, Mary había conseguido una pequeña botella de whisky y le ponían chorritos al té por las noches, antes de dormir. Cuánto bien le habría hecho algo así en ese momento. Le dio la risa y terminó por ahogarse con el té. Tosió hasta que le saltaron lágrimas.

—Ahí en la mesa tenés agua —dijo Tomás sin saber qué hacer.

Ella asintió y se acercó para tomar un poco. Estar de espaldas a él le dio la oportunidad de cerrar los ojos y suspirar. Se había vuelto a marear y la melancolía seguía llenándole el cuerpo de sopor. Se sirvió más té y regresó a su sillón. Miró a Hunter con la cabeza ladeada como si estuviera a punto de caer bajo el peso de la tristeza.

—¿Estuviste llorando?

—No.

Él la miró de una forma que la hizo sentirse mejor. Por primera vez notó que contenía un manojo de emociones contradictorias, y que no sabía qué hacer con ellas. El descubrimiento la serenó y volvió a respirar con normalidad. Pudo, incluso, mirarlo a los ojos y esperar su respuesta.

—¿Ocurrió algo? —preguntó él.

—Nada importante —dijo Elizabeth.

—¿Había alguna cosa en la carpeta que te hizo llorar?

Elizabeth bebió té antes de responder. Le gustó que reconociera de inmediato una carpeta que no había visto en diecisiete años. Al menos no había olvidado todo.

—No. Separé la carpeta para Adela. Quería mostrarle mis dibujos de mis años en la Académie.

—Le gustará mucho. ¿Pasó algo con Mary, entonces? ¿O recibiste noticias inesperadas?

—No, todo está bien. ¿Por qué me pregunta eso?

—Te excusaste de comer.

—Me dolía la cabeza y ya había tomado el té con Mary.

—¿Ahora estás bien?

—Me siento mejor.

No se sentía bien en absoluto, pero no era el momento de pensar en eso. Contemplaba a Hunter bajo otra luz. Él había sido educado de la misma manera que Elizabeth en París: las emociones debían controlarse. Cualquier desmesura era inapropiada, fuera de lugar y de gente que no tenía educación.

Hunter sacó del bolsillo interior de la chaqueta un sobre que Elizabeth identificó de inmediato: era un telegrama urgente. Dejó la taza en la mesita que estaba junto a su sillón y juntó las manos sobre el regazo.

—¿Escribió la señora Luisa?

Él asintió. A Elizabeth el corazón le golpeó en el pecho.

—¿Pasó algo grave? ¿El señor Guillermo está bien?

—Están bien los dos.

Elizabeth exhaló con suavidad.

—¿Cuáles son las noticias, entonces?

—El telegrama vino desde Brasil. Avisan de que llegan a Buenos Aires. Pero no aclaran cuándo.

—¿Quiénes llegan?

—Mi tío y la señora Luisa.

Elizabeth movió la cabeza. Emitió un sonido falso que pareció ser una risa.

—Es imposible.

Tomás extendió el sobre. Ella lo abrió y leyó. Era cierto. La señora Luisa avisaba a su sobrino de que llegaba a Buenos Aires. Se lo devolvió y se encontró con la mirada interrogante de Hunter.

—¿Sabías algo de esto? —preguntó él.

—Nada. ¿Por qué debía saberlo?

—Te mandó varios telegramas para convencerte de que trabajaras aquí.

—Pero ninguno mencionaba un viaje a Buenos Aires. ¡Después de tanto tiempo! ¿Le escribió también al señor Perkins? ¿Él sabe algo?

—No, dijo que no sabía nada.

—Estoy tan sorprendida como usted.

—Pensé que sabrías algo y que por eso no quisiste cenar. O que lloraste por eso.

—No. Ya le dije, me duele la cabeza y me quedé dormida. Debo de estar despeinada y con la ropa arrugada.

—Tenés los ojos hinchados como si hubieses llorado.

—Estoy cansada. ¿Alguna noticia más? ¿O ya puedo retirarme?

Elizabeth lo vio de nuevo. Era apenas un movimiento de las cejas. Un gesto mínimo, pero ella corría con ventaja cuando se trataba de Tomás Hunter. Había algo que luchaba por salir en el interior de Tomás.

—¿No te asombra?

—¿El viaje? Claro que sí. Debieron de pensar que era hora de volver.

—Nunca les interesó regresar a Buenos Aires. Sé que mi tío insistió varias veces, pero ella dijo que no.

—Lo sé. Pero no puedo decir nada al respecto porque no sé nada. Es una noticia tan nueva para mí como para usted. Cuando lleguen, sabremos sus motivos.

—Pensé que por eso habías sacado la carpeta de dibujos.

—Debo confesar que me sorprende que reconociera la carpeta de inmediato.

—Nunca la olvidé.

Él usó un tono grave que a Elizabeth no le gustó. Podía tolerar que no la tratara con la distancia que ella pretendía, pero había cosas que ella tampoco olvidaría nunca, y reconocía ese tono de voz. No podía permitírselo. Se puso de pie para poner fin a la conversación.

—Si en el telegrama no expusieron los motivos será por algo. Cuando lleguen lo sabremos.

Él no se levantó.

—¿No pensaste que puede venir a buscarte?

Elizabeth sintió frío.

—No pensé en eso. No soy algo que alguien pueda «venir a buscar» según su voluntad.

—No encuentro otra razón para que vuelva.

Elizabeth volvió a la silla frente a Hunter. Se sentó en el borde y lo miró con atención. Su rostro no dejaba traslucir nada y era probable que el suyo tampoco.

—Es ridículo —dijo casi sin aire—. Debe de existir otra razón.

—Que no vuelvas a Inglaterra —insistió él.

—¡Eso no es algo que ella pueda decidir!

—¿Y pensás que eso la detendrá?

—No soy la esclava de la señora Luisa. No le pertenezco. Ya pagué mis años de gratitud hace tiempo.

—Estás trabajando acá, así que todavía tiene alguna influencia sobre tu persona. Pensé que no lo ibas a hacer. Es más, me negué varias veces a llamarte.

El corazón de Elizabeth empezó a latir lleno de furia.

—¿Esta no fue tu idea?

Hunter pestañeó varias veces.

—¿No fue tu idea, Tomás?

Él negó con la cabeza.

—Jamás te hubiera llamado. Me convenció cuando sacó el tema de la Académie Julian y de lo mucho que serviría para Adela tu experiencia en el dibujo. Y sirvió, creo. Esta semana la vi diferente, a pesar de que no la trataste del mejor modo.

—¿Pensás que la maltraté?

—Sos muy dura con ella. Adela no está acostumbrada a ese trato. Debe de creer que es una salvaje que no sabe hacer nada.

—Me contrataron para que la eduque en cuestiones sociales. No hago nada que no haya hecho en otras casas.

—Pensé que la había educado bien.

Elizabeth tuvo que llevarse la mano al pecho para calmarse. Cerró los ojos como si sus párpados pudieran contener todos sus pensamientos.

—Lamento mucho que la señora Luisa te haya forzado a esto. Ya lo dije la primera vez que nos vimos: puedo encontrar un reemplazo mucho más apropiado para Adela. Esta situación nos incomoda a ambos.

—No hay otra opción. Nunca hubiese elegido volver a cruzarnos. Pero ahora entiendo que mi tía tiene razón.

Se puso de pie para que no le viera la cara.

—Lamento mucho esto, Tomás. Que ella te hiciera parte de sus maquinaciones. No soy irremplazable. Si ella te convenció de eso es necesario que entiendas que no es así. Siento vergüenza y mucha impotencia. Quisiera ser algo más que una mujer que no tiene nada en el mundo, pero es lo que soy. Es tu decisión. Si querés que me vaya, mañana me voy. Si pensás que Adela puede mejorar con mi influencia, me quedo el tiempo pactado y le ofrezco lo que sé.

Se quedó frente a la puerta sin fuerzas para abrirla. Ahogó un sollozo.

—Lo lamento mucho, en serio —le dijo.

—Yo también —repuso él con esa voz grave que conocía bien y que la hizo huir hacia su habitación.

9

Era un hecho afortunado que la familia de Tomás Hunter no se relacionara con las demás familias de la ciudad. Que los criados fuesen tan pocos era a su vez una buena noticia. Gracias a estos hechos, nadie en Buenos Aires se enteró de que miss Elizabeth Shaw, por primera vez en todos sus años de institutriz, se levantó a las cuatro y media de la tarde.

En Fowey siempre había madrugado. Era la costumbre de su padre levantarse a las cinco de la mañana. Ella y su madre lo seguían a todas partes, con la misma rutina. Las noches de invierno eran duras y el ruido del mar y el viento en el estuario la acobardaban, pero el aroma de la leche hervida y el pan del desayuno le alegraban el espíritu. En verano, en cambio, el ruido de las sogas, las voces de los marineros, las maderas golpeando el agua, la hacían despertar con entusiasmo, como si fueran los primeros movimientos de su cuerpo al dejar la cama.

Lo primero que oyó cuando se despertó fue que había una tormenta muy fuerte. Calculó que serían las cuatro de la mañana y por la magnitud de la tormenta entendió que seguiría toda la noche. Se preguntó si no era mejor levantarse y preparar la clase en lugar de seguir durmiendo.

Se sentó en la cama de golpe y se arrepintió de inmediato. Un dolor agudo se extendió desde la nuca, pasó por las orejas y le cerró los ojos. Tuvo que volver a acostarse muy despacio para no gritar del dolor.

—¿Toby?

Oyó un trueno y la lluvia que caía con fuerza contra la ventana. Y después de un suspiro largo y profundo se sentó en el borde de la cama. Estaba segura de que había visto a Toby en la cama de Enrique la noche anterior. Con mucho cuidado tanteó la mesa de noche y alcanzó el reloj que solía prenderse en el cinturón. Estaba convencida de que le había dado cuerda, así que se tranquilizó al ver que las agujas marcaban las cuatro y media de la mañana.

Empezó a sentir latidos en la cabeza cuando se dio cuenta de que no era de noche sino de día y que como estaba tan oscuro por la tormenta no se había despertado a la hora debida. No tenía por costumbre llorar. Si sentía algo parecido a la desesperación estaba más relacionado con el dolor de cabeza que con el hecho de haberse quedado dormida. Los dolores de cabeza y los niños no se llevaban bien. Agradeció que ninguno de los dos fuese muy caprichoso y apenas hicieran ruido durante el día.

Fue cuando apoyó los pies en la alfombra que recordó lo que había pasado la noche anterior. Tenía las manos frías y se las llevó a la frente para calmar un poco el dolor. Recordó las palabras de Tomás, la sorpresa, la ira y las ganas de prenderle fuego a la casa Hunter Perkins y que desapareciera por completo de su vida.

Cuando terminó de vestirse, alguien llamó a la puerta. Toby sacó la cabeza de debajo de la cama, y si no se hubiese sentido tan mal le habría sonreído. Se miró en el espejo y se dio cuenta de que no se había peinado. Se alisó el cabello con las manos y lo ató con una cinta para quedar presentable.

En otra casa se hubiese estremecido del espanto porque seguramente la dueña de casa estaría detrás de la puerta para regañarla y hacerle saber con regocijo que no había hecho bien su trabajo. Eso en la casa Hunter Perkins seguro que no ocurriría. El problema era que no tenía la menor idea de qué había detrás de la puerta.

—Buenas tardes, miss Shaw —le dijo Enrique con voz suave.

Le gustaba ese niño y sus maneras tranquilas. Era curioso y cualquier evento era para él una especie de aventura.

—Buenas tardes, Enrique.

Algo la distrajo en el pasillo. Era Tomás, que la miraba.

—Buenas tardes, señor Hunter.

—Buenas tardes, miss Shaw.

Elizabeth quiso gritarle: «¿Ahora me llamás miss Shaw?» con todo el aire que había en sus pulmones, pero prefirió no hacer ningún esfuerzo que aumentara el dolor de cabeza. De hecho, la cara confusa de Enrique la hizo sentir algo mejor. Al menos había alguien en esa casa que se sentía tan extraño como ella.

—No me siento bien. Acabo de despertarme.

—Ah —dijo Enrique con las mejillas enrojecidas—. Dejé pasar a Toby, era su hora de dormir la siesta. Espero que no le moleste.

Elizabeth abrió la puerta y le mostró la cabeza de Toby que asomaba por debajo de la cama.

—No hizo nada de ruido.

—Es un perro de caza —le explicó Enrique—. Aunque nunca cazó nada. No me gustan esas cosas. Anoche no cenó, miss Shaw, y también se saltó el desayuno y el almuerzo. ¿Está enferma?

—Solo me duele la cabeza, no te preocupes —le dijo con ternura.

—Entonces debe de tener hambre.

Elizabeth sonrió a su pesar. Vio que Tomás daba unos pasos.

—Estamos en el estudio —le dijo Hunter—. Adela dibuja. Y nosotros revisamos un catálogo con libros de Julio Verne. Enrique no quiere pedir ninguno sin escuchar primero tu opinión.

Elizabeth se llevó la mano a la frente y se alisó el cabello. Los escalofríos le llegaron hasta la punta de los pies. Recordó que se habían despedido de manera áspera la noche anterior. Solo se había emborrachado una vez, culpa de Mary, y se sentía igual que la mañana siguiente a la borrachera.

—¿Hay muchos libros para elegir?

—Descubrimos que sí —dijo Enrique.

—Y varios en francés —agregó Tomás—. Enrique no sabe leer bien en ese idioma, pero quizá los libros nos ayuden a mejorar esas habilidades.

Elizabeth sintió que el corazón se le retorcía. No le gustaba encariñarse con los niños que cuidaba —y no le resultaba difícil, debía confesarlo—, pero había algo en Enrique que la había conmovido desde el primer día. No era lástima —no la sentía por la gente con dinero— ni era culpa —aunque todavía no había olvidado que le había hecho caer la muleta—. Era que los ojos celestes eran muy transparentes y, a diferencia de su prima, Enrique era vivaz y tenía momentos de genuina alegría y curiosidad.

—Vayan al estudio. Termino de peinarme y voy —les dijo.

—A mí me gusta el cabello así —repuso Enrique.

—¿Sí? —le preguntó resignada—. Entonces me parece que se quedará así. Si llego a tironearlo mi cabeza va a romperse en mil pedazos.

Enrique y Tomás hicieron el mismo gesto de preocupación, y Elizabeth tuvo que reprimir una sonrisa. Los tranquilizó.

—Es una forma de decir, caballeros. No hace falta que se preocupen. Me duele la cabeza. Un tazón de leche tibia y se me pasará.

Hunter se acercó al niño y, después de un golpecito en el hombro, le dijo:

—Al estudio. Hablo con miss Shaw y vuelvo.

El niño obedeció. Los dos esperaron hasta que Enrique dejó el pasillo.

—Tendrías que entrenar así a Toby —dijo Elizabeth.

Él no respondió. Ella se cruzó de brazos y se apoyó en el marco de la puerta.

—Pensé que te habías ido —dijo él en voz baja.

—¿De la casa?

—No te levantaste y no se oía ruido dentro de la habitación. Toby rascó la puerta y no hubo reacción. Hice que Enrique lo dejara entrar para dormir la siesta y te vi dormida. Después se puso ansioso con el catálogo de libros y me dio la excusa para llamar.

—Me desperté hace diez minutos. La cabeza está por explotarme. Siento náuseas. Y hambre.

—Y tenés los ojos hinchados.

Dejaron de mirarse.

—¿Debo quedarme? ¿Querés que me quede, Tomás? —preguntó Elizabeth sin levantar la cabeza.

—Sí. Aunque sea un tiempo. Y comprendas y me digas qué hacer con Adela. Después veo cómo sigo solo, o con otra institutriz. ¿Vos querés quedarte?

Ella asintió.

—¿Hay algo más que deba saber? —Alzó la cabeza y se encontró con la mirada seria de Tomás y enseguida se explicó—. Sobre la señora Luisa y mi trabajo aquí. Algo que haya dicho. Alguna amenaza. La conozco. Quizá el viaje sea para verificar que se hizo todo según su capricho.

—No. El viaje también me sorprendió a mí. Hablé sobre el telegrama en el desayuno. Eduardo calculó que llegarían en siete días. Adelina se puso contenta por volver a ver a su tía, pero las otras dos no reaccionaron.

A Elizabeth no se le escapó la connotación que tenía la expresión «las otras dos», pero no dijo nada.

—Pasa algo en el desayuno y yo me lo pierdo —murmuró Elizabeth.

—Me enojaría por el comentario, pero Enrique dijo lo mismo.

—¿Qué dijo?

—Que te habías perdido la conversación y que no sabías que la tía Luisa viene a Buenos Aires.

—Me reiría, pero me va a explotar la cabeza. No, tranquilo, no va a explotarme de verdad. ¿Juliette no les enseñó sobre la exageración? Es algo que a los franceses les gusta mucho.

—Sí, nos enseñó. El problema es que no sos francesa, así que no sabemos cómo reaccionar cuando exagerás. ¿Debo llamar al médico?

—Por ahora no. Vamos a ver si un poco de leche y pan tostado me alivian un poco. No como nada desde ayer a la tarde. ¿Podrías ordenar eso mientras termino de peinarme?

—Se lo pediré a Marta.

—Gracias, Tomás.

—Enrique tiene razón. El cabello así te queda bien.

—Ya lo sé —dijo Elizabeth.

No se recogió el pelo con horquillas, pero lo desató y lo volvió a atar con más cuidado. Que Tomás le hubiese aclarado la situación en la casa hacía más sencillo todo, al menos con él. Podían empezar a hablar con confianza y manejar las cosas en sus términos y no en los de la señora Luisa.

Pero ella ya había perdido una batalla y lo llamaba por su nombre.

Sentía un frío triste, de modo que tuvo que ponerse el cárdigan que su madre le había tejido muchos años atrás y que la abrigaba como ningún otro cuando se sentía mal. Buscó el reloj para prendérselo en el cinturón. Había sido un regalo del señor Guillermo, el tío de Tomás, y se lo había dado antes de partir a Buenos Aires, en contra de los deseos de su mujer. Le había dicho que recordaba que su institutriz lo usaba siempre y que ella debía tener uno. El reloj marcaba las cuatro y cincuenta minutos. Una vergüenza para el honorable gremio de las institutrices inglesas.

Se miró en el espejo. Se había lavado la cara, pero no había mejorado. La hinchazón de los ojos empezaba a bajar, pero daría lugar a unas ojeras que la acompañarían durante varios días. Rogó al cielo que el dolor de cabeza no hiciera lo mismo. Volvió a colocarse las manos frías sobre la frente antes de entrar en el estudio.

Marta había llevado la leche con el pan hasta una de las mesas y Elizabeth se preguntó cuánto podría Antonia arruinar dos cosas tan sencillas y nobles. Estaban sobre el escritorio que se había establecido como suyo y que le permitía ver a los otros tres desde lejos. Le daba la espalda a la biblioteca y tenía un aire de escritorio de maestra que no le disgustaba.

—¿Por qué tiene el cabello así, miss Shaw? —quiso saber Adela sin permitir que se sentara.

Se preguntó si la niña no había notado su malestar por la expresión de su rostro, algo que había sido obvio para Enrique y para Hunter.

Elizabeth se sentó frente a la leche y las tostadas y rezó. Pidió que estuviera, al menos, caliente.

—Buenas tardes, Adela. No me siento bien. Si me pusiera

las horquillas para sostenerme el cabello se me partiría el cráneo en mil pedazos.

La niña no se sorprendió. ¿Sentiría dolores de cabeza Adela? ¿Sentiría algo? Elizabeth tomó el tazón con las dos manos y comprobó que estaba caliente. De hecho, parecía que la leche estaba recién hervida. Lo olió y no sintió acidez. Lanzó un suspiro que hubiera despertado a Toby y se sintió mejor.

Adela copiaba otra *madonna* —la anterior se la había regalado a su abuelo— y Enrique hacía la tarea de aritmética que su tío le había preparado. Hunter escribía algo —¿sería una carta?— y de vez en cuando levantaba la cabeza para ver que las cosas estuvieran en orden. Ella comía pan a pedacitos y bebía la leche caliente con los ojos puestos en la niña.

—Adela, ¿te gustaría ir a Palermo? —dijo de pronto—. Podemos hacer bocetos al aire libre.

—Llueve —murmuró Adela después de mirar extrañada por la ventana.

Elizabeth se volvió a Tomás, que en ese momento alzaba una ceja.

—Es cierto. Entonces voy a traerte mi carpeta de dibujos.

Se levantó rápido y tuvo que apoyarse en la mesa por el mareo que sintió. Respiró profundo tres veces para recuperar el equilibrio y algo de tranquilidad. Cuando abrió los ojos vio otros tres pares fijos en ella.

—Estoy bien —les dijo—. Voy a mi habitación a buscar los dibujos.

Había dejado la carpeta sobre uno de los baúles. Miró por la ventana para comprobar que, en efecto, aún llovía. El dolor de cabeza la ponía de un carácter extraño, como si el cuerpo fuese una cáscara y ella un ser líquido que vivía en su interior. No se volvía inoperante, pero debía prestar mucha atención a lo que hacía.

—Estos son los bocetos y pruebas que hice durante mis años en la Académie Julian —le dijo a Adela después de colocar la carpeta delante de ella. La mirada de incredulidad de la niña la divirtió y tuvo que hacer una mueca para no sonreír. Tenía carácter. Y bastante parecido al de la señora Luisa—. Los retratos al óleo que hice están en casa de la señora Luisa en París.

—Yo quiero ver la carpeta también —dijo Enrique.

—Cuando Adela termine la llevo a tu escritorio.

—¿Ya acabaste los ejercicios de aritmética? —preguntó Tomás.

Enrique se ruborizó.

—Estuve haciendo otros cálculos más interesantes.

—¿Por ejemplo?

—Velocidad y aceleración necesarias para llegar a la Luna desde Mar del Plata.

Elizabeth pestañeó.

—¿Por qué desde Mar del Plata? —preguntó con curiosidad.

—Porque el tío dijo que conoce a alguien en Mar del Plata que puede hacernos un cañón gigante.

Tomás escribía distraído cuando Elizabeth se volvió para observarlo. Después de unos segundos de espera, la miró con inocencia.

—Es un español. Tiene una herrería excelente. La compañía trabajó con él en varias ocasiones.

—¿Este sos vos, papá?

Elizabeth no pudo llegar hasta Adela tan rápido como hubiese querido. Hunter miraba a su hija y se había puesto muy pálido y después muy rojo. Elizabeth se distrajo con el cambio cromático. Ya no era el mismo, pero seguía siendo atractivo. Y el tiempo había estado a su favor, había mejorado. O ella había aprendido a apreciar a los hombres de cierta edad.

Cuando finalmente sus pensamientos se ordenaron y pudo prestar atención a Adela, vio al Hunter que había conocido en París. La niña sostenía el papel con un retrato a lápiz.

—Se parece al tío —dijo Enrique.

Se había quedado sin palabras. No podía hacer otra cosa que mover la cabeza hacia un lado y hacia otro.

—«Printemps, 1893» —leyó Adela—. Eso dice detrás.

Tomás se acercó para tomar el papel que contenía su retrato.

—¿No es de Barbizon? —le preguntó a Elizabeth.

La alarma que escuchó en su voz fue la misma que ella sintió en el pecho unos segundos. Pero se tranquilizó, los dibujos de Barbizon estaban en otro lugar, al alcance de sus manos, para no equivocarse como había hecho con la carpeta de la Académie Julian.

—No —respondió con una voz que intentaba ser tranquila.

Enrique se levantó. Los pasos dificultosos le estremecieron el corazón a Elizabeth. Se prometió recompensarse con una tableta de chocolate —algo que se tenía prohibido— si lograba sobrevivir a ese día.

—Es muy parecido al tío —afirmó Enrique con el papel en la mano.

—¿Se conocieron en París? —preguntó Adela.

Como siempre hacía con asuntos espinosos, Elizabeth dejó que los padres decidieran la respuesta. Juntó las manos por detrás de la espalda y esperó. Tomás tardó bastante en contestar. Había vuelto a tomar el retrato y lo miraba concentrado.

—Pensé que había sido en verano.

Ella negó.

—En verano fue el retrato que quedó en París. Ese es el estudio original.

—¿Papá? —insistió Adela.

—Sí, soy yo —dijo con voz segura—. Miss Shaw me retrató en París hace muchos años.

—Diecisiete —precisó Enrique.

—Diecisiete años, exactamente. Viví una temporada con mis tíos, después de recibirme de ingeniero. Miss Shaw era la dama de compañía de la tía Luisa.

—Dijeron que iba a la Académie Julian.

—Hacía las dos cosas —explicó Elizabeth apoyándose en la tranquilidad de Hunter para responder.

A Elizabeth le hubiese encantado fotografiar la cara de Adela y mostrársela a Mary. Tenía la misma expresión que ponía la directora de la escuela de Plymouth cada vez que se encontraba con Mary. «Algo hiciste, Mary Sharp. Y si no lo hiciste lo estás planeando», decía la mujer con justa razón. Mary siempre estaba pensando en hacer algo que le habían prohibido. Como Elizabeth nunca se había enfrentado a esa cara no sabía cómo reaccionar.

—¿Eran amigos? —preguntó Adela.

—No —contestaron los dos al mismo tiempo.

—El señor Guillermo Hunter, tu tío, me encargó un retrato de tu padre —explicó Elizabeth—. Supongo que todavía está en la casa de París.

—¿Y papá también le hizo un retrato?

—El tío Tomás dibuja muy bien. En cada cumpleaños nos regala un retrato. Podría traer los nuestros —le dijo Enrique a su prima.

Elizabeth lo autorizó a ir a buscar los retratos. Tomás no decía nada. Solo miraba el papel.

—Así que sigue dibujando, señor Hunter —dijo ella con curiosidad.

Tomás había cruzado los brazos sobre el pecho. Elizabeth vio que se mordía el labio. Hubiese dado todo lo que tenía por saber qué le pasaba por la mente en ese momento.

—El dibujo que hizo en mi cuaderno... —murmuró Adela.

—¿El del primer día?

—Sí, ese. Fue porque le gusta hacer retratos.

—Fue un pequeño regalo para que empezáramos bien.

Enrique apareció con una carpeta de considerable grosor. Elizabeth supuso que habría algo más que retratos de cumpleaños porque los papeles salían desordenados por los bordes.

Se acercó hasta la mesa donde estaba la leche fría y la mitad del pan tostado y los apartó para apoyar con delicadeza la carpeta. Adela y Enrique se ubicaron uno a cada lado de ella y los dos le explicaban a qué correspondía cada dibujo.

Había supuesto bien al pensar que había más que retratos: locomotoras, barcos, automóviles, globos aerostáticos y máquinas cuyo nombre era incapaz de pronunciar. Había incluso un dibujo bastante grande y complejo con la vista de Buenos Aires y el vuelo del globo Pampero de Newbery y Anchorena. Mientras ella pasaba las hojas, Enrique le explicaba cuándo lo había hecho y en qué catálogo habían visto cada artificio que Hunter había dibujado.

—¿También tenés una carpeta así, Adela?

—Sí. Pero la guarda papá. Me los dará cuando cumpla dieciocho años.

Elizabeth asintió. Tomó los retratos de Enrique y los fue pasando. No solo había dibujado al niño en sus cumpleaños. Había algunos montando a caballo o sobre un bote, algo que parecía una historia de fantasía dada su condición. Incluso había un par de hojas con bocetos de un pequeño Enrique sobre una almohada.

—Estos son del tiempo de mi enfermedad —le señaló el niño—. El tío me los hizo para que supiera qué había pasado. Porque no recuerdo mucho. Miss Shaw, ¿me haría un retrato? Uno más grande que el del cuaderno.

—Sí, por supuesto —le dijo y le acarició la frente y el cabello.

Luego se volvió hacia Hunter, que seguía al otro lado del estudio con los brazos cruzados. Estaba de un humor raro y no quería dejar pasar el descubrimiento que había hecho.

—Qué bueno que no haya cumplido el juramento de no volver a dibujar, señor Hunter.

—¿Por qué papá haría esa promesa? —preguntó Adela de inmediato. Se acercó a su padre. Él la tomó por los hombros y le besó la frente.

—Elizabeth sabe la respuesta.

—Dígame, miss Shaw —exigió la niña.

—Ocurrió en Florencia. Tu padre quedó tan maravillado con las obras renacentistas que juró no volver a dibujar jamás.

—¿Habían ido juntos a Florencia? —preguntó Adela con cara de directora de escuela de Plymouth.

—Era un viaje con el señor Eduardo y la señora Luisa.

—*Hiver*, 1893. Antes del retrato —dijo Tomás.

—Por suerte volviste a dibujar, papá.

Él la abrazó.

—Cuando naciste. No podía creer que existieras. Eras lo más hermoso que había visto en mi vida.

Enrique le tiró de la manga a Elizabeth.

—Yo también soy hermoso —dijo el niño con una sonrisa burlona.

Enrique hacía un chiste, y a Elizabeth le encantó que lo hiciera. Era la clase de cosas que hacían los niños. No se había dado cuenta de que las extrañaba. Juntó su frente con la de él y le dijo:

—Sos una monada.

—¿Ya no le duele la cabeza? —le preguntó Enrique cuando ella se apartó.

—Se me pasó un poco.

Empezó a reunir todos los dibujos esparcidos en el escritorio de Adela con una sensación de placidez. Y también de hambre.

—Me distrajeron y no pude terminar mi leche. ¿Se sabe la hora de la cena?

—Nunca se sabe —dijo Adela con severidad mientras volvía a su mesa.

Elizabeth le prestó atención. La niña caminaba con las manos unidas en la espalda como solía hacer ella. Se preguntó si habría empezado a influir sobre Adela sin darse cuenta.

—¿Puedo copiar el retrato de mi padre, miss Shaw?

—Sí, por supuesto —le respondió Elizabeth, asombrada.

—Yo dibujaré el modelo del cañón gigante —dijo Enrique—. Y voy a poner al tío Hunter dentro de la nave que viajará a la Luna.

Elizabeth pensó que enviar a Tomás a la Luna no era mala idea, pero un rumor extraño, un conjunto de voces agudas, le impidió seguir con sus fantasías.

Se fueron acercando por los pasillos, desde el lado prohibido de la casa. Hicieron vibrar los vidrios de las ventanas. Retumbaron contra las paredes. Eran las voces más extrañas y espantosas que Elizabeth jamás había oído. Eran gritos afinados, voces femeninas moduladas en alaridos armoniosos que entonaban una especie de canción sin palabras y sin música. El tono bajaba y subía, pero no se detenía. Se acercaba al estudio. Era un ruido cada vez más fuerte, más agudo y más terrorífico, como una locomotora fuera de control.

Enrique se tapó las orejas. Adela se puso pálida, pero siguió buscando lápices en su caja sin decir nada. Elizabeth levantó la cabeza y de inmediato miró a Hunter, que ya estaba a su lado.

—No los dejes salir hasta que vuelva —le susurró al oído.

10

—Tomo este día como una prueba. Si no me desmayé hoy, no me desmayaré nunca. Mi temperamento ha sido templado para siempre. Soy una nueva Elizabeth Shaw. Y tengo diez años más en el cuerpo.

—El té está listo para servir —murmuró Tomás.

—Prefiero una bebida con alcohol. Siento como si tuviera resaca, así que me voy a generar una real. Por favor.

Tomás asintió. Había un pequeño mueble cerrado con llave en el escritorio. Allí Tomás guardaba algunas cosas que, si bien no tenían un valor excesivo, eran preciadas. ¿Tendría miedo de que Marta o Antonia le robaran? O quizá fuera el cochero, a quien solo había visto en la distancia y por una de las ventanas internas de la casa.

Elizabeth bebió muy despacio y dejó que el oporto le ardiera en la garganta y el estómago. Miró alrededor. La habitación adquirió una dimensión que antes no había tenido. Era el refugio de Tomás. Un refugio para él solo, un lugar físico para aislarse del mundo, incluso de los niños.

Podía reconocer los gustos, deseos y pensamientos de Tomás en todos lados: en las mesas, las paredes, el techo, los muebles. Y como no había una mano femenina que decidiera por él, la habitación era una especie de claro en un bosque ominoso, desgastado, sucio. Las láminas, los mapas, los cuadros hablaban sobre él. El té y el oporto, también. Tomás quería huir. Elizabeth entendía por qué.

—Debo reconocer que en la familia se sabe mantener la discreción.

—Somos el secreto mejor guardado del país —dijo él con los ojos brillantes.

—Ni siquiera Mary sabe nada sobre eso. Y si ella no lo sabe, nadie más lo sabe. A propósito: ¿qué fue eso?

—No lo sé.

La respuesta le sacó el último resto de disciplina que le quedaba por el día. Empezó a temblar como si hubiese sumergido los pies desnudos en el mar de Fowey una tarde de invierno.

—¿Cómo que no sabés? —le preguntó con voz nerviosa—. Tomás, es algo que pasó en tu casa. Tuve que tranquilizar a dos niños aterrados. ¿Cómo que no sabés qué es eso?

—¿Tenían mucho miedo?

—Enrique no me soltó el brazo durante dos horas. Le pedí que dibujara el cañón y lo hizo con una sola mano. Lo tenía tan pegado que le oía latir el corazón.

—¿Y Adela?

—Adela es un misterio.

—Sí —dijo él con voz contenida.

—¿Perdón?

—Adela es un misterio, incluso para mí. Ella nunca dice nada sobre... eso.

—¿Le preguntaste?

—Intenté. Pero no quiere hablar. No hace preguntas. Creo que aprendió a entender sin preguntar, que ella lo entiende mejor que yo.

—Eso me repetía la señora Luisa. «Debes entender sin

preguntar.» «Es necesario que entiendas sin que te lo expliquen, Elizabeth.» Esperaba que me convirtiera en un demiurgo que todo lo entendía. El problema es que, de hecho, uno entiende todo mal. Y ahora, Tomás, quiero que me digas qué diablos fue eso.

—No tengo idea.

—¡Esa no es una respuesta!

—¡Es que no tengo idea! —gritó él desesperado—. Comenzó después del nacimiento de Adela. Su madre y Adelina empezaron a hacer eso. Canciones. Un coro. No tengo idea. Intenté que Eduarda me lo explicara, pero parecía no saber nada. No recordaba nada. O no quería recordar. El señor Perkins me suplicó que separara a Adela de Eduarda. Me lo tuvo que pedir varias veces porque yo no quería creer que no había explicación. Me insistió en que encontrara una niñera. Mi tía Luisa envió a Juliette sin hacer preguntas. Así que entendí que mis tíos saben lo que pasa aquí. Cuando llegó Juliette me solicitó que pusiera a Adela en la habitación más lejana posible. Entonces separamos la casa en dos. Las ventajas de ser ingeniero.

—¿Y Adelina?

—Pobre Robert —dijo Tomás cubriéndose los ojos—. Si Robert Ward no hubiese muerto, Enrique sería un niño feliz. Cuando murió, Adelina no tuvo otra opción que volver a la casa. Pensaba que ella estaba al margen de todo esto, pero se sumó al coro de inmediato. No hubo forma de separarla. El señor Perkins me pidió que alojara a Enrique. Y lo hice. Yo lo llevé a la estancia de los Madariaga cuando enfermó. Lo cuidé. Y le conté todas las cosas sobre máquinas que sabía. Ferrocarriles, barcos, aviones, globos. Proyectamos viajes. Mientras, yo sufría por estar lejos de Adela. Pero Juliette y Eduardo la cuidaron.

—¿Y decís que la señora Luisa sabe de esto?

—Sí.

—¿Y nunca hizo nada? No puedo creer que la señora Luisa no haya intervenido de alguna manera.

—Se fue a vivir a París por esto.

—¿Ella te lo dijo así?

—En una carta, sí.

—¿Y tu tío Guillermo? Es imposible que él no haya hecho nada. El señor Hunter es un hombre honesto y dudo que fuese capaz de dejarte en una situación así. Necesito más oporto, estoy muy alterada.

Tomás se levantó para servirle. Cuando le devolvió el vaso lleno se sentó a su lado. Elizabeth le hizo sitio y se giró para verlo de frente.

—Mi tío siempre quiso que me fuera a Londres. A trabajar en la casa central de la compañía. Insistió mucho en que no me casara con Eduarda; que lo pensara bien al menos, que no la conocía, que actuaba por deber. Era cierto: consideraba que era mi deber casarme con alguien de la familia. Volví a Buenos Aires decidido a hacer lo que creía una obligación. Eduarda estaba soltera, y el señor Perkins también trabajaba en el directorio local de la empresa. La familia Madariaga estaba de acuerdo. Era un matrimonio correcto, apropiado, y lo hice.

Elizabeth le ofreció el vaso y él lo aceptó.

—La señora Luisa moriría si nos viera tomar oporto en un vaso tan grueso como este.

—Las copas de cristal que nos regalaron para el casamiento se rompieron hace años.

—¿Y nunca las reemplazaste?

—No hay necesidad de reemplazar nada.

Elizabeth no podía dejar de mirarlo. Quería acariciarle la frente como hacía con Enrique, pero todavía no estaba ebria como para permitirse ese lujo.

—Por eso tienen tres criados.

—Los peores de la ciudad. Y los más caros. De eso se ocupa mi suegro. Yo trabajo en traducciones para la compañía hasta que se muera la gente que quiero y pueda heredar sus bienes. Debería sentirme avergonzado, pero al menos el trabajo me permite estar con Adela y Enrique y cuidarlos de cerca.

—¿Puedo saber qué hacen, al menos? Las mujeres. ¿Cantan?

Tomás apoyó la espalda en el sillón y cerró los ojos.

—Siempre lo hacen cuando él está en la casa. Al menos siempre fue así. Y él me suplica que guarde distancia, que no me acerque a ellas. Pero tengo que estar cerca.

—¿Por qué te echa?

—No quiere que vea a su esposa y a sus hijas en ese estado. Lo entiendo. Debe de ser humillante y doloroso.

—¿Y qué estado es ese?

—Se sueltan el cabello y se ponen toda la ropa que encuentran. Caminan dando vueltas por la casa. Llegan a una habitación vacía y cantan y rascan en el piso. Como si fueran un perro quitando tierra para hacer un pozo. La señora Amalia es la que inicia el grito. Lo sé porque una vez lo hicieron en el comedor. Se arrodilló en el suelo de repente y empezó a rascar la madera.

—¿Qué cantan?

—No sé si son palabras. Creo que es un idioma inventado. El señor Perkins nunca me explicó nada.

—Es terrorífico. Nunca había oído nada igual.

—Cantan muy bien, ¿no te sorprende eso? Recuerdo que Eduarda cantaba en las reuniones en la casa de los Madariaga. Así nos conocimos. Una vez traté de sacar la melodía en el piano. Pero nunca fui bueno para la música.

—¡Por Dios, Tomás!

—No blasfeme, miss Shaw, no es elegante.

—¿Cómo podés hacer bromas?

Tomás alzó los hombros.

—Cuando no hay solución posible uno hace cosas que no imagina. Es la costumbre. O la resignación. O quizá yo también me volví loco.

—¡Tomás! —dijo, y le sacudió el brazo. Él no se movió.

—Miss Shaw, no debería tocar así al dueño de casa.

Elizabeth le dio una palmada en el brazo. Él rio sin ganas.

—¿Desde cuándo aprobás los castigos físicos?

—Desde hoy. Cada vez que hagas algo así te daré una palmada.

—Acepto.

Elizabeth le tomó la mano y se la apoyó en el pecho para que sintiera su corazón.

—Estoy temblando. Si me desmayo y muero por tus chistes horribles voy a atormentarte desde el más allá.

Tomás soltó la mano con fastidio.

—No vuelvas a hacer eso —le dijo levantándose del sillón.

—No me trates como si no me conocieras, Tomás. Ahora entiendo por qué nunca quisiste mantener la distancia.

Tomás alzó los hombros.

—Las cosas son así.

—No entiendo como todavía no me desmayé.

—Yo no sé como sigo vivo.

—No vuelvas a decir eso.

—¿Por qué no? Lo único que me salva es Adela y el pobre Enrique. Cuando tengo que pensar en mí es el problema. Y desde que llegaste empecé a pensar en mí. El pasado es cruel.

—¿Los recuerdos son tan malos?

—Terribles.

Le dolió que no tuviera problema en decirlo. En su estado quizá ni siquiera se daba cuenta de lo que significaba. Volvió a beber y le pasó el vaso a Tomás, que lo vació.

—Una vez, cuando Adela tenía cinco años, la señora Perkins y Eduarda empezaron a hacer eso. Adela las siguió por los pasillos y empezó a cantar como ellas. Me quedé quieto. No podía moverme ni apartar los ojos de ellas. Llegó el señor Perkins y empezó a gritarme. Que sacara a Adela, que no permitiera que eso pasara con ella. Me la llevé. Lloraba desesperada. Se retorcía. No la pude soltar durante dos horas. Ella lloraba porque quería ir y yo porque no sabía qué hacer. Juliette y yo estuvimos con ella toda la noche.

Sin poder contener las lágrimas, Elizabeth murmuró:

—Todo esto es una locura.

—Sí, exactamente.

—Va a sonar egoísta, pero no entiendo por qué la señora Luisa me mandó cinco telegramas exigiendo que trabajara en esta casa.

—Porque hace cuatro meses la señora Perkins atacó a Adela.

Elizabeth se puso de pie. Le sacó el vaso de la mano y se fue hasta el mueble donde estaban las bebidas. Vio whisky y sirvió casi hasta el borde del vaso.

—¿Cómo dijiste? —le preguntó temblando.

—La casa se alteró desde la muerte de Juliette. Fue desolador. Adela se enfermó. Una fiebre que subía y bajaba, adelgazó mucho. Enrique sufría con su pierna. Adelina notó que Juliette no estaba. Creo que fue la única que entendió que había muerto, pero la muerte las alteró a las tres más que a nadie. Los cantos comenzaron a ser más frecuentes. Eduardo y yo empezamos a discutir. Desde entonces quiero irme de aquí, pero la familia no me lo permite.

—La familia Madariaga.

—Exacto.

—Me resulta tan extraño escuchar todo eso. Los conocí. Trabajé con Belén por años y jamás dijeron nada.

—Las cartas de mi tía eran pintorescas en esos años.

—Nunca me dijo nada.

—Aborrece a los Madariaga.

—No puedo creer eso. Pero no importa, ¿cómo fue el ataque? ¿La empujó? ¿La golpeó?

—Fue en el comedor. Es el único lugar donde coincidimos. Siempre estamos mi suegro y yo. Nunca había pasado y nos sorprendió a los dos. Eduarda y Adelina no se movieron. No quiero imaginar qué habría pasado si ellas también la hubieran atacado.

—¿La lastimó?

—No. La tiró al piso y empezó a rascar como un perro. La envolvió con ropa. Quería ahogarla, no lo sé. Dame el vaso.

Elizabeth se lo alcanzó.

—No puedo dejar de temblar —dijo ella abrazándose como para sostenerse.

—Yo tampoco.

Durante un momento ninguno de los dos dijo nada. Elizabeth prestó atención a los ruidos de la casa. No se oía nada, excepto algún grito que llegaba desde la calle y la lluvia.

—¿Llovió todo el día?

—Sí —respondió él—. Me preguntaba lo mismo. No me di cuenta.

—¿Es por todo esto que siempre estás en la casa?

Él asintió.

—No me acostumbro. No me gusta. Y no está bien. Los niños deben ser separados de esas mujeres. La señora Luisa no lo aprobaría.

—No lo aprueba.

—¡Y lo bien que hace! El dueño de casa siempre debe estar fuera, es el dueño de la vida social. Deberías estar en reuniones sociales y en el Club del Progreso. Siempre detesté cuando volvían los padres a la noche, porque las madres y las hijas se alteraban y todo se movía alrededor de ellos. Incluso yo. Y aquí me encuentro extrañando eso. Y más me altera tener que dar vueltas a tu alrededor. Como si fuese la Luna. ¡Enrique va a querer dispararme con un cañón gigante!

—Ya estás ebria.

—Sí. Dame el vaso.

Él le tomó la mano y la apoyó sobre el pecho. Elizabeth sintió que también tenía el corazón acelerado. Él le separó la mano con suavidad y le colocó el vaso. Ella bebió y se lo devolvió después de toser varias veces.

—El resto es para vos.

El alcohol tuvo el gran efecto de iluminar los pensamientos de Elizabeth. Al menos ella lo sintió así. Era como si no pudiera pensar dentro de esos límites que le permitían vivir en ese grupo de familias cuyos miembros tenían todos el mismo nombre.

—¿Para qué viene la señora Luisa a Buenos Aires? ¿Ella sabe lo que pasó hace cuatro meses?

—Sí.

—Entonces viene con un plan. Y yo tengo algo que ver, ¿no es cierto?

Tomás dejó el vaso sobre el escritorio.

—Me voy a dormir —le dijo Tomás—. Si no llueve, mañana podemos ir con los niños a Palermo, como sugeriste hoy.

Ella lo detuvo.

—No te irás a dormir sin decirme qué hará la señora Luisa.

—No lo sé.

Elizabeth se acercó hasta que estuvo a centímetros de distancia.

—Tomás, por favor. No es la primera vez que tengo que lidiar con problemas familiares. ¿El casamiento de Angelita? ¿Ese del que todos hablan y que salió en *La Prensa* y *La Nación*? Fue por apuro. En tres meses nace un bebé apresurado por conocer el mundo. Pero esto es diferente. Necesito saber todo.

—No sé nada, ni siquiera sabía que venía. Aunque sé que le envía telegramas a mi suegro y él nunca me habló de ellos.

—¿Planifican algo?

—Va a ser una sorpresa para los dos.

—¡Pensás que voy a quedarme para que la señora Luisa empiece a jugar conmigo de nuevo como si fuera Toby!

—Dijiste que ibas a quedarte —dijo alarmado.

—No voy a quedarme después de esto.

—Me lo dijiste, Beth.

—No me llames así. ¡No voy a quedarme! Es más, me voy ahora. Me llevo los baúles yo misma. Los arrastro por la calle lejos de esta locura. Nunca debí venir. Nunca.

Él la soltó. Dejó caer la mano al lado del cuerpo. Elizabeth caminó hacia la puerta. Oyó unos pasos muy leves. El corazón le dio un calambre y tuvo que hundir el pecho para calmarse. Abrió apenas la puerta. Pudo ver los pies de Adela subiendo la escalera.

Cerró los ojos. Se dio un momento para pronunciar la verdad.

—Sabés bien que no voy a irme. Vamos a esperar que lleguen tus tíos y escuchar qué planes tienen. Pero te pediré un favor.

—¿Qué? —susurró él.

—Que vayas a ver a Adela ahora. Y que hables con ella. No hace falta que menciones lo que ocurrió hoy. Pero hablá con ella. Todavía no tengo la confianza como para hacerlo yo. Es algo que hago con las niñas, sobre todo en esta edad, cuando ocurre algo extraño cuya explicación no puede decirse. Las madres suelen evitar las conversaciones. Yo procuro hacerlas hablar de lo que sea. Arte, música, vestidos. No importa.

—¿Algo más?

—Creo que vi que tiene un sillón en la habitación. ¿Podrías pasar la noche allí?

—Sí.

—Entonces quedate toda la noche. No le pidas permiso ni preguntes. Si no se duerme podés hablarle. Copió tu retrato toda la tarde; quizá ya esté terminado. Contale cosas de París, eso le entusiasma. En algún momento hablará de lo que pasó.

—No hablará. Hasta ahora nunca lo hizo.

—Quizá quiera hacerlo. Quizá mi presencia pueda hacer que hable de eso. Debe sentir muchas cosas. Adela está en esa edad en la que va a cambiar todo. En estos años aprendí que lo mejor es hacer de cuenta que uno está lejos, pero en secreto no le saca los ojos de encima. Llevá un libro o alguno de tus dibujos. Decile que no podés dormir. No permitas que pregunte o te diga que quiere estar sola. Yo voy a estar en la habitación de Enrique. Cualquier cosa que ocurra, me llamás.

Tomás extendió el brazo y ella le dio la mano. Se dio la vuelta y apoyó por completo la espalda en el costado de su cuerpo. Era un abrazo que habían inventado en la primavera de 1893: podían soltarse de inmediato si alguien los sorprendía.

Él le besó la nuca y después arrimó la frente. Elizabeth notó que el corazón ya no le latía con tanta fuerza. El suyo también se había calmado. Como Hunter había dicho, ocuparse de otros era más sencillo que pensar en ellos mismos.

Tomás la sostenía por la cintura. Su abrazo seguía siendo el mismo. Se dejó caer sobre él.

—¿Son tan crueles los recuerdos?

—Mucho. Sobre todo en días como estos.

Le acarició la mano, pero se incorporó para que la soltara. Hunter obedeció enseguida. Deshizo el abrazo sin soltarla. Elizabeth le besó la mano.

—Vamos.

11

Era domingo por la tarde y Mary y Elizabeth caminaban tomadas del brazo. Elizabeth iba distraída, con los ojos fijos en nada. Mary iba ocupada en que ella no tropezara con nada. Estaban a fines de abril, pero era un día caluroso y con mucho sol. Mary, que disfrutaba de los últimos días cálidos, había propuesto dar un paseo.

Elizabeth necesitaba estar al lado de Mary. Era una de las escasas personas en las que confiaba y probablemente la que más la conocía. Podía dejarse guiar por ella sin tener que pensar qué camino tomar.

—Si llegamos al Congreso podemos ir a la confitería El Molino —sugirió Mary entusiasmada.

—¿Estás cansada?

—Esta ciudad plana y aburrida no me puede cansar. ¿No extrañás subir y bajar colinas? Echo de menos eso de Fowey. Y el olor del mar. ¿Se acordará alguien de nosotras?

—Vamos a El Molino si querés.

—O podemos volver y pasar por La Martona —sugirió Mary.

—Sí, mejor volvamos.

Elizabeth dio la vuelta sin mirar y chocó contra una mujer

muy ofendida con parasol de encaje y un compañero con traje de día.

—Lo siento —dijo en voz baja.

Ninguna de las dos se detuvo. Caminaron como si nada
hubiese ocurrido.

—¿Me miró mal? —preguntó Elizabeth.

—Como si le hubieses contagiado lepra. Pero no por cho-
carla. ¿Sabés quién era?

—No. —Miró a Mary con una sonrisa a medias—. ¿Quién
era?

—Miss Wellington con un caballero que no reconocí.
Debe de ser recién llegado porque ese parasol debe de costar
una fortuna. Y el señor va muy bien vestido.

—¡No vuelvas a mirar! —le dijo Elizabeth con muchas
ganas de espiar un poco.

—Es que ahora quedé intrigada.

Elizabeth caminaba y notaba como Mary se volvía hacia
atrás para ver si reconocía a la pareja de miss Wellington o si
alguien conocido los saludaba. Le tocaba a ella prestar atención para que no chocara contra alguien.

—Por suerte es un día de sol —le dijo—. Estaba tan cansada de tanta lluvia y encierro. Era como si los días no pasa-
ran en absoluto.

—¿Todos los días son iguales?

—Sí, excepto cuando tenemos una distracción musical.
Hunter nunca se sintió atraído por la vida social. Y me imagino que Juliette estaba más tranquila si tenía a los niños en la
casa.

—¿Podemos parar? —dijo de pronto Mary—. Hacé de
cuenta que buscás en tu bolso.

Elizabeth le hizo caso. Mary seguía mirando a la pareja.

—Parece francés.

—¡Mary! ¿En serio?

—Muy francés. Por el traje y el porte. Un inglés no andaría con un traje claro en abril.

—¿Ya puedo dejar de buscar?

—Un ratito más.

Elizabeth siguió revolviendo en su bolso con resignación.

—Caminan muy lento. Así que a miss Wellington no le molesta que lo vean. Pero no le gustó que nosotras la chocáramos. Debe de ser un profesor francés. Doblaron. ¿Los seguimos?

—No estoy de humor —le dijo con tristeza—. Ya te enterarás de quién es. Nadie tiene tus capacidades para obtener información.

—Excepto de la casa Hunter.

—Esa es información que no vale la pena compartir.

—¿En serio? Estoy preocupada. Estás pálida y seria. Necesito saber qué pasó.

—Tomemos el tranvía hasta Palermo y sentémonos en un banco. Necesito tiempo para explicarte lo que sucede.

—Pensé que íbamos a La Martona. Y ahora me preocupé del todo. Nunca necesitás tiempo para explicar qué pasa.

—Pasemos por La Martona.

El vaso de leche tibia hizo que Elizabeth se sintiera un poco mejor. Habían transcurrido seis días y por momentos le parecían meses y en ocasiones un solo día. Como si se hubiese encerrado por completo en la atmósfera de la casa Hunter y nunca hubiese salido del todo. La decisión de quedarse la había afectado. Había llegado a soñar que era una más de las alfombras raídas del pasillo de entrada y se había despertado con frío y temblores.

—Qué cosa rica esta manteca. Tengo que reconocer que me gusta la manteca de Buenos Aires. La inglesa es buena, pero la argentina tiene un sabor especial. Voy a extrañar esta manteca en Fowey. ¿Habrá alguna forma de llevarla?

—No me asustes, Mary.

—No, tranquila. Soy honesta, nada más. Puede gustarnos algo de la ciudad, ¿no? Es que la idea de irme me agrada cada vez más y empiezo a ver Buenos Aires con otros ojos.

—¿En serio?

—En serio —respondió Mary con la boca llena.

—Yo también la veo con otros ojos. ¿Cuántas familias tendrán secretos escondidos en la ciudad?

—Todas.

—¿Todas? ¿De verdad?

—Elizabeth, ¿en cuántas casas trabajaste?

—En cinco.

—¿En ninguna descubriste un secreto?

—No de este modo. Pero, según me dijo Tomás, los Madariaga, los padres de Belén, saben lo que sucede. La señora Amalia es la tía de Belén.

—Toda esa familia se me confunde. Y se nos va el tiempo y no me decís qué ocurrió. Lo que me hace pensar que no querés decirlo porque te da miedo. ¿Te amenazó Hunter?

—Me da un poco de miedo, pero no por Tomás. Pasó lo que te envié en la carta.

—Sí, la carta. Fue como leer uno de esos cuentos de Poe. A los niños les divierten los cuentos de miedo. Pero a mí no me gustan los norteamericanos. Aunque a Newbery le encantan.

—Extraño leer a Dickens al lado de una chimenea.

—A mí Dickens me dormía en la escuela de Plymouth.

—Y yo tenía que despertarte —dijo Elizabeth con la mirada perdida.

—Para eso están las amigas. ¿Beth? ¿Qué pasó con Hunter?

—¿Con Tomás? Nada.

—Tomás. Debo aceptar que volvemos a llamarlo Tomás.

—Después de lo que ocurrió ya ni sé cómo debo llamarlo. Y en esa casa no hay nadie que note que lo llamo así. Así que no importa. Es un milagro que el techo se sostenga sobre nuestras cabezas. ¿Puse en la carta que la señora Luisa y el señor Guillermo están por llegar?

—Sí, lo pusiste. Todavía no puedo creer que no te hayas puesto a gritar por todo lo que sucede. ¿Qué vas a hacer, Elizabeth?

Elizabeth miró a los ojos a Mary. Eran los ojos más bonitos que había visto en su vida. De un azul transparente, muy difícil de igualar. Y había permanecido rubia, con el cabello casi amarillo. Elizabeth tenía los ojos azules pero opacos, y había sido rubia de niña, pero se había agrisado y oscurecido con los años. Confiaba en esos ojos azules transparentes más que en ella misma, pero no tenía fuerzas para decirle todo lo que había pasado o lo que había sucedido en esos días.

—Quiero caminar mucho, incluso me gustaría correr y gritar al mismo tiempo. Y llorar y después volver y gritarles a todos los Hunter, Perkins y Madariaga. No me molestaría tirarles cosas por la cabeza. Y con un cañón gigante mandarlos a la Luna. Por eso quería ir a Palermo, dar vueltas y prestar atención a cosas frívolas.

—Bueno. Me asustaste con lo del cañón. Tomate la leche y vamos.

Mary se las arregló para terminar su merienda, subirla a un tranvía y hacerla llegar hasta Palermo sin tropezar ni una vez. Los carruajes y los automóviles llenaban las calles. Los porteños aprovechaban el sol y daban la última vuelta de la temporada. Los señores habían sacado por última vez sus trajes claros y las señoras y señoritas sus vestidos livianos.

Elizabeth se miró su traje de chaqueta y falda y sintió pena por ella misma. Sacudió la cabeza porque odiaba la autocompasión. Sus padres no la habían criado para sentir pena, sino para saber que era querida y valiosa en el mundo, más allá de cualquier vestido. Era demasiado mayor como para pensar en un vestido de encaje como si tuviera quince años. Y si llegaba a decir en voz alta lo que pensaba, Mary le habría gritado que había tenido cientos de posibilidades de comprarse un traje apropiado. El encierro en la casa Hunter le había hecho muy mal.

—No me animo a preguntarte eso del coro porque me da escalofríos —le dijo Mary después de tomarla del brazo y señalarle el camino.

—Todavía no puedo mirarlas sin pensar que se van a poner a hacer eso.

—¿Pudiste verlas?

—No, por Dios, no. Espero no verlas nunca.

Tuvo que dejar de caminar porque las piernas le temblaban.

—Hunter me pidió que me quedara con los niños. No me separé de ellos en toda la tarde. Decidí que no iba a dejarlos ir al baño hasta que me suplicaran. No hizo falta. No pidieron ir, pobrecitos.

—Es un milagro que nadie sepa lo que pasa.

—No, no tiene nada de milagro. La familia paga a las criadas y al cochero.

—¿Y si es necesario un médico?

—El de los Madariaga. Por eso Enrique estuvo en la estancia cuando se enfermó.

—¿Y desde cuándo pasa?

—Tomás dijo que desde que nació Adela. Pero si la señora es parte de... eso, debe de ser desde mucho antes. Según explicó es la razón por la que la señora Luisa se fue a París.

»Mary, hay algo que no te puse en el mensaje.

—No me asustes.

—No, no es para asustarte. Me enteré de esto antes de lo

que pasó el lunes. Tomás y yo tuvimos una pelea. Fue cuando me dijo que los señores venían a Buenos Aires. Me dijo que era por la señora que yo trabajaba ahí. Que no había sido idea suya.

—¿Tomás estaba en desacuerdo?

—Sí. Y por las mismas razones que yo.

—¡Es muy injusto!

—Eso le grité a Tomás y eso le voy a gritar a la señora Luisa cuando la vea.

—¿Cuándo llega? Yo también puedo sumarme al griterío.

—Seguramente en uno o dos días. ¿Mary?

—¿Qué?

—Empecé a hablar con Tomás como hablábamos antes.

—Me imaginé. Era cuestión de tiempo que pasara. Nadie está a salvo de estas cosas. Por eso era una mala idea desde el principio.

—Estamos en la misma casa todo el tiempo y compartimos un secreto. Las formalidades no sirven en estas condiciones.

—Así que hablan como antes.

—Me duele el pecho. Y no duermo bien. Oigo todos los ruidos de la otra parte de la casa. Me da miedo por Adela y por Enrique. Incluso por mí. ¿Por qué estoy ahí todavía?

—Por Tomás.

Elizabeth cerró los ojos para no llorar. Dio gracias al cielo por tener a Mary a su lado.

—En tu situación yo ya estaría desmayada y en un barco hacia Europa. Pero siempre fui más histriónica que vos. Deberías aprender.

—¿Sabés que no me desmayé? Creo que eso significa que nunca voy a desmayarme. Me resulta extraño vivir una vida sin un desmayo. Uno, por lo menos, para saber de qué se trata.

—No seas tonta. Seguro que empezás a desmayarte cuando volvamos a Fowey. Y yo tendré que cuidarte al lado de la cama —dijo Mary con un suspiro melodramático.

—Vivo esperando que pase algo. Todo el tiempo. Tomás dice que debo tranquilizarme. Que pasa mucho tiempo entre un episodio de esos y otro. A veces meses. ¡Meses! Yo, con uno por año, no vuelvo a tranquilizarme en mi vida.

—¿Por qué te llamaron justo ahora? ¿Por qué no hace cinco o seis años?

—Jurame que no le vas a decir a nadie.

—Te lo juro.

—Por el puerto de Fowey.

—Y todas sus embarcaciones —dijo Mary mirando al cielo y haciéndose una cruz en el pecho.

—La señora Perkins atacó a Adela hace cuatro meses. La tiró al piso en el comedor. Tomás no lo dijo así, pero creo que la quiso matar. Sí, yo puse esa misma cara.

Mary se había detenido. Elizabeth se paró frente a ella.

—No pueden obligarte a estar ahí —dijo Mary muy seria—. Es imposible que te pidan algo así.

—Mary, no tienen a nadie más que a los Madariaga. Y no se llevan bien. Pensé que era porque no hacían vida social. Y era bienvenido porque no quería saber nada de Tomás. Ahora me doy cuenta de que había una razón más compleja.

—¿La señora Luisa viene a resolver algo?

—Tomás cree que Luisa viene con un plan. Según me dijo no sabe nada. Pero ya me mintió antes, así que no estoy segura. Cuatro meses es el tiempo mínimo para preparar un viaje después de tantos años de vivir en Francia. Y ahora entiendo las cartas y los telegramas urgentes para que me quedara. La señora Luisa debió de tomar la decisión de inmediato y Hunter aceptó. Debieron de pensar en mí porque nadie más mantendría el secreto.

—Porque hacés todo lo que dice la señora Luisa. ¿Y qué plan será el de la señora?

—Tengo una idea, pero espero estar equivocada.

—Decime.

—Tomás piensa que vienen a buscarme a mí. Para que no me vaya a Inglaterra. Pero para la señora, la familia es muy importante. Creo que vienen a buscar a los niños y a Tomás. Desde que murió el señor Ward, los tutores de Enrique son Tomás y el señor Eduardo. Tomás es el padre de Adela. Él se los puede llevar adonde sea.

—¿Y a la institutriz también?

Elizabeth alzó los hombros y esquivó los ojos transparentes de Mary.

—¿Te vas a ir con ellos? ¿Otra vez vas a hacer lo que les dé la gana?

—Podés preguntarle a la señora Luisa qué opina respecto a mi obediencia.

Mary se enfureció.

—La señora Luisa hace lo que hace toda la gente con dinero. Da órdenes y espera ser obedecida. Que sigas haciendo cosas por ella es ridículo.

—Estaba lista para irme a Fowey, lo sabés bien.

—Y ella intervino y no te fuiste.

—No es por ella que me quedo.

Buscó desesperada un banco. El estómago se le contraía y sentía las piernas acalambradas. Había pasado los últimos días pensando fuera de sí misma. Los niños, Tomás, el señor Perkins, las mujeres de la casa. Había salido solo para dejarle a Mary la carta que había escrito en una noche de insomnio. La había escrito en inglés y había usado la mayor cantidad de iniciales posibles. Cuando la cerró, rogó al cielo que nadie la leyera.

Hablar con Mary era como hablar con ella misma. Tenía

miedo de desmoronarse frente a toda esa gente que disfrutaba el último calor del otoño. Eran las intrusas permitidas en un paseo hecho para otra gente. Pero siempre habían sido eso: las criadas de mayor rango, las que educaban niños.

Mary tomó una de sus manos entre las de ella.

—¿Él está de acuerdo con que te quedes?

—Él me lo pidió. El lunes me levanté a las cuatro y media de la tarde.

—Ahora sí estoy preocupada de verdad.

—Tomás pensó que me había ido. Me despertó Enrique. Antes de que todo pasara le mostré mi carpeta de la Académie Julian a Adela. Había un retrato de Hunter.

—¿Los de Barbizon?

Elizabeth rio y hasta se ruborizó. Fue un alivio reírse entre tanta confusión.

—No. Esos están bien guardados.

—Por favor.

—¡Son totalmente inocentes!

—Y por eso los tenés bien guardados.

—Exacto. Lo que encontró Adela fue el primer estudio que hice para el retrato que me encargó el señor Hunter. Adela lo reconoció enseguida. Y así descubrí que él todavía dibuja.

—¿No había jurado que jamás iba a dibujar?

—Delante de mi persona y de *El nacimiento de Venus* de Botticelli. Pero nació Adela y la vio tan hermosa que tuvo que dibujarla. Ella tiene un retrato de cada cumpleaños. Enrique también. ¿No es un gesto hermoso?

—Sí. Pero no me sorprende. Siempre lo describiste como alguien gentil.

—Y por eso me duele la situación. Sé que pasó mucho tiempo y sucedieron muchas cosas. De alguna manera, todavía tengo sentimientos hacia él.

—¿De alguna manera? Soy yo, Elizabeth, no me tomes por inocente.

—¡Es la verdad! Los sentimientos se transforman. Si el cariño se transforma en amor, puede suceder lo contrario, ¿no es cierto? Puedo sentir cariño por él. O ternura, como siento ahora.

—Si querés creer en eso...

Elizabeth quiso responderle, pero no encontró las palabras. No hicieron falta. Mary le había soltado la mano. Un automóvil con dos ocupantes se acercó por la avenida y se detuvo ante ellas.

—No me dejes sola —le dijo Mary después de tomarle el brazo.

—No.

Anchorena y Newbery les gritaron desde el automóvil detenido. Elizabeth se sonrojó. El brazo de Mary se había tensado tanto que parecía de piedra.

—¿Vas a saludarlos?

Mary no respondió. Era el momento de tomar las riendas. Saludó a los caballeros con la mano.

—Buenas tardes, señor Anchorena. Buenas tardes, señor Newbery.

—Buenas tardes —saludaron ellos—. ¿Querrán las señoritas inglesas que las llevemos a sus hogares? Atrás hay lugar suficiente.

Solo Aarón Anchorena conseguía reunir tanta ironía, malicia y simpatía en una sola frase. Newbery bajó del automóvil y se llevó a Mary del brazo para hablar a solas. Elizabeth no podía creerlo. Se la había arrebatado sin que ella tuviera tiempo de reaccionar o protestar. No había prestado suficiente atención y se sintió culpable por no proteger a su amiga.

Se acercó a Anchorena, preocupada.

—Todavía no terminamos el paseo. Pero gracias por el ofrecimiento.

—¿Cómo está mi amigo Hunter? ¿Se comprará el automóvil?

—No sabía que eran amigos.

—Nos cruzamos en algunas exposiciones. Tenemos la misma pasión por las máquinas. Aunque él es un profesional y yo solo un aficionado. ¿Va a comprar el automóvil o no?

—No sabría decirle.

—Una pena. No se lo ve seguido. No se lo ve nunca, de hecho. ¿Siempre está ocupado con los ferrocarriles?

—Tampoco sabría decirle —dijo ella y le suplicó con la mirada que dejara de hacerle esas preguntas.

—Para ser institutriz no sabe mucho. Pero la fama de miss Shaw es indiscutida y debo respetarla. A veces pienso en casarme y tener hijos. Y de inmediato me digo que contrataría a miss Elizabeth Shaw para cuidar a toda la descendencia. ¿Cuánto hace que nos conocemos, miss Shaw?

—Unos siete años.

—Eso mismo. En la estancia de los Madariaga. Pasamos una linda temporada, ¿no es cierto?

—Me alegro de que tenga buenos recuerdos de esos años.

—Los mejores. —Anchorena señaló a la pareja—. ¿Piensa que van a tardar mucho más?

Elizabeth miró a Mary con resignación.

—No sería conveniente. En un minuto van a empezar a llamar la atención.

—¿Lo cronometramos?

A Elizabeth le divirtió la idea. Asintió con una sonrisa. Anchorena alzó el reloj de bolsillo.

—Supe que la señora Luisa viene a Buenos Aires —le dijo con aire casual.

—¿Cómo sabe eso?

—Lo sabe la ciudad. ¿No lo saben ustedes? Llegaron noticias desde Río de Janeiro hace una semana. Dos de mis tíos vienen en el mismo barco.

—¿Sabe cuándo llega exactamente? El día, quiero decir. Enviaron un telegrama pero no decía el día ni el nombre del barco.

—El próximo martes.

Elizabeth suspiró como si no hubiese respirado desde el lunes anterior. Apoyó la mano en la mano de Anchorena.

—Gracias por la información.

Él se sorprendió con la gratitud. Le sonrió, encantador.

—No sabía que era una información tan preciada, pero me alegra haber sido de ayuda. Cuando necesite algún dato puede solicitarlo, miss Shaw. Nunca me negaría a proveerla con lo que precise. Horarios de barcos, ferrocarriles, lo que sea. Estoy para servirla.

Ella sonrió divertida.

—Quedan diez segundos —dijo él.

Mary y Newbery se separaron. El hombre se sentó en el asiento del conductor sin saludar a Elizabeth. Anchorena las saludó a las dos y Elizabeth se despidió.

—Buenas tardes. Y gracias —le dijo a Anchorena.

—Para servirla, miss Shaw.

Mary la tomó del brazo y la obligó a caminar.

—¿Por qué le diste las gracias a Anchorena?

—Me dijo que la señora Luisa llega el martes.

—Es una buena noticia, ¿no?

—Sí. Debo ir a la casa y decírselo a Tomás.

—¿Tomamos el tranvía?

—No. Necesito caminar —susurró Elizabeth.

12

Desde que se había enterado de la fecha exacta de la llegada de la señora Luisa, su cerebro se había puesto en marcha. Los niños, más que nadie, necesitaban orden. Horarios fijos, tareas, paseos y comida, sobre todo comida. Debían comer bien y salir al sol. Lo que Elizabeth había percibido como palidez era en realidad un tono de piel poco saludable provocado por la mala alimentación y el encierro. Había pasado toda la noche en vela, pero la mañana siguiente Tomás, Adela y Enrique encontraron en sus respectivos lugares la lista de las cosas que harían durante el día.

Por supuesto que se quejaron, todas las personas se quejan cuando se les cambia una rutina que creen provechosa, pero se dejaron llevar. Miss Elizabeth Shaw no tenía la legendaria dulzura de miss Mary Sharp, pero tenía un modo delicado de persuadir a alguien si quería algo. Y si no lo lograba con buenas maneras, sabía pelear. No había vivido cuatro años con la señora Luisa en vano.

Enrique estuvo de su lado después de un par de elogios a sus diseños de locomotoras y la promesa de pasar por una librería cuanto antes. Se la hizo, y el trato quedó sellado. Adela dijo que no le gustaba salir al sol, pero cambió de opinión cuando miss Shaw sugirió que podían pasar por una ferretería que había expuesto un retrato al óleo muy interesante y que tanto *La Nación* como *La Prensa* habían descrito como «perfecto». La respuesta de Adela no fue entusiasta, pero los ojos le brillaron y Elizabeth lo tomó como una victoria.

Con las manos en la espalda, Elizabeth se enfrentó a Hunter. Él estaba sentado con la espalda encorvada, los ojos fijos en el papel que le había escrito. Ella estaba al otro lado del escritorio, con los ojos fijos en su cabello. Tan segura estaba de su victoria que ni siquiera pensaba en argumentos alternativos y se distraía con sus facciones. De joven había sido tímido y reservado. Era probable que siguiera así, pero la vida lo había puesto a prueba y la experiencia le había dado una expresión de seguridad atractiva.

Ella lo entendía. La familia sabía que los Hunter debían llevar una vida reservada. No solo lo sabían, era probable que lo obligaran a quedarse en casa. Si salían a pasear en coche llamarían la atención de todo el mundo. Era probable que el señor Perkins encontrara la situación desagradable. Pero los niños tenían que comer bien, tomar aire, ver el sol. Escuchaba a la directora de la escuela de Plymouth repetírselo una y otra vez. A menos que prohibieran las salidas, era necesario que las hicieran.

Tomás la miró indeciso. Elizabeth imaginó que tendría preguntas para hacerle y no sabía por cuál empezar. O quizá fuera reacio a cambiar tanto la rutina y pensara en prohibírselo. Elizabeth lo miraba segura. Convencer a los niños había sido fácil, pero no servía de nada si él no aceptaba.

—¿Dónde vamos a almorzar y cenar? —preguntó.

Elizabeth asintió. Ya tenía las respuestas preparadas.

—Solo almorzar. Conozco algunos lugares muy tranquilos donde hemos almorzado con miss Sharp. Muy respetables, y dudo que alguien nos preste atención. Para la cena vamos a establecer un régimen de leche tibia y pan tostado con manteca, como lo hacía cuando vivía en Fowey. Quizá un poco de queso si puedo conseguir alguno que me guste.

«Y guardarlo en mi habitación lejos de Toby» pensó también, pero se concentró en Tomás.

—No estoy seguro.

Elizabeth no se desalentó. Enderezó la espalda y habló con tranquilidad.

—Ayer nos cruzamos con el señor Aarón Anchorena. Tiene un automóvil nuevo. Todo el mundo lo admiraba.

—¿De qué color es? —preguntó Enrique.

—Negro, por supuesto.

—¿Y de dónde viene?

—¿De Alemania, quizá? Me disculpo, Enrique, no pregunto esos detalles. Pero si salimos a tomar el aire es probable que nos crucemos con él. Y dudo que pueda resistirse a darnos la explicación completa y responder todas las preguntas que le hagas.

—¿Vamos a verlo, tío? —dijo Enrique, entusiasmado.

La expresión de Tomás la hizo reprimir un suspiro. Elizabeth no creyó que los niños notaran su reacción, pero él vio con claridad que su pecho subía y bajaba. Comprendió que era más difícil de lo que había previsto.

—Podemos dar una vuelta en el coche de caballos si el abuelo Eduardo no lo necesita. Pero no me convence eso de almorzar fuera de casa. Los niños no tienen mucha práctica en comidas sociales.

Elizabeth asintió de nuevo. Había aprendido que ese gesto no solo generaba confianza en los padres, sino que ellos lo buscaban cuando no estaban seguros de tomar una decisión.

—Es por esa razón que debemos almorzar fuera. Aprenderán la costumbre viendo a otros niños cerca. El coche del señor Eduardo llegó hace media hora. Y solo irá a buscarlo por la tarde, como ya sabemos. Está disponible, al menos para un paseo.

Elizabeth vio que Tomás no estaba convencido. No podía llegar hasta el final de sus dudas sin preguntar de manera directa. Y no podía hacer eso delante de los niños. Estaba a punto de declarar su derrota cuando oyó decir a Adela:

—Me gustaría ir de paseo, papá. Como cuando salíamos con Juliette.

Esperó la respuesta con los ojos bajos y mucha paciencia. Tomás hizo un leve movimiento de la cabeza, que Elizabeth entendió.

—Está bien —dijo él casi sin voz.

Ella respondió con energía.

—Adela y Enrique, vayan a buscar sus abrigos mientras el señor Hunter ordena que preparen los caballos y el coche.

Los niños salieron del estudio. Elizabeth iba a seguirlos, pero Tomás la detuvo.

—¿Estás segura de esto?

—Estoy segura de que dentro de poco no vas a saber cómo caminar por la calle de tanto vivir encerrado. Enrique y Adela no pueden respirar en este aire, no es justo, no son prisioneros. Son sus madres, lo sé, pero encerrarse para proteger un secreto familiar no es lo que un niño merece. La locura está en ellas, no en los niños.

—Qué bueno que puedas pronunciar esa palabra.

—Alguien debe hacerlo.

Él asintió.

—Mi padre decía que la verdad era uno de los privilegios de la gente pobre. Y la mentira, uno de los privilegios de la gente rica. Prefiero la verdad a cualquier mentira, al menos no me persigue por la noche.

—Voy a ordenar que preparen el coche.

Ella le tomó la mano antes de que se alejara. Esperaba que se sorprendiera, pero no tanto.

—Estás helada.

—Desde que dejé Fowey tengo las manos frías.

—Deberías abrigarte.

—Estoy bien, no te preocupes.

—Voy a ordenar el coche. Ponete un abrigo, por favor. Espero que no pase nada mientras no estamos.

—¿Por eso no salen?

—Sí. Uno de los dos siempre se queda en la casa.

Elizabeth entendió su temor. No se había detenido a pensar que nunca dejaban a las mujeres solas.

—Si preparan el coche puedo ir yo sola con los niños —sugirió.

Él le besó la palma de la mano.

—Está bien. Tenés razón. Necesitamos aire fresco. Voy a avisar a Marta y a cerrar las puertas con llave. No creo que pase nada.

Desde el momento que salieron de la casa, los niños cambiaron de expresión. Enrique era el más interesado en todo lo que pasaba alrededor. Adela también miraba, pero no mostraba el mismo entusiasmo ni curiosidad. Aun así, los ojos le brillaban. Cuanto más los trataba más se daba cuenta de la suerte que había tenido Enrique de vivir en otro lugar y la influencia que su padre había tenido en él. Comenzaba a llenar los huecos de lo que conocía sobre la familia. Siempre había pensado que no sabía nada de ellos porque había evitado enterarse de cosas de Tomás. No era muy grato darse cuenta de que, en realidad, toda la familia se había puesto de acuerdo para que nadie supiera nada de los Hunter.

Elizabeth había planificado la salida para cansarlos. Pasaron por su ferretería favorita y cada uno se llevó sus correspondientes lápices y papeles que olían a nuevo. Enrique y

Adela abrazaban sus paquetes, divertidos y desorientados. Elizabeth pidió acuarelas. No había, pero le prometieron que llegarían en unos días. La pregunta tuvo el efecto que buscaba, porque Adela escuchó la charla con curiosidad y muy cerca de ella. Decidió esperar y ver qué había detrás de esos ojos que le prestaban atención.

Las dos se detuvieron a ver el cuadro que se exponía. Se decepcionaron enseguida porque ya no era el retrato «perfecto», sino un paisaje de la llanura pampeana que juzgaron de buena calidad, pero nada interesante.

Tomás hablaba poco. Parecía que una parte de él se había quedado en la casa y la otra miraba a su alrededor como quien visita una casa que conoció mucho tiempo atrás. Elizabeth notaba la expresión de amargura.

De los tres, Enrique era el que más feliz estaba durante el paseo. Quizá tuviera el límite de la pierna que había quedado enferma, pero al menos no tenía la expresión asustadiza de Adela o la taciturna de Tomás. Se felicitó por haber decidido sacarlos de la casa, fuera cual fuera la consecuencia que encontraran cuando volvieran.

La librería les llevó más tiempo que la ferretería. Elizabeth lo agradeció porque pudo ubicarse en un rincón y dejar que los tres revisaran lo que quisieran. Le gustaban ciertos libros solo porque le recordaban cosas, no porque le agradara leer. Enrique y Tomás fueron directos a los ilustrados con maquinarias e inventos estrafalarios. Adela se concentró en la cantidad de libros de estampas y reproducciones de arte que llenaban una pared. La vio buscar a su padre y después arrepentirse de la idea. Elizabeth no dejó escapar la oportunidad.

—¿Te interesa alguno?

Adela la miró tan sorprendida que Elizabeth se preguntó si se había olvidado de que ella también estaba en la librería.

—Son muy bonitos.

—¿Te gustaría llevarte uno? Siempre es bueno tener varios libros de estampas. Ayuda a mantener la práctica y a conocer el estilo de los artistas. La mano se adormece si uno la hace dibujar siempre lo mismo.

—Son para pintar con acuarelas y no tengo.

—La acuarela es una posibilidad, pero no la única. Se pueden hacer copias al carboncillo o con pluma y hacer estudios de perspectiva. Dominar los planos del fondo en un paisaje es una tarea que lleva tiempo y destreza.

Elizabeth hubiese jurado por el puerto de Fowey y todas sus embarcaciones que Adela había levantado los hombros. Dejó pasar el gesto y se acercó a los libros.

—Son buenos —dijo después de mirarlos por encima—. Aunque puedo decir que hay mejores. Quizá podamos pedirle a la señora Luisa que nos encargue algunos de París.

—¿Y ella lo haría?

Quiso responder que «la señora Luisa cree que París es el centro del universo, así que todo lo que sea fabricado allí alcanza la perfección. De modo que sí, seguro que nos enviaría un baúl lleno de libros con estampas», pero no era el lugar y Adela no era la persona indicada para escuchar sus quejas.

—Cuando llegue hablaremos con ella. Estoy segura de que puede ayudarnos.

—¿La tía Luisa se quedará con nosotros?

Elizabeth dejó los libros en su lugar.

—No lo sé.

—Papá no dijo nada.

—Estoy segura de que pronto te lo informará. ¿Qué te parece este? Es una colección de retratos interesante.

—No me gusta —respondió Adela.

La niña la dejó con el libro en la mano para ir junto a su

padre. Elizabeth percibió el rechazo. Y fue un dolor profundo que la hizo llevarse la mano al pecho, como si tuviese que calmarlo de alguna manera. No solía tomar mal esos pequeños rechazos en sus pupilos. Pero este le causó tristeza. Esperó cerca de la puerta mientras Tomás pagaba por unos libros que habían elegido.

Almorzaron en el salón del restaurante Luzio, donde, por suerte, no había mucha gente. A Enrique la salida le había hecho bien, y al menos eso satisfacía a Elizabeth. Estaba sentado a su lado y le hablaba y comía al mismo tiempo. Tenía las mejillas rojas y el pelo revuelto. No veía la hora de volver a la casa y leer los libros y analizar las láminas de esas máquinas que tanto le gustaban.

Con los otros dos no tuvo el mismo éxito. Elizabeth no había medido el impacto que podía provocar en Tomás, y sobre todo en Adela, una salida por Buenos Aires. En su extraño modo, Adela y Tomás eran extranjeros en una ciudad que se obligaba a no hablar de ellos. Deseó que no fuera demasiado tarde para rescatarlos de la casa.

A pesar de la incomodidad evidente que sentían, el almuerzo —«de verdad», hubiese dicho miss Sharp— les hizo bien a los dos. Al menos el cuerpo empezaba a llenarse de alimento y no de esa comida que nadie había tenido ganas de preparar.

Regresaron en silencio y cansados. No era la mejor de las respuestas, pero no era mala. Habían salido, habían tomado aire, los niños habían hablado con otras personas y se habían alimentado bien. Fue una buena mañana que los dejó listos para la sorpresa que los esperaba en la casa.

El señor Guillermo y la señora Luisa esperaban en el pasillo de entrada. Hacía muchos años que no los veía, pero Elizabeth los reconoció de inmediato. El señor Hunter había perdido mucho cabello y su espalda se había encorvado.

La señora Luisa había cambiado mucho más. Recordaba una señora delgada y elegante, altiva, orgullosa. Quizá fuera el cambio de la moda, pero tenía los hombros caídos y la cabeza inclinada hacia delante. Se miraron desde lejos sin reaccionar.

Tomás se apresuró a abrazarlos. Elizabeth sintió que el corazón le saltaba cuando vio su expresión de alegría. Se quedó detrás de los niños, que no entendían quiénes eran y por qué Tomás reaccionaba de esa manera. Adela miraba a su padre sorprendida y Enrique le había tomado la mano a Elizabeth. Ella se quedó tranquila, como una presencia segura mientras pasaba la tormenta.

Después de los abrazos, Tomás se volvió a los niños y los presentó a sus tíos. Elizabeth tuvo que darle un empujoncito a Adela para que saludara. No le extrañaba la reacción. Los niños siempre se mostraban incómodos ante parientes que jamás habían visto y que exclamaban arrebatados: «¡Qué grande está!», «¡Qué mono es!», «¡Qué parecido al abuelo!». Una de las ventajas de ser huérfana por partida doble, no tenía dudas, era que no tenía que soportar la exageración de las personas desconocidas.

No tuvo que acercarse para saludarlos. El señor Hunter fue hasta ella para tomarle la mano y besarle la frente.

—Señor Guillermo —le dijo, y dejó que la abrazara con afecto.

El hombre la llevó hasta donde estaba su mujer. Ella ya había visto la mirada de reproche de la señora Luisa. ¿Era el traje? ¿Era el cabello? ¿Era que vestía de negro casi por completo? ¿Era que no había reaccionado de inmediato como si fuera Toby? Se limitó a esperar.

—¿No la vas a saludar, Luisa?

—¿Cómo estás, Elizabeth? —preguntó sin acercarse para abrazarla o siquiera darle la mano.

—Bien, señora. Espero que hayan tenido un buen viaje.

—Fue un viaje atroz —respondió con voz dura—. Un servicio malísimo.

—No estuvo tan mal —repuso el marido, que no le había soltado la mano a Elizabeth—. Pero Luisa tiene parámetros muy diferentes a los míos. Y no le gusta el aire de mar.

—El aire de mar es muy saludable —dijo Elizabeth—. Aunque quizá solo para los que crecimos cerca de él.

La cara de reproche de la señora habría sido cómica, pero estaban en esa casa y en cualquier momento podían oír un coro de tres mujeres cantando alaridos que adquirían forma de canción. No había mucho espacio para el humor.

—¿Dónde se alojan? —preguntó Tomás.

Elizabeth lo había perdido de vista y lo encontró cerca de ellos con un brazo sobre los hombros de Adela y con Enrique tomado de la mano.

—En el Plaza —le respondió la señora Luisa.

—¿Y cuánto piensan quedarse?

—Lo menos posible —murmuró la señora—. Tenemos que hablar, Tomás. Sin los niños. No estamos de visita en la ciudad. Me gustaría irme en una semana o diez días, como máximo; ya hicimos averiguaciones sobre el próximo vapor.

Elizabeth apreció el tono de urgencia en la voz de la señora. Podía observarla de cerca y percibía los cambios. Los ojos brillaban como siempre, pero las canas que habitaban entre su cabello oscuro suavizaban su férrea disposición a hacer su voluntad. Se la notaba cansada y triste.

—Llevaré a los niños al estudio —ofreció Elizabeth—. Y pueden hablar con la señora en el escritorio.

—Quiero hablar con vos y con Tomás. Pero no aquí. Los espero en el hotel.

—Eso no será posible —dijo Tomás con voz clara—. No dejaré a los niños solos en la casa. Hoy ya salimos suficiente.

—Y yo no pienso discutir nada en este lugar —aseguró la señora.

—Entonces no hay nada que discutir —respondió Tomás con convicción.

Elizabeth lo miró sorprendida. Elegir entre Tomás y la señora Luisa no era sencillo, pero dejar a los niños solos no era una opción.

—Creo que lo mejor sería hablar en el escritorio —propuso con voz suave—. Es un lugar con privacidad, señora Luisa. Si el señor Guillermo se queda con los niños en el estudio del primer piso podemos hablar en el escritorio de Tomás aquí abajo. Adela y Enrique hicieron algunas compras, estoy segura de que al señor Guillermo van a interesarle, ¿no es cierto?

—Por supuesto. Quiero saber qué compraron —dijo el hombre de inmediato y ella se lo agradeció con una sonrisa.

—¿Tía Luisa? —preguntó Tomás.

—Está bien —respondió ella, irritada—. ¿Dónde está el escritorio?

—Yo la llevaré —dijo Elizabeth.

Tomás aceptó. Acompañó a su tío y a los niños al estudio, mientras Elizabeth llevaba a la señora hasta el escritorio. La mujer empezó a dar vueltas en una rápida inspección y ella se quedó junto a la puerta con las manos unidas en la espalda.

—Pensé que no salían de la casa.

—No lo hacen. Los saqué de paseo para que tomaran el aire. ¿Por qué no dejaron claro en qué fecha llegaban?

—No quería que los Madariaga escondieran nada.

—La noticia se supo igual.

—Me imagino. Bajamos en Montevideo y tomamos una lancha desde allí. Quiero hacer todo con la mayor prisa. Los Madariaga van a poner obstáculos y no se los voy a permitir.

—No pueden prohibirle a Tomás hacer un viaje.

—No. Pero pueden intentarlo.

Elizabeth no discutió. Había creído que conocía a la familia. Si la señora pensaba que los Madariaga podían intervenir de alguna manera quizá fuera cierto. Pero no tenían poder legal para hacer que Tomás se quedara en el país.

—¿Son niños inteligentes? —preguntó la señora después de una pausa.

Elizabeth se preguntó si eso significaba que no estaban locos como las madres, pero respondió como debía hacerlo una institutriz.

—Tienen mucha habilidad para el dibujo, los dos. A Enrique le gustan mucho las ciencias. Tomás le enseña bien, pero un profesor particular haría maravillas con él. Adela está muy interesada en el arte y tiene un talento que puede pulirse. Los dos hablan bastante bien francés, aunque tienen problemas para escribirlo, y su inglés es pobre, pero no será difícil enseñarles. No tienen costumbres sociales ni tratan con otros niños. Son inteligentes y también muy tímidos.

—¿Las oíste? —preguntó la señora con dureza.

En cualquier otra casa, Elizabeth hubiese preguntado: «¿A quiénes?», pero en esa solo hacía falta asentir.

—¿Y cuál es tu opinión?

—No tengo ninguna opinión.

—Elizabeth Shaw, no seas condescendiente conmigo. ¿Cuál es tu opinión?

—Que hay que sacarlos de inmediato de este lugar.

—Estoy de acuerdo con eso —murmuró la señora.

—¿Por qué la familia acepta que vivan así?

—Los Madariaga piensan que no es tan grave.

—Los niños deben irse de aquí lo antes posible —dijo Elizabeth con voz firme—, sobre todo Adela. No creo que la niña esté como su madre, pero eso no significa que este ámbito no sea una influencia perniciosa en su personalidad o en su futuro. Enrique ha sufrido menos la atmósfera de la casa, pero puede ganarlo de alguna manera.

—¿Y Tomás?

—Tomás está solo y sin rumbo. La pérdida de Juliette fue dura, es evidente. Pero esto iba a ocurrir con o sin Juliette. Tomás no tiene las herramientas para educar a una niña de catorce años.

—¿Cómo arreglaron las cosas entre ustedes?

—Con honestidad. Que es algo que usted no ha hecho conmigo.

—Si te hubiese dicho qué pasaba te habrías marchado a Fowey. Ibas a decir que era otra de mis exageraciones.

—No vamos a saberlo nunca. No tuve opción cuando vi lo que ocurría y Tomás me dijo la verdad. Estoy aquí y quiero ayudar como agradecimiento. Por última vez.

—¿Por qué vistes de negro? No tenés parientes que hayan muerto para estar de luto. ¿O descubriste una familia en Fowey? Te envié varios vestidos hace unos meses. ¿Qué pasó con ellos?

—Los vendí.

—¿Qué dijiste?

—Que los vendí.

—¿No te entraban?

—No lo sé. No me servían para mi vida como institutriz y no tengo muchas visitas que hacer debido a esa falta de parientes que señaló antes.

—¿Y eso hiciste con todos los que te envié en estos años?

—Sí.

Elizabeth oyó que alguien descendía por la escalera. Se apartó de la puerta para darle paso a Tomás.

—Mi tío y Enrique se entendieron de maravilla. Creo que se van a llevar bien. Dígame, tía, ¿qué quiere hacer?

La señora no perdió tiempo.

—Me voy a llevar a la familia a París, vos y los niños. Elizabeth vendrá con nosotros. Vivirán en nuestra casa. Nos haremos cargo, no importa qué protesta griten los Madariaga. Debimos hacer esto hace años; espero que no sea demasiado tarde.

Tomás palideció.

—¿Eduardo está de acuerdo con esto?

—Mi hermano y tu tío están de acuerdo y esperan que tú también lo estés.

—¿Elizabeth?

Ella se obligó a estar serena. Ya había pasado por una tormenta con las dos personas que estaban en la habitación. Había creído que todo eso había quedado en el pasado, pero la vida no la había llevado tan lejos como ella pensaba. Era como si el mar la arrojara sobre la costa cada vez que quería alejarse.

—Estoy de acuerdo —murmuró.

—No esperaba esa respuesta —dijo Tomás.

—Es necesario que los niños salgan de la casa —se explicó—. Ya no podés protegerlos. Nada te garantiza que la señora Perkins no vuelva a hacer lo que hizo con Adela. O que se lo haga a Enrique. No conozco el alcance de sus acciones, pero no hace falta. Esta casa no es un hogar para los niños. ¿Qué futuro van a tener si están obligados a mantener un secreto así? Adela está en una edad compleja y cualquier evento puede impresionarla. Si es que ya no sucedió. Si el señor Guillermo y la señora Luisa ofrecen esta solución creo que tenés que aceptarla sin cuestionamientos.

—¿Y vendrías? ¿Sin cuestionamientos?

Elizabeth alzó el mentón.

—Fowey está más allá del Canal de la Mancha. Se puede cruzar a nado con facilidad.

Esperó a que Tomás riera o al menos alzara las cejas. Se había construido una fama de institutriz severa y estaba muy orgullosa de ella, pero el aire de la casa era tan depresivo que le provocaba hacer chistes. Como Tomás no reaccionó, el chiste le pareció una estupidez poco esperable de ella y sintió la inmediata necesidad de retractarse.

—Sé que llegué aquí con la peor de las disposiciones. —Hizo una pausa para dejar que él reaccionara. La respuesta fue leve, un movimiento rápido de los ojos que apenas alteró los párpados, pero suficiente para que ella lo percibiera—. Pero ahora puedo entender mejor mi lugar y lo que esperan de mí. Y puedo ayudarlos. Mi único reproche es que deberían haber sido honestos conmigo desde el inicio. Los dos me conocen bien como para saber que aceptaría.

—Te conocíamos y, por tanto, decidimos no hablar con honestidad —dijo la señora Luisa con rabia.

Elizabeth aceptó el golpe. Conocía su carácter y sus opiniones sobre su persona.

—Pero también saben que la gratitud hacia la familia es una de mis debilidades.

La reacción de Tomás fue tan leve y al mismo tiempo tan violenta que ella reaccionó de inmediato, asustada. Fue como una de esas pinturas en las que un venado recibe el golpe de gracia en plena huida. La furia y el dolor se unían en una emoción para la que ella no tenía nombre y que solo se expresaba en el bello espacio entre sus pestañas y sus cejas. ¿Era reproche? ¿Era impotencia? ¿Era un odio acumulado durante años? Le hubiese gustado saberlo, pero no tenía valor para hacer esa pregunta.

Dejó que se calmara. Si esa furia estallaba en algún momento, no iba a ser en ese. Había cosas más importantes y más urgentes que un reproche por un pasado muy lejano.

—Supongo que la decisión ya está tomada —murmuró

Tomás—. ¿Qué opción tengo si mi tía Luisa y miss Shaw tienen la misma idea, el mismo día?

Ella entendió ese dolor. Sentirse atrapado en decisiones que otros tomaban y que le concernían a él de manera directa. Era la primera vez que Elizabeth se encontraba en esa posición y no le gustaba. Pero eso no le impedía estar de acuerdo con abandonar la casa para siempre.

13

Elizabeth había visitado Europa tres veces. La primera fue con las hermanas González Madariaga, sus primeras empleadoras en Buenos Aires. Las mujeres eran ramas secas del linaje familiar, pero estaban tan encariñadas con la joven miss Shaw y su buen francés que se animaron a organizar un nuevo viaje a París con ella. Elizabeth descubrió a los dos meses que quien lo había planeado fue la señora Luisa, pero lo aceptó como quien entiende que en cualquier momento del mes puede llover.

Su segundo viaje fue con los Perkins más fértiles. Tres niñas de entre dieciséis y doce años, listas para transformarse en señoritas tras el correspondiente barniz por Europa. Fue el viaje que menos disfrutó porque requerían sus servicios de manera permanente. Tuvo que retratar, traducir, corregir comportamientos y vigilar que la mayor no se entusiasmara demasiado con los ojos oscuros de los muchachos italianos que las llevaban en carreta por las colinas de Florencia. Elizabeth sufrió todo el año que duró ese viaje. Las cartas con Mary apenas servían para entretenerla porque las dos estaban deprimidas. Elizabeth, por tener que responder preguntas estúpidas en una ciudad que la ponía melancólica; Mary, porque se había enamorado —otra vez— de quien no debía.

El tercer viaje fue el que más le gustó. De hecho, se dio cuenta de que no había disfrutado nada de los anteriores cuando fue con la mejor y más fuerte de las ramas de la familia: los señores Madariaga Perkins y su hija más joven, Belén.

Mary solía decirle que Belén era su favorita solo porque era igual que ella. A Elizabeth le costaba ver las similitudes. Belén había nacido en una familia con dinero, y eso ya las hacía diferentes. Sus dos hermanas habían hecho un buen matrimonio y sus padres le permitían extravagancias impensadas en las otras. Para deleite de miss Shaw, la pintura era el capricho de Belén. A las pocas semanas descubrió que ella era la única que tenía un propósito más allá del matrimonio y una vida familiar llena de niños. Si ese propósito había fracasado —como pasaba con las hermanas González Madariaga— o si se había conseguido —como las hermanas de Belén— no cambiaba nada: todas habían deseado tener una familia. Que hubiese una niña que aspirara a otra cosa llamaba la atención de Elizabeth. Que fuera en un aspecto en el que ella realmente podía servirle era uno de esos raros golpes de suerte que le daba la vida.

Planificaron el viaje durante dos meses, así de privilegiada era la vida de Belén. No hubo fastidios por la organización, ni ropas que no fueran apropiadas con el tipo de actividad ni jovencitas encandiladas por ojos italianos. Iban a los museos y se sentaban frente a una obra durante una hora, sin hablar. ¿Cuántas veces estuvieron frente a *El nacimiento de Venus* de Botticelli en silencio, sin prestar atención a los turistas? Elizabeth había perdido la cuenta. Permanecieron tanto tiempo en Florencia que la gente empezó a tenerlas por locales. Las detenían para preguntarles el camino y ellas respondían en italiano, con risas disimuladas.

Italia era el amor artístico de Elizabeth —y Florencia, en especial, su pasión—. El amor de Belén fue París. Elizabeth lo entendió y —a pesar de lo que pudiera preocuparle— la instó a conocer la bohemia parisina. El arte explotaba en la ciudad y si uno quería embriagarse por los sueños, ese era el lugar. Belén podía elegir la vida de artista y dedicarse por completo a ella. Fue en París donde eligió ir a la Académie Julian y tomar todos los cursos durante cuatro meses con la firme decisión de ser una artista y dedicarse a vender sus cuadros. Cuando, de regreso en Buenos Aires, los padres le preguntaron su opinión sobre el asunto, Elizabeth afirmó que la joven tenía el talento para destacar y la voluntad necesaria para soportar las consecuencias que traería una vida como aquella. Al año siguiente, Elizabeth comenzó a trabajar con Angelita, y Belén partió hacia París para convertirse en artista.

Cuando Angelita se comprometió, Elizabeth decidió no volver a emplearse como institutriz en una casa. En cambio, alquiló una habitación en la pensión más respetable que consiguió y se dedicó a dar clases de dibujo e idiomas y preparar, junto a Mary, el regreso a Fowey.

La decisión trajo cartas de la señora Perkins, que insistía en que se ocupara como dama de compañía de una de sus primas viudas —algo que Elizabeth no quería hacer en absoluto—. Y cuando ya estaba por empezar sus planes para regresar a Inglaterra, llegaron los telegramas y el mensaje de Tomás Hunter que quería emplearla como institutriz.

Cuatro semanas después volvía a preparar los baúles. Esta vez para regresar al lugar donde todo había empezado.

—¿Este baúl no está deshecho?

—No.

—Como si hubieras sabido que te irías... —murmuró Mary después de cerrar la tapa—. No quiero que te vayas.

Elizabeth la abrazó. Le había dicho a la señora Luisa que no tenía familia que visitar, pero a los diez años ella y Mary se habían hecho hermanas de sangre al rasparse los codos en las piedras de la playa de Readymoney.

Era domingo, pero le había suplicado a Mary que la ayudase con la preparación de los baúles de los niños y sus cosas. Le hubiese gustado que Mary y Tomás se conocieran en otras circunstancias, pero estas ya no se darían. Los presentó, se saludaron con simpatía y minutos después ordenaban baúles. La señora Luisa había conseguido pasajes y partían en dos días. Necesitaban toda la ayuda posible, pero también privacidad. Mary era imprescindible en esos casos.

—Cuando lleguemos a París —le dijo a su amiga— y todo se tranquilice hablaré con el señor Guillermo sobre nuestro dinero. No creo que haya inconveniente. Quizá en menos de un año estemos en Fowey y Buenos Aires será una gris y triste mancha en algún lugar del mapa.

—No puedo creer que pienses que la señora Luisa te dejará ir.

—¡No pienso eso! Voy a irme. Y van a llover miles de amenazas por telegrama. Pero será en Fowey y yo seré feliz.

—Siempre decís eso y nunca los abandonás.

Elizabeth la miró con tristeza.

—Tenés razón. Y por eso necesito que me prometas algo.

—Escucho.

—Si dentro de un año todavía estoy con la familia, vas a París y me llevás de los cabellos a Fowey. Hablo en serio, Mary Anne Sharp. No tengo voluntad para escapar de la familia, y menos de la señora Luisa. Y quisiera tener la sangre fría para decir que no lo hago por Tomás, pero no es cierto. Quiero ayudarlo. Lo hago por él. Pero siento como si estuviera a punto de deshacerme y convertirme en un brazo o una pierna y me apelliden Perkins. Mary, no dejes que eso pase.

Mary se cruzó con un dedo el corazón.

—Por el puerto de Fowey.

—Y todas sus embarcaciones.

Las dos volvieron la cabeza al oír la puerta de entrada.

—Es la señora Luisa. ¿Estás lista?

—Nunca.

El encuentro entre la señora Luisa y Mary era siempre interesante. La señora miraba a Mary como si hubiese hecho algo malo y Mary se mostraba como si realmente lo hubiese hecho.

—Supongo que no hay otra opción —dijo la señora al verla.

—Qué bueno que nuestra única opción sea la mejor posible —dijo Elizabeth.

La señora puso los ojos en blanco y Elizabeth tuvo que concentrarse mucho para no sonreír. A veces creía que la señora Luisa tenía una explicación más sencilla que la que suponía: nunca había dejado de verla como una jovencita de dieciséis años y a Mary como la amiga revoltosa. Pero no había tiempo para comprobar la hipótesis.

Tomás iba de una habitación a otra. Elizabeth le encargó a Mary que se ocupara de las cosas de Enrique, mientras ella ayudaba a Adela. Los baúles estaban en el pasillo. La señora Luisa iba y venía dando órdenes y Toby la seguía con las orejas levantadas y en máxima tensión.

La preparación de un viaje podía ser algo muy complicado, sobre todo si se llevaban niñas. La señora Luisa miraba con horror los vestidos de Adela, y Elizabeth ya imaginaba que habría una carta durante el viaje a París con el encargo de vestidos nuevos para la niña. Le gustó la idea. Adela necesitaba todo ese cariño desmesurado de la señora.

Tomás no había dicho nada sobre Eduarda o Adelina. Elizabeth no sabía si las mujeres tenían conocimiento de lo que estaba pasando. Ellas habían desayunado con el señor

Perkins en el comedor mientras que Elizabeth los había reunido en el estudio. Había descubierto a Tomás con los ojos tristes puestos en la biblioteca, como si se despidiera de ella.

Elizabeth no veía la hora de salir de esa casa para siempre. Cada detalle que veía, cada vez que se cruzaba con Marta, cada ruido extraño que le paralizaba el corazón, todo se volvía más ominoso con las horas. ¿Cómo había soportado Hunter todo eso? Lo había conocido como un hombre sensible, joven pero no tanto como para que sus ideas y su carácter no estuvieran formados. No podía dejar de preguntarse cuánto daño había hecho esa vida en él.

—¿Ya está? —le preguntó a Adela.

—No hay nada más.

Miró dentro de la habitación. No había más que una cama, un ropero vacío, dos sillas y una mesa. Las flores del papel de las paredes se habían esfumado. El techo estaba gris. Las cortinas, sucias. La señora Luisa pasó a su lado y entró junto con Toby.

—Parece que no hay nada más —dijo con una voz que Elizabeth no había oído en años. La señora la miraba a ella como si quisiera confirmar que de verdad no había nada más.

Elizabeth entendió y dio unos pasos en la habitación.

—Adela, andá a buscar a tu papá.

—¿No hay nada más? —preguntó la señora en voz baja después de que la niña saliera.

—Parece que no.

—¿Por qué no? ¿No le gustan los vestidos? ¿Los sombreros?

—No lo sé. No habla de esas cosas.

—Debiste preguntarle.

Tomás llegó con Adela.

—¿Pasa algo?

La señora reprimió un gesto de exasperación.

—Me preguntaba si no habría otras cosas de Adela guardadas en otra habitación.

—Lo que no estaba acá estaba en el estudio. Pero eso ya está guardado en los baúles.

—Entiendo —dijo la señora.

«No, no entiende», pensó Elizabeth. Para la señora Luisa ser mujer significaba tener cosas que llenaran por lo menos dos baúles —varios más si estaba casada—. Los baúles eran la medida de su refinamiento, su elegancia, su lugar en el mundo. El sentido de familia era importante para ella. Ver que Adela tenía apenas medio baúl para llenar en un viaje a Europa debía de sorprenderla.

—Mejor así —dijo después de un momento de reflexión—. Compraremos todo en París.

Salió de la habitación con Toby detrás de ella.

Adela y Tomás fueron los primeros en oír la puerta que unía las casas. Los dos volvieron la cabeza hacia el pasillo. Un instante después oyeron que subían la escalera.

—¿Vienen para acá? —preguntó Elizabeth casi sin voz.

Salió al corredor y vio que todo se había detenido. Enrique estaba en la puerta de su habitación. Mary había ido a buscarla y se tropezó con ella. Le señaló la puerta de su propia habitación. Todos miraban la esquina donde empezaba la escalera.

Ellas aparecieron en la esquina del pasillo que unía las dos secciones de la casa. Vestían de negro y caminaban encorvadas, como delgados y formidables cuervos. Elizabeth no pudo dejar de preguntarse de dónde saldrían esas prendas negras. No tenían volantes, ni encajes ni joya alguna. La tela era de un negro muy profundo y ellas eran tan delgadas que la luz no tenía lugar para producir relieves. La madre y la señora Eduarda eran morenas y muy parecidas. Adelina era diferente. Tenía el cabello rubio de los Perkins y pecas en la nariz y las mejillas. Enrique era muy parecido a su madre. El señor Perkins apareció detrás de ellas y fue directo hasta su hermana para decirle algo al oído. Ella aceptó, pero Elizabeth vio que estaba furiosa.

Mary estaba detrás de Elizabeth y le rozó el codo. Elizabeth ladeó la cabeza y asintió apenas. Ninguno se movía. Ni siquiera Toby, que seguía al lado de Enrique.

Elizabeth buscó a Tomás. Lo había perdido entre todo el movimiento. Lo descubrió detrás de Adela con los ojos puestos en la señora Perkins. La niña estaba pálida, pero no se mostraba asustada. Elizabeth sintió que el corazón se le apretaba. Hacía falta mucho control de las emociones para no expresar nada. A ella le había costado años de aprendizaje. A la edad de Adela ella corría junto a Mary por las costas de Fowey como una salvaje, con los pulmones llenos de vida.

La voz grave del señor Perkins la sorprendió.

—Adelina quiere despedirse de Enrique.

—Sí —dijo la mujer, con la voz alterada, como si no estuviera acostumbrada a hablar—. Te vas de viaje, Enrique.

El niño se puso muy nervioso al oír el ruido que hicieron las otras dos mujeres cuando Adelina se separó de ellas. Fue como un aleteo, un murmullo sin voz. Elizabeth, aterrada, no pudo contenerse. Fue Mary quien la detuvo, al tomarla con fuerza por la falda.

—París te gustará —aseguró Adelina después de dar unos pasos hacia el niño—. Una vez en París vi un globo enorme que llevaba gente en una canasta.

—Mi tío Tomás dijo que vamos a viajar en uno de esos —explicó Enrique con voz suave—. No hace falta caminar.

—No, no hace falta. Y vas a ver las cosas desde el cielo. Como si fueras un pájaro. Tu tío te cuidará. Estoy segura. ¿Va a ser así, no es cierto, Tomás?

—Por supuesto —dijo él con voz grave.

—Tenés que abrigarte bien. Con ropa de lana. Para que no te enfermes otra vez.

—Miss Shaw me abriga siempre.

Enrique la señaló y Elizabeth alzó el mentón al escuchar su nombre. Adelina la miró como si no supiera quién era.

—Muchas gracias —le dijo, y Elizabeth asintió con la cabeza.

Adelina se inclinó para separarle el cabello de la frente y le dio un beso. Sin otra palabra, volvió hasta su madre y su hermana. Las otras dos no dijeron nada. El señor Perkins se fue tras ellas cuando dejaron el pasillo.

Nadie habló hasta que oyeron cerrarse todas las puertas. La única que no sabía cuántas puertas esperaban era Mary, quien aprendió en ese momento que eran tres. El primero que se movió fue Toby, que le pidió a Enrique una caricia con la pata. El niño lo acarició y entraron los dos en la habitación.

Adela los siguió. Elizabeth también, pero no cruzó el marco de la puerta. ¿Qué sentimientos tendría Adela hacia su madre? La mujer ni siquiera la había mirado. Se sintió tan mal por ella que creyó que se ponía enferma. Deseó con el alma que no fuera demasiado tarde.

Mary la esperaba en el cuarto.

—Al menos Enrique se despidió de la madre —le susurró—. A Adela ni siquiera la miraron.

Le dolió tanto la observación que tuvo que sentarse en la cama con la mano en el pecho.

—No me digas que no te diste cuenta de eso.

Elizabeth no le respondió y Mary tuvo que arrodillarse frente a ella para hablarle.

—Sí, pensaba en eso. Cometí errores con Adela cuando llegué aquí. Tengo treinta y seis años y todavía cometo errores.

—Hay cosas que nos ponen a prueba.

—Sin duda, esta es una prueba.

—¿Qué diría miss Duncan? —preguntó Mary—. «¡Silencio, Mary Sharp!»

Su amiga no se rio.

—Hacés chistes cuando estás aterrada. Y en lugar de hacer reír, das miedo. El humor no es una de tus cualidades.

—Lo siento.

—Estás perdonada. Miss Duncan diría que una institutriz es el modelo de la familia. Debe ser madre, padre, niño, abuelos. Ser nadie cuando es necesario y ser faro en la tormenta. Todos deben mirarla y saber cuál es la respuesta. La señora Luisa y el señor Hunter no hacen otra cosa desde que te conocen. Ella debe de estar cargando con esto desde hace años. Y Tomás, desde que nació la niña.

—Me apena verlo así.

—Da lástima. Una sombra del que conociste en París.

—A veces parece el mismo —dijo Elizabeth—. Pero ya no es joven.

—Nadie es joven para siempre. ¿Sabés una cosa? Creo que la señora Luisa tiene razón. Que podés hacerte cargo de Adela y de Enrique. Vas a entenderlos mejor que nadie. Y siempre lográs imponer disciplina en los que más te quieren.

Mary alzó la mano para que no respondiera. Las dos miraron la puerta al mismo tiempo al oír un llanto ahogado. Reaccionaron con rapidez, pero con delicadeza, como se esperaba de ellas. Habían supuesto, de inmediato, que se trataba de uno de los niños. Elizabeth se asomó por la puerta y vio a la señora Luisa y al señor Guillermo.

Se acercó hasta ellos como se había acercado hasta su casa cuando le anunciaron que sus padres estaban enfermos. Con la sensación de que estaba a punto de descubrir una verdad incuestionable y terrible.

Tardó un tiempo en entender que era la señora Luisa la que lloraba. Para ella, la mujer era formidable e invencible.

No se la imaginaba de otra forma que en una batalla permanente por imponer su voluntad.

En ese pasillo oscuro, sentada sobre un baúl, la señora lloraba apoyada en el hombro de su marido. Era una situación que no comprendía y que no se adaptaba a las leyes que ordenaban su vida. ¿Esa era la temible señora Luisa que había orquestado todo el plan para llevárselos a París en menos de cuatro meses?

La ternura en los ojos del señor Guillermo seguía intacta. Apretó la mano de su esposa para indicarle que Elizabeth estaba allí. La señora alzó la cabeza sin entender hasta que la vio frente a ella. Entonces empezó a llorar sin ahogar los gritos, desesperada, temblorosa. Le tendió las manos como una niña. Elizabeth la abrazó y apoyó la cabeza contra su cintura.

En la Richmond School no le habían enseñado cómo recibir el llanto de alguien. Había tenido que aprenderlo a la fuerza. Elizabeth la dejó llorar. Después de una descarga como esa llegaría un sueño profundo. Al día siguiente, la señora tendría los ojos hinchados, pero el temperamento más firme. En el pasillo, Tomás la miraba preocupado y un poco más atrás Mary le aseguraba con una sonrisa que todo estaría bien. Así se dio cuenta de que ella también lloraba.

14

La sirena del vapor les anunció que comenzaba la travesía.
No había parientes que lloraran, no había amigos que pro-
metieran cartas todas las semanas. No hubo abrazos entre
hermanos ni despedidas sentimentales en un matrimonio que
se separaba. No había tristeza en los que se quedaban. La
despedida no era una dulce pena, los que se iban no deseaban
volver.

Los Madariaga no habían intervenido en el viaje. Se mantuvieron en silencio, como si hubiesen aceptado sin cuestionamientos la voluntad de la señora Luisa. El señor Perkins
no fue a despedirlos. Habían huido de Buenos Aires y Elizabeth se preguntaba cuántos percibirían la ausencia de los
Hunter. Los que notaban la presencia de la familia en el barco los saludaban con amabilidad y luego los ignoraban por
completo. A ella no le molestaba la ausencia de vida social,
pero eso no era lo esperable. Los Hunter eran una familia conocida y debían despertar la curiosidad de algún pasajero.
Sintió un poco de pena por la señora Luisa; no estaba acostumbrada a esos desplantes.

No estuvo ociosa en el viaje. Enrique fue el primero en
enfermar. El movimiento del barco era bastante suave, pero

aun así tenía que hacer esfuerzos para caminar con la muleta. Al segundo día comenzó a vomitar cada dos horas y lo hizo hasta la tarde del tercero. El doctor de a bordo dijo que era normal. Elizabeth estuvo junto a él la mayor parte del tiempo para secarle el sudor o las lágrimas. Le leyó *Cinco semanas en globo* de Julio Verne, pero no podía pasar de la primera página porque Enrique empezaba a hablar. Fantaseaba con la posibilidad de viajar a la Luna en globo. Y cuando ella volvía a leer, se quedaba dormido. Permanecía a su lado, apretaba el libro contra su pecho y vigilaba su respiración. Toby, a sus pies, también dormía. El perro no había vomitado, pero debía de estar tan alterado por el viaje como el niño.

El camarote de Enrique y el de Adela estaban juntos y unidos por una puerta. El ruido del mar —Elizabeth lo amaba— amortiguaba las voces, pero podía oír hablar a Tomás y Adela. El señor Guillermo apareció por la tarde en el camarote de Enrique para preguntarles cómo estaban. Ella le agradeció y le dijo que todo estaba tranquilo.

—En nuestro camarote también —respondió el señor, y eso significaba que la señora Luisa estaba igual o peor que Enrique.

Elizabeth sabía bien que el mareo y las náuseas terminaban alrededor del tercer o cuarto día —quinto para la señora Luisa—, y le agradó ver que Enrique dejaba su color verde para pasar a una palidez más apropiada a alguien que no está mucho al sol. Eligió las sillas que no tenían vistas al mar y al cuarto día llevó a Enrique a la cubierta para que tomara el aire y el sol. El niño reaccionó bien. El libro, la manta y Toby fueron sus compañeros de viaje durante los once días que faltaban. Elizabeth le señaló un par de chicos de su edad, pero él no quiso conocerlos y ella no insistió.

La comida del barco era muy buena. Cuando Enrique y la señora Luisa pudieron comer sin expulsar todo de inmediato, ocuparon una de las mesas familiares de los comedores de primera clase. Quizá los pasajeros no los reconocieran, pero los mozos conocían el aroma del dinero y los atendían bien. Elizabeth podría haber estado de mucho mejor humor, pero se encontraba con demasiada frecuencia con los ojos deslucidos de Tomás. Cuanto más se alejaban de Buenos Aires, más se tenía que recordar que no era un viaje feliz.

Adela miraba todo con los ojos muy grandes. Las mejillas se le habían contraído. Nunca hablaba mucho, pero solía hacer preguntas o comentarios inquisitivos sobre las cosas que veía. Estaba silenciosa, como si tratara de entender lo que la rodeaba. En una mesa cercana había una de esas familias completas de Buenos Aires con cinco niños, padre, madre, una tía y la institutriz. Elizabeth había reconocido a su colega frau Schurman, una institutriz alemana con la que nunca había intercambiado más de tres palabras seguidas. La hija mayor parecía tener la edad de Adela. Elizabeth vio que las niñas se estudiaron desde lejos, pero no llegaron a hablarse durante el viaje.

Le gustaba mucho la compañía del señor Guillermo, así que tomaron por costumbre dar una vuelta por la cubierta después de tomar el té. El hombre era silencioso, pero no parco, y a Elizabeth le gustaba la gente silenciosa. Si hubiese sido uno de los niños, Mary le habría dicho que era su favorito y que eso no estaba bien. Pero era un adulto y ella se contentaba con tener a alguien con quien hablar sin que la charla terminara en reproches o palabras incómodas.

Daban una vuelta tranquila por la cubierta, tomados del brazo. El señor comentaba algo sobre un pasajero con el que había hablado por la mañana y Elizabeth algo sobre los niños. Los primeros días hablaban en castellano, pero una gaviota que pasó cerca del señor Hunter hizo que recordaran Fowey y a partir de ahí hablaron en inglés. Coincidió con el cruce del ecuador —había sido la noche anterior— y Elizabeth lo tomó como una buena señal.

El paso del ecuador había sido un pequeño acontecimiento familiar. Enrique y Adela nunca habían visto las constelaciones desde el hemisferio norte y el señor Guillermo insistió en que todos debían ver las estrellas que nacían con el nuevo horizonte. Había varias familias esa noche en la cubierta y algunos viajeros solitarios que se habían agrupado para observar el cielo.

Hacía frío y Elizabeth había llevado mantas para Enrique y Adela. Tomás estaba silencioso, pero no podía dejar de cruzarse con sus ojos. No hablaban mucho. Cada uno se ocupaba de los niños a su manera y era lo mejor. Tomás la miraba con insistencia, como si quisiera hablar con ella, pero Elizabeth no creía que hubiera nada que hablar ahora que la señora Luisa se encargaba de todo.

Sintió una paz maravillosa cuando vio las constelaciones como las veía de pequeña. Le recordaban a su padre, a los marinos de Fowey, el cielo que miraba desde su ventana. Sintió mucho frío cuando se dio cuenta de que la libertad que había deseado tanto estaba más cerca de lo que creía. Ya era tiempo de elegir qué estrellas mirar. Enrique le rozó la mano en ese momento y ella le preguntó si tenía frío. El niño negó con la cabeza sin mirarla, pero le tomó la mano. Los dos escuchaban al señor Guillermo, que le nombraba las constelaciones a su esposa. Tomás y Adela miraban el cielo con tristeza.

Elizabeth tenía un pequeño camarote frente al de los niños. Parecía diseñado a propósito para torturar a una institutriz; apenas podía moverse sin chocarse con la cama o la mesa. Habían reservado los camarotes precipitadamente y solo el señor Guillermo y la señora Luisa habían conseguido los de lujo. Los nervios alterados de la señora no lograron obtener habitaciones mejores para los niños y Tomás. Nadie se quejó. Era probable que Adela ni siquiera conociera el lujo tal como lo concebía la señora Luisa. Elizabeth sospechaba incluso que el silencio de Adela tenía que ver con esa vida nueva que se abría ante ella. Enrique la había conocido antes de morir su padre, pero era muy probable que la niña no entendiera por qué era tan importante un camarote o una mesa bien ubicada en el comedor.

Una vez pasada la inquietud por la salud de Enrique, Elizabeth se preocupó por Adela. No había sido la mejor institutriz con ella. Culpaba a Tomás y a la señora Luisa —jamás al señor Guillermo— por no haber sido honestos. Le habían ocultado la verdadera situación de la casa y había llegado a ella con un ánimo tan hostil que no podía disimular su mal humor. No había sido justa con Adela —se lo repetía mil veces— y tenía que enmendar la situación. Lo que no sabía era cómo lograrlo.

Mary bromeaba con que Enrique había sido su favorito de inmediato, y era probable que así fuera. No era un niño difícil ni caprichoso. No había escuchado un solo antojo de su boca, al contrario, estaba listo para tomar lo que fuera e inspeccionarlo con la gravedad de un filósofo. Tampoco era esa clase de niños zalameros que buscan la aprobación de sus padres diciendo siempre lo correcto. Enrique había experimentado que la vida era dura a una edad muy temprana y su carácter se había templado, y aunque había perdido a su padre, Tomás lo había reemplazado con holgura. Adelina no era la madre perfecta, pero no era Eduarda, y en esa familia era una diferencia enorme.

Adela no era así. Tenía un carácter fuerte —Elizabeth sospechaba que bastante parecido al de su tía Luisa— y un modo áspero, casi salvaje, de abordar el mundo. Nunca se había encontrado con una niña así. Si la aspereza era porque no había tenido contacto con otras personas o era parte de su carácter no había podido determinarlo. En París, la señora Luisa la obligaría a ser sociable. Era lo apropiado en la vida parisina y Elizabeth estaba de acuerdo. Se le ocurrió que quizá la señora tenía pensado enviarla a un colegio privado para obligarla a conocer a otras niñas. Todo era posible. Hasta entonces Elizabeth prefería no hacer demasiadas especulaciones sobre el carácter de Adela.

Durante el viaje no pudo ir más allá de esas observaciones. Adela apenas se despegaba de Tomás, hablaba muy poco, con él o con Enrique y a veces con Toby. No hacía comentarios, no tenía interés en el resto de los pasajeros, no parecía notar que la comida era mucho mejor que en la casa. No había expresado descontento ni curiosidad por el viaje. Tenía la misma melancolía confusa que su padre. Y, lo que más preocupaba a Elizabeth, no dibujaba.

Llevaban ocho días de viaje. Elizabeth vigilaba desde lejos a Enrique y se dio cuenta de que Tomás estaba más pendiente de él de lo que pensaba. Quizá el barco cambiaba su sentido de la distancia, porque era muy buena para calcular dónde estaba cada uno de los miembros de la familia. O quizá esta familia en particular desordenaba todo a su alrededor.

—¿Dibujó Adela en estos días? ¿En su camarote?

—¿Por qué me evitás?

—No te evito.

—No pude encontrarte a solas en diez días.

—Es ridículo, Tomás. No tengo ninguna intención de evitarte. Estoy en viaje, rumbo a París, con tu familia. No tengo manera de evitarte.

Él la miraba como si no la creyera, pero no insistió.

—No. Adela no dibujó nada en el camarote.

—¿No sacó nada de lo que preparó para el viaje?

—No.

—¿Mencionó algo?

—No.

—¡Tomás! —exclamó Elizabeth, irritada.

Él se quedó callado. Estaban rodeados por gente que paseaba por la cubierta al atardecer. Elizabeth tenía la atención dividida entre Enrique, que leía por cuarta vez *Cinco semanas en globo*, y Tomás, que se apoyaba en la barandilla del vapor.

—¿Dónde está Adela ahora?

—En el camarote.

—¿Y qué hace?

—No lo sé.

Elizabeth puso las palmas en la barandilla. Estaba muy fría, pero era lo que quería sentir. Lo hacía desde pequeña, cuando entraba en un estado de profunda frustración. Era una niña obediente, pero a veces se metía en problemas por terquedad y tenía que hacer frente a las consecuencias. Para calmarse metía las manos en el agua helada del mar invernal hasta que el frío formaba parte de su cuerpo. Temblaba hasta que hallaba una solución a su problema o su padre la encontraba y la llevaba junto al fuego.

—Tomás, no había otra manera de hacer esto.

—Pensaba que era así, pero ahora no estoy seguro. No sé bien cómo manejar el dolor.

—Sabés bien que no veo la hora de volver al lugar donde fui feliz y viví tranquila. Pero sé que voy a dejar todo y voy a regresar con el dolor a cuestas. Por más que te enojes conmigo o con tu tía, el dolor no se irá.

—No sé cómo explicarle eso a mi hija.

—No tenés que explicárselo, Adela ya lo sabe. Lo que tenés que hacer es no dejarla ir por el camino de la melancolía. Que es lo que va a pasar si vos hacés lo mismo.

Tomás golpeó la baranda con el puño. Varios de los pasajeros se dieron vuelta.

—Debe de ser sencillo vivir con respuestas para todo. Te envidio.

—Ser huérfana tiene sus ventajas. La pérdida ya viene con uno, así que no espera otra cosa. Te conozco. Al menos, te conocí hace un tiempo. Vas a dejarte llevar por la tristeza y eso está bien cuando uno tiene veintiséis años y nadie ante quien responder. Pero Adela es tu hija. Salimos de Buenos Aires por ella. La melancolía es un lujo que no podés darte.

Él no le contestó. Estaba a su lado pero miraba a los pasajeros, de espaldas al mar. Elizabeth no quería sentirse vulnerable, pero ese era uno de esos privilegios que ella no tenía. Había aceptado viajar con su pasado.

—¿Por qué pensás que le digo que sí a la señora Luisa? —le preguntó con voz cálida.

Él alzó los hombros.

—Cuando mis padres murieron perdí a mi familia por segunda vez. Estaba tan triste, tan desarmada, que apenas podía entender qué pasaba en el mundo. Aparecieron dos personas que me necesitaban y, después de pestañear dos veces, vivía en Londres con una señora que no hablaba inglés. Había días en los que me quedaba petrificada en una silla incapaz de moverme. No lloraba, no hacía nada. Me parecía que si me movía el aire me iba a lastimar. La señora Luisa venía y me hablaba en castellano, y yo no le entendía una palabra. Se enojaba conmigo, comprendía que me hacía reproches. Lo primero que aprendí en ese idioma fue «¿Por qué?», y sabía que después de eso venía una crítica. Me concentré en entenderla. Obedecerla. Se convirtió en la voz que ordenaba el mundo y me salvó de quedar entumecida por la tristeza. Adela tiene la ventaja de tener un padre que la adora. Tendrás que explicarle el mundo, y cuando ella se sienta más cómoda podrás ocuparte de tus penas.

Tomás asintió.

—Y si todo esto no te convence, te explico: evito a la señora Luisa. Sé que tendrá conmigo una de esas charlas donde habla y habla y yo asiento como si ella tuviera razón. Y eso será porque cuando lleguemos a Le Havre y yo mire los barcos ingleses con ansiedad tendremos una discusión. Y esa discusión me preparará para la terrible crisis con la que nos enfrentaremos en París y en la que ella me dirá que le resulta inconcebible que los deje en un año.

Elizabeth creyó ver una sonrisa en él, pero el gesto fue demasiado breve como para estar segura.

—Me encantaría abrazarte y decir que todo va a estar bien. Pero ya estamos los dos en una edad en la que sabemos que esa era una mentira que nos decían para que dejáramos de llorar. Y ahora es una mentira que tenemos que decir a otros.

Tuvo que callarse porque una palabra más la haría llorar a ella. Dejó que Tomás se llevara su atención. Era más fácil si no se ocupaba de sí misma. Vio que tenía los ojos brillantes y que se concentraba en los pasajeros. Recordó una frase suya que le hizo sentir murmullos en el estómago.

—Cuando Adela descubrió tu retrato en mi carpeta... —Hizo una pausa al ver que él cruzaba los brazos sobre el pecho—. Cuando descubrió ese boceto también dijiste que cuando nació era la cosa más bella que habías visto en la vida y que decidiste retratarla cada año.

—Sí.

—Quizá puedas dibujarla en el vapor. Es la primera vez que viaja en barco, ¿no es cierto? Es una novedad, algo digno de recordar. Incluso si no terminás el retrato, ver los materiales la llevará a interesarse. Debés haber experimentado eso. Meses sin tocar una carbonilla y en cuanto estás cerca es como si la mano sola tuviera un imán. Si te ve dibujar todo esto le será familiar. ¿Te parece una buena idea?

—Puedo probar —dijo él con algo de ánimo.

—Podríamos tomar el comedor por asalto y sentar a los niños. Dibujar con ellos. Y si nos llaman la atención o hay algún problema, que la señora Luisa tire a algunos marineros por la borda y asunto resuelto.

—Es fascinante todo lo que imaginás que puede hacer mi tía.

—La considero la más formidable y temible de las criaturas que habitan la tierra. Mientras esté a mi favor, no tengo problema.

—¿Mañana a las diez?

—Mañana a las diez. Ahora tengo que abrigar a Enrique. En todos estos años de institutriz jamás entendí por qué los niños no se abrigan.

Enrique y Toby la recibieron con los ojos dulces y las manos —y patas— congeladas. El barco no era buena vida para Enrique, y había momentos en los que Elizabeth se desesperaba. Adela tenía a su padre, pero el niño estaba solo, por más que hubiese tenido una despedida, como había dicho Mary.

Se retiraron de la cubierta para prepararse para la cena. Caminaba detrás de él junto a Toby, que movía la cola satisfecho. Era el primero en expresar alegría, y a Elizabeth le causó una pequeña felicidad que al menos alguien de la familia estuviera contento. Enrique se cambió solo y ella entró en el camarote para peinarlo.

—¿Miss Shaw?

—¿Enrique?

—Adela estuvo llorando.

Elizabeth se sentó en la cama con el peine en la mano. Le encantaba alisar el pelo rebelde de Enrique y dominarlo hasta que quedara prolijo y presentable. El sol había hecho que las pecas salieran —al igual que las suyas— y había dado alegría a una carita melancólica.

—¿Sabés por qué?

Enrique dudó.

—Sos inteligente, Enrique. Si Adela está en problemas es importante que me lo digas.

—No está en problemas.

—Bueno. ¿Es algo que le deba decir a tu tío Tomás?

El niño la miró a los ojos. Elizabeth conocía esa mirada que incluía dudas y confianza. Eran esos pequeños momentos en los que se jugaba el lugar de institutriz. Era empleada de los padres y estaba obligada a responder ante ellos. Pero su obligación era hacia los niños y necesitaba saber sus pequeños secretos para que no lastimaran a nadie.

—No puedo ayudarla si no sé qué le pasa —le dijo después de atarle la pequeña corbata de su traje marinero. La señora Luisa había insistido mucho en que Enrique usara un trajecito marinero. Elizabeth no podía decir que le quedaba mal. Al contrario, era un encanto.

—¿Es la señora Luisa? ¿Adela le tiene miedo?

Enrique asintió con timidez.

—Es comprensible. ¿Alguna otra cosa? ¿Algo más que haya pasado?

El niño negó. Elizabeth se incorporó aliviada y casi sonriente.

—Creo que no hay un marinero más buen mozo en este barco, señor Enrique Ward.

Elizabeth rio al verle la cara.

—¿Qué es esa cara?

—Por favor, miss Shaw, tengo doce años. No hace falta que me haga monerías.

—Perdón, señor Enrique, no quise ofenderlo.

Dejaron a Toby dormido en el camarote —ya había cenado, cortesía de los mozos del comedor— y se encontraron con Adela y Tomás en el pasillo. Los dos se habían cambiado para la cena, pero todavía pesaba sobre ellos el aire de la casa. El vestido de Adela era desabrido, gris y le quedaba muy suelto. No se parecía en nada a los que usaban las niñas que corrían envueltas en nubes de volantes por la cubierta del barco. El traje de Tomás estaba hecho a su medida, pero eran medidas tomadas tiempo atrás. Elizabeth sintió pena por ellos y agradeció —para su propia sorpresa— que la señora Luisa estuviera presente.

Le indicó a Enrique que se reuniera con su prima y entrara con ella en el comedor. Detuvo a Tomás por el brazo. Él se quedó con la mirada fija en su mano.

—¿Ahora sí podemos ir del brazo?

Elizabeth lo acercó hacia ella.

—Ya sé qué le pasa a Adela.

—¿Qué es?

—La señora Luisa.

—¿Está cerca?

Él había alzado la cabeza como si estuvieran a punto de descubrirlos en algo que no debían hacer. Estaban en la puerta del comedor, así que todo el mundo los había visto, incluso la señora Luisa, que ya estaba en la mesa y acomodaba a los niños.

—Tranquilo. No estamos haciendo nada impropio.

—Hoy a la tarde no me dejaste tomarte del brazo.

—Eso es porque no tenía información importante.

Él la observó muy serio, casi enojado.

—No hagas eso.

—¿Qué cosa?

—Actuar como si hubiese intimidad entre los dos cuando hacés lo posible para que no exista. ¿Qué le pasa a mi hija?

Le dolió. No dejó que se trasluciera, pero sintió el dolor en el cuerpo y sabía que se quedaría ahí por algún tiempo. Aflojó la presión sobre el brazo de Tomás, aunque no lo soltó. Se alejó de él a una distancia prudente, pero que no demostrara que reconocía que él había marcado un límite tal como ella lo hacía.

—Adela teme a la señora Luisa. Eso es todo.

—¿Ella te lo dijo?

—No, me lo dijo Enrique, en confidencia. Me contó que había llorado. No le preguntes, por favor.

—¿Por qué tendría miedo de mi tía?

—Porque hasta ahora no tuvo a alguien que le dijera qué tiene que hacer todo el tiempo. Juliette debió de ser una mujer muy dulce. Pero debo confesar que estoy contenta de que la señora Luisa haya aparecido. A Adela le hace falta una mujer de la familia que la rete cada vez que sea necesario. Ahora va a verme bajo una mejor luz.

Tomás estaba confundido.

—¿Es muy difícil de entender?

—Criar a Adela fue sencillo hasta que murió Juliette.

—Iba a pasar, Tomás. Juliette debió de ser maravillosa, pero no era infalible. En algún momento ibas a encontrarte con esto. Pensá en Enrique. Vos lo tomaste bajo tu guía y a tu modo lo criás como se crían los hombres Hunter. Es un pequeño ingeniero que construye máquinas que vuelan. Lo recibiste y lo tendrás bajo tu ala hasta que pueda andar solo. Adela no tenía esa protección hasta la llegada de la señora Luisa. Le enseñará a ser una mujer Perkins, a su modo, según sus expectativas. Eso es lo que hace una familia. La sutileza no es una cualidad que la señora Luisa posea. Adela debe de estar aterrada con todo lo que se espera de ella. Pero eso es bueno para ella.

—Sigo sin entender.

—Ahora es cuando yo soy necesaria. Mi trabajo es traducirle a tu hija el mundo de la señora Luisa y lo que ella espera. Estoy segura de que tiene una lista de profesores y modistas para Adela. Para convertirla en una mujer, cuidarla y tenerla bajo su protección hasta que pueda andar sola.

—Preferiría que no fuera así.

—¿Y que sea parecida a mí?

—Algo así.

—¿Tomás?

—¿Qué?

—Necesito que confíes en mí. No soy el modelo que tu hija necesita. Ella no tendrá que ganarse la vida trabajando para otros. Adela tendrá otras posibilidades en la vida, cosas que yo jamás soñé. La señora Luisa entiende ese mundo y puede guiarla.

Él no respondió. Era difícil, Elizabeth lo comprendía. Alguna vez la señora Luisa le había dicho que los hombres no entendían las sutilezas de los sentimientos de las mujeres. Ella no estaba de acuerdo, creía que sí las entendían, solo que elegían dejar pasar algunas para no lidiar con todas.

Cuando llegaron a Le Havre Elizabeth había dormido solo dos noches de las quince que duró el viaje. Los pasajeros miraban hacia el puerto, hablaban entre ellos, algunos lloraban. Tomás tenía a Adela a su lado. Le mostraba los edificios que reconocía y los que eran una novedad para él. El señor Guillermo respondía las preguntas de Enrique. Por resignación o por curiosidad, tanto Adela como Enrique estaban interesados en lo que pasaba. Quizá fuera que el olor a tierra se sentía en el aire y los calmaba.

Elizabeth les daba la espalda. Miraba hacia el norte, hacia donde sabía que quedaba Plymouth, y un poco más allá. Estaba tan cerca que podría saltar del barco y escaparse, olvidar todas las promesas que había hecho. Tuvo que apretar las manos para no llorar.

Oyó la sirena del vapor que anunciaba su llegada. Se volvió muy despacio para observar a la familia. Todos miraban la costa, señalaban algo pegado a la tierra, un árbol, un edificio, una calle.

Cerca de ella estaba la señora Luisa. No habían hablado a solas durante el viaje, pero la conversación existiría, estaba segura. Mientras tanto, la señora la miraba con esa mezcla de orgullo herido y decepción que tenía reservada para ella. ¿Existiría un modo de conformar a la señora Luisa? Elizabeth creía que no, que sus fallos eran tales que no había manera de llenar esas expectativas. Le hubiese gustado hacerlo. Ser la dama que la señora Luisa creía perfecta como una forma de agradecimiento. Pero era Elizabeth Shaw. Tenía su corazón imperfecto puesto en Fowey.

15

En París la esperaba una carta de Mary. Era una costumbre que tenían desde hacía años: si conocían la dirección, se enviaban cartas de antemano para encontrar algo familiar al llegar. El ama de llaves —a quien le presentaron como Françoise— la miraba confusa y evitaba a la señora Luisa. Elizabeth tomó la carta con una sonrisa. Como Françoise, evitó los ojos de la señora. Pero no pudo esquivar los de Tomás. Le sonrió para tranquilizarlo y guardó la carta en el bolso.

—¿Los niños ya tienen asignada la habitación, señora Luisa? —preguntó en francés.

La señora había determinado en el tren que a partir de ese momento todos hablarían en francés. Elizabeth debía dar ejemplo. Se guardó el secreto de que el castellano estaba permitido para discusiones graves. El inglés estaba prohibido y sabía que la carta que estaba en su bolso estaba escrita en ese idioma.

—Por supuesto —le respondió la señora—. Françoise, ¿ya está todo preparado en las habitaciones?

—Sí, señora.

—Entonces que los niños vayan a prepararse para la cena.

Françoise asintió. Alzó las manos para indicarles que la siguieran. Ninguno de los dos se movió. Miraban a Elizabeth.

—¿Mi habitación está junto a la de ellos?

—Tu habitación es la misma de siempre —dijo la señora.

Entonces no estaba cerca de los niños. Elizabeth tenía el corazón contento, así que se dispuso a pelear un poco.

—Me parece que los niños van a sentirse más a gusto si duermo cerca, al menos por un tiempo.

—No. Vas a dormir en tu antigua habitación. Está tal cual la dejaste.

—¿Perdón?

—¿Qué no escuchaste?

Elizabeth tuvo que contenerse de hablar en castellano o empezar a reír en inglés.

—¿Mi habitación está igual?

—Escuchaste bien, entonces. Dormirás allí. Y esta es mi última palabra.

Elizabeth asintió.

—Voy a acompañar a los niños. ¿Tomás?

Habían acordado que Elizabeth llamaría por su nombre a Tomás mientras no hubiera visitas. Elizabeth había sido la primera en estar en desacuerdo, pero servía para evitar las confusiones con los dos señores Hunter. Y más allá de todo eso, había batallas que era preferible que no se produjeran.

Siguieron a Françoise por la escalera y los pasillos. Elizabeth no podía darse la vuelta, pero se moría por ver la expresión de Tomás. La casa había sido decorada varias veces desde que ella había estado allí, aunque en esencia seguía igual. Habían renovado el empapelado, la tapicería de los sillones o los espejos, pero la señora Luisa seguía teniendo el mismo gusto barroco por los objetos de bronce, los tapizados verdes y las cortinas pesadas. Hacía más de quince años que no estaba en la casa, y la sentía tan familiar como si el paso del tiempo no tuviera lugar entre esas paredes.

Enrique y Adela no hablaban. Elizabeth imaginó que tenían la misma cara que ella al llegar por primera vez. La casa en la que habían vivido tenía recuerdos —o pesadillas— de lo que había sido la fortuna de los Perkins. La de París era la prueba de que, en efecto, la familia tenía dinero. Elizabeth deseó que eso no los afectara de mala manera. Había tantos niños caprichosos con dinero en el mundo que no se necesitaban más. Prefería a Adela y a Enrique en ese estado de incredulidad y sencillez al que se habían acostumbrado a fuerza de tener una vida difícil.

Tuvieron que atravesar un pasillo con las paredes cubiertas de espejos que hizo que los niños se detuvieran para mirarse sorprendidos. Françoise los esperaba lejos del reflejo. Elizabeth no la culpaba.

—Me había olvidado de este lugar —le dijo al reflejo de Tomás.

Se vio risueña y tuvo que cambiar la expresión. Él no se miraba; tenía los brazos cruzados y prestaba atención a lo que hacían Enrique y Adela.

—¿Para qué hace falta un espejo tan grande? —preguntó Enrique en francés.

—Espere a ver el salón de baile —le dijo Françoise—. Se va a ver tan repetido que terminará mareado.

Elizabeth y Tomás asintieron al mismo tiempo. A ella le hizo gracia la coordinación del movimiento y su reflejo. Tuvo que bajar la cabeza para que no se notara, pero vio que los ojos de Adela la habían descubierto.

—¿Seguimos? —preguntó Elizabeth—. Vamos, Toby. Tenemos que conquistar este lugar.

Las habitaciones estaban en la misma sección de la casa que la biblioteca y el estudio. Las acciones de la señora Luisa no eran casualidades. Elizabeth estaba segura de que existía una lista de profesores franceses para los niños.

Las puertas estaban enfrentadas. Al menos Adela y Enrique estarían juntos y Toby podría ir de una habitación a otra sin problema. Se notaba en el aire que los muebles no se habían usado y que el papel —de rayas en la habitación de Enrique; de flores en la de Adela— era nuevo. Elizabeth tuvo que sacudir la cabeza y enojarse por sentir envidia. ¿Cuánto habría dado ella por tener el dinero suficiente como para vivir en Fowey y cambiar el empapelado de una casa propia?

Enrique quedó extasiado con los mapas y las brújulas que encontró en el escritorio. Y minutos después se perdió en la biblioteca llena de libros de Julio Verne. Se rio cuando vio una cesta de mimbre ya preparada para Toby, quien reconoció su lugar en la casa y se acostó de inmediato.

—Toby sabe del mundo —murmuró Elizabeth.

Adela entró en silencio en su cuarto. El empapelado era encantador: rosas pintadas a mano dispuestas de tal modo que parecían hechas al azar. Una cama con dosel era el centro de la habitación, y a los lados había sillas, un biombo con el mismo diseño que el papel y una mesa con hojas de carta y elementos de escritura. También había una cesta ya preparada para cuando Toby quisiera cambiar de dormitorio.

—¿Dónde dormirás, papá?

—No estoy seguro.

Françoise respondió.

—Hay un cuarto preparado al otro lado de la escalera. Cerca de la habitación de la señorita Shaw.

Elizabeth juntó las manos en la espalda. No se le había ocurrido en ningún momento que Tomás ocuparía su antigua habitación. Elizabeth era hábil para adivinar movimientos, pero había aprendido sus artes de la señora Luisa y ella seguía con ventaja.

—¿No se te había ocurrido? —le preguntó Tomás, risueño—. Veo que no.

—Me gusta mi habitación —dijo Adela en francés.

Elizabeth agradeció tener algo en que concentrarse de manera inmediata.

—Tiene un guardarropa, ¿no es cierto, Françoise?

—Sí, la puerta de detrás del biombo. Y hay espejos —dijo con un tono que sonaba como advertencia.

—¿La mía también tiene eso? —preguntó Enrique interesado.

—Sí, señor Enrique.

El niño miró a su alrededor satisfecho.

—Me gusta el cambio, tío.

Elizabeth sonrió.

—Me alegro —dijo Tomás—. ¿Adela? ¿Te gusta el cambio?

Adela miró a su padre y después a Elizabeth. La expresión de su rostro no era la de Enrique, pero al menos Elizabeth notó que no estaba alterada ni nerviosa.

—Me costará un poco acostumbrarme —dijo con cautela.

—Cuando lleguen tus cosas podrás acomodarla a tu gusto —le explicó Elizabeth—. La señora Luisa es exigente con la decoración, pero permite que las habitaciones estén arregladas como el dueño prefiera.

Elizabeth creyó ver una sonrisa en la boca de Adela. O quizá fue que sus ojos brillaron. Algo en su expresión cambió, y eso fue suficiente.

—¿Eso significa que la habitación de miss Shaw está decorada como ella lo decidió? —preguntó Enrique mientras revisaba la parte trasera de un reloj que había en el escritorio de Adela.

—La habitación de miss Shaw sigue igual —dijo Françoise.

Elizabeth la miró.

—¿La habitación no se ha ocupado desde que me fui?

—Trabajo desde hace siete años aquí, pero según me dijeron sigue igual. Todos sabemos que es el cuarto de miss Shaw y que debe seguir tal como está.

—¿Podemos ir a verla? —preguntó Adela.

—Yo quiero ir también —dijo Enrique—. ¿Podemos?

—Sí, claro —respondió Françoise—. Vengan conmigo.

La mujer los guio por el largo pasillo hasta la habitación de Elizabeth. Volvieron a pasar por los espejos y Adela y Enrique se saludaron. Elizabeth no se atrevió a mirarse. En realidad no veía nada y hasta podía decir que iba con los ojos cerrados. Confiaba en que no se tropezaría o que alguien la ayudaría si se caía y se partía la cabeza.

De hecho, fue Tomás quien evitó que se cayera. La tomó del brazo y la apretó contra él. Elizabeth supuso que caminaba con normalidad, pero no estaba segura. Le silbaban los oídos. Françoise abrió la puerta de la habitación sin ceremonias.

—Y aquella puerta es la habitación del señor Hunter. Pero esa sí fue renovada hace seis meses.

Elizabeth no se movió. Los niños esperaban a que ella entrara. Françoise la miraba con cara de quien sabe que ha hecho un buen trabajo. Al único que no podía ver era a Tomás, pero lo sentía muy cerca, ¿era su corazón o el de ella el que latía tan fuerte?

—¿Vamos a entrar? —preguntó Adela.

—Primero miss Shaw —dijo Enrique con cautela.

La habitación estaba en penumbra. Las ventanas daban a la rue de la Paix, y al llegar las había buscado con la mirada. La última vez que había estado en ese cuarto se había peleado con la señora Luisa. Había sido una escena terrible. Recordaba que toda la casa se había quedado en silencio y que era probable que los gritos se hubieran oído en la calle hasta la place Vendôme. Un coche la esperaba para partir hacia Buenos Aires. La señora hacía su último intento para que se quedara. Se había olvidado por completo de esa escena. «No es mi problema. ¿Quién conserva la habitación de alguien que jura que no va a volver?»

Tomás le soltó el brazo para tomarle la mano.

—Estás helada.

Ella no le contestó.

—¿Entramos?

Tomás la llevó de la mano, así que lo primero que vio fue su reflejo en el espejo que siempre había estado en esa esquina. Sintió el apretón de su mano, pero no sabía cómo reaccionar.

Françoise entró detrás de ellos para abrir las ventanas. La luz del sol del atardecer iluminó la estancia. Era una luz naranja, poderosa, que les hirió la vista hasta que se acostumbraron. Los niños observaban todo. Enrique fue hacia un escritorio que tenía papeles y elementos de dibujo. Adela, hacia un armario de puertas espejadas. Elizabeth deseó que todos los espejos estallaran en ese instante.

—Adela, abre la puerta de ese armario —dijo, a pesar de la confusión, con una voz que no se conocía.

La niña obedeció y dio unos pasos hacia atrás cuando vio que no estaba vacío. Había varios vestidos en tonos claros, blusas y faldas, cajas de sombreros y de guantes.

—¿Son suyos? —preguntó Adela.

—Eran míos. ¿Ves ese guardapolvo gris? Podés descolgarlo.

Tomás hizo el intento de soltarle la mano, pero Elizabeth se la apretó con fuerza. Él entendió y se quedó inmóvil. Françoise ayudó a Adela a ponerlo sobre la cama. No tenía un dosel como la de Adela —Elizabeth los detestaba—, pero sí una pieza de gasa transparente que se sostenía desde una moldura en el techo.

—Este es mi guardapolvo de la Académie Julian. Te lo regalo.

Estaba tan cerca de Tomás que pudo sentir la conmoción que le produjo el regalo y la inmediata represión de sus emociones. Como si un viento lo hubiese movido con muchísima fuerza, pero se hubiese mantenido firme a pesar de todo.

Adela estaba sorprendida y a Elizabeth le gustó ver su sorpresa. Era genuina y le producía alegría. La obsesión de la señora Luisa por mantener el pasado había tenido un resultado positivo.

Después de eso, como si todo el cansancio de los últimos meses de repente cayera sobre ella, cerró los ojos y se desvaneció sobre Tomás.

Cuando volvió a abrirlos tuvo que quedarse muy quieta porque el mundo daba vueltas. También tuvo que preguntarse si no era una pesadilla porque veía el techo de su antigua habitación en París, un cielo estrellado que había sido pintado según sus instrucciones precisas.

Un hombre al que no conocía la miraba muy de cerca. Le bajó el párpado y luego le alzó el mentón con la suficiente pericia como para que ella asumiera que era un médico.

—Cansancio —dijo el desconocido en francés—. El mar puede ser agotador.

Ella quiso gritarle que era de Fowey y que era imposible que el mar la agotara, pero no tenía fuerzas. De hecho, no sentía peso en el cuerpo. La habían acostado y tapado, le habían sacado el sombrero y los zapatos, y también la chaqueta, y le habían puesto un camisón. Tenía incluso el cabello suelto. Quiso preguntar cuánto tiempo había estado desvanecida, pero no le salieron las palabras. El doctor hablaba con otra persona, así que tuvo que fijar la vista más allá de él.

Era la señora Luisa. El hombre le decía que estaría bien, que solo tenía que descansar y alimentarse. Elizabeth sonrió.

Estaba de acuerdo con la idea de alimentarse, tenía la vaga idea de haber pasado hambre. El doctor se despidió y desapareció.

—¿Qué hora es? —preguntó.

—Las nueve.

—¿Ya cenaron los niños?

—Y ya están en la cama.

—Yo no cené.

—No, Elizabeth. Te desmayaste.

—¿Estuve desmayada durante tres horas?

—No, pero te desvanecías a ratos. Como si hubieses tomado láudano o algo así.

—Nunca tomé láudano.

—Costó hacerle entender eso al doctor Muret. Las parisinas tienen afecto por el láudano. Tu amiga Mary tomaba eso.

Elizabeth sintió las palabras como una puñalada. Mary había tenido unos meses complicados mucho tiempo atrás y la señora jamás se lo había perdonado. Le llevó un tiempo, pero recordó la carta y entendió por qué le había hecho esa pregunta.

—Estoy en cama, señora Luisa. Estuve desvanecida por tres horas, o algo así. Tenga un poco de piedad.

La señora apretó los labios. Llamaron a la puerta con suavidad. La dueña de la casa dio la orden para que entraran. Eran Tomás y los niños. Y Toby. Elizabeth se incorporó muy despacio, ayudada por la señora, que le puso un mantón de Manila sobre los hombros y los dejó solos.

—Pensé que se habían acostado.

—Oyeron que el doctor se fue y quisieron venir —explicó Tomás.

Toby, como siempre, fue el primero en avanzar. Apoyó la cabeza en el borde de la cama y esperó la caricia. Elizabeth empezó a hacerle círculos en la oreja, como si estuviera llena de rulos. Enrique estaba vestido para dormir, con la bata de color rojo oscuro, el pelo revuelto y muy pálido.

—Estaré bien —les dijo sin que preguntaran—. Estaba cansada. El viaje por mar es agotador.

Las cejas de Tomás se alzaron por la mentira, pero no dijo nada. Elizabeth agradeció que alguien reconociera su honor como habitante de Fowey. La pequeña mentira —por más herética que fuera— servía para calmar a Enrique, y la usó:

—Yo también estoy cansado —susurró.

—Se puede ver. Si te acercás te beso la frente y podés ir a dormir.

Enrique se aproximó. Pero en lugar de ofrecerle la frente le dio un abrazo.

—¿No se va a morir, verdad, miss Shaw?

—Por el momento no está en mis planes, Enrique.

El reproche en la cara de Tomás fue tan obvio que tuvo que enfocar la vista para confirmar si era él o la señora Luisa. Elizabeth acarició la cabeza que estaba sobre su hombro.

—Estaré bien. Te lo prometo.

Enrique se separó de ella. Cuando vio que se secaba una lágrima de la mejilla volvió a sentir una puñalada. ¿La familia se había puesto de acuerdo para hacerla sentir mal incluso cuando estaba en cama?

Adela había permanecido en un rincón. Elizabeth vio que tenía algo enrollado en las manos. Había supuesto que era un mantón, pero cuando se aproximó se dio cuenta de que era el guardapolvo que le había regalado antes de desmayarse.

«Qué elegante suena eso de desmayarse», pensó, y ella misma se dedicó una mirada de reproche.

—Se lo devuelvo —dijo Adela y lo dejó en la cama.

—¿Por qué? Es tuyo. Es un regalo de bienvenida a París.

La niña negó. Tomás intervino por ella.

—Adela piensa que es muy importante y que por eso te desmayaste. Se angustió mucho.

—Adela, es tuyo. Ya vamos a ir a ver la escuela. Todas llevan ese uniforme gris. Cada vez que vuelvo a París busco entre la gente a las alumnas de la Académie. Espero verte con él un día.

Rogó que la niña aceptara porque no tenía más fuerzas para hablar. Adela asintió muy seria y volvió a enrollarse el guardapolvo en el brazo.

—¿Puedo usarlo en la casa hasta que entre en la escuela?

—Supongo que sí. Pero vamos a tener que hablar con la señora Luisa. Es muy exigente en estos temas.

Adela asintió.

—¿Pueden ir con Françoise a las habitaciones? —preguntó Tomás—. Quiero hablar con miss Shaw. Luego iré a verlos.

Los niños aceptaron. Se despidieron de ella y salieron. Tomás esperó y cerró la puerta. Después caminó rápido hasta la cama y se arrodilló a su lado. Le tomó la mano con fuerza.

—No vuelvas a hacerme eso.

—Te lo prometería, pero no sé qué pasó.

—Deliraste durante una hora.

—La señora Luisa no mencionó nada. ¿Dije algo comprensible?

—Que querías volver a Fowey.

—Entonces no fue delirio.

Tomás no dijo nada. Se apoyó la mano de Elizabeth en la frente, en un gesto que los hizo viajar de inmediato en el tiempo.

—Siempre tenías las manos frías —dijo él.

—Y te ponías mi mano en la frente para calmar el dolor.

—¿Cómo pude olvidar eso?

—No es olvido: pasaron años. ¿Te duele la cabeza ahora?

—Mucho. Tuve que sostenerte para que no te dieras contra el piso. Françoise salió corriendo para avisar a mis tíos. Y mientras tanto tuve que calmar a Adela y a Enrique.

—¿Debo pedirte disculpas?

—No, pero no lo vuelvas a hacer. Jamás.

Era imposible mirar esos ojos y pensar que era una broma. Tomás realmente le estaba pidiendo que no volviera a desmayarse. Quiso prometérselo. En cambio, tuvo que cerrar los ojos.

—¿Qué pasa?

—Demasiados recuerdos juntos. Me volví a marear.

—¿Llamamos al doctor?

—No. Estoy agotada. Casi no dormí durante el viaje.

—¿El aire de mar puede ser agotador?

—No digas tonterías. Pero llegar a esta casa y entrar en esta habitación me afectó mucho. Que esté así, igual que antes. ¿Qué clase de persona hace eso? Y me sostenías la mano. Perdí la idea del tiempo.

—Para mí también fue difícil.

—¿Sí?

—Sí, con la diferencia de que nunca había entrado en esta habitación. Y siempre había querido hacerlo.

—Si la señora Luisa llega a escuchar algo así...

—Le voy a decir que me convidaste con láudano.

Tomás reía, pero ella no.

—No te atrevas. Ni en broma. Empieza su perorata con Mary y no termina más.

Tomás le besó la palma de la mano y después la apoyó sobre la boca de Elizabeth.

—Prometido, miss Shaw.

Como antes había hecho Toby, Tomás reclinó la cabeza

sobre la cama. Ella lo acarició; le hizo círculos en la oreja, como si tuviera bucles sobre ella.

—Por primera vez en muchos años me siento en paz —le dijo Tomás.

Elizabeth, en cambio, supo que había perdido otra batalla.

16

Los recién llegados pasaron el día siguiente en la cama —se hubiesen desmayado o no—. Elizabeth apenas supo dónde estaba hasta la mañana del segundo día, cuando, por fin, sintió la cabeza despejada y el peso adecuado en el cuerpo.

Vio que amanecía. Se quedó quieta, atenta a los ruidos que se oían. Sonidos amables y desprovistos de secretos, más apropiados para una casa de la familia Hunter. Los criados ya realizaban las primeras tareas del día y era probable que el señor Guillermo estuviese en su estudio con el periódico y el desayuno. La señora Luisa también estaría despierta pero en su habitación, si las cosas no habían cambiado de manera radical.

A través de la tela que cubría la cama vio un vestido blanco colgado en una de las puertas del armario. Era imposible que la señora lo mandara hacer en un par de días —aunque no debía descartar esa posibilidad—. Ya le había señalado que no le gustaba cómo vestía, y su opinión colgaba frente a ella. El vestido debía de tener sus medidas aproximadas y lo habría comprado en esas tiendas de París que la señora despreciaba.

Elizabeth apartó la gasa para verlo con más claridad. La tela no era blanca, sino de un verde muy pálido con detalles de blonda en el pecho, cerca del cuello alto. Elizabeth suspiró. Era una prenda de verano para una joven, para pasear sin preocupaciones por la ribera del río Sena protegida por una sombrilla de encaje, escoltada por pretendientes y custodiada por una dama que cuidara su honor. Y esa dama iba vestida de blanco y negro, como debía vestir ella. Era un vestido bonito, pero tendría el mismo destino que los otros que la señora le había comprado.

Oyó unos golpecitos en la puerta y la voz de Françoise que la llamaba. Debían de ser las siete, hora del desayuno en la casa. La mujer entró, seguida por una criada que le presentaron como Bernadette, una jovencita unos años mayor que Adela, de mejillas rosadas y ojos negros.

—¿Abro las cortinas? —preguntó Françoise.

Elizabeth le dijo que sí. Se sentó en la cama y buscó algo que ponerse sobre los hombros. Bernadette, con timidez, le señaló el mantón a su lado.

—¿Qué hora es, Françoise?

—Las siete, miss Shaw. La señora dijo que usted acostumbra a levantarse a esta hora.

—Así es. ¿Y hace dos días que llegamos a París?

—Sí. Llegaron el martes por la tarde y hoy es jueves. Ayer durmió todo el día. Los niños y el señor Tomás también durmieron mucho. Tomaron un poco de té pero sin salir de las habitaciones. ¡Qué cansados debían de estar todos! La señora se preocupó y volvió a llamar al doctor. Pero él dijo que era lo mejor. Espero que se sienta bien.

—Me siento bien, gracias. ¿La señora ordenó que los niños desayunaran en sus habitaciones?

—Sí, ya está todo listo para despertarlos a las siete y media. Los dos señores ya desayunaron.

Elizabeth notó que la mujer la miraba.

—¿Pasa algo, Françoise?

—¿Puedo preguntarle una cosa con respecto a los niños?

—Por supuesto, Françoise, para eso estoy aquí.

—Es que la señora dijo que no la molestáramos por el momento.

—Ya estoy bien. Y los chicos son mi trabajo. ¿Qué ocurrió?

—Los niños no comieron lo que la señora ordenó que les sirvieran. Y hubo algunos problemas.

Elizabeth se acercó al borde de la cama, pero se quedó paralizada con la exclamación de las dos mujeres.

—¿Qué pasó? —preguntó aterrada con los ojos fijos en el suelo. Las ratas eran tan dueñas de París como los parisinos y podían visitar cualquier casa, incluso la de la señora Luisa.

—El doctor Muret dijo que debe permanecer en cama —le explicó Françoise con delicadeza—. Y la señora dio la misma orden.

Elizabeth se alegró de que no fuera una rata.

—Entiendo —dijo, y volvió a acomodarse en la cama.

Sin embargo, no renunció a su idea. El desayuno con los niños se había convertido en una costumbre que le gustaba mucho. Podía observarlos en silencio y proyectaba actividades o pensaba en libros para leer. Y como todavía estaban dormidos no se resistían a cambiar las formas de tomar el tenedor, usar la servilleta o cerrar la boca por más asombroso que fuera algo.

—Creo que los niños siguen preocupados por usted —le explicó Françoise—. Nos alarmó a todos. En especial cuando hablaba en inglés con los ojos cerrados.

Elizabeth no recordaba nada de eso. Solo sabía lo que Tomás le había contado. Usó la voz más suave que tenía para preguntar.

—Françoise, ¿podría traer a los niños aquí?

—¿A desayunar?

—Sí.

—¿Con el perro?

—Sí. Solo por esta vez. Cuando pueda levantarme me ocuparé de que desayunen en sus habitaciones, como espera la señora Luisa. Mañana me despertarán a las seis y media. Bernadette traerá el desayuno y con eso será suficiente.

—¿Y quién la peinará?

—Me peino sola, Françoise.

Bernadette lanzó una pequeña exclamación de sorpresa.

—¿La señora Luisa dio alguna orden sobre mi cabello?

—Yo debo peinarla y ayudarla con la ropa, miss Shaw —dijo la joven.

Elizabeth no quiso asustarla.

—Bien. Mañana veremos cómo nos arreglamos. Françoise, ¿será posible que los niños vengan? Solo por hoy.

Françoise aceptó la propuesta. Envió a Bernadette a buscarlos. Elizabeth suplicó al cielo que sus instintos no estuvieran mareados y que confiar en ella fuese una buena idea. Françoise miró la habitación como si quisiera verificar que todo estuviera en orden.

Los niños y Toby llegaron, seguidos por Bernadette y otra muchacha con las bandejas. Adela llevaba una carpeta y lápices, y Enrique, un libro. Toby entró, se subió a la cama, y desde los pies la miró con ojos dulces.

—Buenos días, Toby —le dijo, y él le respondió moviendo la cola.

Elizabeth se movió hacia un lado de la cama y todos exclamaron. Entre la risa y la exasperación, tuvo que volver a su lugar. Con paciencia de institutriz, les explicó:

—Solo me voy a mover para que Enrique se suba a la cama y desayune más cómodo. Veo que Adela ya eligió la mesa junto a la ventana.

Así era, y todos quedaron satisfechos. Elizabeth le agradeció a Françoise la buena disposición y le indicó que Adela iría a buscarla si necesitaban algo. Françoise le explicó que no hacía falta. Al lado de la cama estaba el botón que hacía sonar la campanilla en el piso de servicio.

Elizabeth se sintió aliviada cuando los dejaron solos. Había olvidado la cantidad de sirvientes que eran necesarios para cubrir las demandas de la señora Luisa.

—¿Cómo está el desayuno?

—Está bien —dijo Enrique—. Muy sabroso.

—¿La comida de aquí es buena? ¿Mejor que la del vapor?

Adela la miró pensativa, pero no respondió.

—Me gustaba la del vapor —dijo Enrique con una sonrisa.

—¿O te gustaba el vapor?

El niño rio.

—Las dos cosas. Cuando se me pasó el mareo el viaje fue entretenido.

—Siempre es así. Palabra de marinera —dijo Elizabeth.

—¿Fue marinera? —preguntó Adela, muy seria.

—No. Pero en Fowey todo el mundo es marinero, incluso si no trabaja de eso. Me alegro de que la comida les agrade. La señora Luisa tiene un gusto excelente. Pero me dijeron que ayer no quisieron comer.

—Adela no quería comer —murmuró Enrique después de mirarse con su prima—. Y yo no tenía hambre porque me dolía la pierna. El doctor vino a examinarme.

—¿Te dolía la pierna? Françoise no me dijo nada. ¿Era algo grave?

—El doctor dijo que fue por el viaje. Habló con el tío y mencionó a otros doctores. Parece que aquí hay aparatos que sostienen mejor la pierna. Todos hablan muy rápido.

—Ya te acostumbrarás a escucharlos. Y tenemos que practicar en la escritura, pero hay tiempo. La señora prefiere que hablemos en francés si estamos en París. Inglés en Londres y así. Voy a preocuparme cuando quiera viajar a Japón. ¿Por qué no querías comer, Adela?

—No tenía hambre —contestó ella con la boca llena después de alzar los hombros—. La tía se enoja con facilidad.

—Procuremos no alzar los hombros en París —dijo Elizabeth—. Aquí la gente es muy sensible a las costumbres.

—¿Más que en Buenos Aires? —preguntó Enrique con interés.

Elizabeth dudó.

—No sé si más que en Buenos Aires. Los franceses gustan de las buenas maneras, por eso las inventaron. Y no podemos negar que son agradables. Que alguien hable con la boca llena los ofende mucho.

Elizabeth vio que los dos tragaban rápido y tuvo que esforzarse para no reír. La luz de la mañana iluminaba a Adela y vio lo mucho que se parecía a Tomás. París le sentaba mejor que Buenos Aires. Esperaba que el cambio de vida le hiciera bien.

Elizabeth bebió el té y fue como renacer. ¿Era té inglés el que tomaba la señora Luisa? Sabía como té de verdad, pero no podía creer que hubiese cedido al consumo de un producto inglés.

—¿Hoy se siente mejor, miss Shaw? —le preguntó Enrique.

—Mucho mejor. No estoy mareada, tengo hambre y ganas de salir a pasear. París en mayo es hermoso.

—¿Saldremos a pasear? —preguntó Adela con interés.

—Veremos qué deciden tu padre y tu tía. En esta época todo el mundo empieza a irse al campo, pero no estoy segura de que esos sean nuestros planes. París tiene mucho para ofrecer.

—Ayer hablaron mucho —dijo Enrique.

—¿Quiénes? —preguntó Elizabeth.

—El tío Tomás y los tíos. Toda la tarde, en una salita de color verde.

—En el recibidor de la señora. ¿Cómo sabés eso?

Enrique miró de nuevo a su prima. Elizabeth siguió la dirección de sus ojos hasta encontrarse con la expresión seria de Adela. Se preguntó por cuánto tiempo sería una niña. La luz que entraba por la ventana la iluminaba de manera diferente. Quizá el viaje la había hecho crecer.

—Vi que papá entraba en esa salita.

—Imagino que no escuchaste nada. Es de muy mala educación escuchar conversaciones ajenas.

Adela negó.

—¿Tampoco espiaste? ¿Ni un poquito?

Sintió que Enrique se movía a su lado, apenas. Le recordó, por un momento, el espanto que le producía el movimiento de las mujeres en la casa. El aleteo de palomas en el tejado. El movimiento de Enrique había sido infantil, inocente. Tuvo que agradecer que la señora los hubiera rescatado, porque —Elizabeth acababa de entenderlo— no hubiese podido hacer nada sola.

—Vi que la tía lloraba —confesó Adela—. Pero nada más.

Elizabeth se preguntó qué incluiría ese «nada más». ¿Cuánto habría visto Adela en su casa, a escondidas? Sabía que Tomás no la dejaba sola, pero era imposible controlar por completo a un niño, tenía años de experiencia en eso. Ella misma la había visto huir por la escalera en Buenos Aires. Enrique no lo tenía tan fácil, pero Adela podía levantarse sola por la noche, escabullirse en un segundo, prestar atención a una puerta que no se cerraba con velocidad, quedarse quieta y escuchar lo que dejaban traspasar las paredes.

—No está bien eso, Adela. No debes volver a hacerlo.

Ella asintió y siguió comiendo.

Desayunaron sin sobresaltos. Después de que las criadas se llevaran las bandejas, los niños permanecieron en la habitación de Elizabeth. Como si los ojos fueran acostumbrándose a la oscuridad, iban descubriendo cosas en el cuarto. Adela señalaba lo que le despertaba curiosidad y Enrique preguntaba su historia. Una estampa, un herbario de páginas muy amarillas, una galera cuyo origen Elizabeth había olvidado por completo. Creía recordar muy bien el pasado, sobre todo esos años en París, sin embargo, era evidente que muchas cosas habían caído en el olvido. El paso del tiempo, como le había dicho a Tomás, tenía consecuencias.

El cielo raso les llamó la atención y los tres se acostaron para observarlo. Ese sí tenía una historia y, por supuesto, incluía una terrible discusión entre la señora y Elizabeth. Que el techo iba a pintarse no estaba en discusión. El problema era qué se pintaría. La señora Luisa sostenía que debía ser un cielo celeste, enmarcado por columnas por las que se asomaban rosas y querubines. Elizabeth argumentaba que eran sus ojos los que verían el techo y que tenía derecho a un cielo estrellado y pintado según la carta náutica de Fowey que le había regalado el señor Guillermo en Londres.

La batalla la había ganado ella —tenía al señor Guillermo de su lado—, pero tuvo que pagar el precio de escuchar a la señora hablar en un francés tan veloz que se perdía la mitad de lo que decía. Fueron tres semanas de no discutir con ella hasta que el francés dejó de ser aprendido para ser una lengua vivida. Nunca supo si lo había hecho a propósito, tal como había hecho en Londres con el castellano, pero no podía negar que el método era efectivo.

Tendidos sobre la cama y con un brazo alzado —incluso Toby levantaba una pata— los encontró la señora Luisa al entrar en la habitación después de llamar a la puerta. «Siempre se espera después de llamar», le hubiese gustado decir a Elizabeth, pero no quería que los niños las oyeran pelear antes de lo necesario.

Los cuatro se incorporaron —Toby también temía a la señora— en cuanto la vieron. Los niños miraron hacia cualquier lugar de la habitación, pero Elizabeth le sostuvo la mirada. Había algo en su rostro que todavía no podía definir. Era la edad, sí, pero todos habían vivido esos dieciséis años y Elizabeth estaba convencida de que era algo más que el tiempo. Era como si quisiera estar firme y serena —esas habían sido siempre sus palabras—, pero no lo lograra. Había sido así en Buenos Aires, en el barco y, al parecer, lo sería en París.

—No sabía que los niños estaban aquí.

«¿Eso es una disculpa?», se preguntó Elizabeth.

—Solo por hoy —le respondió—. No me dejaban salir de la cama, así que los traje hasta aquí.

—El doctor Muret dijo que no debía levantarse —le explicó Adela, ansiosa.

La señora la miró extrañada y Elizabeth tuvo ganas de tirar algo por la ventana.

—Adela, debes recordar que la señora te dará la palabra si quiere que hables —dijo, y se sintió muy mal por haberlo dicho. Le recordaba a su padre y su vida en Fowey, sencilla y sin permisos. Adela se puso colorada por el error y todo lo que habían disfrutado desde el desayuno se evaporó.

—Está bien, no hay problema —murmuró la señora—. Pero necesito hablar a solas con miss Shaw.

Pronunció «miss Shaw» frunciendo los labios. Mary sabía hacer esa mueca a la perfección y Elizabeth sintió la punzada de no tenerla cerca. En algún lugar estaría la carta que no había llegado a abrir y se sintió un poco mejor por poder recurrir a ella, al menos en palabras escritas.

—Tomás me dijo que por la mañana suelen dibujar —dijo la señora—. Por ahora van a hacer eso en la biblioteca. Françoise los cuidará hasta que miss Shaw esté recuperada.

Enrique y Adela se levantaron de la cama de inmediato. Hubo que insistir a Toby para que hiciera lo mismo. La señora los acompañó hasta la puerta, después fue hasta la silla junto a la ventana donde había estado Adela, pero no se sentó. Se volvió y se sentó en la cama ante una Elizabeth que no estaba segura de lo que iba a suceder.

—¿Te sentís mejor?

—Sí, gracias. Estaba muy cansada.

—Todos estábamos cansados, pero no deliramos en inglés.

—Si era en inglés no fue delirio. ¿Dónde quedó la carta de Mary?

La señora le señaló el escritorio que estaba contra la pared y Elizabeth sonrió al identificarla. No había prisa. Estaba segura de que eran montones de bromas de Mary que no podría repetir a nadie.

—Nos asustamos mucho. Tomás no quería soltarte.

—Ya me había pasado algo así.

—¿Cuándo?

A Elizabeth le llamó la atención que no lo recordara, precisamente ella que recordaba todo.

—Cuando salimos de Londres. En el barco. ¿No me pasó lo mismo? Creo que me caí y el señor Guillermo me sostuvo de casualidad.

—No recuerdo nada —dijo la señora, confundida.

—Fue muy parecido. El mismo mareo al menos. Debí de hablar en inglés en ese momento.

—Sí, pero no llamaba la atención.

«Porque no fue delirio», pensó Elizabeth.

—¿Qué dije? —le preguntó.

—No te entiendo.

—En eso que ustedes llaman delirio. ¿Alguien entendió qué dije?

—Tomás.

—¿Y no dijo qué fue?

—Que hablabas sobre Fowey.

—Me dijo eso, pero nada más. Soñé mucho en estos días. Con el mar y el viento. El viaje me recordó mi pueblo. Debe de haber sido eso. Muchos recuerdos dormidos. Tengo fama de ser firme y serena, pero soy humana y a veces me canso.

Había usado las mismas palabras que empleaba la señora y esperó a que replicara algo. La decepcionó. Quizá tenía que aceptar de una vez por todas que el tiempo había aplacado a la señora Luisa y que las cosas iban a ser más sencillas que antes.

—Te preparamos un vestido de día. Y ordené que prepararan otro de noche. Si te sentís bien podemos cenar en familia.

—¿Ya puedo levantarme?

—A la noche, y solo si estás bien.

«Y si me pongo el vestido.» Justo cuando pensaba que las mañas de la señora habían menguado se encontraba con ellas, firmes y serenas. Entendió mejor lo que pasaba: las mañas de la señora habían cambiado y tenían nuevos ropajes. Solo debía descubrirlos.

—Tomás me dijo, y yo también pude verlo, que los niños responden mejor cuando estás con ellos. Y entiendo que quieras usar una especie de uniforme, les da seguridad, pero no veo por qué debes usarlo en la cena. Después de todo, podés dar el ejemplo de cenar con un atuendo civilizado.

—Françoise y los niños mencionaron que ayer Adela no quiso comer.

Elizabeth no creyó que las lágrimas fueran mañas. La señora se las secó con la mano. Ella se quedó paralizada. La señora Luisa en su estado normal habría sacado un pañuelo de encaje de su vestido de mañana y se habría enjugado las lágrimas con una leve presión de la tela contra su mejilla. La mujer que tenía frente a ella las había secado con los dedos y luego apretado en un puño.

—¿Cuánto sabías de la situación en la casa de mi hermano?

Elizabeth comprendió.

—Nada. Nadie sabe nada.

—Cuesta dinero ese silencio.

—Me imagino.

—No puedo sacarme la idea de que tendría que haber intervenido antes. Traérmelos en cuanto nació Adela o cuando murió el padre de Enrique. Mi hermano a veces decía que las cosas mejoraban y Tomás se negaba a venir. Así que me quedé y cada noche rezaba para que no llegara el telegrama que recibí hace cinco meses. No podíamos partir de inmediato y no quise adelantar nada. Tomás iba a negarse si le decía que iba a traérmelos. Se me ocurrió que podía llamarte, dado que estabas libre. Ibas a mantener el secreto pasara lo que pasara.

—¿Y no influyó en nada el hecho de que ya había decidido volver a Inglaterra?

—Es probable. Pero también es cierto que si había alguien de confianza que pudiera manejar lo que pasaba eras vos. ¿Debimos hacerlo de otro modo? Seguramente. Pero ¿cuántos modos hay de manejar esto? ¿Cuántas veces trataste con algo así?

—Nunca.

—No me importa en absoluto mi cuñada. La familia Madariaga nos engañó a todos. Y cuando descubrimos la verdad tuvimos que aprender a mantener el secreto. Ellos son los expertos. Cuando empezaste a trabajar con Belén casi muero de furia.

—¿Por qué?

La señora la miró extrañada.

—¿Por qué? Yo te crie.

—Mis padres me criaron.

—Te eduqué —corrigió la señora, exasperada—. ¿Así está bien? ¿Te conforma? —Elizabeth no respondió—. Yo te eduqué. Y ellos te emplearon para usar esa educación. El padre de Belén y la esposa de Eduardo son hermanos.

—¿No son primos? Siempre pensé que eran primos. Nunca mencionaban a la familia.

—Saben mentir bien. Y no me importaría en absoluto si no fuera porque mi hermano está atado a ella y a mis sobrinas. Y también Tomás. Son la clase de hombres que no harían nada deshonroso ni desleal. ¿Qué te pareció mi hermano?

La señora volvía a llorar sin pañuelo. Elizabeth se acercó y buscó en el bolsillo de la señora. Le ofreció el pañuelo y ella lo tomó con la mano temblorosa.

—No llegué a conocerlo lo suficiente. Parecía un hombre amable, pero siempre estaba al otro lado de la casa o fuera de ella. Hablaba con los chicos y ellos lo esperaban. Máquinas y esas cosas. Y besaba a Adela en la frente. Venía a vernos en el estudio y los niños le mostraban lo que hacían. Pero se alteró mucho luego del episodio. Apenas lo vi después de eso. Hasta que llegaron ustedes.

—¿Qué episodio?

—El coro.

—¿Qué oíste?

—Era una canción, como de iglesia o de una procesión que se acerca. Decían algo, pero no eran palabras que yo entendiera. Eran voces muy bellas, sin embargo los sonidos desconocidos daban terror. Y avanzaban por la casa como si buscaran algo.

—¿Las viste?

—No, Tomás no me dejó.

—Bailan en ronda. Y se arrastran por el piso. Como si escarbaran algo.

—Tomás me dijo eso. Y que se había aterrado cuando vio a Adela, de pequeña, jugar como ellas.

—Debí traérmelos antes. ¿Cómo pude estar tan ciega? ¿Y si Adela es como ellas? Eso me horroriza, que sea como ellas.

Elizabeth sintió un escalofrío.

—Confío en que Tomás hizo un buen trabajo.

—Será por mi culpa.

—Adela no tiene una disposición de ese estilo. Al menos no vi nada en el tiempo que llevo con ella.

—Amalia Madariaga tampoco parecía tenerla. Hasta que pasó.

—¿Qué pasó?

—Se volvió loca.

—¿Empezó a cantar?

—Cantar. Ojalá hubiesen sido cantos. Ay, Elizabeth, ojalá todo hubiese sido un canto. Mis sobrinas hubiesen sido cantantes de ópera y yo sería la tía escandalizada por esa vida social. Me duele imaginar tanta felicidad.

Elizabeth escuchaba la voz de la señora como si fuera un eco. Su mente acababa de entender algo que su boca no se atrevía a pronunciar. La señora se dio cuenta. Era posible que no la hubiese criado, pero había vivido con ella mucho tiempo. La conocía lo suficiente como para saber que su inteligencia había conectado al menos parte de la historia.

—Hubo un niño más —murmuró la señora sin mirarla—. Mi hermano encontró a esa mujer en el barro con el bebé muerto. Ella ya había empezado a enterrarlo. Nadie dijo nada. Todo fue muy civilizado y respetable. Los Madariaga se la llevaron a la estancia y volvió más tranquila. Le debieron de dar opio o láudano o la inmundicia que fuera. Después nacieron las niñas. Parecía que todo había sido un accidente. Hasta que un día mi hermano la encontró con una de ellas en el piso. Todavía estaba viva. Amalia quería enterrarla. No había duda. No era casualidad. La mujer estaba loca. Hubo que encerrarla en la casa que mi hermano había hecho para ella. Nos vinimos a París para no tener que ser cómplices de esa mentira. Cuando casaron a Tomás con Eduarda mi corazón estalló de dolor. Lo engañaron como engañaron a mi hermano. Esa familia es pura mentira y engaño.

A Elizabeth le dolía la cabeza por retener las lágrimas. No quería llorar. No era por orgullo, sino porque no era el momento de hacerlo. La formidable señora Luisa, esa que tres semanas atrás había derramado lágrimas sentada en un baúl, le confesaba la razón por la que lloraba. Era indecible, era el espanto de la muerte y la locura. Todos esos años con ella y no lo había visto.

—No quiero que a Adela le pase lo mismo. Ni a Enrique —dijo la señora con voz firme, aunque no serena—. ¿Podrás ayudarme? Al menos hasta que dejen de tenerme miedo.

—Estoy aquí para eso.

—Bien. —La señora se tranquilizó—. Tenés que dejar de desmayarte. Adela y Enrique palidecieron. Pero tendrías que haber visto a Tomás. Si digo que sigue enamorado te asustarás, ¿no es cierto?

—No. Pero me mareo otra vez.

—¿En serio?

Elizabeth asintió.

—No vayas a desmayarte.

—No.

Elizabeth se acostó. La señora la arropó como si fuera una niña. Se quedó dormida bajo su mirada, casi de inmediato, como si toda la información que había recibido la hubiese cansado hasta el punto de necesitar que la arroparan para dormirse.

17

Bernadette insistió en peinarla para la cena. Elizabeth le explicó que no había necesidad de un peinado complejo. La criada la miró confundida: eso que le había propuesto era un arreglo sencillo. Elizabeth aceptó a través del espejo; no tenía fuerzas para luchar con ella.

El vestido le quedaba bien y, mejor todavía, le gustaba. Hacía muchos años que no se veía arreglada como algo más que una institutriz. Estaba segura de que la señora vería las pequeñas imperfecciones de una confección hecha a máquina, pero también sabía que había elegido el que menos la ofendía.

Bernadette la dejó sola para esperar a que la llamaran a la mesa. Elizabeth preparó su pequeño suspiro de rebeldía. Buscó en su baúl más pequeño el cárdigan de lana parda que había tejido su madre. Si alguien —es decir, si la señora Luisa— decía algo, ella respondería con simpleza que tenía frío. El abrigo le permitió reconocerse. Se había perdido a sí misma en esos días, entre tantas revelaciones de secretos ajenos. Estaba tan cansada de los misterios familiares —justo ella, que era huérfana— que si le contaban uno más estaba dispuesta a dejar todo y trabajar de costurera. Sabía hacerlo, y esos lindos vestidos confeccionados a máquina debían de tener alguna mujer de manos delicadas detrás. Más aún, en Francia había fábricas de porcelana que recibían bien a las jóvenes que habían estudiado dibujo y sabían hacer miniaturas. Ella no había perdido la calidad en el dibujo. Aunque ya no era joven.

Se acercó a la ventana con la carta de Mary en la mano. Como había supuesto, estaba escrita en inglés y lo único que podía revelar a la familia era que Mary estaba bien, cosa que ya sabía porque la carta la había enviado antes de que se marcharan. Su amiga le decía que ya la extrañaba y le recordaba su promesa de volver a Fowey. Que pasara lo que pasara, volverían a su pueblo.

Por la ventana veía que París seguía siendo París: agitada y vanidosa, aunque con más automóviles que la última vez que la había visto. Por la calle pasó un grupo de jóvenes bien vestidos: hablaban en voz alta y reían. Iban o volvían de algún lugar, no importaba. Se divertían a solas, sin mujeres. Eran los jóvenes de los que había que cuidarse, según le habían dicho en esa habitación muchos años atrás. También eran los que más le gustaban a Mary. Elizabeth siempre había preferido a los más callados y estudiosos.

La campanilla la avisó de que la cena estaba lista. Salió rápido de la habitación, para encontrarse con los niños en la escalera. No contaba con cruzarse con Tomás, así que no pudo reprimir el gesto de sorpresa.

—Hola.

—Me asustaste —dijo ella envolviéndose en el cárdigan.

—¿Te dejó levantarte?

—A cambio de que cenara y me pusiera el vestido.

—¿Yo estoy bien?

Elizabeth dio un paso hacia atrás. Inclinó levemente el mentón y después pestañeó.

—¿Qué va a decirme? —preguntó Tomás.

—¿A vos? Nada. Va a pensar que está gastado y pasado de moda, pero no te dirá nada. Lo resolverá enseguida. Mañana le harás una visita al sastre de tu tío y en una semana empezarán a llegar los trajes. Tener dinero es casi como hacer magia.

—¿Y tu vestido está de moda o es de los que colgaban en el armario?

—Es un vestido nuevo. Pero no está hecho por un sastre ni a medida. No sé si trata de conformarme con el precio o si lo compró rápido para no verme en la cena vestida de blanco y negro.

—Quizá solo quiere verte bella.

—¿La señora Luisa? Si fuera cualquier otra persona podría considerar que tiene un solo motivo para comprarme el vestido. Pero con ella siempre se trata de varias razones, una dentro de la otra. Cajas chinas de pretextos. Vamos, no quiero llegar tarde y necesito revisar antes a los niños.

Él bajó la cabeza y caminó junto a ella. Lo vio triste. No era eso lo que esperaba. Tenía la ilusión de que haber pasado el día con su tío lo hubiese alegrado un poco. No sabía qué habían hecho, pero París tenía lo necesario para distraer a un hombre como Tomás. Estaba cansada de verlo triste.

Los niños esperaban en el rellano de la escalera. La señora podía viajar en barco, desayunar y quizá almorzar, pero no cenar con Toby, así que ya estaría en alguna de sus cestas con la panza rebosante. Enrique estaba apoyado contra la pared y Adela se asomaba por la barandilla. Elizabeth no podía negar que los dos estaban encantadores. A la señora le había gustado el motivo marinero, de modo que ambos vestían de azul y blanco. El vestido de Adela era adorable. Elizabeth, después de sonreír, se dio cuenta de que por primera vez la veía tal como había imaginado a la hija de Tomás. La idea la enojó bastante porque la imagen exacta coincidía con la de la señora Luisa. Pero se perdonó. Eran días difíciles.

—¿Estás bien, Enrique? —preguntó Tomás—. ¿Te duele la pierna?

—Estoy bien, tío.

—¿Pasó algo? —preguntó Elizabeth mientras le alisaba el pelo para que quedara a su gusto.

Como Enrique no contestó, Adela habló por él.

—Se cayó por la tarde. Cuando subíamos la escalera.

—¿Te lastimaste?

—No. Y no me caí, me tropecé. No pasó nada.

Elizabeth le apoyó los labios en la frente. Enrique la rechazó con suavidad.

—No tengo fiebre.

La reacción le causó sorpresa, pero no enojo. No le molestaba verlo de mal humor, era normal en un niño de doce años y sobre todo en uno a quien habían hecho cambiar de ciudad. Pero debía asegurarse de que no estuviera enfermo. No era raro que los niños se sintieran bien los primeros días y después cayeran en cama por una neumonía después de un viaje tan largo.

—No tenés fiebre.

—Esta casa tiene muchas escaleras —le dijo sin mirarla.

Elizabeth vio que Adela estaba a punto de decir lo que ella pensaba —que tenía las mismas escaleras que la de Buenos Aires—. Por fortuna Tomás la detuvo antes de que se desatara un pequeño infierno de mal humor en Enrique.

—Tu tío Tomás puede ayudarte a bajar —sugirió Elizabeth.

—No hace falta. No me duele nada.

—Bueno, entonces vamos. No debemos hacer esperar a la señora.

Tomás y Adela bajaron del brazo. Enrique iba detrás de ellos. Elizabeth se quedó quieta mientras esperaba que el niño descendiera la escalera para comprobar que estaba bien.

Nada le llamó la atención, pero se dijo que si el dinero de la señora Luisa podía ayudarlo, había que hacer lo necesario para conseguir nuevos aparatos.

—¿Qué pasó? —le preguntó Tomás al final de la escalera.

—Me mareé un poco. ¡Pero ya estoy bien! —exclamó cuando vio que los tres se ponían pálidos—. Estoy bien. No voy a caerme.

Bajó la escalera despacio y muy incómoda por las miradas horrorizadas. El señor Guillermo los esperaba en la entrada al comedor, también con la expresión alerta.

—No pasa nada —le aseguró Elizabeth y agradeció el brazo que le ofrecía—. ¿Qué cenamos hoy?

—Pescado.

—Oh.

—Lo sé —dijo el señor dándole palmaditas en la mano—. Lo sé.

La señora los aguardaba en el comedor. Se habían retrasado bastante, pero la situación de Enrique hacía imposible que se quejara. Podía ser exigente en sus demandas, pero no era cruel.

La cena fue caótica y Elizabeth entendió lo que Françoise le había dicho. Las cenas de la señora Luisa tenían más platos, más cubiertos, más copas. Los niños se equivocaron en todos los platos servidos. Elizabeth fue la única que no perdió la calma. Al contrario, se sintió más útil que nunca desde que había vuelto a estar en contacto con esa parte de la familia. El caos en la cena era un trabajo que podía y sabía hacer. Nada de personas raras aleteando como palomas o cantando en lenguas inventadas. Niños a punto de llorar por una mirada severa y miss Shaw para salvarlos. Las cosas habían vuelto a su lugar.

Cuando terminaron de comer, Françoise se llevó a los niños para dormir. Si hubiese habido una reunión más grande, la señora habría enviado al señor Guillermo con los demás al *fumoir*, pero era una cena familiar y no había necesidad. Los hombres tomaron café, la señora un brandi y Elizabeth bebió la última taza de té del día.

—No dijeron nada sobre el pescado —murmuró la señora.

Elizabeth se cruzó con la mirada del señor Guillermo y no pudieron evitar la risa.

—Estaba bien —dijo el señor.

—Mentiroso.

Elizabeth rio.

—Pero al menos hice reír a Beth —dijo el hombre—. Me gusta tenerla de nuevo aquí. Debés estar contenta, Luisa. Siempre estuviste interesada en su regreso.

—Da lo mismo. Ya es tarde para regresos —dijo la señora, y Elizabeth pudo jurar que había reprimido un movimiento de los hombros.

—Ahora que estamos aquí Adela va a saber tu sobrenombre —le dijo Tomás pensativo.

—¿No lo sabe? Todos la llamamos Beth.

—Nadie me llamó así en el viaje. No creo que lo haya oído —dijo Elizabeth.

Se preguntó si Tomás sabía que su hija escuchaba detrás de las puertas y si había hecho algo al respecto.

—Era casi imposible hablarte. No te acercabas a nadie —le reprochó la señora.

—Estaba preocupada por los niños.

—Mentirosa —le dijo Tomás.

Elizabeth buscó los ojos del señor Guillermo y lo encontró divertido y resignado.

—¿Por qué Adela no conoce tu sobrenombre? Es una tontería —dijo la señora, irritada.

—Nadie me llama Beth en Buenos Aires. Salió por una conversación con Tomás y no quise decírselo para que no me llamara así. Recién empezaba a trabajar en la casa y las condiciones eran especiales. Y prefiero que me llamen Elizabeth, siempre. Y que solo me diga Beth el señor Guillermo.

—Siempre con tus favoritos —protestó la señora.

—Siempre —afirmó Tomás—. Aunque Enrique es su favorito ahora. Y a Belén, la nombra continuamente. Adela piensa que es como Miguel Ángel o algo así.

Elizabeth bebió té azorada. Habían tenido discusiones, pero jamás había imaginado que Tomás se pusiera del lado de la señora.

—Ya se les pasó la preocupación por el desmayo —le dijo al señor Guillermo por lo bajo.

—Yo no puedo hablar. Soy el favorito —dijo el señor.

—Belén vive en Montmartre, no tenemos contacto con ella.

Elizabeth tuvo que hacer mucho esfuerzo para no sonreír. Por supuesto que Belén vivía en Montmartre, era la vida que había elegido.

—Si la vemos dos o tres veces al año es de casualidad. No está con la mejor sociedad.

—Pero está con la mejor compañía. Sé que expuso dos veces con su maestro. Y que vendió un cuadro. Estoy contenta por ella. Espero verla en estos días. Estoy ansiosa por conocer su progreso en vivo.

Dijo la última frase muy despacio porque llegó tarde a la expresión de advertencia del señor Guillermo.

—¿Así lo llama en sus cartas? —preguntó la señora—. ¿El maestro?

—Su maestro, sí.

—No dudo que le enseñe cosas. Debe de aprender mucho si vive con él.

Elizabeth no hubiese querido que las lágrimas le salieran, pero fue así y tuvo que secarlas. Fueron las palmaditas dulces del señor Guillermo las que evitaron que se fuera de la casa para siempre. Buscó el pañuelo en el bolsillo por instinto, pero no lo encontró y cuando iba a secarse las lágrimas con los dedos sintió la calidez de una tela. Tomás le había puesto su pañuelo en las manos. Lo aceptó.

—Es hora de acostarme. Voy a ver a los niños primero —le dijo a Tomás con suavidad.

—Te acompaño —sugirió él.

—Buenas noches —dijo ella.

No se quedó a escuchar la respuesta.

Cuando llegaron al pasillo de espejos que daba a las habitaciones de los niños, Elizabeth lo detuvo.

—¿Soy yo la que imagina cosas? O lo hace a propósito.

—Las dos lo hacen. Me había olvidado de las escenas. He visto combates de boxeo menos violentos. Aunque no deja de ser divertido.

—¿Sí?

—Sí. Y antes también te divertía. Ahora parece que las cosas te duelen más —dijo Tomás.

—Me duelen, sí. Es el paso del tiempo. Las penas se acumulan.

El pasillo estaba apenas iluminado, pero los dos se veían reflejados.

—Nunca supe qué es eso que no le alcanza. ¿No estoy agradecida lo suficiente? ¿No le expresé mil veces que no sería quien soy si no fuera por ella?

—Quiere ser tu favorita.

—No seas tonto, Tomás.

Él la rodeó con los brazos y la apretó con fuerza. Ella no lo rechazó. Se preguntó si podría tejerse un abrazo de Tomás para usarlo como usaba el cárdigan de su madre.

—¿Cómo se atreve a hablarme así, miss Shaw? No puedo creer que tengo que recordarle su lugar... ¿cómo era eso que me dijiste en Buenos Aires? Estabas furiosa y casi me escupías fuego en la cara.

—Jamás escupiría fuego —le respondió sin fuerza.

—¿Nunca?

Elizabeth negó. Tomás la giró y la apoyó contra él.

—Mi tía quiere que la quieras. De manera voluntaria, claro. Y no lo hiciste y no estoy seguro de que alguna vez lo hagas.

—Nadie puede obligar a querer a alguien.

—¿Y a olvidarlo? ¿Se puede?

—Habría jurado que sí.

—Si usted tiene dudas, miss Shaw, imagine alguien que no tenga su disciplina. O su obstinación. Mejor carácter, en definitiva. Alguien como yo, por ejemplo.

—Tomás...

—Te extrañé. Dormiste todo el día.

—¿Adónde fueron hoy? La señora dijo que habías salido con tu tío.

—Me llevó a sus oficinas, a su club favorito, a su café favorito y a sus paseos favoritos. Todo para decirme que los mejores están en Londres.

—¿Y por qué no se va a Londres?

—Porque está enamorado de una mujer obstinada y de mal carácter que quiere vivir en París.

—Cómo me gustaría que ella te escuchara justo ahora.

—Me perdonaría. Todo siempre es culpa de miss Shaw.

—Si tuviese un poquito más de fuerzas te gritaría. Pero apenas puedo moverme. Nunca me sentí tan cansada en mi vida.

—Me doy cuenta. Por eso aprovecho y te abrazo. Es más fácil cuando estás cansada.

—Era más fácil cuando estabas soltero.

Fue como si hubiese sacado un cuchillo escondido. Le causó un dolor profundo que pudo ver en el espejo. Él la soltó de inmediato, como si le hubiera escupido fuego. Elizabeth se preguntó si él sabría lo que a ella le había costado decir eso. Ubicarlo. Recordarle quiénes eran. Ella también luchaba contra la borrachera que causaban los recuerdos. Era divertido dejarse llevar. Habían sido felices en esos pasillos y a los dos les faltaba felicidad. No era raro que la buscaran de inmediato como una llave que se deja en un lugar seguro en caso de necesidad.

Él caminó hacia las habitaciones sin decir nada. Ella lo siguió. Estaban en París y Tomás ya se había dejado llevar por la ciudad vanidosa. Elizabeth aceptó lo que sospechaba: tenía que ser disciplinada y obstinada por los dos aunque el esfuerzo la consumiera.

18

La rama de la familia Anchorena que estaba establecida en París había organizado un día de campo para sus amigos argentinos. Era el último evento de la temporada para la comunidad. En pocos días partirían hacia Biarritz o Florencia, y se salvarían de la incomodidad de estar en París en junio.

La reunión era de día, formal. Elizabeth sabía que su presencia no era necesaria, pero la invitación la mencionaba de manera expresa. Era un misterio, pero no podía discutir con una tarjeta de papel de algodón con bordes dorados.

Todos los guardarropas se habían renovado, pero una fiesta al aire libre no estaba en los planes de la señora Luisa. El señor Gastón, quien hacía todos los atuendos de la señora, tuvo que modificar un vestido de lino bordado con flores celestes para Adela —la dueña original debía esperar una semana más—, y hacer uno para Elizabeth que no requiriera grandes esfuerzos de confección. Ella no era exigente, pero la señora Luisa sí y el vestido necesitaba —por lo menos— el cuello, los puños y la sobrefalda de encaje. Tuvo que conformarse con una sombrilla y un sombrero comprados en una tienda y fabricados por «vaya a saber Dios qué manos».

Tomás había sido más inteligente y se había hecho un traje de verano, así que le serviría para salir del paso. Quien sufrió un cambio importante fue Enrique: la señora interceptó a Elizabeth en uno de los pasillos y le dijo que había decidido que comenzara a usar pantalones largos. Ella estuvo de acuerdo. La señora se mostró tan sorprendida que Elizabeth casi se le ríe en la cara.

—Es muy pronto —explicó la señora—, pero lo ayudará con los hierros y cueros que usa. Puede ponerse una media larga por debajo o calzoncillos de franela para no lastimarse.

Tenía razón. Lo usual era esperar a los quince o dieciséis años, pero no era ella la que imponía las reglas, ni estaban escritas en ningún lugar. El tropezón de Enrique en la escalera se había repetido y había causado una herida que ella no había visto y que el niño había ocultado. Cuando Bernadette descubrió que había sangrado y no le había dicho nada a nadie, Enrique supo que el enojo de miss Shaw era tan cortante como silencioso.

Bernadette lo peinó, Françoise vigiló su desayuno. Miss Shaw solo le dictó una página de un libro de historia británica en inglés —Enrique detestaba la historia tanto como amaba las máquinas— y solo habló con Adela en el paseo que hicieron en coche hasta Fontainebleau unos días antes de la fiesta.

Cuando llegó el día, Elizabeth verificó que los dos estuvieran a gusto de la señora Luisa. Enrique ya tenía sus pantalones largos. Estaba confundido, podía adivinarlo. Fue Adela la que preguntó sobre el cambio y ella respondió que había sido decisión de los tíos. El niño la miraba casi a punto de llorar, pero Elizabeth no cedió. Estuvieron a la hora indicada en la cochera para subir al automóvil y dirigirse a la fiesta.

Las miradas los recibieron antes que los saludos. Elizabeth había olvidado los rostros de la comunidad argentina en París, y era evidente que ellos también la habían olvidado.

Cuando bajaron del vehículo ya corría el rumor de que era la institutriz y la observaban con curiosidad. No los culpaba, ella tampoco entendía por qué la habían invitado a semejante reunión.

El conjunto en Fontainebleau era muy elegante. La casa era de estilo Luis XIV y estaba rodeada por un bosque diseñado para hacerla bella. Era un día de sol radiante y los vestidos claros de las mujeres brillaban sobre el pasto. Automóviles y coches tirados por caballos dejaban a los invitados. Las señoras mayores destilaban su vanidad en forma de sombreros de alas anchísimas y plumas esponjosas; las jovencitas, con sombrillas y rubor natural. Los caballeros lucían más o menos iguales, de trajes claros, sombreros al tono y un bastón para dar elegancia. Los niños se reconocían y se juntaban, constituían un grupo divertido que se movía sin parar como una bandada de gaviotas buscando el aire cálido de una corriente sobre el mar. Todos hablaban francés con acento argentino.

Adela y Enrique se pegaron a ella. Elizabeth lo esperaba: era la primera reunión de ese estilo a la que iban. ¿Habría sido la señora Luisa la que había razonado eso antes que ella y por eso habían invitado a la institutriz? Se prometió darse un sermón por la noche por no haberse dado cuenta de algo que correspondía a sus obligaciones.

Buscó un lugar a la sombra donde sentarse. A ninguno de los dos niños le gustaba el sol, y Elizabeth no quería que le salieran las pecas cuando había tanto verano por delante. Un mozo se acercó a preguntarles qué bebida iban a tomar. Los niños la miraron confusos y ella pidió limonada para los tres.

El ruido de un motor a su espalda casi la hace ponerse de pie. Los tres escondieron la cabeza por el susto. Justo sobre ellos pasaba un avión. Al verlo, Adela y Enrique rieron encantados; el niño la miró con deleite, pero ella seguía seria.

No lo hizo a propósito, Elizabeth trataba de no parecer tan horrorizada como se sentía.

El avión aterrizó en una amplia explanada que pertenecía a la casa de Fontainebleau. Los invitados corrieron hasta el piloto; las mujeres lo saludaban con la mano y los caballeros con los sombreros en alto.

Elizabeth vio que el señor Guillermo y Tomás se acercaban hasta ellos después de saludar al piloto y hablar con él y sus mecánicos.

—¿Quieren ir a ver el avión? —preguntó el señor Guillermo.

Los niños dijeron que sí y Elizabeth hizo un gesto casi imperceptible diciendo que no. Era una criatura de mar, no de aire. Había escapado con éxito a toda sugerencia de volar en globo y estaba segura de que jamás en la vida se subiría a uno de esos aparatos que simulaban ser aves.

Los niños se quedaron quietos al ver que ella no se movía.

—¿No viene, miss Shaw? —preguntó Enrique, alarmado.

—Prefiero quedarme aquí, Enrique. Con tus tíos vas a estar bien.

—¿Por qué no quiere ver el avión? —le preguntó Adela, extrañada.

—Ya vi uno de cerca y con eso me basta. No me atraen las máquinas de ese estilo.

Los chicos seguían sin moverse y los adultos sin reaccionar. Elizabeth conocía la situación. Los padres fijaban tantas expectativas en la institutriz que se paralizaban si ella no estaba de acuerdo con una situación que parecía sencilla. Y eso era en una familia que ella consideraba común; en el caso en el que estaba las cosas eran mucho más complicadas.

El señor Guillermo y Tomás no necesitaban su aprobación para llevarse a los niños, pero eso no significaba que no la esperaran. Era evidente que su opinión se había vuelto imprescindible. Y estaba segura de que en cualquier caso hubiese podido mantener su palabra. El problema era que Enrique la miraba como la había mirado Toby después del grito que se había ganado por romper dos almohadones del sillón nuevo de la señora Luisa.

—¿No van a ir? —preguntó Elizabeth incómoda por la atención que le daban.

—¿Por qué le da miedo el avión? —preguntó Adela.

—No me da miedo —respondió ella de inmediato—. Ya lo expliqué. Vi una de esas máquinas hace unos años y asumo que esta debe de ser similar. No tengo curiosidad. Pero vayan, por favor, no se detengan por mí.

La expresión de súplica de Enrique era tal que Elizabeth tuvo que cerrar los ojos por un instante y respirar para no estallar en carcajadas. Lo peor era que una buena risa le habría hecho bien al alma.

—Yo quiero verlo... —murmuró Adela.

—Yo también —dijo Enrique con voz lastimera.

—Vayan, yo estaré aquí a la sombra. Los espero.

Ninguno se movió.

Elizabeth y Tomás no habían vuelto a tener un encuentro a solas desde que ella lo había rechazado en el pasillo de espejos. La señora Luisa se había vuelto una intermediaria y las decisiones pasaban por ella. Elizabeth se había propuesto hacerles entender a todos que no la necesitaban. Tomás podía discutir con su familia la situación de los niños y ella solo tenía que llevar adelante sus órdenes. Se habían distanciado y Elizabeth sentía que era para mejor.

Todo eso pudo reflexionar en ese momento porque ninguno hablaba ni se movía.

La señora Luisa apareció de pronto. ¿Había estado escondida bajo los árboles? No recordaba haberla visto tan cerca.

—¿Por qué están todos como estatuas?

—Miss Shaw no quiere ir a ver el avión —explicó Enrique.

«Pequeño traidor», pensó Elizabeth. «Voy a dictarte diez páginas en inglés y vas a tener que aprendértelas de memoria.»

—Qué cosa tan ridícula. Por favor, vayan a ver el avión y saluden a Aarón. Ya saben como se ofende si no lo adulan.

—¿Aarón Anchorena? —preguntó Elizabeth—. ¿Está en Francia?

—Llegó hace unos días y ya está haciendo sus monerías con esa máquina infernal. Por favor, vayan a saludarlo y así termina pronto.

—Vamos —dijo Enrique, pero Elizabeth no se movió.

Lo que era un pequeño capricho de su parte se había convertido en un problema. Aarón Anchorena era alguien en Buenos Aires y otra persona en París. Ella prefería la versión porteña del dandi. De pronto comprendió la invitación. No podría regañarlo como a un niño, iba a tener que quedarse con las ganas.

—No saludar a tu anfitrión es de muy mala educación y un mal ejemplo para los niños —dijo la señora Luisa con un argumento que Elizabeth no podía discutir.

Se puso de pie, abrió la sombrilla y caminó hacia el grupo que rodeaba el avión y a su dueño. Solo oía el susurro del vestido y sus zapatos sobre el pasto; apenas había viento, y desde las arboledas llegaba el canto de los pájaros. La sombrilla le cubría la cabeza, pero el calor del sol se dejaba sentir. Fontainebleau era un lugar bello y le traía recuerdos melancólicos de la escapada a Barbizon.

Tuvieron que esperar en fila hasta llegar al avión. Aarón estaba muy solicitado por los invitados. Pudieron acercarse a él después de diez minutos. Hicieron los saludos formales y Elizabeth se separó un poco del grupo con la sombrilla cerrada y las manos unidas en la espalda. Adela y Enrique enseguida se acercaron a la máquina y la tocaron con suavidad.

Enrique, en especial, estaba fascinado. Un fotógrafo revoloteaba por el grupo y ofreció hacer un retrato a los niños. Tomás dijo que sí de inmediato y siguió de cerca las maniobras con la cámara.

—Al fin puedo ver a miss Shaw —dijo Aarón buscándola detrás del señor Guillermo—. Tengo un mensaje que solo podía entregar en persona. Si me disculpan...

Anchorena fue hasta ella y le tomó el brazo. Le susurró una pregunta al oído.

—¿El mensaje debía ser entregado en secreto? —preguntó ella en voz alta para que todo el mundo escuchara.

—No. Me tomé algunas libertades.

—No soy yo la que tiene que dar permiso.

—No, pero todos la van a mirar cuando haga la propuesta.

—Está bien. Pero haga solo eso que dijo. Nada más.

—Como usted diga, miss Shaw. Señor Enrique Ward... lo trato de señor porque veo que ya tiene pantalones largos. Es momento de que suba a una de esas máquinas que tanto le gustan.

El grupo que los rodeaba lanzó una exclamación de asombro. Tomás se volvió para mirarla, pero ella no dejó de observar a Anchorena y a Enrique, que tenía los ojos brillantes y las mejillas coloradas. Elizabeth extendió la mano para tomar la muleta mientras Anchorena lo alzaba y lo sentaba en el asiento del piloto.

Mientras Aarón le explicaba cómo funcionaba el motor, Elizabeth se dio cuenta de que no iba a hacerle caso. De hecho, ni siquiera tuvo tiempo de pensar y hacer algo para evitar lo que imaginaba. Los mecánicos apartaban a la gente y se llevaban el avión y a los dos pilotos a un lugar abierto. Anchorena se sentó detrás de Enrique y el aparato se empezó a desplazar.

La gente aplaudía, comentaba, reía, mientras Elizabeth se sentía pequeña y arrugada y con un miedo tan feroz que casi corrió detrás del avión para detenerlo. Lo vio elevarse por el aire unos metros y le saltaron unas lágrimas inesperadas mientras los demás lanzaban vítores por Enrique y Aarón.

La idea había sido de Mary y le había sido transmitida a Elizabeth a través de Anchorena. El problema era que Mary estaba muy acostumbrada a tratar con niños y conocía todos esos juegos violentos que los deleitaban. Elizabeth educaba jovencitas que bajo ninguna circunstancia debían elevarse en el aire más allá del salto de una cuerda.

La pregunta de Anchorena, hecha en secreto, fue una puesta en escena parisina. En Buenos Aires habría sido diferente. Newbery habría charlado con Tomás para convencerlo de subir a Enrique al avión. En París, Aarón había jugado a ser un caballero con ella. Extrañaba Buenos Aires y sus costumbres severas.

Los vio dejar el avión lejos de la gente y volver. Enrique llegó en volandas, sostenido por dos de los mecánicos, y Anchorena saludaba a los invitados con su gorra de piloto. Todos aplaudían menos Elizabeth. Le devolvió la muleta a Enrique y se alejó para que él viviera su pequeño momento de fama. Enrique se vio rodeado por otros niños y Adela se convirtió en su embajadora. Eran muy tímidos, pero no estaban asustados. Era un buen comienzo después de la vida que habían llevado.

Elizabeth se aisló en la medida en que sus obligaciones se lo permitieron. Después del almuerzo buscó una silla cercana a la de las damas mayores que hablaban entre ellas bajo una pérgola llena de flores. Tres músicos interpretaban las canciones que ellas pedían. Las señoras no hablaban con ella. Al menos alguien recordaba que era empleada. Podía tener un vestido tan bello y caro como el de cualquier dama, pero las señoras sabían bien que no había podido pagarlo.

A las tres de la tarde anunciaron que los niños harían carreras y otros juegos. Elizabeth se vio en la obligación de salir de su melancólico exilio y acercarse al grupo. Enrique estaba sentado en un banco y miraba todo con interés. Adela se preparaba para hacer una de las carreras. El niño le hizo una pregunta, pero ella tuvo que pedirle que la repitiera.

—Le pregunté si estoy despeinado.

Después de examinarlo, Elizabeth le respondió que no.

—Bernadette no sabe peinarme.

Ella no le contestó. Prestaba atención a las niñas que se preparaban para correr. Tenían la edad de Adela y todas parecían más fuertes y animadas que ella.

—¿Qué estará haciendo Toby?

—Debe de estar dormido en tu cama.

—Habría sido divertido si hubiera venido.

—En el verano todos se van al campo o a la playa. No conozco los planes de tus tíos, pero seguramente Toby tendrá lugar para correr.

Enrique asintió complacido. Adela ya estaba en la posición de partida y con expresión resuelta. No solía hacer ejercicio, así que Elizabeth dudó sobre el resultado. Rogó que no se agitara demasiado.

—Estoy seguro de que Adela va a ganar —dijo Enrique con confianza.

—¿Sí?

—Sí. ¿Seguro que no estoy despeinado?

Elizabeth le tomó la cara y la dirigió hacia ella. Le pasó la mano por el cabello aceitado para alisárselo y dejárselo a su gusto. Él asintió satisfecho.

—¿Te duele la pierna?

Enrique enderezó la espalda.

—No, estoy muy bien. Ya van a salir. ¿Ve, miss Shaw? Los padres están en la llegada. Estoy seguro de que va a ganar.

Adela salió corriendo a tal velocidad que divirtió a Elizabeth, aunque no llegó a reírse. La melancolía la había envuelto de tal modo que no podía sacudírsela.

No ganó Adela, como esperaba su primo, pero quedó segunda, lo que sorprendió a Elizabeth. Le pusieron una corona de flores en la cabeza, le dieron una medalla de plata para conmemorar su segundo puesto y recibió de regalo una caja de lápices de colores que enseguida comenzó a inspeccionar.

Adela y Tomás se acercaron hasta Elizabeth y Enrique. El señor Guillermo y la señora también se aproximaron a felicitar a la niña. Para ser la primera reunión a la que iban no habían estado mal, al contrario. Al anochecer, cuando subieron al coche para volver a París, Adela y Enrique tenían las mejillas coloradas por el sol y los ojos cansados pero felices.

Elizabeth intentó decir que no cenaría, pero la rápida mirada inquisitiva de la señora Luisa la detuvo. La cena era sagrada. Como todos, fue a cambiarse. Esperaba que sonara la campanilla cuando unos golpecitos la distrajeron de la última carta de Mary. Abrió la puerta con curiosidad.

—¿Enrique?

—Bernadette no sabe peinarme —le dijo mientras le daba un cepillo.

Entró en la habitación sin pedir permiso. Detrás de él venía Toby, que ya había cenado pero había extrañado la compañía. Los dos se subieron a la cama. Enrique esperaba que ella lo peinara y miraba el cielo estrellado.

—No puedo peinarte si mirás para arriba.

El niño bajó la cabeza.

—Un día voy a volar por las estrellas —dijo Enrique—. Y la llevaré conmigo.

—Jamás me subiré a una de esas cosas.

Enrique quedó asombrado.

—Sí que subirá. El tío Tomás la convencerá. Iremos con el tío y Adela. Los cuatro a la Luna.

Elizabeth no tenía ninguna fe en esas máquinas que volaban. Le respondió que estaría encantada de acompañarlos cuando eso sucediera.

—En la fiesta, los chicos dijeron que el señor Anchorena estaba enamorado de usted. Con Adela dijimos que no era cierto, pero no nos creían. Qué tontería.

Elizabeth sintió una oleada de fastidio que incluso Toby percibió, pues alzó la cabeza con las orejas levantadas.

—Hacer caso a rumores no es de buena educación. Difundirlos es peor todavía. Sobre todo cuando pueden lastimar a alguien.

Enrique se puso serio.

—¿A quién podrían lastimar?

—A mí.

—Adela y yo dijimos que no era cierto.

—Ustedes hicieron bien.

—¿Por qué iba a lastimarla eso? El señor Anchorena se puede enamorar de usted.

—¿Qué significa enamorarse? —le preguntó ella con los brazos cruzados.

—Querer mucho a alguien que no estamos obligados a querer. Así dijo Adela.

—No está mal la definición —dijo Tomás desde la puerta—. Pero no estoy listo para tener esa conversación todavía.

Elizabeth se volvió.

—¿Ya llamaron para la cena?

—Todavía no. Los dos tienen la cara muy colorada.

Elizabeth y Enrique se miraron en el espejo. El sol los había tostado y parecían dos campesinos saludables y pecosos. Detrás de ellos, Toby los miraba con la lengua fuera.

—Gracias por dejarme volar —dijo Enrique con voz muy baja y la cabeza apoyada en el hombro de Elizabeth.

—Yo no hice nada. Fue idea de miss Sharp y por eso el

señor Anchorena debía darme el mensaje en persona. Mañana le voy a responder su última carta. Podés incluir una nota de agradecimiento.

Enrique asintió.

—A miss Sharp también la puedo llevar en mi avión.

—A ella le encantará —dijo Elizabeth—. ¿Por qué no llevás a Toby a la habitación antes de que se duerma del todo y nadie pueda sacarlo de mi cama?

El niño le dio un abrazo. No era raro que una institutriz —si era amable— recibiera esas expresiones de cariño por parte de sus pupilos. Lo raro era que Elizabeth las necesitara. Se mordió el labio para no llorar. El viaje en avión había sido demasiado para ella.

Tomás siguió en la puerta después de que Enrique y Toby salieran. Elizabeth dejó en su mesa el cepillo que el niño había olvidado.

—¿Estoy bien peinado? —le preguntó él.

Ella respondió de inmediato que sí.

—¿Es cierto lo de Anchorena?

—¿Cómo puede ser eso cierto, Tomás?

—Te cae bien. Y es obvio que estás en contacto con él.

—Pasó un tiempo en la estancia de los Madariaga, cuando estábamos con Belén. Llegué a conocerlo, y eso es todo.

—¿Por qué no podría estar enamorado? Está soltero.

—Tomás, por favor.

—Es la clase de hombre que haría algo así. Enamorarse de alguien al margen de la familia. Supongo que por eso el rumor se expandió.

—Me invitó a esa fiesta y me dijo algo en secreto frente a todos. Si fuese esa clase de hombre sabría que no puede hacerlo. Me trata así porque jamás se casaría conmigo.

—No entiendo tu obsesión con ese tema.

—Hizo evidente que soy una empleada y que puede hacer

lo que quiere conmigo sin que nadie lo tome en serio. Me enoja que Mary no se diera cuenta. De todos modos, fue un rumor divertido durante la fiesta y mañana morirá reemplazado por otro. Ojalá no lo hubiese hecho. Pero ya está. Y Enrique está muy contento.

—Está feliz.

Elizabeth sintió que las lágrimas le brotaban de repente.

—Pasé mucho miedo.

Se oyó la campanilla que anunciaba la cena.

Elizabeth quiso salir de la habitación, pero Tomás la detuvo.

—Sé que la última vez que hablamos me porté como un estúpido. Me disculpo. Quiero que volvamos a hablar, como en Buenos Aires.

—Extraño Buenos Aires. Jamás lo hubiese creído.

—Yo no. En absoluto.

—Me imagino. Deberíamos bajar.

—No, un momento. Tenías razón: mi tía tiene una lista de profesores. Pero dice que todo eso recién será en septiembre, cuando volvamos de vacaciones.

—¿Biarritz o Florencia?

—Florencia. A fines de julio.

Elizabeth alzó los ojos para encontrar los de él.

—¿En serio?

—Eso dijo.

—A Adela le encantará.

—A miss Shaw también.

—Pero no van a Florencia por miss Shaw. Igual la prefiero a Biarritz. Florencia suele estar llena de ingleses en agosto. Quizá me esconda entre algunos y me vuelva a Londres.

Vio como Tomás reprimía un gesto con un leve movimiento de las cejas. Elizabeth eligió no decir nada.

—¿Vamos? Tu tía va a enojarse.

—¿Volveremos a tener nuestras charlas?

—No pueden ser como las de Buenos Aires, ya no estamos allí. Deberán ser parisinas. Leves y vanidosas. Y en el salón que usábamos antes, frente a todos, para mostrar que no hay nada que ocultar.

19

—Montmartre —respondió Elizabeth a la pregunta del cochero.

Nunca se le había ocurrido que tendría que sacar a pasear a Tomás. Pero lo tomó como una parte de su trabajo; los padres también debían ser cuidados. Lo más común era que dedicara una tarde a hablar con la madre, que tenía que aceptar que su hija ya no era su niña. Que esta vez fuera con el padre no cambiaba lo que había que hacer: poner cara de comprensión y dejar que pensaran que cada experiencia era distinta.

—¿Es normal a esta edad? Ella nunca dijo nada.

—Si hubiese pasado antes me habría dado cuenta. No es fácil de ocultar.

—¿Tu edad fue la misma?

Hizo una excepción solo porque estaban en París, Tomás era Tomás y tenía la secreta esperanza de descubrir dónde vivía Belén sin preguntárselo a la señora Luisa.

—Tenía trece años.

Tomás tenía la cara contraída en una gran mueca de preocupación. Era la primera vez que veía la reacción de un padre a esa noticia. No solían entrar en esos asuntos, en especial los de las niñas. Pero la situación de Tomás era diferente: la madre vivía a miles de kilómetros, estuviera o no cerca de su hija. Una vez más, Elizabeth dio gracias al cielo por la intervención de la señora Luisa.

—¿Te dio miedo cuando pasó?

—Sí. Pero mi madre me vigilaba porque ya le había pasado a Mary.

—¿Cómo sabía eso?

—Mary nunca fue discreta, y menos a los trece años.

—¿Siempre fueron amigas?

—No recuerdo un momento en que no fuéramos amigas. Solíamos mentir y decir que nos habían dejado en el orfanato el mismo día. Y Mary no era huérfana, solo tenía una madre complicada.

—¿Alguna vez supiste quiénes eran tus padres?

—Los Maddison —dijo Elizabeth con voz grave.

—Me refiero a tus verdaderos padres.

—Ellos son mis verdaderos padres.

Nunca cedía en esa discusión. No le importaba ningún argumento. Sus padres eran los Maddison. Le habían dado sus ideas, su formación, su disciplina, el lugar en el mundo que extrañaba y las estrellas que había hecho pintar en el cielo raso de su habitación en la mansión de la rue de la Paix.

Tomás no contestó. Era una tarde soleada y la gente estaba en la calle con ánimo primaveral. En los cafés había pequeños grupos que reían y hacían sonreír a Elizabeth. La bohemia parisina era pintoresca. Dieciséis años atrás le había parecido atractiva. Nunca había negado que había sentido algo de envidia hacia Belén. Ser parte de algo efervescente, embriagador, algo libre de ataduras era tan seductor, sobre todo para alguien como ella, sin familia, dueña solo de sí misma.

—¿En qué pensás?

—En Mary.

—Ayer llegó carta.

—Sí.

—¿Alguna novedad?

—Sus enredos usuales.

—¿Recibió el té que le enviamos con Enrique?

—Lo recibió y se declara devota servidora de ambos. Que en cualquier caso que la necesiten la respuesta es: «Ustedes tienen razón y miss Shaw está equivocada».

Tomás quiso sonreír pero le salió una mueca. Elizabeth sintió ternura.

—¿Estás preocupado por Adela?

Él hizo ese gesto que hacía siempre que reprimía algo. Era tan leve que a veces Elizabeth pensaba que era un invento suyo. Lo tomó del brazo y le dio palmaditas con la mano.

—No sé si te consuela, pero todas las mujeres pasamos por lo mismo.

—No hace falta que me lo digas —dijo él con fastidio.

—Entonces, ¿qué es? —insistió ella.

—Adela debería tener a su madre en este momento. Y después pienso que lo mejor es que no esté. Es una amargura que no puedo sacarme de encima.

Elizabeth se concentró por un momento en una joven que parecía ser Belén. No lo era. Volvió a Tomás. Intentó ser lo más sincera y abierta posible, aunque le provocara dolor.

—Antes me preguntabas por mis padres verdaderos, los de sangre. Por supuesto que pienso en ellos. Sobre todo cuando vine a vivir a París. Mary solía imaginar que la reina Victoria era su abuela. Que había conocido a su padre porque era el príncipe Eduardo. Yo no tuve esas ilusiones hasta que conocí a tu tío. Mis fantasías son más razonables que las de Mary, siempre lo fueron. Siempre imaginé que por eso la señora Luisa me detesta. Porque soy hija del señor Guillermo.

Tomás negó con la cabeza.

—Eso nos haría primos.

—Primos segundos o algo así.

—Eso es muy incómodo.

—Dejé de pensarlo cuando viniste a París. Así que volví a recordar a mis padres de sangre. Pensaba mucho en ellos entonces. Deseaba que mis circunstancias fueran otras. Incluso si eran los campesinos más pobres de Inglaterra, cualquier cosa era mejor que no conocer a mi familia. Hubiese ayudado mucho en ese momento.

—No lo entiendo del todo. Nunca lo hice.

—Hay circunstancias en la vida en las que uno debe aceptar que ciertas cosas no pueden cambiarse. No sé quiénes son mis padres de sangre. Lo entendí cuando estabas en París.

—Supongo que tu intención es decirme que tengo que aceptar que Adela no tiene a su madre.

—Sí. Y tenés que enseñarle que esa es su vida. Que no hay nada que pueda hacer para cambiarlo.

—No veo en qué puede mejorar mi amargura.

—La amargura no se irá nunca, Tomás. Eso es lo que hay que aceptar.

—No puedo aceptar que mi hija sea infeliz.

—Nunca dije que sería infeliz.

—Convivo con esta amargura desde que nació Adela. No he sido feliz, pero siempre me guio la idea de saber que puedo salvarla. Tengo que salvarla.

Ella no le respondió.

—¿Fuiste feliz alguna vez con esa amargura? ¿Hay algún momento de felicidad inmensa que puedas contarme? —preguntó él.

«No soy feliz desde que te fuiste de París», quiso decir Elizabeth, pero no tenía coraje para soportar las consecuencias de decir eso. Tomás llenó el silencio.

—No puedo hacer que mi hija acepte la amargura como forma de vida —siguió él—. Ya es suficiente conmigo.

Él volvió la cabeza para que ella no viera una lágrima que le llegaba al mentón.

—No debí haber salido de la casa. Tengo que estar con ella.

Tomás hizo un movimiento para llamar al cochero, pero Elizabeth lo detuvo.

—Tu tía está con ella. No creo que haya persona más confiable para tratar este tema. Lo digo en serio. Me pidió que te distrajera y eso pienso hacer. Además, no creo que Adela quiera verte por el momento.

—No siempre tenés razón, Elizabeth.

Le dolió el reproche, pero siguió.

—Cuando esto me ocurrió no quería ver a mi papá. Me daba mucha vergüenza. Y lo he visto en todas las niñas. Con el padre es más difícil.

—¿Y no debería estar ahí por esa razón?

—Hay cuestiones de orden práctico que resolver —le dijo Elizabeth sintiéndose muy ridícula por las palabras mentirosas que usaba—. Adela debe aprenderlas. ¿Vos sabés cómo son? ¿Sabés qué tiene que hacer?

Tomás se ruborizó.

—Está bien —dijo ella—. No tengo razón. Aceptar las circunstancias de la vida no es para vos ni para Adela. Y es cierto, ninguno de los dos tiene la historia que yo tengo. Pero tengo experiencia en esto y, creeme, Adela está en las mejores manos.

—¿Esa es Belén Madariaga? —preguntó Tomás.

Elizabeth siguió la mano que señalaba hacia la derecha. Era ella. Sintió que el corazón le saltaba de alegría al verla. La llamó. La joven iba acompañada de un hombre de barba y traje gastado que los miró con curiosidad. Belén cruzó la calle corriendo para saludarla con un beso y un abrazo. Después le dio la mano a Tomás.

—¡Miss Shaw! ¿Estoy viendo visiones? ¿Estás en París de verdad? —le dijo en castellano.

—Hace dos meses que estamos en París. Tenía tu dirección, pero la señora Luisa me dijo que vivías en otro lugar.

Los ojos de Belén brillaron.

—Ya no vivo en la pensión. Imagino que a la tía Luisa no le gusta mi nueva morada. Mañana le enviaré un mensaje con mi nueva dirección. Podemos vernos, tomar el té y ponernos al día. Tengo muchas novedades. ¡Tantas cosas para contarte!

—Quiero escucharlas todas —dijo Elizabeth a punto de llorar—. Quiero saber todo. Sobre el cuadro que vendiste y las exposiciones y tu vida aquí.

—Y sobre Pascal —dijo Belén con una sonrisa—. Ese caballero que está al otro lado de la calle. Aunque dudo que mis padres o la tía lo llamen caballero. Es una larga historia y no tenemos tiempo ahora. Pero prometo escribirte, miss Shaw. ¡No puedo creer que estés aquí! ¡Buenas tardes!

La saludó mientras cruzaba la calle para reunirse con ese hombre que se llamaba —o apellidaba— Pascal. El coche retomó la marcha, pero Elizabeth no podía dejar de mirarlos. Dejó que Tomás respondiera al cochero hacia dónde debían ir.

El paisaje cambió. Tomás había elegido Le Marais. Edificios coronados con techos de lajas negras. Mujeres de vestidos ligeros y hombres de trajes elegantes; criados vestidos a gusto de sus señores; niños ataviados según la costumbre de sus padres.

—¿Belén es la querida de ese hombre? —preguntó Elizabeth.

—Supongo que es el hombre que vive con ella.

—Él es su amante y ella su querida.

—Viven juntos. Nadie dijo que fuera su amante.

Elizabeth tuvo que hacer un gran esfuerzo para hacer la siguiente pregunta:

—¿Viven sin tener contacto alguno?

—Te puedo asegurar que contacto tienen.

Elizabeth sintió la furia que la envolvía cuando no comprendía algo.

—Entonces es su querida.

Tomás negó con la cabeza.

—No todos creen que un hombre y una mujer deban casarse y convivir en la misma casa. Los anarquistas, por ejemplo, desdeñan el matrimonio.

—¿Ese hombre es anarquista?

—No lo sé, es la primera vez que lo veo en mi vida.

Elizabeth cruzó las manos sobre la falda y enderezó la espalda.

—¿Tengo que tener una charla con miss Shaw? ¿Explicarle algunas cosas de la vida?

—Sí. Por favor.

Lo vio ruborizarse otra vez. Al menos no tenía la mirada triste con la que había empezado el paseo. El problema era que ella tenía que aceptar una posición que no le gustaba en absoluto. La curiosidad era más fuerte que el orgullo, así que se dispuso a ser instruida.

—¿Entonces?

—No hay demasiadas explicaciones. Los anarquistas, y creo que los socialistas también, creen en el amor libre. Una pareja puede vivir bajo el mismo techo y no necesariamente quebrar una ley.

—¿No son amantes?

—No.

—Y tienen contacto.

— Sin duda. ¿Qué es lo que no entendés?

—La posibilidad de vivir con total libertad bajo el mismo techo.

—Jamás imaginé que serías más conservadora que mi tía Luisa.

—¿Qué significa conservadora?

—Que estás apegada a las normas morales.

—Soy institutriz.

—Vaya novedad.

—Belén y ese hombre, Pascal, viven juntos. Pero ella no es su querida. Y tienen contacto. Y eso es amor libre. ¿Entendí bien?

Él se rio. Elizabeth se alegró por él. Le hacía falta Mary para traducirle esa parte de la vida. La extrañaba mucho, de hecho. Tendría que escribirle esa noche y contarle todo.

—¿Nunca...?

Tomás se arrepintió y no terminó la pregunta.

—¿Qué?

—¿Nunca tuviste un amante?

El corazón le latió sorprendido por la vergüenza.

—No tenés que responder... —dijo él, pero no lo decía en serio, Elizabeth no iba a dejarse engañar—. Me resulta raro que nadie haya intentado algo. Sos bella, aún hoy. Alguien debe de haber hecho alguna proposición.

Elizabeth se mordió el labio para no gritar una respuesta. Él rio.

—Por lo menos te cambió el ánimo —le dijo ella—. Me alegro.

—Es que te noto tan inocente en este tema. Siempre imaginé que algún Madariaga o Perkins se interesaría o propondría algo.

—Miss Duncan siempre decía que era deber de una institutriz que eso no pasara.

—Pero no podés vigilar a todos los hombres de una familia.

—Ni a sus invitados.

Elizabeth se acomodó el cabello, que no se había movido de su lugar. Se volvió para mirar a Tomás y vio las cejas alzadas. Le hubiese gustado acariciárselas para que descansaran en algún momento.

—¿Puedo saber quién fue?

—Temo que si lo digo lo tomes como algo que no fue y que no es.

—Seguís en contacto con él.

—Estamos en muy buenas relaciones.

Tomás era inteligente. Se dio cuenta enseguida de quién hablaba y cruzó los brazos. Sin embargo, no parecía enojado. Sorprendido, decepcionado, una mezcla de ambas cosas.

—¿Tenía que ser él? No podía ser más obvio.

—Me divierte mucho su modo de ver la vida. Totalmente opuesto al mío. A veces eso es atractivo.

—No puedo creerlo.

—Ni Mary podía creerlo. Y no lo creyó hasta que él se lo confirmó en persona. Ya habíamos terminado en ese momento. Pero seguimos en buenas relaciones, como ya dije.

—¿Cuánto duró?

—Un verano.

—Es obvio que todavía siente interés. Se notó en la fiesta. Y ahora entiendo mejor todo.

—Sí, fue por eso. Pero es porque su versión parisina es así. Lo prefiero en Buenos Aires. Cuando está rodeado de menos gente es más interesante.

—¿Estabas enamorada de él?

—Algo. Sí.

—Eso no suena muy apasionado.

—No lo fue.

—¿No?

—Quería saber de qué se trataba.

—Eso sí que me pone celoso.

—Eran otras épocas. Pensaba diferente. ¿Puedo preguntar yo?

—Podés.

—¿La señora de García Hernández?

Elizabeth no quería incomodarlo, y se sintió aliviada cuando lo vio sonreír.

—Duró un año. Adela era bebé y la mayor parte del tiempo la cuidaba Juliette. Yo no tenía mucho que hacer. Los dos éramos muy infelices y la relación fue un bálsamo y una tortura al mismo tiempo.

—¿La amaste?

—Un poco, sí.

—¿Más que a mí?

—No. Pero ese amor que te tuve no cuenta porque era París y demasiado joven.

A Elizabeth le pareció ver que él bromeaba, pero no lo aceptó.

—¿No cuenta? —le preguntó muy despacio.

—Los amores de juventud se anulan en el recuento final de la vida. A los veinticinco años un hombre se enamora prácticamente de cualquiera que lleve faldas. Y lamento mucho no poder contarles a Enrique y a Adela que te dejé con la boca abierta.

Elizabeth, a quien el corazón se le había detenido por unos segundos, tuvo que obligarse a cerrar la boca.

—Espero que estés satisfecho.

—Reconociste que estabas equivocada y te quedaste muda. Por mi parte estoy muy satisfecho. ¿Elizabeth?

—No.

—¿No?

—No quiero saber nada.

Esta vez fue él quien le tomó la mano y le dio palmaditas.

—No es fácil lidiar con una mujer que siempre tiene razón y te hace sentir como si hubieses hecho algo malo.

—¿Me convertí en la señora Luisa?

—No, me parece que ya naciste así.

Elizabeth tuvo ganas de apoyar la cabeza en el hombro de

Tomás. Acurrucarse contra él y dejar todas esas formas de hacerse daño con bromas. Estaba cansada, necesitaba el sostén de otra persona y, por encima de todo, quería que la besara.

—¿Y ya está? La venganza, digo. ¿Ya estás más tranquilo?

—Satisfecho como cualquier persona después de una venganza. Aunque deja un sabor agridulce.

—¿De veras la quisiste más que a mí?

—No quise a ninguna más que a vos.

—No tenés que mentir para que no me sienta mal. Ya lo dijiste. Si es la verdad, la aceptaré. Fue un amor de juventud y nada más. Lo entiendo.

—No fue solo eso. No hace falta que te lo explique.

—Quiero creer que fue un momento de felicidad para los dos. Incluso si terminó como terminó.

Tomás le acarició las manos y después se separó de ella. Le pidió al cochero que volviera a la casa.

—¿Te molestaría que Adela conociera a Belén? Que hablaran sobre arte y la experiencia en París.

—¿No sería mejor que te encontraras con ella y lo decidieras después?

—De acuerdo.

Se quedaron en silencio. La casa ya estaba a la vista; habían encendido las luces y se veía familiar. Elizabeth tuvo la sensación de estar llegando a su hogar, de que debajo del techo de tejas negras al menos no sentiría el desaliento que sentía en ese momento. Tomás le tomó la mano con fuerza. Cuando el coche se detuvo no la dejó bajar. La atrajo hacia él y le susurró:

—Nunca quise a otra. Fue imposible.

Ella asintió y se bajó sin mirarlo.

Enrique y Toby los recibieron en la escalera de entrada. Parecían ofendidos porque los hubieran abandonado. Toby era el más fácil de convencer y se dejó acariciar las orejas después de que miss Shaw se sacara el abrigo. Enrique tenía noticias:

—Adela está enferma y pasará unos días en cama. Eso dijo la tía Luisa. No me dejaron entrar. Y no vino el doctor Muret. Es que ya es una señorita, ¿no es cierto? Eso dijo Bernadette. Y se desmayará y tendrá admiradores. El paso del tiempo es detestable.

Ni Elizabeth ni Tomás tenían nada para responder. Estaban de acuerdo, de hecho. Elizabeth le besó la frente.

—Bernadette no sabe peinarme y ya es hora de prepararse para la cena.

—En cuanto me cambie voy a peinarte a tu habitación.

—De acuerdo. ¿Alguna novedad, tío? ¿Qué vamos a hacer con Adela? Me preocupan los admiradores.

—Miss Shaw reconoció que estaba equivocada en una discusión. Y se quedó muda más de una vez. Y dejó la boca abierta después de escuchar algo que la sorprendió.

La cara de Enrique mostró que no se conformaría con una simple explicación. Tomás tendría que inventar mucho para dejarlo satisfecho.

—Voy a ver a Adela.

Subió las escaleras lo más rápido posible. Las niñas eran territorio de las mujeres y los niños el de los hombres. ¿Quién se ocupaba de las institutrices que sentían calambres en el alma? Otra institutriz, por supuesto. La madrugada la encontró mientras le escribía la quinta hoja a Mary.

20

Belén cumplió con su promesa de enviar un mensaje al día siguiente. Y fue ella quien lo llevó personalmente y se hizo anunciar a miss Shaw. Elizabeth tuvo que ignorar el gesto de desdén de la señora Luisa y la recibió en la entrada. Belén le dio un abrazo tan cariñoso que la hizo sonreír. Se lo devolvió feliz.

—Supongo que no me van a invitar a tomar el té en la casa —dijo Belén después de darle un papel con su dirección en Montmartre.

—No. Pero podemos hacer algo mejor: ir a dar un paseo.

—¿Mi tía dio su permiso?

—Tenemos el permiso, sí.

—¡Un milagro!

—Lo más parecido que podemos encontrar. Me preparo y bajo en cinco minutos. Podés esperar en los sillones.

Salieron de la casa cogidas del brazo. Caminaron por la rue de Rivoli y se dejaron llevar por el aire cálido del verano.

—Estoy tan feliz de verte, miss Shaw.

—Podrías llamarme Elizabeth.

—¡Jamás! Miss Shaw es miss Shaw. Nunca se la puede llamar de otra manera.

—Ya no soy tu institutriz.

—No. Pero quiero jugar a que sí. Eran tiempos más serenos. Vamos a ir directo al grano, miss Shaw. ¿Qué te contó tía Luisa?

—Que tu maestro era algo más que eso.

—Sí. ¿Conoces la sensación?

—¿La de estar enamorada?

—¡No! Esa palabra no alcanza. Podría pasar horas viendo cómo pinta. O solo pensando en su existencia.

—¿Pero es admiración o es amor?

—¡Las dos cosas! Y más. Y todo junto. Pero la miss Shaw que conozco no me dejaría hablar de eso. Miss Mary Sharp, en cambio...

—Ella es la más divertida, sí.

—Puedo contarte cosas si querés. Pero no quiero que te ofendas y dejes de verme. A veces París es muy solitario.

—No voy a dejar de verte. ¿Por qué haría eso? Podemos sentarnos en ese banco y hablar.

Belén aceptó. Elizabeth se sentía avergonzada sin haber oído una palabra de lo que su antigua alumna tenía que decir. La precaución de Tomás había resultado acertada.

—Pascal fue mi maestro. Nos conocimos en mi primer año de la Académie Julian. Y ese fue su único año. Enseñaba perspectiva, pero se peleaba con todos los demás profesores y directores. Decía que la perspectiva era inútil si la obra no expresaba nada. Lo recuerdo con claridad porque todas nos mirábamos espantadas cuando criticaba a los otros profesores. Cuando terminé los cursos empecé a buscar trabajo. Las fábricas de porcelana, las de papeles para paredes, las de abanicos, las de mapas. Pasé por todas.

—Nunca me contaste eso en las cartas.

—Siempre habíamos hablado de ser una artista, no una empleada. No vine a París a trabajar.

—¡Y qué importaba si era un trabajo! Tu vida en París era la que me interesaba. Me hubiese encantado saber cómo se trabaja en esos lugares.

—Se trabaja mal. Y pagan muy poco por toda la dedicación que lleva. Ahí está, ya lo sabés. Para mí era importante lo que pensabas de mí. No quería que te avergonzaras.

—Es ridículo —protestó Elizabeth.

—¿Por qué? La buena opinión que tenías de mí hizo que decidiera venir a París para ser artista. Esa buena opinión convenció a mis padres y a toda la familia.

—Fue tu talento el que te trajo a París.

—Fue el dinero de mis padres, de hecho. Y así pude tomar clases con el señor Pascal y ser una señorita respetable por un tiempo.

—¿Él te recordaba de la escuela?

—¡No! Para nada, creo que olvidó toda su experiencia en la academia. Lo volví a ver en una exposición impresionista. Descubrí una de sus pinturas y luego lo descubrí a él en un rincón. Hace un año y medio. Estaba rodeado de gente que lo escuchaba sin escandalizarse. Eso es lo raro de estar sin alguien que te vigile. Al principio es tu propia voz la que dice que eso no está bien, pero después se calla. Y una termina encandilada con la estrella que vive en el señor Pascal. Mis padres me dijeron que te ofrecieron venir a ser mi dama de compañía en París. Y que lo rechazaste.

Elizabeth suspiró.

—Sí, es verdad. Desde que se casó Angelita no trabajo en ninguna casa. Estaba decidida a volver a Fowey. Esperaba que Mary pudiese ordenar sus asuntos en estos meses. Sabía que si venía a París a cuidarte me quedaría mucho tiempo y no quise.

—Pensé que era porque habías oído los rumores.

—Nunca oí nada. De hecho, me enteré porque la señora

Luisa me lo dijo. Para hacerme enojar, por supuesto. No está en buenos términos con tus padres. No lo sabía.

—Porque mi padre es hermano de la señora Amalia.

Elizabeth asintió.

—¿Sabías algo de lo que pasaba en esa casa?

Belén alzó los hombros.

—Sabía que no debía hablar de la tía Amalia. Ni de Eduarda ni Adelina. No tenían que insistir demasiado: cada vez que las recuerdo me da un escalofrío.

—¿Alguna vez te hicieron algo?

Belén fijó la vista en la calle y los coches que pasaban. Era una tarde muy animada y París estaba encantadora.

—Mamá me prohibió hablar de eso.

—No hace falta que lo hagas si tu madre te pidió discreción.

—Quiero hacerlo. No es fácil desobedecer a mi madre. Aunque esté a miles de kilómetros. Pero cuando supe que trabajabas para mi tía me preocupé. Quise escribirte, incluso, pero no lo hice.

—No es necesario que rompas una promesa a tu madre.

—¡Es que quiero hacerlo! Desde que supe que habías empezado a trabajar en esa casa las piezas empezaron a encajar. Pero un instante después se separaron de nuevo. Miss Shaw es un misterio.

Elizabeth se quedó muy quieta. Nadie la había llamado «un misterio» jamás. De hecho, estaba convencida de que no había nada misterioso acerca de ella. Ni siquiera la historia de sus verdaderos padres.

—Fue en mi cumpleaños número ocho —recordó Belén—. Lo recuerdo bien porque fue la última vez que toda la familia se reunió. Los Madariaga, los Hunter y los Perkins. No recuerdo cómo pasó, pero mis tías me llevaron al jardín. Me tiraron al piso y me revolcaban. Me taparon la cabeza con las faldas y cantaban una canción de ronda. Yo me reía al principio, pensé que jugaban, pero empecé a ahogarme. Me asusté y llamaba a mi mamá y a mi papá a voces. Creo que apareció el tío Eduardo Perkins y las apartó gritando. Mi mamá me abrazó llorando. Yo le decía que estaba bien, pero nunca la había visto tan asustada. Esa fue la última vez que vi a las tías en casa. Íbamos a visitarlas, pero después del casamiento de Tomás y Eduarda dejamos de hacerlo. Creo que el tío Eduardo no quiso más visitas.

Elizabeth sentía escalofríos. Pensaba en Adela y en Enrique. Pensaba en Tomás y su vida en la casa. Refugiado en un estudio, atrincherado entre libros para evitar que su hija fuera lastimada.

—¿Fue cuando tenías ocho años?

—Sí.

—¿Fue cuando Tomás se casó con Eduarda?

—Sí. Fue en esa época. Mamá me prohibió hablar de eso. De lo que las tías habían hecho. Y las rondas que hacían y cantaban. No tuve problema en obedecerla. Me daban mucho miedo. Pero cuando fui más mayor me di cuenta de que no debía hablar de ellas jamás. Ni de Tomás ni de la niña que había nacido. No debía hablar sobre nada. Obedecí porque así es la familia.

Elizabeth no supo qué responderle.

—Pero sí hablaban de otra cosa. De Tomás y la niña de Luisa.

—¿«La niña de Luisa»?

—De miss Shaw. Me llevó años darme cuenta porque siempre pensé que la niña de Luisa sería su hija, pero sabía que «la pobre Luisa» no tenía hijos. Hablaban de la niña inglesa y Tomás. Que se habían enamorado. Pero él se había casado con la tía Eduarda. Nunca lo había entendido hasta ahora. Ustedes se conocieron aquí y se enamoraron. La señora Luisa no permitió el casamiento, ¿no es cierto?

Elizabeth no le respondió.

—Eso que te hicieron cuando eras pequeña...

—Sí.

—Se lo hicieron a Adela hace unos meses. Por eso me llamaron para trabajar en la casa. Porque necesitaban a alguien que mantuviera el secreto. Y por eso vinimos a vivir a París.

—¡Pobre Adela! ¡Debe de estar aterrada!

—No lo sé —murmuró Elizabeth—, no habla de eso.

—Pero ¿es definitivo? ¿Van a quedarse en París?

—Yo no. No sé qué hará Tomás con los niños.

—¿Es verdad que ustedes fueron amantes?

—¿Eso dice tu familia? —preguntó Elizabeth, desorientada.

—No. Nunca dijeron eso. Lo supuse yo.

—Estuvimos enamorados, sí. Pero no fuimos amantes.

—¿Y no te molesta trabajar para él? ¿O para la tía Luisa? Yo no podría tolerar a nadie que me separara de Pascal.

—¿Estás enamorada de él?

—Seguís usando esa palabra —rio Belén.

Elizabeth la miró sorprendida.

—¿Y cómo debo llamarlo?

—¡Amor infinito! Con el alma y con el cuerpo. Y él me ama de la misma forma. A veces es tan fuerte lo que siento que temo que vaya a consumirme. Pero como él dice: no vale la pena vivir la vida si no es hasta su total expresión.

—¿Y no van a casarse?

—Pascal cree que el verdadero amor es libre. Y que esa libertad nos beneficia a ambos.

—Pero las consecuencias para cada uno son diferentes —trató de razonar Elizabeth.

—Sabía que no iba a gustarte —dijo Belén después de suspirar.

—No se trata de eso —dijo Elizabeth tomándole la mano

con cariño—. No quiero que sientas que te juzgo. Es que pienso en esa vida bohemia y me da miedo que no puedas salir de ella sin secuelas.

—¿De la bohemia? La bohemia es embriagante. Todos sueñan con un mundo mejor. Quebrar todas las leyes del hombre, desobedecerlas y hacer un mundo nuevo. ¿Está mal eso?

—No lo sé —murmuró Elizabeth.

—Si esas costumbres no existieran, podrías estar con Tomás en este momento. ¿Nunca pensaste en eso?

—No. El caso fue distinto.

—Sí, todo el mundo dice que su situación es distinta. ¡Y yo digo que la mía también! No cambiaría mi vida con Pascal por ninguna otra con leyes que me obliguen a amarlo hasta la muerte. Es en esta vida que quiero amarlo y no necesito jurar nada.

—Me alegra que seas feliz.

Intentaba ser sincera, pero no le salía. No era la primera joven que se dejaba convencer por un hombre al que admiraba. Se sentía triste. Su lugar como institutriz había sido el de enseñarle sensatez y cuidado con estas situaciones. Las palabras de Belén le hacían sentir que había fallado. Había defendido el talento de la joven ante sus padres y le había dado su aprobación para hacer una carrera como artista en París. No había abandonado su propósito, pero parecía más enamorada de Pascal que del arte. Había cambiado, y toda la familia conocía su nueva vida. No podía decirle a Belén que no se sentía entusiasmada por esa clase de amor porque, a diferencia de ella, Elizabeth no había tenido padres que la protegieran incluso si elegía el camino de la bohemia.

—¿Estás decepcionada?

—Estoy muy orgullosa de que hayas vendido un cuadro.

Belén rio.

—Te entiendo, miss Shaw. Pero no vas a dejar de verme, ¿no es cierto? Seremos amigas, iremos a museos. París no es otra cosa que un gran museo.

—Por supuesto.

—La tía Luisa puede pedirte que no me veas. ¿Lo vas a hacer?

—No puede prohibirme nada. ¿Dijiste que me llamaban «la niña de Luisa»? ¿Como si fuera su hija o algo así?

—Yo lo entendía así. Suena así, al menos. Y eras muy parecida a mi tía Adelina.

—¿Cómo?

—Sí, el cabello y las pecas. Por eso pensé que eras hija de la señora Luisa. Pero no tenía sentido que ella te criara y después te dejara ir a Buenos Aires. O que no te dejara casarte con Tomás Hunter si eras su hija.

—Ella nunca quiso que fuera a Buenos Aires.

—¿No?

—No. Fue una idea de Mary, de hecho. La encontré en París con los Anchorena. Y me convenció de que podía trabajar en Buenos Aires como ella.

—Y te fuiste a vivir con las tías González Madariaga.

—Sí. No fue lo más divertido, pero al menos era una vida tranquila.

—¡Debió de ser la más tranquila del mundo!

Elizabeth sonrió.

—Lo fue. Pero hicimos un largo viaje por Europa. No puedo quejarme.

—¿Y cómo fue cuando se encontraron con Tomás? Debe de haber sido terrible. Me imagino separada de Pascal y me duele el alma. Encontrarlo casado con otra debió de ser muy triste.

—Nunca nos encontramos. Hice todo lo posible por evitarlo.

—¿Nunca lo buscaste? ¿Ni para hablar con él?

—No había razón para buscarlo. Nunca nos cruzamos hasta que la señora Luisa me escribió cinco telegramas y él me envió un mensaje pidiéndome que fuera institutriz de Adela. No habíamos hablado en dieciséis años. Nos cruzamos en la calle un par de veces, pero nunca coincidimos en el mismo lugar.

—¿Cómo pudiste estar alejada de él tanto tiempo? ¿El amor no te desgarraba por completo?

—Tenía que trabajar. El tiempo nos distanció y eso suaviza los sentimientos.

Belén tiritó por un escalofrío.

—El recuerdo de las tías me da terror. Pobre Adela. Pobre Enrique. ¿Cómo son?

—Son muy tranquilos y tímidos —dijo Elizabeth con una sonrisa—. Muy inteligentes. Están acostumbrados a no mostrar lo que sienten, así que tengo que prestarles atención. Enrique ama todo tipo de máquinas y Adela ama dibujar. Sueña con ir a la Académie Julian.

—¿Tiene talento?

—Sí. Mucho.

—¿Y Tomás?

—¿Qué pasa con él?

—¿Cómo es vivir con alguien a quien se amó?

—Es difícil. Pero la situación en la casa no dejaba mucho para recordar. Sobre todo porque tuve que descubrirla por mí misma en lugar de ser informada.

—¿No te dijeron qué pasaba?

—No.

—¿Ni de las rondas? ¿Nada sobre eso?

—Yo lo llamé el coro.

—Debiste de haberte enfurecido.

—¿Con Tomás? Muchísimo.

—¡Pobre Tomás! Iba a nuestra casa cuando estaba de novio con mi tía Eduarda. Lo engañaron. Le daban láudano para mantenerla calmada. Por eso la señora Luisa y el señor Guillermo están enojados con nosotros.

Elizabeth asintió.

—La entiendo —dijo Belén—. Me gustaría que dejara de juzgarme por mi vida a la luz de lo que la familia hizo, pero la entiendo.

—La familia te sigue protegiendo.

—Me envían dinero, sí. Pero eso no es protección. Nos escribimos, pero no es lo mismo que tenerlos aquí. Extraño a mis padres y a mis hermanas. Miss Shaw, ¿no vas a dejar de verme, no es cierto?

—Una de las alegrías de venir a París era saber que estabas aquí. Eso no cambió.

—Quizá podamos llevar a Adela a alguna exposición.

—Eso dependerá del padre.

—Ah. Él no aprueba mi modo de vida.

—No, al contrario. Tuvo que explicármelo y no parecía estar en contra.

Belén rio con ganas.

—¿Por qué tuvo que explicarlo?

—Me costó entender que vivían sin estar casados y sin quebrar alguna de esas... ¿leyes del hombre, dijiste?

—Sí —dijo ella, divertida—. Me recuerda cuando mi madre tuvo que explicarme esos días del mes. Debió de ser una charla interesante.

—Adela está en ese momento. Cuando nos vimos en Montmartre fue porque saqué a pasear a Tomás. La señora Luisa se estaba ocupando de eso.

—Cuando todo vuelva a estar bien podemos ir a ver a la Gioconda y reírnos de ella. Tomás puede venir con nosotras. No soy una persona indecente o peligrosa, miss Shaw.

Belén hablaba con confianza. El problema, pensaba Elizabeth, era que el resto de las personas no dejaban de verla como indecente por más que ella reclamara su derecho a ser libre y a amar de ese modo.

La conversación continuó, pero Elizabeth no pudo concentrarse del todo. Habían tenido diálogos parecidos con Mary, pero nunca ninguna de las dos había elegido un lugar que las volviera «indecentes», como decía Belén. La razón seguía siendo, después de todos esos años, la misma: ni Elizabeth ni Mary tenían ese lujo. Nadie la había comprendido del todo, ni siquiera los que más cerca habían estado de ella. Su breve relación con Aarón Anchorena había sido pensada en esos términos. Él era un dandi y le prestaba atención a cualquiera. Una más en la lista —si alguien llegaba a saber el secreto— no haría diferencia alguna. Eran hombres como Tomás los que hacían la diferencia: pertenecía a la clase de hombres que daban respetabilidad.

Se sintió cansada y le pidió que regresaran. Belén estuvo de acuerdo. La dejó en la puerta de la casa con la promesa de que volverían a verse para visitar el Louvre. Elizabeth aceptó. Belén se fue después de abrazarla con fuerza y besarla en la mejilla. Era la felicidad pura y ligera que caminaba por la rue de la Paix.

Ella, en cambio, era un manojo de melancolía que subió por la escalera y atravesó, sin mirarse, el pasillo de espejos. La puerta de la habitación de Enrique estaba abierta y no había nadie dentro. Llamó a la puerta de Adela. La invitaron a entrar.

La niña estaba en la cama con un escritorio portátil, papeles y lápices. Toby dormía a su lado con la panza hacia arriba, como si hubiese tenido un día de mucho trabajo. Enrique estaba tendido en un sofá con un libro en las manos y una manta que lo cubría. Tomás tenía un periódico en las manos y estaba sentado en una silla, muy cerca de Adela. Los tres la miraron con desinterés cuando entró.

—¿Cómo estás, Adela?

—Bien, miss Shaw. ¿Cómo fue su paseo con Belén?

—Muy entretenido —dijo ella—. Hablamos mucho. Hacía tiempo que no nos veíamos.

Toby se dio vuelta al oír las voces y Elizabeth pensó que iba a levantarse y saludarla. Pero no, el perro solo se acomodó hecho un ovillo con la cabeza sobre los pies de Adela.

—¿Me extrañaron? —preguntó de pronto y sin poder creer que esas palabras habían salido de su boca.

Las cejas de Tomás se alzaron sobre las páginas del periódico. Enrique fue el primero en decir que sí y Adela susurró que había tenido problemas con su dibujo y que quería que la ayudara.

Elizabeth se quitó los guantes y la chaqueta. Se sentó en la cama junto a Adela y muy cerca de Tomás, que había bajado el diario y contemplaba la escena. Enrique dejó el sofá y se acomodó en la cama al lado de Toby, que había abierto los ojos y movía la cola.

—Hace tiempo que no estábamos los cuatro solos. Deberíamos volver a la rutina de Buenos Aires —sugirió Elizabeth.

—Me gusta la idea —dijo Tomás.

Los niños también asintieron.

—¿Vamos a vivir aquí? —preguntó Adela—. No puedo decorar la habitación si no lo sé.

Todos miraron a Tomás.

—Tengo un plan, pero todavía no definí nada. Cualquier decisión que tome será después de que viajemos a Florencia. Así que por el momento estaremos tres meses más. ¿Es suficiente tiempo para decorar?

—Puedo pensar en algo —dijo Adela, satisfecha.

Elizabeth se preguntó qué plan sería el de Tomás y qué haría ella dentro de tres meses.

—¿Belén va a visitarnos? —le preguntó Adela.

—Espero que sí —dijo Elizabeth sin aguardar la confirmación de Tomás—. Puede ayudarnos a planear el viaje a Florencia. La última vez que estuve allí fue con ella y fue una experiencia hermosa.

—Ojalá haya aviones en Florencia —murmuró Enrique.

—Si hay aviones y te subís a uno van a tener que llevar sales. Si vuelvo a verte en una de esas máquinas me voy a desmayar.

La advertencia irritada de miss Shaw hizo reír a Enrique. Le gustó que no la tomara en serio. Pero las mejillas llenas de pecas le recordaron lo que Belén había dicho sobre ella, sobre Adelina, la niña de la señora Luisa, y sobre la misteriosa miss Shaw.

21

Lo esperaba en la penumbra del pasillo de espejos. Se miraba a los ojos y se preguntaba si le contaría lo que había hablado con Belén. Necesitaba conversar con alguien y ya le había escrito a Mary todo lo que sabía. Pero no era lo mismo; debía decir las palabras en voz alta, como si fuera una lección recitada ante miss Duncan.

La figura en el espejo estaba preocupada. La señora le había hecho abandonar el blanco y negro riguroso que le gustaba, a fuerza de darle ropa que no podía vender sin que ella se diera cuenta. Las blusas blancas no las habían desterrado, pero ahora tenían encajes de más de dos centímetros y las faldas eran azules, verdes y tostadas. Hasta le habían cambiado el peinado sin que ella pudiera protestar. Françoise y Bernadette se ocupaban de que tanto ella como los niños estuvieran presentables y al gusto de la señora Luisa. Eran delicadas, silenciosas, eficientes e intransigentes. Elizabeth reconocía el mismo molde que la había educado.

El estilo de Tomás tampoco era el mismo. Se había convertido en un hombre moderno, que vestía a la moda parisina y que seguía atractivo, aunque tímido. Su relación con su tío siempre había sido buena. El señor Guillermo lo quería y se ocupaba de él. Cuando estuvo claro que el matrimonio Hunter no tendría hijos, la cercanía entre los dos había aumentado. Así fue como, después de estudiar Ingeniería en Londres, Tomás pasó una temporada en París. Era un joven libre, que podía viajar por Europa y hacer una vida disipada hasta que conociera a una joven que, ruborizada, aceptara ser su esposa y tener niños. Las circunstancias no fueron esas. No conoció Europa, sino a Elizabeth Shaw, la joven que vivía con los Hunter, y se quedó en la casa, enamorado de ella.

No se casaron. Tomás dejó París y volvió a Buenos Aires para hacerse cargo de los negocios del señor Guillermo. Cuando Elizabeth supo que iba a casarse con Eduarda Perkins, la sobrina de la señora Luisa, le pareció el resultado lógico de su vida.

—¿Podríamos hablar? —le preguntó cuando salió de la habitación de Enrique.

—¿Me esperaste todo este tiempo?

Elizabeth alzó los hombros. No solo no había logrado que los niños no hicieran el gesto, sino que ella lo había copiado.

—No tenía nada que hacer. ¿Enrique se sentía mal?

—No. Le conseguí un libro con láminas de locomotoras. Queremos copiar los diseños. Y vamos a intentar conseguir uno sobre aviones, pero no sé si tendremos suerte. No sabía que esperabas aquí fuera.

Elizabeth se frotó las manos.

—Quería hablar. Pero si lo decía así los niños se habrían preocupado.

—¿Pasó algo?

—No. Nada grave.

—¿Tenemos que hacer eso de quedarnos en público o podemos estar solos?

Elizabeth no supo qué responder. Él no esperó. La mano de Tomás era cálida y el contacto la hizo tiritar, pero lo siguió por la escalera y a través de puertas. Estaba tan distraída que no supo a qué lugar habían ido hasta que vio los libros y los retratos que había hecho cuando vivía en la casa. Era la biblioteca del señor Guillermo.

Había estado concentrada en los niños y en construirles una rutina, pero apenas lo había logrado porque la señora los llevaba de paseo, al teatro, a ferias ambulantes en las afueras de París, al estudio del señor Gastón. Todo el trabajo que Elizabeth podía hacer se concentraba en enseñarles modales y unas horas de inglés y francés por la tarde —cuando la señora dormía la siesta—. Su francés era mejor que el de ella —aunque seguían las protestas porque Françoise y Bernadette hablaban demasiado rápido—, pero no sabían escribirlo, así que eran horas de dictado muy sufridas.

—Estás muy distraída.

Estaban sentados frente a frente junto a una ventana que daba a la calle. Se oía a unos parisinos trasnochadores que gritaban y reían. Elizabeth se asomó para verlos; esa felicidad era un misterio para ella.

—¿Pido que nos traigan té? —le dijo él.

Como ella no respondió le tiró de la mano para que dejara de mirar por la ventana.

—¿Elizabeth?

—No hace falta té.

—Te preocupa que mi tía se entere de que estamos solos. Estoy harto de eso. No me dejan hacer nada. Ni una ni la otra.

—¿Te pidió que dejaras de hacer algo por mí?

—No. La mandamás en esta casa sos vos. Ella hace sugerencias delicadas que debo entender como órdenes.

—¿Por ejemplo?

—Sugirió que te hablara sobre tu ropa. Porque parece que tengo influencia sobre eso.

—Si cambié toda la ropa que uso.

—Mi tía opina que no.

—Estoy muy cansada para lidiar con eso. Y yo no soy mandamás. No tengo ningún poder, ni siquiera el de irme al lugar donde quiero estar.

—Entonces te dejo libre —dijo él sin cambiar de tono.

—¿Qué?

—Estoy harto de esa queja. De que querés irte a Fowey. Te libero. Podés irte. No tenés quince años. No somos dueños de tu vida. Ya hice lo que había que hacer hace mucho tiempo. A los tres días de estar aquí me di cuenta del error enorme que fue vivir en Buenos Aires. Tendría que haber hecho esto por mí mismo, no esperar a mis tíos ni a una institutriz salvadora. Espero no haber tardado tanto como para arrepentirme. Si querés irte, sos libre. No te necesito.

La sorpresa fue tan grande que Elizabeth no solo no respondió, sino que ni siquiera pudo ponerse de pie para irse a su habitación como deseaba. Apenas movió la cabeza cuando el señor Hunter y la señora Luisa entraron en la biblioteca.

—Ya ordené que trajeran té —dijo la señora—. Si no les molesta podemos reunirnos junto a esta mesa. Hay lugar para cuatro.

—No —dijo Tomás—. Elizabeth quería decirme algo en privado. Estamos aquí por eso. Sería un enorme favor si nos dejan a solas.

—No hace falta —dijo ella.

—¿No había algo que querías decir? —le preguntó él.

Elizabeth no podía creer que esa escena tuviera lugar. Era tan raro que Tomás la rechazara que se preguntaba si no estaba en medio de una pesadilla.

—Podría decírselo a los señores también —murmuró sin fuerza.

Tomás asintió.

—Esperemos el té —sugirió el señor Guillermo. Elizabeth lo miró a los ojos. El señor le sonrió, pero fue evidente que no sabía qué hacer.

—Ya que estamos reunidos aprovecho para comunicarles que luego de las vacaciones en Florencia me mudaré con los niños a Londres —anunció Tomás.

Elizabeth se quedó sin palabras. Por su expresión, el señor Guillermo conocía el proyecto. Por la de la señora Luisa, estaba tan lejos de sospecharlo como ella. Lo único que supo Elizabeth de sí misma fue que tuvo que llevarse la mano al pecho. Tomás se distrajo con el movimiento y ladeó la cabeza para observarla. Después se volvió hacia su tía.

—No me gusta París —explicó—. Tengo amigos y conocidos en Londres y ya les escribí. En las oficinas de la compañía hay lugar para mí.

—Esto es tu influencia —acusó la señora a Elizabeth.

—No tengo nada que ver —protestó ella con voz ahogada—. Es la primera vez que lo oigo.

—¡No puede ser otra cosa que tu influencia! No me extraña.

—Esto es ridículo —protestó Elizabeth.

—Luisa, por favor —dijo el señor Guillermo con voz firme—. Es mi influencia, si es que Tomás necesita una. Pero es una idea que tiene desde que el barco salió de Buenos Aires. Estoy de acuerdo con él. Los niños van a estar mejor en Londres.

—Un viaje más no va a afectarlos. No después de la vida que tuvieron —dijo Tomás con seguridad.

La criada entró con el servicio de té. Los cuatro trataron de recomponerse. Elizabeth no pudo. Temblaba. Tomó la taza entre las dos manos para darse calor.

—Supongo que Elizabeth será la institutriz —dijo la señora con rencor—. Estarás feliz de volver a Inglaterra.

—Tomás acaba de decirme que ya no necesita mis servicios —dijo ella en voz muy baja.

—Pero ¿qué son estas cosas sin sentido? —exclamó la señora con furia.

—¿Locuras, tía? —dijo Tomás—. La palabra es «locuras». Y no lo son. Estudié en Londres durante años, es una ciudad que conozco muy bien. Hay gente que me recuerda con cariño. Y no será difícil encontrar una nueva institutriz, alguien que esté dispuesta a comprometerse con la educación de los niños por varios años.

Elizabeth entendió el reproche.

—¿Y qué pensás de esto, Elizabeth? —preguntó la señora.

—Recién me entero.

—Pero ¿cuál es tu opinión?

—Ninguna. De hecho, debería irme ya mismo.

—No te levantes todavía —dijo la señora con voz firme.

Elizabeth se quedó quieta. Pero no por la orden. Si se iba esa misma noche de la casa sabía que no obtendría respuesta a la pregunta que le había planteado Belén. No quería irse sin la historia completa.

—Queríamos proponerles algo —dijo la señora—. Bueno, Guillermo no está de acuerdo con la idea, pero si ustedes la aceptan me prometió que no habrá oposición.

La señora hizo una pausa. Elizabeth respiró fuerte para calmarse. No miraba a Tomás. Había pasado de considerarlo la única persona cercana en quien confiar a estar furiosa con él por haber prescindido de su trabajo. Incluso por estimar que no se había comprometido con la educación de los niños. Quería llorar de furia. Se bebió el té y depositó la taza con fuerza sobre el plato. Vio el movimiento de párpados de la señora, pero dudó de que se atreviera a decirle algo.

—Pensábamos en la casa de Barbizon. Esa que fueron a ver hace años. Nunca se vendió. Está casi en ruinas, pero son ruinas fuertes y nada que un ingeniero no pueda resolver. Estamos... estoy dispuesta a darles el dinero para que vayan a vivir allí. Los dos, con los niños.

Elizabeth tuvo que sostenerse la frente con la mano. La sorpresa era tan grande que sintió que una risa le nacía en el pecho angustiado. Una risa que tenía que controlar para que no le estallaran los broches de la blusa. Ya había pasado el punto de quedarse sin palabras.

Miró a Tomás y vio su rostro inexpresivo. ¿Esa era su respuesta? ¿Ocultar lo que pensaba? Un marinero de Fowey lo hubiese mandado al fin del mundo con palabras floridas.

—¿Propone que vivamos como amantes en Barbizon? —preguntó Elizabeth.

—Sí —dijo la señora después de un leve temblor en el cuerpo.

—Hace años que no recibía una sorpresa tan grande. Y yo que pensé que la conocía.

—No, no me conocés, Elizabeth Shaw. Pero tu soberbia no te deja ver eso, así como no te dejó ver hace diecisiete años que cometías el peor error de tu vida. Si no hubieses rechazado la proposición de Tomás no habría necesidad de sorpresas.

Elizabeth recuperó la calma de inmediato. Había soportado tantas veces el reproche que conocía todas sus versiones y todas sus respuestas. Dejó que las palabras murieran en el silencio de la noche de verano parisina.

Rechazar la propuesta de matrimonio de Tomás había sido la decisión más consciente que había tomado en su vida. Lo había adorado durante ocho meses, pero no iba a casarse con él. El de la señora Luisa era un error de percepción típico —pensaba Elizabeth— de alguien que tenía familia, dinero, posición social, conexiones. Ella —que no poseía nada de eso— no podía darse el lujo de cometer errores.

—¿No se le ocurrió pensar que ese amor ya no existe? ¿O cree que el tiempo no ha pasado en absoluto?

—Puedo imaginar que ya no sentís lo mismo. Esa es la clase de persona que te gusta ser —dijo la señora—. Pero sé que Tomás nunca dejó de quererte. Lo leí en sus cartas durante años.

—Pero ya ve, señora, que Tomás no necesita mi presencia aquí.

Él no respondió. Elizabeth se preguntó qué haría sola en París y la idea le resultó tan atractiva que tuvo que contener una sonrisa. Podría pasear con Belén, conocer artistas, recorrer a pie las calles y sentirse una más de esa nube de parisinos frívolos que reían a medianoche. Se imaginó dueña de un piso y convertida en maestra de dibujo. Era tan tentador, tan bello, que casi sucumbe a la idea. El ruido de las olas y las gaviotas que sonó en el fondo de su mente le recordó que tenía otro sueño más amado y más antiguo.

Volvió a la biblioteca del señor Hunter en un estado apacible. Ya no le importaba nada. Excepto unas preguntas para las que necesitaba respuesta, y algunas palabras con el señor Guillermo; la vida con los Perkins, Madariaga y Hunter se terminaba. Experimentó la misma sensación que la envolvía cuando daban vueltas con los brazos abiertos con Mary en la playa. Su madre le había dicho que no lo hicieran y ellas lo hacían igual. Giraban, se mareaban y se dejaban caer en la arena, el agua helada del mar de Fowey les mojaba los pies y ellas se reían, contentas de ser libres y desobedecer.

Tomás miraba el suelo, pero nada en su expresión mostraba que estuviese vencido o desmoralizado. Al contrario, aparentaba estar convencido. Le costaba separar el orgullo herido, pero si contemplaba la situación con cierta objetividad, la decisión era la más acertada. Veía a Tomás en Londres. Los niños notarían la diferencia, sobre todo en el idioma, pero todavía estaban en edad de acostumbrarse. Adela sufriría más, pero esa parecía ser la historia de Adela. Enrique, a pesar de su pierna enferma, podría adaptarse mejor.

—Así que la idea de Barbizon queda descartada —murmuró con desánimo la señora Luisa.

—Nunca fue una idea —dijo Elizabeth con la mayor cantidad de sarcasmo que pudo juntar en una frase.

—Lo fue en algún momento —dijo el señor Guillermo con los ojos en Tomás.

«De modo que algo habían planificado», pensó Elizabeth. Cruzó los brazos sobre el pecho. Odiaba ese gesto, al que llamaba «de institutriz incapaz», pero no era institutriz de ninguna de esas personas, así que se lo permitió.

—¿Ah, sí? ¿Tuvieron la idea de que Tomás y yo viviéramos juntos en Barbizon?

—Lo propuse yo hace cinco años —dijo Tomás sin mirar a nadie—. Les escribí. Nos pareció una buena idea, pero Enrique se enfermó y hubo otras prioridades.

—Me pregunto si Enrique sabrá que interrumpió semejante idilio.

—Jamás pensé que serías vulgar, Elizabeth Shaw —respondió la señora con furia.

—Vengo de un pueblo de pescadores y marinos, señora, lo que acabo de decir es una delicadeza.

—¡No quiero saber nada más de esto! —gritó la señora—. Elizabeth seguirá siendo la institutriz de los niños e iremos a Florencia...

—¡No!

Elizabeth miró a Tomás. Los dos habían gritado al mismo tiempo. Al menos estaban de acuerdo en algo. La señora escondió la cara en las manos para llorar en silencio. Elizabeth se inclinó sobre su silla y le apoyó la mano en el brazo.

—La idea siempre fue mala, señora. Era inevitable que

Tomás y yo peleáramos por esto. Los niños ya están aquí, a salvo. Él siempre se hizo cargo de ellos, no me necesitaba para educarlos. Una institutriz es igual a otra, como él dijo. No hay diferencia entre una miss Shaw y una miss Smith.

—Solo por una vez quisiera que la familia no se desintegrara por culpa de tus decisiones necias —dijo la señora con rabia.

Elizabeth se conmovió. Conocía la sensación. No era que la familia se desintegrara, era que uno se iba a pedacitos con ellos. No entendía por qué la señora Luisa había elegido el exilio en París, o si había sido una elección del señor Guillermo, pero debía de sentir melancolía alguna vez.

—¿Podrías quedarte hasta el viaje a Florencia? Por favor —le pidió.

Elizabeth empezó a mover la cabeza, pero la señora la interrumpió.

—Como un favor hacia mí. Hasta que volvamos de Florencia. ¿La idea del viaje a Florencia continúa, no es cierto, Tomás?

Él asintió.

—Tomás no va a conseguir a nadie de confianza hasta ese momento.

—No voy a quedarme.

—¡Elizabeth, por favor! Solo hasta el regreso de Florencia.

—De ninguna manera. Tomás me consideró prescindible.

—¿Y por qué tendrías inmunidad? —le preguntó él exasperado—. Me exigiste cientos de veces que te tratara como a una empleada. Es lo que hago ahora. ¿Por qué no podría despedirte si eso es lo que quiero?

Elizabeth sintió como la rabia se juntaba en su cuerpo. Era una corriente permanente, un circuito líquido que iba desde las manos hasta los pies, pasando por el corazón y el estómago. La rabia nunca le salía en forma violenta. Al contrario, se fijaba en un punto y actuaba con precisión, como un cirujano que tiene que operar un corazón mientras brota sangre del pecho.

—Porque soy Elizabeth. Porque me amaste. Y yo te amé. Pensé que eso me hacía diferente y necesaria. Que podía enmendar de alguna manera lo que te había hecho. Sé que nunca entendiste mis razones para rechazarte, pero jamás fue porque no te quise. Supuse que lo comprendías. Supuse que todo eso era parte de nuestro entendimiento tácito. Incluso cuando llegué a la casa en abril. Sentía culpa por tu matrimonio horroroso. Pero agradezco que me liberes de esa carga.

Ninguno habló durante unos minutos. Elizabeth los usó para apaciguarse. Era un reclamo injusto, pero no había podido mantenerlo en silencio. Como su carácter era tan templado la mayor parte del tiempo, esos despliegues de violencia la dejaban sin fuerza y mareada. Sentía como si pesara cinco kilos, como si fuese un bebé indefenso y desesperado abandonado en un bosque oscuro.

—¿Por qué hasta Florencia? —le preguntó a la señora Luisa.

—Porque te gusta la ciudad. Y los niños van a disfrutarla más si la conocen a tu lado. Y como después vas a enterrarte en ese lugar horrible, me gustaría ir en familia una vez más.

Elizabeth escuchó como la palabra «familia» le retumbaba en los oídos. La escuchó con la voz de Belén. Pensó que era un buen momento para formular las preguntas que quería hacer.

—Necesito saber algo. Belén me dijo que la familia Madariaga me llamaba «la niña de Luisa». ¿Es así?

—Era así.

—¿Soy su hija?

—No.

—¿Soy la hija del señor Guillermo?

—No —respondió otra vez la señora.

—Ojalá lo fueras —dijo el hombre con voz ahogada. Elizabeth se lo agradeció con el alma.

—Las Madariaga te llamaban «la niña de Luisa» porque yo escribía sobre vos todo el tiempo —explicó la señora—. Hasta se burlaron, en una de las cartas sugirieron que imaginaba que eras mi niña, que deliraba. El descaro de esa familia no tiene límites. Pero sí, llegué a fantasear que eras mi niña. Pensamos en adoptarte. Pero como nunca quisiste ser nuestra hija no te lo dijimos.

Elizabeth le agradeció la honestidad.

—Puedo quedarme hasta el viaje a Florencia. Pero no como institutriz. Como una amiga de la familia. Una amiga pobre que llevan de visita a la ciudad. —Rio sin buscar el eco de la risa de los demás—. Cuánto y cómo estaré con los niños dependerá de Tomás. Las razones por las que estén ese tiempo conmigo, también dependerán de Tomás. No les explicaré nada, no les enseñaré nada, no les mentiré ni les daré órdenes. A partir de este momento ya no soy la institutriz.

22

Tomás y Elizabeth habían tenido peleas. Ella reconocía que no tenía el mejor carácter, pero nunca había sentido la necesidad de pedir disculpas por su orgullo. No lo había hecho a los veinte años y no lo haría tantos años después.

Pero mientras escribía a Mary para contarle lo que había ocurrido, no dejaba de preguntarse cómo se resolvería la disputa. Él siempre había sido quien saldaba la pelea: no podía estar lejos de ella por mucho tiempo. Al menos eso le decía. Si Elizabeth ya no era la institutriz y podía ser reemplazada por cualquiera, ¿qué razón tenía Tomás para volver?

Se descubría asustada después de recordar lo que Belén le había contado. Lo que las mujeres habían hecho con ella: encerrarla entre la ropa hasta casi ahogarla, como arañas gigantes. Ella misma tenía unos sentimientos confusos que se unían como un tejido que no la dejaba respirar. Se enjugaba las lágrimas y le preguntaba a Mary si ella era la responsable del destino de Adela; si por su culpa la niña había nacido en las peores circunstancias, abandonada al capricho de una familia que prefería el secreto a reconocer la locura.

Había desayunado en la habitación y después se había vestido con la ayuda de Bernadette. Pero no había salido de su cuarto. Por los ruidos no había podido determinar si Tomás y los niños habían salido o seguían en la casa. ¿Les había dicho algo Tomás? ¿O tendrían que entender que ella ya no los tenía a su cargo? ¿Y qué iba a ser ella si ya no era institutriz? ¿Cuál era su nuevo lugar?

Cuanto más tiempo pasaba más se daba cuenta de que, si no se ocupaba de los niños, tendría que ocuparse de la señora Luisa. Ir como «amiga» a Florencia no iba a ser más que un eufemismo. Estaría obligada a servirla. Muy a su pesar, había entendido que el señor Guillermo Hunter ya no estaba de su lado. Si quería escapar de esa familia que la tenía bien atada, tenía que ser gracias a alguien ajeno. Tuvo que apoyar la frente contra el escritorio para no desesperarse.

Por un momento consideró la posibilidad de recurrir a Aarón Anchorena. Todavía estaba en París. Era un dandi, no renunciaría a socorrer a una damisela en apuros si ella elegía ubicarse en ese lugar. Belén también la ayudaría, pero Elizabeth no quería sumar secretos a una familia que basaba su existencia en misterios silenciados.

Aarón podía ayudarla a volver a Buenos Aires. Un pasaje en vapor no era un gasto significativo para el hombre más rico de Argentina. Anchorena nunca había ocultado que podían retomar la relación en cuanto ella quisiera. La escena de Fontainebleau había sido casi vergonzosa, pero le indicaba que pensaba en ella. No le disgustaba saber que podía tenerlo como aliado.

La idea al principio fue un juego, una fantasía. Pero mientras pasaban las horas y le escribía a Mary la carta más larga de su vida, se volvía más consistente. Cuando la campanilla de su habitación le anunció que el almuerzo estaba listo, ya era un plan formado en su mente. Demandaría tiempo, silencios y secretos, pero podría llevarlo adelante.

Bajó para el almuerzo. Se encontró en la puerta con el señor Guillermo, quien le ofreció el brazo para entrar en el comedor. Ella lo tomó con cariño.

La señora Luisa fue la primera en notar que se había vestido diferente. Llevaba un vestido de lino, con rayas en celeste y blanco, y cuello y puños de encaje. La señora movió la cabeza a modo de aprobación. Elizabeth se preguntó si alguna vez entendería que había cambiado su forma de vestir porque ya no era una empleada. Era probable que no. La señora nunca había comprendido esos límites que eran la obsesión de Elizabeth.

Esperaron a Tomás y a los niños. Cuando oyó que llegaban, a Elizabeth le latió el corazón con fuerza. Miró por la ventana para disimular el enojo que sentía. Quiso juntar las manos en la espalda, pero esa era su posición como institutriz y no quiso replicarla. Entrelazó los dedos sobre la falda y se los apretó fuerte hasta que las yemas quedaron blancas.

Por suerte los niños entraron primero, lo que evitó el silencio incómodo. Elizabeth los saludó con amabilidad y se sentó en su lugar. Los dos hablaban entusiasmados con Tomás y con el señor Guillermo, y respondían las preguntas de la señora Luisa con timidez. Enrique hablaba mucho, pero en un francés incómodo, las palabras se le juntaban unas con otras. Elizabeth tuvo que morderse la lengua para no decirle que hablara más despacio y modulara bien las palabras.

Adela también conversaba, pero mucho menos y solo con Enrique o su padre. Tenía los dedos manchados de tinta y Elizabeth se preguntaba por qué. ¿Habría estado escribiendo durante la mañana?

Estaba tan concentrada en ellos que tardó en darse cuenta de que no le dirigían la palabra. Alguna orden había dado Tomás y ahora ella había pasado a ser la persona en la mesa que se aislaba. Recordar los primeros almuerzos en la casa de Buenos Aires le provocó un escalofrío. Ella no era como esas mujeres y no había razón para que los niños no le hablaran.

—Elizabeth, ¿retiran el plato?

Tuvo que concentrarse en la señora Luisa.

—¿Perdón?

—Tu plato está intacto, pero ya viene el segundo. ¿Pueden retirarlo?

—Sí, claro.

—Esta tarde llevaremos a Adela a ver al señor Gastón —dijo la señora—. Saldremos a las cuatro.

Elizabeth la miró sin entender.

—¿Yo también debo ir?

—Por supuesto. Necesitás al menos cuatro vestidos más. Una capa por si llueve. Faldas y blusas para los días en el campo.

—De acuerdo —dijo ella, y tuvo que pegar los hombros a su cuerpo para que no se movieran ni un milímetro hacia arriba.

—¿Puedo ir con papá? —preguntó Adela muy seria.

—No hace falta —le respondió la señora—. Beth estará con nosotras.

Adela sonrió y la señaló con el dedo. Elizabeth masticó con una tranquilidad que no sentía.

—Ahora podemos llamarla Beth —le dijo Adela a Enrique.

Elizabeth sonrió y alzó los hombros con desinterés. Le habría respondido que gracias a su padre no tenía necesidad alguna de llamarla, pero después de todo era una niña y no tenía nada que ver en la pelea con Tomás.

—Como gustes —le respondió con indiferencia.

Enrique, que estaba sentado a su lado, no rio como su prima.

—Yo la llamaré miss Shaw —dijo.

—Yo la llamaré Beth, como si fuera una criada, así se enoja —insistió Adela con un brillo de malicia en los ojos que Elizabeth no dejó de advertir. Se preguntó qué pasaría por su cabeza en ese momento, qué entramados estaría tejiendo para explicar el mundo que le había tocado vivir. Tuvo la tentación de mirar a Tomás, preocupada, pero no lo hizo. Por suerte, la señora Luisa intervino.

—Adela, miss Shaw es una amiga de esta casa y no vamos a llamarla de ninguna manera que la haga enojar.

—A mí no me importa, voy a llamarla como quiera.

—No lo harás —dijo Tomás con voz firme—. Seguirás llamándola miss Shaw como hasta ahora.

Adela alzó los hombros y dejó el tenedor en el plato con violencia. Se levantó y se fue del comedor. Tomás la siguió. El señor Guillermo se hizo cargo de Enrique enseguida.

—No te preocupes, Enrique, sigamos comiendo. Estoy seguro de que tenés hambre después del paseo de hoy.

Enrique asintió y obedeció. No pareció preocupado, porque le contó al señor los nuevos libros que habían conseguido.

La intención de Elizabeth de dejar de ser institutriz duró trece horas. No solo porque se ocupó de inmediato de que Enrique comiera todo y le contara el paseo que habían hecho, sino porque no podía dejar de pensar en el comportamiento de Adela.

Los cambios repentinos de humor no eran extraños en los niños, pero lo eran en Adela. Estaba en una edad compleja y empezaría a desafiar las órdenes de su padre. Elizabeth no esperaba ver malicia ni palabras tan precisas.

Mientras enseñaba a Enrique a cortar la pera en almíbar que tenía delante, Elizabeth se dio cuenta de que Adela había escuchado todas las conversaciones que Tomás y ella habían tenido. Tuvo que llevarse la mano al pecho por la impresión que le causó entender qué había pasado con la niña todo ese tiempo.

—¿Estás bien, Elizabeth? —preguntó el señor Guillermo.

—No, me quedé sin aire —dijo ella. Soltó el tenedor y se apoyó contra la silla. Tosió con delicadeza contra la servilleta. No supo si las dos lágrimas que le saltaron fueron por la tos o porque la certeza de lo que había descubierto la apenaba.

Terminó el almuerzo sin saber qué había comido. El señor Guillermo se llevó a Enrique a la biblioteca. La señora Luisa se fue a dormir la siesta sin dejar de recordarle que a las cuatro partirían para el salón del modisto.

Elizabeth volvió a su habitación. Se cruzó con Toby, que bajaba la escalera rumbo a la biblioteca y que le movió la cola con alegría. Al igual que en sus primeros años en París, su habitación era su lugar de reflexión y tranquilidad. Se acostó en la cama y miró las estrellas. Ninguna le supo responder qué debía hacer.

Cerró los ojos un rato, pero sabía que se dormiría y soñaría con Fowey si seguía en esa posición. Quería hablar con Tomás, aunque tuviera que guardarse el orgullo en todos los cajones que tenía en el alma.

—La señora le recuerda que a las cuatro partirán —le dijo Françoise cuando ella salió al pasillo.

—Sí, lo sé. Voy a ver al señor Tomás en el estudio.

Françoise se detuvo.

—El señor Tomás está en su habitación.

—¿Estás segura?

—Acabo de llevarle un vaso de agua.

—Gracias.

Así que debía ser en ese territorio. Ninguno de los dos había conocido la habitación del otro en el pasado. Era una ley que se habían impuesto de manera silenciosa pero implacable. El día de su desmayo, el primer día en París, no se le había escapado a Elizabeth —y estaba segura de que a él tampoco— que habían quebrantado una parte de esa ley. Era momento de quebrantar la otra.

Llamó a la puerta. Obedeció al «adelante» dicho con voz firme.

Tomás trabajaba sobre un escritorio y acomodó los papeles antes de mirar a quien había entrado. El rubor de su cara le demostró que ni siquiera se había imaginado que fuera ella. Se puso de pie de inmediato y tiró los papeles. Elizabeth dejó que los recogiera mientras cerraba la puerta y se apoyaba contra ella. Tomás no volvió a sentarse.

—Necesito hablar.

Él se quedó en silencio.

—Es sobre Adela.

—Está en su habitación. A las cuatro sale con mi tía.

—Lo sé, iré con ellas. Quería conversar sobre lo que pasó en el almuerzo.

—No volverá a llamarte así. Ya hablé con ella.

—No se trata de eso.

Las cejas de Tomás se fruncieron y Elizabeth se distrajo.

—¿De qué se trata? —preguntó él, impaciente.

—¿Le dijiste que me molestaba que me llamara Beth?

—No lo sé. Creo que sí.

—Antes de esta conversación.

—No lo recuerdo.

—¿Le dijiste que no me gustaba porque no me diferenciaba de una criada?

Tomás no se movió.

—No, no lo hiciste —le dijo ella—. Adela lo escuchó. Cuando te lo dije en Buenos Aires.

—Puede ser. Cualquiera lo hace. Es normal. No te llamará así si es lo que te preocupa.

—No, no me preocupa eso. No debería hacerlo. Y menos en esta familia. Si Adela escuchó nuestra conversación puede haber escuchado otras. Puede haber visto otras cosas. Puede haber visto cosas que ni siquiera sabés que existen.

—Siempre me ocupé de vigilarla.

—Tomás, si hay algo que sé es que nunca se puede vigilar a los niños por completo. Son seres silenciosos como fantasmas. Y más cuidadosos.

Tomás no le contestó. Elizabeth entendió que le daba la razón.

—¿Te dijo algo? —le preguntó.

—Que había escuchado esa conversación.

—Hace un instante dijiste que no.

—Defiendo a mi hija. ¿Algo más?

—¿Dijo que solo había escuchado eso?

—Sí.

—Es mentira. Escuchó todo.

—¿Por qué me mentiría?

—Para protegerte.

Todo el cuerpo de Tomás pareció derrotado, como si una nube negra se hubiese entretejido en su cuerpo, en cada uno de los recovecos de sus músculos, su piel, sus venas.

Tomás dio un paso en medio de la habitación. Daba la sensación de que estaba mareado. Cerró los ojos y pareció serenarse. Elizabeth lo vio tan frágil que no pudo contenerse. Dio unos pasos hacia él y le tomó las manos. Él la arrastró hasta el escritorio. Se sentó y la puso a ella sobre sus rodillas.

—No quiero volver a pelear —susurró él—. Pero es imposible, ¿no es cierto?

Ella levantó la cabeza para mirarlo. Se concentró en sus ojos grises, las cejas y las arrugas de su rostro. Jugó a alisarlas con los dedos, como si la caricia pudiera borrar las experiencias que las habían marcado. Se sintió frívola mirándolo a los ojos. Como si todo lo que ella había vivido no pudiera compararse con la vida de Tomás. Era cierto que él había tenido una existencia tranquila hasta su juventud, pero el matrimonio con Eduarda debía de ser un tormento. Los hombres tenían formas de evadir la fidelidad conyugal, pero no se trataba de eso. No había una fidelidad que evadir. Había, sí, un secreto que ocultar.

—Estaba harto de que dijeras que querías irte. ¿Te dolió que te echara? A mí me duele escucharte decir que no querés saber nada con esta familia. Yo fui el que se quedó con el corazón roto. Yo fui el que tuvo que doblar en mil vueltas el orgullo y casarse con otra. Y el que cometió un error tras otro y estuvo tan ciego que no vio que lo engañaban. Debería reprochártelo cada vez que aparecés. Pero no, cada vez que te veo me olvido y te disculpo todo. Estoy cansado, Beth, muy cansado. Mi tía tiene una idea nueva por día.

—¿Eso fue lo de Barbizon?

—Esa idea es bastante vieja, y cuando la escribí fue una mezcla de furia y chiste doloroso. Se le pasó después de ver tu cara. Ahora está concentrada en evitar que me vaya a Londres.

—¿Y pensás irte?

—Sí. Escribía cuando entraste en la habitación.

Elizabeth miró los papeles.

—No quise molestarte. Pero tenés que prestar atención a lo de Adela.

Él apoyó la frente en su hombro. Elizabeth lo abrazó después de suspirar. Le agradaba tanto tenerlo así que ni siquiera tenía que pelear con ella misma. Le gustaba sentir su olor, más allá del jabón para afeitar y el almidón de la camisa. La piel del cuello era delicada y fina. Se imaginaba que cualquier daño que pudiera aplicarse en esa piel debía ser apenas más fuerte que una caricia.

—Yo soy la malvada de esta historia —le dijo con tristeza.

—Sí —repuso él—. Y yo el protagonista que sufre tus maltratos y violencias, soy el recipiente de todos tus reproches y el blanco de todos tus agravios.

—¡Tomás! —dijo ella con una voz que apenas llegó a susurro—. No soy capaz de hacerte daño. No podría, no tengo manera de hacerlo.

—Eso es mentira.

—¿Por qué...?

No tuvo fuerza para continuar la pregunta. Ni siquiera sabía qué iba a preguntar. Volvió a sentir el ahogo en el pecho y tosió para poder respirar. Tomás la apartó un poco para darle aire. La observaba con atención, como si esperara algo.

—¿Por qué no te dejás querer? —le preguntó él.

Ella lo miró a los ojos.

—No discutas —le dijo él—. ¿Por qué no te dejás querer? Mis tíos no serán tus padres, pero nunca dijeron que quisieran reemplazarlos. Mi tía te quiere y daría todo lo que tiene porque la quisieras aunque fuera solo un poco. Mi caso es irredimible. Te quiero sin esperanza. Enrique te adora, pero, es cierto, a él le das un poco de cariño. Es el único al que le sonreís. Y a Toby de vez en cuando. Jamás quisiste a Adela. No sé bien por qué.

Elizabeth sentía un dolor tan fuerte en el pecho que no podía hablar. Respiraba con dificultad, como si tuviera fiebre o hubiese corrido por todas las calles de París. Tomás no esperaba respuesta. Lo que había dicho era verdad. Elizabeth no se dejaba querer por nadie. No era un descubrimiento para ella, al contrario, sabía quién era. Pero que Tomás, justo él, le reprochara eso le causaba dolor. A él lo había querido, y se había dejado querer. Había tomado las decisiones más difíciles porque lo quería. Estaba sentada en sus rodillas, descansando contra él, porque lo quería. Lo que no entendía era por qué le echaba en cara esas cosas cuando era evidente que estaba allí por amor y nada más que eso. Al señor Hunter, a la señora Luisa, a los niños, a Tomás y al mismísimo Toby. ¿Cuánto más le estaba pidiendo? ¿Cuál era la medida del amor que ella no podía llegar a alcanzar?

Llamaron a la puerta. Tomás, en lugar de soltarla de inmediato, le tomó la cara con las manos y la besó en los labios. Ella se apretó contra él y lo besó con tantas ganas que por un momento creyó que era joven otra vez y se permitía soñar con academias de pintura, ciudades italianas y cielos pintados en un techo. Era joven, una niña, y podía planificar una escapada a Barbizon y soñar que compraba una casa antigua y llena de historias donde podía dibujar y pintar, enseñar a niños y vivir junto a su esposo, de cabello rubio y ojos grises. Se dejó besar, y durante treinta segundos fue toda deseo, como cuando tenía diecinueve años y creía que podía derrotar todo, incluso su propio orgullo.

Volvieron a llamar. Tomás dejó de besarla y preguntó quién era. Françoise respondió que la señora Luisa esperaba a Elizabeth en cinco minutos.

Ella se puso de pie de inmediato, pero Tomás no la soltó. La llevó hasta la puerta y la arrinconó. La besó con fuerza y ella le respondió igual.

—¿Cómo podés pensar que no te quiero? —le reprochó Elizabeth con amor—. ¿Por qué creés que estoy con ustedes desde abril?

23

A Elizabeth todavía le quedaba algo de disciplina para ocultar que su persona estaba «arrebatada por los sentimientos amorosos», como solía decir miss Duncan. La distracción permanente, los ojos brillantes, las mejillas ruborizadas, los súbitos cambios de humor. Todo eso hubiese sido muy divertido y estimulante, pero tenía treinta y seis años y ya lo había vivido todo con el mismo hombre. También lo había rechazado. Y lo había evitado durante diecisiete años, para terminar como institutriz de su hija y volver a quererlo como antes.

«¿Cómo es posible que vaya por la rue Cambon al lado de la hija de Tomás?» La señora Luisa le habría contestado que era por su culpa, que Adela existía porque ella había rechazado a Tomás. Elizabeth estaba tan mareada que la idea le parecía poética. Quizá la providencia, esa que su padre siempre mencionaba, había puesto en sus manos el rechazo para que Adela pudiera nacer.

Por lo menos la señora Luisa estaba feliz. Daba vueltas por el estudio del señor Gastón, su sastre exclusivo desde que vivía en París. Revolvía las cajas con cintas de encaje, revisaba las muestras de lino estampado, jugaba con las de botones.

A Elizabeth nunca le habían entusiasmado los vestidos ni su confección, pero había algo infantil en la actitud de la señora que la divertía. Ella no se comportaba de manera diferente en una ferretería que vendía materiales para artistas.

—¿Por qué ya no se viste con la ropa de antes? —preguntó Adela. Estaba al lado suyo, sentada sobre sus propias manos. Elizabeth no podía decir si estaba interesada o no en lo que pasaba. No la veía molesta, pero tampoco entusiasmada. Adela permanecía misteriosa para ella. Recordó que Belén la había definido a ella como «misteriosa» y se preguntó qué tenía en común con Adela como para recibir la misma descripción.

—Ya no soy institutriz, no veo la necesidad —le respondió distraída.

—¿Cómo que ya no es institutriz?

La pregunta no la había hecho en voz alta y, sin embargo, calló a todos los que estaban en la habitación. Elizabeth miró a la señora Luisa.

—Tomás no habló con los niños —le explicó la señora con expresión inocente.

Elizabeth vio un dedo frente a su cara. Lo apartó con suavidad. Pertenecía a Adela, que la miraba a los ojos.

—No debería tener la boca abierta, miss Shaw.

—¿Tu padre no te dijo que ya no soy tu institutriz?

—No.

—¿No escuchaste ninguna conversación sobre eso?

—Yo no escucho conversaciones.

Elizabeth la miró muy seria.

—Bueno —cedió Adela—. No escuché nada referido a eso. ¿Quién es nuestra institutriz ahora?

—Miss Shaw —dijo la señora Luisa mientras sostenía en el aire un encaje que parecía una espuma.

—No, no lo soy.

—Elizabeth, no es correcto discutir delante de otra gente —dijo en castellano y con voz dura la señora.

—No soy la institutriz —respondió ella también en castellano.

—Hablaremos en casa —dijo la señora en francés para terminar la discusión.

—¿Quién se lo va a decir a Enrique? —preguntó Adela.

—Tu padre, por supuesto.

—Ya hablaremos luego —repitió la señora—. Adela, la señorita te va a hacer una prueba.

Elizabeth se llevó las palmas de las manos a la frente. Estaba fría y le calmaba, por el momento, el dolor de cabeza que la ansiedad le provocaba. La señora Luisa se sentó a su lado con un aire de satisfacción que sumó irritación a su malestar.

—Sé que hiciste las paces con Tomás —le dijo en voz baja—. Ya no hay necesidad de que los niños sepan que no sos la institutriz.

—Esta familia va a volverme loca —murmuró Elizabeth totalmente perdida.

—No digas esas cosas.

—¿Usted también escucha detrás de las puertas?

—Me dijo Françoise que fuiste a su habitación. Supuse que habían resuelto la discusión. Debo confesar que me sorprende que fueras tú la que dio el primer paso. Él siempre fue el más razonable. No debiste decirle nada a Adela, ahora ya lo sabe y se lo va a decir a Enrique. Está ansioso, hoy Tomás lo llevará a conocer el cinematógrafo.

—¿Al cinematógrafo? ¿Cuándo se organizó eso?

—Durante la mañana. Mientras estuviste escondida en tu habitación.

Elizabeth soltó un profundo suspiro, uno especialmente destinado a que la señora se enfureciera.

—Por favor, Elizabeth, no somos campesinos.

—No. Pescadores. Nací en un pueblo de pescadores.

—Es lo mismo.

«No, no es lo mismo», le habría gritado todo el puerto de Fowey, todos los puertos de Inglaterra, y Mary, que estaba en Buenos Aires.

—Si vuelvo a ser institutriz, vuelvo a usar mi ropa. Blanco y negro. No acepto otra cosa.

—¡Qué descaro!

—Usted decide.

—Elizabeth, en el Tratado de París se hicieron menos negociaciones.

—Yo no había nacido todavía.

—No, no habías nacido —susurró la señora.

Elizabeth no pudo contestar. Adela entró con un vestido a medio hacer prendido con alfileres sobre su cuerpo. Caminaba con los brazos alzados para no pincharse. La tela era de color malva y muy liviana. Conservaba el diseño marinero, pero solo en los hombros, y no tenía ningún ribete azul o celeste.

El señor Gastón apareció con un lazo gigante y lo puso sobre la cabeza de Adela, que abrió los ojos, asustada. A su lado, la señora Luisa contemplaba —con un dedo en el mentón— la viabilidad del accesorio. Elizabeth trataba de no reír, pero no estaba en el mejor de los estados para reprimir una carcajada. Tuvo que toser un par de veces para disimular. La señora decidió que no le gustaba el efecto y Adela volvió al cuarto para que le quitaran los alfileres.

—¡Parezco un autómata! Espero que ningún alfiler interrumpa mis engranajes —dijo Adela mientras caminaba con las piernas y los brazos extendidos.

Elizabeth rio. La señora movió la cabeza.

—Pasa mucho tiempo con Enrique y habla como él.

—Y como Tomás. Y el señor Guillermo. Es imposible que no hable así con tantos ingenieros en la familia.

—No ha hecho ni una amiga desde que llegó a París.

—Tampoco ha tenido tanta vida social como para saber que necesita amigas. Está acostumbrada a pasar el tiempo con Enrique, Toby y Tomás. Cuando estábamos en Buenos Aires era lo único que conocía. Si van a mudarse a Londres es mejor que haga amigas allá.

—Esa tontería de Tomás de querer mudarse...

—¿Tontería por qué?

—Porque lo digo yo.

Elizabeth no estuvo de acuerdo.

—Tomás conoce mejor Londres. París ni siquiera le gusta. No es una ciudad para él.

—Por supuesto, lo sabés todo sobre él. Y no me sorprende, porque imagino tu influencia en esa decisión.

—Ni siquiera sabía que tenía esa idea.

—No hablo de esa influencia, no juegues a hacerte la tonta. Decime, ¿tenés alguna duda de que la mudanza a Londres tiene que ver con la posibilidad de que vayas con él?

La pregunta quedó sin respuesta. Apareció Adela y le indicó a Elizabeth que era su turno. Ella caminó hasta el cuarto como si fuese una celda. La pincharon por todos lados durante diez minutos y la enviaron de vuelta a la sala. Se paró frente a Adela y la señora Luisa con las manos sostenidas en la espalda.

—Por tu rostro, Elizabeth, parece que no hay peor tortura que estar en París probándose un vestido.

Ella no respondió. Sabía cuál era el precio por hacer un gesto fuera de lugar o simplemente alzar los hombros. Cualquiera de esos cien alfileres que estaban sobre su cuerpo podía traspasar la tela y clavarse en algún lugar sensible.

Al parecer el vestido era bonito, porque a Adela se le iluminaron los ojos. La señora Luisa miraba con aprobación. Era de verano, con mangas hasta el codo que terminaban en una cinta de encaje; la tela tenía rayas en rosa y blanco. El vestido se prendía en el pecho con tres botones rosados sobre el costado izquierdo y el detalle se repetía en la falda.

—¿No puedo tener un vestido así? —preguntó Adela.

—Cuando tengas la edad apropiada —le contestó la señora, y la niña se echó para atrás con los brazos cruzados. De inmediato miró a Elizabeth como si tratara de verificar que ese gesto no debía hacerse. Elizabeth no dijo nada.

—Sí, está mal que te cruces de brazos. Espalda derecha y manos sobre la falda —le dijo la señora, que lo había advertido todo.

El señor Gastón entró con un sombrero de esterilla de alas muy anchas. Un lazo de la misma tela lo decoraba. Lo apoyó con fuerza sobre la cabeza de Elizabeth y la hizo tambalear. Dos alfileres se le clavaron en el brazo. Pensó en Fowey y en sus marineros tan llenos de palabras floridas.

Adela y la señora Luisa miraron con aprobación. Elizabeth vio en la niña un cambio repentino, como si de pronto empezara a interesarle lo que pasaba. De hecho, sus ojos se fueron de inmediato hacia los figurines de moda y los bocetos que el señor Gastón tenía sobre una mesa y pegados a las paredes. La señora Luisa aceptó el sombrero y envió a Elizabeth al cuarto para los últimos ajustes de un modelo que ya habían encargado. ·

Era un vestido de noche, y ella había protestado mucho cuando la señora lo propuso. Lo aceptó cuando le gritó: «Algo tenés que ponerte si tenemos una cena de urgencia». Y Elizabeth podía continuar la pelea, pero Aarón Anchorena seguía en París y todo era posible. La tela tenía un estampado de rayas blanco y negro, y no entendía por qué después de criticar tanto la ropa que siempre usaba, la señora le proponía un vestido en esos colores. El truco, bien lo mostraba la mirada de satisfacción del señor Gastón, estaba en la tela, en el corte, en la confección.

Elizabeth había visto a varias mujeres en París con vestidos de noche de telas ligeras, vaporosas. Jamás habría reconocido ante nadie —ni siquiera ante Mary, que era la custodia de todos sus secretos— que le gustaban. La tela del vestido era muy liviana y flotaba alrededor de ella. El escote caía en forma de V sobre el pecho y se unía en una faja negra que se abrochaba por detrás. Una *chemise* asomaba por debajo y se ataba en lazos, tanto en el pecho como en las mangas. La falda se extendía hasta el suelo junto con los lazos de la faja.

El vestido era muy sencillo, pero a Elizabeth le brillaron los ojos cuando se vio en el espejo. El señor Gastón iba de un lado para otro cortando hilos invisibles mientras miraba de reojo a la señora Luisa. Incluso Adela parecía estar tomando notas mentales sobre la figura de Elizabeth. Ella misma no podía negar que le quedaba bien. Para su sorpresa, se veía bien vestida según el último grito de la moda.

La señora Luisa aprobó satisfecha y le indicó al señor Gastón que lo enviara de inmediato —con un dinero extra por la velocidad— a la casa de la rue de la Paix. Elizabeth no entendió la prisa, pero ella misma fue llevada en volandas para que se sacara el vestido.

Esa fue la última prenda. El señor Gastón las despidió con cortesía y Elizabeth se fue agradecida de que la tortura hubiera terminado. El viaje hasta la casa fue pacífico. Adela preguntaba por los edificios, la señora respondía y Elizabeth disfrutaba de estar en silencio. Al llegar, Enrique las esperaba sentado en las escaleras junto a Toby.

—Esta noche salimos a las ocho y media. No se retrasen —les ordenó en cuanto cerraron la puerta.

—¿Perdón? —dijo Elizabeth.

—El cinematógrafo —le explicó Adela abrazada a Toby—. Ya se lo dije en el *atelier* del señor Gastón. Papá, quiero dibujar figurines de moda.

Elizabeth se distrajo con Tomás, que apareció por la puerta de la sala de estar.

—¿Figurines de moda?

—Sí. Son muy interesantes. Quiero dibujar a miss... Elizabeth... Un momento. Estoy confundida. ¿Cómo debo llamarla? Ya no lo sé. Me marean. Quiero dibujarla a ella con su vestido de rayas.

—Miss Shaw, como siempre —dijo Enrique.

—Ya no es nuestra institutriz —le explicó Adela, que estaba a su lado.

El niño palideció y Adela le hizo un gesto a Elizabeth que decía «yo tenía razón».

—Está bien, Enrique, seguiré aquí por el momento.

—Tengo planes —le explicó Tomás— y se van a modificar algunas cosas. Quizá Adela vaya a una escuela y tenga tutores en la casa. Elizabeth nos ayudará en todo.

«Eso no lo escuchaste detrás de la puerta», pensó Elizabeth al ver la expresión de Adela al oír la palabra «escuela». Tomás los envió a sus habitaciones.

—Yo todavía no entiendo el asunto del cinematógrafo —dijo Elizabeth con voz apagada.

Los niños se quedaron en la mitad de la escalera. Elizabeth había subido unos pasos y Tomás estaba abajo. Eran un lindo ramillete, pensaba ella, un racimo de uvas o un conjunto de flores silvestres ordenadas al azar por los escalones.

—A las ocho y media salimos para el teatro —le explicó Tomás.

—Al cinematógrafo —dijo Enrique—. *Viaje a la Luna*, de Georges Méliès. Función especial. El tío Guillermo nos consiguió entradas.

—¿Y yo debo ir?

—Compré cuatro entradas.

—¿Cuándo?

—Lo planeamos hoy por la mañana. No hubo tiempo de avisarte —dijo Tomás.

—Es increíble la cantidad de cosas que hicieron hoy por la mañana —dijo Elizabeth.

—Es porque le dolía la cabeza y no debíamos molestarla —le explicó Enrique, y ella tuvo que asentir sin demostrar que quería tirarle algo a Tomás. Miró el reloj que llevaba en la cintura.

—Ustedes dos vayan a cambiarse. Voy a decirle a Bernadette que les lleve el té a la habitación.

Toby y los niños terminaron de subir al primer piso. Tomás quiso hacer lo mismo, pero Elizabeth se puso delante de él.

—No me gusta el cinematógrafo.

—No va a pasar nada —le dijo él con voz cariñosa—. Yo estaré allí.

—¿Oscurecen mucho la sala?

—Lo necesario para que se vea.

—¿Cómo consiguieron las entradas?

—Aarón Anchorena. Me parece que voy a hacerme su amigo.

—¡Tomás!

—¿Qué?

—No me gusta el cinematógrafo.

—Lo siento, pero solo no puedo lidiar con dos niños y un Toby.

—No me gusta.

—Te voy a sostener la mano y no pasará nada.

—No estoy segura.

—Te lo prometo.

Elizabeth aceptó, pero subió enojada. Se cruzó con Bernadette y le pidió que llevara bandejas de té para los niños y para ella. A la media hora oyó unos golpes en la puerta. Abrió y, sorprendida, vio a Françoise con una gran caja en las manos. Era el vestido confeccionado por el señor Gastón. Había llegado hasta su habitación con una sugerencia de la señora Luisa: que lo usara para ir al cinematógrafo. Para sorpresa de todos los habitantes de la casa, Elizabeth aceptó sin decir una palabra. Tomó el té frente a la caja abierta. Hacía tantos años que no salía por la noche que no sabía qué hacer o cómo protestar.

A la hora acordada, Adela, Enrique y Bernadette esperaban cerca de la escalera. Enrique tenía un peine en la mano y se lo extendió muy serio. Elizabeth finalizó el trabajo que Bernadette no era capaz de terminar. Le entregó el peine a la criada y se volvió a los niños.

—¿No dicen nada de mi vestido?

—Está bien —dijo Enrique.

—Ya la vi —dijo Adela, no sin razón—. Pero mañana vuelve a ponérselo para que haga una copia como los figurines.

Elizabeth se sintió un poco desilusionada, pero no se dejó entristecer. El vestido era bello, más allá de lo que dijeran los niños. Al final de la escalera estaba Françoise, que sí se tomó tiempo para admirarla y le informó de que los señores habían salido a cenar. Como ella no tenía conocimiento de que saldrían esa noche le preguntó a Françoise cuándo habían planeado esa salida. La mujer le contestó que esa mañana. Al parecer la familia había planificado los próximos diez años esa mañana.

Desde el pasillo que llevaba a las cocheras apareció Tomás, ya vestido. Elizabeth le sonrió y él ladeó la cabeza para mirarla.

—¿Un vestido nuevo?

—Se lo hizo en el *atelier* del señor Gastón —dijo Adela—. Este también lo hicieron ahí.

Hizo una rápida reverencia. Elizabeth se preguntó dónde

la había aprendido. No indagó porque estaba segura de que sería algo ocurrido esa mañana.

—El vestido es nuevo, sí —le contestó moviendo la falda para lucir el movimiento de la tela.

—¿Y te gusta? —preguntó él con recelo.

—Sí. ¿Qué te parece?

—Te queda bien. ¿Vamos?

Elizabeth calmó su enojo durante el viaje al teatro. El vestido era bonito y le quedaba bien, por más que ninguno lo apreciara con entusiasmo. Y no podía detenerse en su rabia porque el cinematógrafo la alteraba mucho y tenía que concentrarse en mantener la calma.

Las luces de la sala bajaron. Elizabeth volvió la cabeza hacia Tomás, quien asintió para asegurarle que seguía allí. La película se proyectaba al mismo tiempo que una orquesta ejecutaba música. El director marcó el ritmo, los asistentes callaron y la función comenzó.

Le costó entender que ese grupo de hombres vestidos con túnicas y sombreros puntiagudos eran astrónomos. Lo comprendió cuando descubrió los telescopios que tenían en el fondo. Los personajes discutían, agitaban los brazos y uno se enojó tanto que lanzó un libro. Enrique y Adela reían, pero ella seguía asustada. No llegaba a entender cómo podía verse toda esa gente moviéndose de un lado para otro. Los hombres de sombrero puntiagudo se ponían de acuerdo y unos jovencitos —¿o eran jovencitas?— vestidos con ropa estrecha aparecieron con túnicas nuevas y los hombres cambiaron de atuendo. Todo se hizo borroso y de pronto había muchos personajes dedicados a construir una bala de cañón gigante que sería disparada hacia la Luna, como en el libro de Verne. Tomás y Enrique rieron de felicidad al ver la construcción. Elizabeth se perdía la mitad de lo que pasaba porque apartaba la mirada cuando los personajes se movían muy rápido.

Los hombres se subieron a la bala gigante y la gente los despidió como si partieran en barco.

El rostro de la Luna la dejó helada. Tuvo que concentrarse para no respirar aterrada como cuando Mary la asustaba por las noches en la Richmond School. Ella había visto muchísimas veces la Luna y estaba segura de que no tenía ni esa cara ni ese paisaje rocoso. Sintió escalofríos. Tomás y Enrique estaban fascinados, Adela miraba todo con la boca abierta y el público lanzaba exclamaciones encantado. ¿Era ella la única que se sentía aterrada por las imágenes? Estuvo tentada de esconder la cara en las manos, pero no quería que la vieran así.

Los habitantes de la Luna eran tan repugnantes que tuvo que cerrar los ojos. Los abría y le daba más miedo ver cómo morían: se volvían polvo en el aire de la Luna. La risa de Enrique la animó un poco cuando vio las siete estrellas que formaban la Osa Mayor. Lo miró y se encontró con los ojos de Tomás, que se reía de ella.

Los viajeros lograban escapar de los habitantes de la Luna en la bala de cañón gigante. Caían hacia la Tierra, se sumergían en el mar y terminaban en un puerto que no podía ser más distinto a Fowey, pero que a Elizabeth le hizo saltar las lágrimas.

Cuando las luces iluminaron la sala del teatro, Elizabeth lloraba desesperada. No podía contenerse, y eso la enojaba porque miss Shaw no lloraba delante de nadie. Todos aplaudían como si hubiese sido una obra de teatro y ella seguía llorando. Tuvo que buscar en su bolso el pañuelo para no arruinar la manga de su bonito vestido nuevo. Se calmó un poco al sentir el apretón que Tomás le dio en el brazo. La rodeaba por los hombros para calmarla. Ella alzó la cabeza y vio las caritas de Enrique y Adela. Estaban pálidos y aterrados. Elizabeth sabía que tenía esa consecuencia sobre los niños, así que suspiró y les sonrió.

—Ya pasó —les dijo.

—¿No le gustó? —preguntó Enrique, desilusionado.

—No —dijo ella con la voz quebrada.

—A mí me gustó —dijo Adela—. ¿Papá?

—También. Pero a Elizabeth no le gustan estos inventos.

—Prefiero el teatro común.

Tomás rio con ternura y le besó la frente. Estuvo a punto de protestar que no era un bebé y que no debía hacer esas demostraciones frente a toda esa gente, y menos ante los niños, pero ¿para qué? Estaba en ese teatro porque ni Tomás, ni la señora Luisa ni el señor Guillermo —que era silencioso pero no inocente— entendían un no como respuesta. Ni ella era capaz de hacérselos entender. Tendría que escribir a Mary y suplicarle que tomara las decisiones por ella.

Salieron del teatro después de que todo el mundo se fuera, para caminar tranquilos. Había varias familias con niños; el cinematógrafo era muy atractivo. A Elizabeth le dio pena ver a esas otras familias; las comparaba con la que estaba junto a ella: era una familia de lo más extraña, hecha de retazos unidos con alfileres, que no podían ni separarse ni estar juntos sin que algo los pinchara.

—¿Vamos a cenar a algún lugar? —preguntó Tomás y los tres le respondieron que no, así que indicó al cochero que fuera a la casa, pero que antes diera un paseo por la rue de Rivoli.

Hacía fresco. Enrique se apretó contra el hombro de Elizabeth. Ella lo cubrió con su mantón. Adela iba apoyada en el brazo de Tomás. Se señalaban cúpulas y edificios, ventanas abiertas y música que salía por las puertas de los teatros y cafés. La noche era frívola en París, pero también era bella y encantadora.

Cuando llegaron a la casa los recibió Françoise y les preguntó si cenarían en el comedor. Los señores no volverían hasta la madrugada y no habían dejado ninguna orden. Tomás sugirió que podían comer en la biblioteca del señor Guillermo, Françoise palideció un poco y Elizabeth dijo que le parecía una idea excelente. Acompañó a Françoise a la cocina mientras Tomás llevaba a los niños y a Toby a la biblioteca.

Como le había ocurrido unos meses antes con Adela, Elizabeth descubrió que extrañaba esos momentos hechos de retazos. Adela dibujaba figurines en el escritorio favorito del señor Hunter. Enrique comía pan con queso junto a Toby, mientras miraban los diseños de cámaras cinematográficas que habían conseguido esa mañana. Alguien recordó que allí estaba el retrato original de Tomás que había pintado Elizabeth. Lo observaron de cerca y concluyeron que el boceto era mejor que la obra final. La primera vez que habían hecho eso no eran más que un conjunto de sobrevivientes, náufragos de un mal viaje, de una nave que había zozobrado antes de partir. En esa noche de finales de julio eran tan frívolos y complacientes como cualquier parisino, vividores de pequeños placeres, muy personales, mínimos, pero no por eso menos encantadores.

A medianoche, Tomás llevó a Enrique a su habitación y Elizabeth acompañó a Adela. Había sido un día largo para las dos. Le desató las trenzas, le peinó el cabello y le dio un abrazo que necesitaba más ella que la niña. Adela lo entendió así y le dio palmaditas en el hombro.

Esperó a Tomás en el pasillo de espejos, con los ojos puestos en el reflejo de su hermoso vestido. Después de muchos años no solo se sentía bella, sino que podía ser bella para alguien. Tomás le había preguntado por qué no se dejaba querer y ella no había sabido responderle. El esfuerzo por aceptar la soledad había sido tan grande que no sabía qué hacer para estar con otros. Era el peso de los huérfanos, el peso de soportar que no había nadie en el mundo para ellos.

Tomás pasó a su lado y se la llevó de la mano. Hasta el susurro de sus pasos y la tela del vestido eran encantadores. No se detuvo en la puerta. La abrió y entró sin pedir permiso. Elizabeth cerró la puerta y se apoyó contra ella.

—Siempre quise saber qué se sentía al estar bajo el cielo de Fowey —dijo Tomás.

24

Estaba tan cansada de sí misma que, por el momento, aceptaba que era Elizabeth Shaw, esa amiga de la familia Hunter que cuidaba a los niños y jugaba al escondite con Tomás en pasillos decorados con papel pintado y alfombras persas.

Era casi un sueño, un cuento de hadas, una historia de esas que leía cuando su madre no la veía. A ella no le gustaban esos relatos de niños que viajaban a lugares fabulosos con hadas y seres mágicos. Su padre le decía que la creación de Dios era suficiente como para maravillarse toda una vida. Y Elizabeth seguía esos preceptos la mayor parte del tiempo. El aroma del pan de su madre una mañana de invierno y la voz de su padre que la llamaba eran sus recuerdos más amados. Las gaviotas en el mar de Fowey, las voces de los marineros en el puerto y las mujeres que vendían pescado en los mercados; el olor del mar antes de una tormenta, el calor del sol un día de verano. Elizabeth sabía que eso era real y se había construido una pequeña enciclopedia de detalles que le recordaban cada día las maravillas que estaban a su alcance.

Pero ¿no podía desobedecer y jugar por un tiempo a que otra vida le pertenecía? ¿Jugar a que había una vida posible en la que podía pintar el techo de una habitación compartida con los colores del cielo de Florencia?

Se permitió el lujo de recorrer el Louvre con Adela y Belén. Buscaban los vestidos más bellos. Se detuvieron en cada cuadro que se les antojó. No había historia del arte ni leyes de perspectiva; había telas suntuosas replicadas con maestría. Pasaron la tarde tomando bocetos hasta que uno de los guardias las informó de que el museo cerraba sus puertas. Salieron con la cara llena de sonrisas y restos de tizas pastel. Unas jóvenes salieron detrás de ellas con los guardapolvos de la Académie Julian. Adela las siguió con la mirada.

—¿Hay clases en verano? —preguntó.

—Hay cursos con algún maestro reconocido —le dijo Belén—. Pero quizá estaban solo copiando.

—¿Se aprende a pintar telas en la escuela? —quiso saber Adela.

—¿Querés decir si una se pasa cuatro horas frente a un saco de patatas y un farol únicamente para ver cómo la luz afecta no solo el volumen, sino la textura de la tela? Claro que sí.

Adela alzaba las cejas como su padre cuando se ponía seria. La alegría de Belén contrastaba con su seriedad. La niña no lo sabía —y Elizabeth no pensaba decírselo—, pero ese parecido hacía todo más difícil. El parecido entre padre e hija, el carácter tranquilo y reposado por naturaleza, los ojos siempre atentos y dispuestos a observar lo máximo que podían antes de hablar hacían que todo fuera más complejo.

Elizabeth no dejaba de preguntarse cuánto había afectado a Adela la situación en Buenos Aires, cuánto se había podido salvar de la inocencia de la niña. La respuesta que no podía dejar de darse era: «Nada». Ella y Tomás ya lo habían discutido. Él creía que sí, que una inocencia era posible para su hija, que su esfuerzo había valido la pena. Ella reconocía ese esfuerzo. Pero sabía que era un hombre que no había sido educado para criar niños, y menos a una niña. Lo creía capaz de muchas cosas. Ser ingeniero le permitía montar una mesa con clavos, tablas y un martillo y entender cómo funcionaba una locomotora. Elizabeth lo creía capaz de inventar una de esas máquinas que irían a la Luna —y de paso regalársela a ella.

Pero Adela había nacido sin el lujo de la inocencia. Lo había percibido, al principio como una sensación, pero después fue una certeza. No importaba si eran ricos o pobres, nobles o campesinos, argentinos o ingleses, Elizabeth reconocía a las personas que tenían la tristeza instalada en la mirada.

Cualquiera podía pensar que Enrique era un niño que tenía una vida triste. Por supuesto, su enfermedad había sido un problema que había debido sortear, y el futuro le traería más preguntas. Pero aun a los doce años y con la muleta a su lado por el resto de su vida podía emocionarse con un viaje a la Luna, como un niño de tres años al que la institutriz le contaba la historia más fantástica que se le ocurría y él la multiplicaba por cuatro en intensidad. Era obvio que Adelina tenía sentimientos por Enrique y Eduarda prácticamente ignoraba la existencia de Adela. ¿Cuál era la diferencia entre Adelina y Eduarda? No lo sabía.

A Elizabeth le hubiese gustado conocer a la famosa Juliette que los había criado. Las institutrices jamás reconocerían algo así, pero envidiaban a las niñeras, que cuidaban a los niños desde su nacimiento. Le habían mostrado una fotografía de una anciana con muchas arrugas, ojos muy claros y cabellos canosos que la señora Luisa tenía en una repisa, pero no era suficiente. Los niños hablaban con el acento de Juliette, el acento de Marsella, donde había nacido. Juliette era del mar, como ella.

—¿Elizabeth?

Enrique y Tomás las esperaban con expresión airada en el coche. Se le escapaba la razón por la que todavía no habían cambiado a un automóvil. Los dos pares de ojos se distraían cuando veían pasar una de esas máquinas infernales que funcionaban sin caballos. Ella les tenía terror y se doblaba sobre sí misma cada vez que uno pasaba cerca, incluso si lo conducía Anchorena.

—Tardaron mucho —dijo Enrique con los brazos cruzados.

—Nos echaron —explicó Belén, orgullosa.

Tomás rio y pidió explicaciones. Elizabeth los escuchaba mientras se limpiaba los dedos con el pañuelo. Adela había cambiado de objeto de interés y era probable que volviera a cambiar antes de dedicarse por completo a una cosa. Si seguía viviendo en París o en Londres era muy posible que en un par de años se convirtiese en una jovencita interesante que se casaría con un hombre respetable si sabía elegir bien. Nunca iba a ser como Belén Madariaga, pero Elizabeth no estaba segura de que ese camino fuera bueno para Adela. Ni siquiera sabía si era bueno para Belén, pero no podía criticarla porque ella misma se encontraba en una posición que haría estallar de risa a miss Sharp cuando la conociera.

Tomás le había repetido que había sido injusta con Adela y Mary la había acusado de quebrar los mandamientos —nunca escritos— de una institutriz. Elizabeth había llegado a la conclusión de que, simplemente, no podía ser la institutriz de Adela. Podía, y lo haría en la medida en que estuviera relacionada con la familia, ser su consejera, pero no educarla. En Adela se entretejían demasiados hilos para que ella pudiera actuar con la distancia que requería su trabajo.

Dejaron a Belén en Montmartre y volvieron a casa. Fueron a cambiarse para la cena con la señora Luisa y el señor Guillermo. Elizabeth hubiese querido echarlos, porque le encantaba cenar ligero y a solas en la biblioteca con Tomás y los niños.

—Antes de ir a Florencia —dijo la señora cuando sirvieron la sopa—, quiero que nos tomemos una fotografía familiar. Tenemos una cita mañana en el estudio del señor Feraud. Esta noche pasaré por cada habitación para indicarles qué vestirán.

Elizabeth trató de no mirar a Tomás. Hacía diez días que él dormía en la habitación de Elizabeth. Tuvo que hacer esfuerzos para no reír y apenas podía contenerse. Distraía la mirada en cualquier cosa que no fuera él y estaba tan concentrada en eso que tardó unos cinco minutos en entender que la orden también era para ella.

—¿Yo voy a estar en la fotografía? —preguntó de repente mientras los demás escuchaban sus aventuras con Adela y Belén en el Louvre. Todos se volvieron hacia ella.

—Por supuesto —contestó la señora.

—Por supuesto que no —replicó.

Adela y Enrique suspiraron y se apoyaron contra el respaldo de la silla al mismo tiempo. Tomás y el señor Hunter olvidaron cualquier intento de compostura y también suspiraron.

—¿Por qué no?

—Porque no tengo nada que hacer en una fotografía de la familia Hunter Perkins.

—¿Sos consciente de que hay gente que se toma fotografías y no está relacionada por lazos de sangre, no es cierto?

—Pero usted dijo que la foto es familiar.

—Así es.

—Entonces no estaré en la fotografía. ¿Por qué se ríen? —preguntó a los dos hombres Hunter, que no hacían nada por ocultar que estaban divirtiéndose.

—Tomás me acaba de ganar cinco francos —dijo el señor Guillermo y se ahogó con la copa de agua. Tosió hasta que le saltaron lágrimas bajo la mirada implacable de Elizabeth.

—¿Y por qué pensaste, Tomás, que no iba a aceptar?

—No te gustan los avances técnicos. Ninguno. Vaticiné que ibas a negarte y mi tío dijo que ibas a aceptar. Te quiere tanto que está ciego ante la verdad.

—Pero no me niego porque no me gusten las máquinas.

—Pero no le gustan —dijo Enrique—. En el cinematógrafo se echó a llorar por el miedo.

—No fue por miedo.

—Entonces, ¿por qué fue? Pensé que había sido por miedo —le dijo Enrique a Adela. Los dos la miraron confundidos. Tomás la invitó a responder con una sonrisa plácida. Elizabeth tuvo que hacer tiempo porque no recordaba por qué había llorado en el cinematógrafo ni la mentira que había dicho para ocultarlo.

—No. Estamos perdiendo el punto de esta discusión.

—No hay discusión —dijo la señora Luisa con una tranquilidad que exasperó a Elizabeth—. Mañana iremos a tomarnos la fotografía.

—¿Puedo llevar a Toby? —preguntó Enrique sin esperar a que ella respondiera—. Toby se queda quieto. Estoy seguro de que saldrá bien.

—Por supuesto que no —dijo la señora con una severidad que suavizó enseguida—. Podrás tomarte una fotografía con Toby otro día. Solo tenemos que enviar un mensaje al señor Feraud y él preparará el estudio.

—Si yo voy al estudio, Toby irá con nosotros.

—¡Elizabeth!

La compostura de la señora Luisa era tan fácil de desequilibrar que Elizabeth sintió piedad por la mujer. «Debería agradecer que no le recomendaran a Mary como dama de compañía», pensó mientras tomaba la sopa con expresión de inocencia.

—Luisa, esto es...

—Intolerable. Pero, como siempre, haremos lo que Elizabeth Shaw desea. El perro también saldrá en la fotografía. Qué moderno.

—Con sinceridad, no veo la diferencia entre Toby y yo —explicó ella con mucha calma. Todos rieron menos la señora, que siguió tomando la sopa.

—Toby es mucho más obediente —sugirió el señor Guillermo, y ella le sonrió con cariño.

—Es cierto. ¿Y por qué la fotografía? ¿Hay alguna fecha especial? —preguntó Elizabeth regodeándose en su éxito.

—Sí —dijo la señora con repentina tristeza—. Hay una fecha especial.

—¿Se puede saber? —preguntó Adela.

—No, querida —respondió la señora—. Cuando seas mayor lo sabrás.

El humor de Elizabeth cambió de inmediato. Puso la espalda rígida y terminó la sopa en silencio. El señor Guillermo preguntó a Enrique y a Tomás por los automóviles que habían ido a ver y la conversación derivó por esos temas que a ella no le interesaban.

Cuando alguien de la familia nombraba un tema que no debía tratarse en la mesa ni ser escuchado por niños, Elizabeth se enojaba mucho. Era una invitación a que los chicos buscaran formas de conocer ese tema. Y así aparecían todo tipo de conductas que las institutrices debían reprimir y que no hubieran existido si, de hecho, la prohibición no se hubiese impuesto.

La cena le sentó mal y tuvo que pedirle a Bernadette agua con bicarbonato de sodio para calmar el dolor de estómago. Esperaba a la señora sentada en la cama, con los ojos puestos en la última carta que había llegado de Mary.

Su amiga había entendido su encargo. Newbery se había alejado de ella —por suerte, pensaba Elizabeth— y Mary no solo se sentía triste por la pérdida de su amante, sino por estar en una edad en la que esas cosas ya no deberían pasarle. Le había dado un objetivo que la alejaba de sus penas. Elizabeth pensaba, mientras tanto, que había hecho bien en no decirle que Tomás y ella tenían un romance.

«¡Tanto lío armaste con tu dignidad y tu orgullo hace diecisiete años y ahora sos su querida!», le habría gritado Mary, con toda la razón del mundo. Era mejor que no supiera nada por el momento.

—Adela y Enrique vestirán con estilo marinero. El vestido verde quedará bien en el conjunto —dijo la señora mientras ella la observaba sentada en la cama y con el vaso de agua y bicarbonato en la mano—. ¿Estás de acuerdo?

Ella asintió.

La señora le dio el vestido a Bernadette. La muchacha ya tenía en el brazo la ropa de Enrique y Adela. Luego le indicó que se fuera y cerró la puerta detrás de ella.

—¿La comida te sentó mal?

—Sí.

—Estás muy distraída. Entiendo la razón —dijo la señora con mucho énfasis en la palabra «razón»—, pero supuse que a tu edad ya no te afectaría de esa manera.

—Nunca vuelva a decirles a los niños que hay un tema del que no va a hablar.

—¿Perdón?

Elizabeth se puso de pie para dejar el vaso en la mesa de noche.

—Nunca vuelva a hacerlo.

—¿Es por la fecha de mañana? Tampoco te lo voy a decir, así que no vale la pena discutir.

—¿Usted piensa que en todos estos años mis patronos no me ocultaron cosas?

—Yo no soy tu empleadora.

—¿Y quién es usted?

La señora le sostenía la mirada como si la desafiara a responder la pregunta. Elizabeth continuó.

—Nunca entendí quién es usted, señora Luisa Perkins de Hunter. Ni qué hace en mi vida. O qué razones cree que tiene para ordenarme cosas. Y créame que nunca fui más honesta en la vida que ahora: no tengo idea de quién es usted. ¿Hay algo, no es cierto?

—¿Algo? —preguntó la señora.

—No me lo dirá, ya lo sé. Es inútil preguntarlo. La niña de Luisa. La misteriosa niña de Luisa. En serio, ¿no soy su hija? Quizá me tuvo antes de casarse. Quizá tengo más años de los que pienso. ¿Es eso? Miss Duncan siempre me dijo que era muy madura para mi edad.

—Cuánta impertinencia —susurró la señora.

—¿Soy producto de un accidente de su juventud? ¿Un crimen? ¿Un asalto a su inocencia? Dígamelo. Cualquier cosa que diga me dará igual. Mis padres fueron otros.

Elizabeth se arrodilló frente a la señora. Se inclinó sobre ella sin dejar de mirarla. Apoyó las manos en el suelo como le habían dicho que hacían las otras mujeres de la familia en Buenos Aires. Estaba embriagada por el poder que sentía por primera vez sobre ella. La señora Luisa estaba aterrada y Elizabeth, poseída por el placer de causarle ese miedo.

—Basta, Elizabeth —dijo la señora con voz calma.

—No tenga miedo, señora. Ni vergüenza. Los niños no queridos nacemos todos los días.

La señora no dijo nada, pero temblaba. Elizabeth podía ver su lucha, como si un secreto la doblegara para torturarla.

—¿Alguien le prohibió decir algo, no es cierto? ¿El señor Hunter? Quizá él me desprecia y lo oculta bien. No me sorprendería en esta familia.

—Basta —repitió la señora.

—¿La hicieron venir a París para esconder el embarazo? Señora Luisa, todas las familias tienen secretos. Yo conozco suficientes de esta. Uno más no me sorprenderá.

—Basta, Elizabeth —dijo Tomás desde la puerta.

—¡No! ¿Por qué debo detenerme? ¿Por qué ella puede decidir que voy a estar en una fotografía familiar? ¿Por qué si me niego parece que soy una ingrata? ¿Por qué siempre es mi culpa?

La señora no respondió. Tomás cerró la puerta detrás de él.

—Confieso que sueño con un día en que ustedes dos no peleen.

—Nunca llegará ese día —dijo Elizabeth con una frialdad que la asustó a ella misma. La señora no contestó. Elizabeth alzó los hombros y se puso de pie.

—El vestido verde para la fotografía familiar. Irá bien con el conjunto. Así lo decidió la señora Luisa.

La mujer se levantó. Tomás la sostuvo hasta que recuperó la calma por completo. Elizabeth seguía en el centro de la habitación con los brazos cruzados.

—Perdí seis embarazos de mi esposo. Fuiste testigo del último episodio. Quizá lo olvidaste —le dijo con voz ronca—. Nunca pude tener hijos.

Elizabeth se mareó. Dejó caer los brazos junto al cuerpo como si fueran ramas rotas después de una tormenta. Tenía el cuello torcido como si una ráfaga lo hubiese quebrado.

—¿Por qué después de tanta crueldad todavía me soporta? —le preguntó envuelta en tristeza.

—No voy a dejarte ir —dijo la señora con calma—. Aun si me llenaras de insultos y dijeras las cosas más atroces, no voy a dejarte ir.

Elizabeth juntó las manos. Ella también recuperó la calma.

—Cuando un niño no quiere hablar, cuando tiene un secreto, una travesura, una violación directa de algo que se le había prohibido, lo dejo tranquilo. El secreto es suyo, no mío. La norma fue transgredida por él, no por mí. Suele ser la culpa lo que los hace hablar. No la soportan. Y es igual con los adultos, pero con los años aprendemos a vivir con la culpa. Entonces un secreto puede ser escondido por largo tiempo. Incluso puede convertirse en un fantasma. O una familia que vive escondida en la mitad de una casa. No sé si algún día sabré la razón por la cual no puede dejarme ir. O la que le permite soportar que sea la amante de Tomás bajo su propio techo.

—¿Irás a vivir a Londres después de Florencia?

Elizabeth miró a Tomás.

—No.

—Elizabeth, no quiero que vuelvas a ese lugar.

—¿A Fowey?

La señora asintió.

—Vas a enterrarte en ese lugar para siempre. Vas a olvidarnos.

—Vaya a dormir, señora. Mañana tomará la fotografía. Allí me tendrá para siempre.

25

La noticia llegó como llegan las malas noticias: se acercó de puntillas y, con violencia, tronó sobre la familia.

Fue dos días después de la fotografía familiar en el estudio del señor Feraud. La tormenta entre la señora Luisa y Elizabeth se había calmado. Por el momento, ella aceptaba que su lugar en la casa era el de institutriz y la señora aceptaba que Tomás y Elizabeth tenían una relación ilícita bajo su techo.

Lo más probable era que, excepto por Françoise, nadie lo hubiese notado. Los niños siempre los habían visto juntos desde la llegada de Elizabeth a la casa. La relación distante que ella había tratado de mantener nunca había existido. De hecho, consideraba una derrota que Tomás durmiera a su lado en su habitación. Era lo que todo el mundo sospechaba de las institutrices y lo que había querido evitar durante años. La cuestión, ahora lo entendía, era que tenía que interesarle el dueño de la casa. Y si lo analizaba desde ese punto de vista, había entrado a trabajar con él completamente derrotada.

Tomás dormía intranquilo; daba vueltas en la cama, la buscaba en sueños. Elizabeth se dejaba abrazar, aunque tuviera que dormir con un brazo acalambrado, porque era la única manera de calmarlo. Y por más que pudiera enumerar las quejas que tenía sobre la situación, era feliz con el abrazo de Tomás.

No quería decírselo. Él buscaba tener esas conversaciones románticas sobre el amor y sus formas posibles, pero ella se negaba. Tenía carácter suficiente para que se justificara que no le gustaban esas conversaciones. La cuestión era demasiado vulgar para Elizabeth. «Ya vivimos esa época», le dijo una tarde a Tomás, y él entendió, porque no volvió a hablar así. A Elizabeth no le gustaba, sentía que no le pertenecían. Si ella hubiese sido una vendedora de pescado en Fowey y él un marino que trabajaba en el puerto, esas palabras hubieran tenido sentido. Si él fuera el heredero de la fortuna Anchorena y ella la de los Alvear, también hubieran tenido sentido. Entre un primo segundo heredero y la institutriz de su hija esas palabras eran ridículas y de mal gusto.

Pero Tomás dormía intranquilo y Elizabeth se preguntaba desde cuándo y por qué. ¿Sería desde el matrimonio? Tal vez desde lo que había ocurrido entre Eduarda y Adela. Quizá pensaba que ella desaparecía de la cama, pues la buscaba desesperado. Lo que sabía Elizabeth era que la única forma de que se calmara era que él la abrazara y ella tuviera que dormir sobre su hombro izquierdo, algo que la incomodaba. Pero qué otra cosa era el amor.

Fue durante uno de esos sueños agitados de Tomás que sonaron unos golpes delicados en la puerta de la habitación. Eran las cuatro de la mañana, demasiado temprano para que fuera algo bueno.

—¿Quién es? —preguntó.

—Bernadette.

Elizabeth se levantó de inmediato. Encendió la lámpara más alejada de Tomás. Vestida con su camisón, abrió la puerta. Bernadette estaba vestida para dormir.

—Tengo un telegrama para el señor Hunter.

La joven le ofrecía un sobre. Elizabeth lo tomó enseguida.

—El señor Guillermo también recibió uno —susurró Bernadette antes de que ella cerrara la puerta. Elizabeth la miró a los ojos.

—Cualquier cosa que ocurra, llamás a mi puerta.

Bernadette asintió.

Elizabeth se volvió hacia Tomás. Seguía dormido, pero ya la buscaba entre las sábanas. Ella se sentó en el borde de la cama y le puso una mano sobre la suya. Él se tranquilizó un momento, pero solo fue para despertarse.

—¿Ya es de día?

Ella negó con la cabeza.

—Llegó un telegrama. Y otro para tu tío.

Como si hubiese recibido un latigazo, Tomás se sentó en la cama. Elizabeth le dio el sobre y se inclinó hacia la mesa de noche para encender otra luz. Él parecía no entender del todo el contenido del telegrama. Era evidente que lo releía. Elizabeth, que se sentía bastante inútil, aprovechó para acercarle su ropa de dormir. Él la aceptó sin decir nada y se vistió.

—¿Malas noticias? —le preguntó cuando él se levantaba.

—Tengo que hablar con mi tío.

—¿No podés decirme qué pasa?

Él releyó el mensaje.

—No entiendo bien qué pasa, así que no puedo decírtelo.

—¿Puedo saber al menos de quién es?

—De los Madariaga. Pasó algo en Buenos Aires. En la casa.

Él estaba tan concentrado en el mensaje que Elizabeth se preguntó si se daba cuenta de que estaba despierto. Tomás pareció leerle el pensamiento, porque levantó la mirada del papel.

—Tengo que ir a ver a mi tío. Cuando entienda qué pasa te lo diré.

—Está bien.

—No quiero ir —dijo él sin moverse.

Elizabeth se acercó para abrazarlo. No soportaba no entender nada, pero Tomás no se mostraba dispuesto a darle información. Él la abrazó muy fuerte, ahogándola. Todo el cuerpo de Elizabeth tuvo la conciencia de que ese abrazo reunía todo el temor y todo el amor que Tomás soñaba por las noches. Tembló con él.

—¿Te acompaño?

—No. Quiero hablar a solas con mi tío y ver qué sabe él.

—No entiendo. ¿El mensaje no está claro?

—Los Madariaga son especialistas en secretos. Me parece que el mensaje está dividido. Entiendo que pasó algo en Buenos Aires... —fue evidente para Elizabeth que Tomás callaba algo—, pero cuando unamos los telegramas lo entenderemos mejor.

—Pero estás seguro de que es algo grave.

—Sí.

Ella se separó de él.

—Entonces tenés que ir lo más pronto posible.

Tomás asintió. Salió de la habitación después de besarla.

Elizabeth no volvió a la cama. Como presentía una muerte, buscó su ropa de institutriz y se vistió. Eran las cuatro y media de la mañana. Pronto iba a amanecer y la noticia, fuera cual fuera, llenaría el aire de la casa.

A las seis de la mañana, cuando el cielo ya estaba de un suave color lavanda y los pájaros cantaban en los árboles, Bernadette llamó a la puerta y la avisó de que la esperaban en el estudio del señor Guillermo. Le preguntó si los niños ya estaban despiertos y ella le contestó que le habían ordenado que todavía no los llamara.

Elizabeth bajó la escalera con las rodillas débiles. Unos meses atrás se habría convencido con un largo discurso de que nada de lo que tuviera que ver con Tomás, el señor Guillermo o la señora Luisa podía afectarla. Que ella era una empleada y que los problemas de los señores la afectaban en la medida en que tuvieran que ver con su salario.

Pero ya no tenía argumentos que la alejaran de Tomás. Cuando llegó al final de la escalera tuvo que confesarse que si tenía que renunciar a Fowey para vivir en Londres con Tomás iba a hacerlo, incluso bajo la fachada de ser la institutriz de los niños. Y de inmediato se felicitó por haberlo puesto todo en manos de Mary.

Se sintió mareada y tuvo que apoyarse en la puerta antes de entrar. Pero, como le había dicho a Tomás, las noticias debían afrontarse lo más pronto posible. Eran las consecuencias las que llevaban tiempo. Entró en el estudio después de golpear la puerta.

La señora Luisa estaba sentada en una silla junto al escritorio. A su lado se encontraba Tomás y detrás, el señor Hunter. Los tres se volvieron para mirarla. Tomás se levantó para dejarle su asiento y se quedó de pie. Sentada frente a la señora Luisa, vio que la mujer lloraba en silencio.

—¿Cuánto le dijiste a Elizabeth? —preguntó el señor Hunter a Tomás.

—Que el mensaje era de los Madariaga y que algo había pasado en la casa.

El señor Hunter asintió. Elizabeth enderezó la espalda y unió las manos.

—Recibimos dos telegramas de la familia Madariaga. Vueltas que les gusta dar. Supongo que a cualquier empleado de correos le fascina saber qué ocurre con nuestra familia. En fin. A las cuatro de la mañana solo llegan tragedias. Parece que alguien murió en la casa. Y que la vida de Eduardo está en riesgo.

Elizabeth no entendió y se volvió a Tomás para pedir explicaciones.

—Nosotros tampoco lo entendemos.

—Pero ¿quién murió? ¿Alguien de la familia? ¿La señora Perkins?

Tomás le puso una mano en el hombro. Elizabeth se echó hacia atrás para buscar una explicación en su cara. Con horror vio que el rostro de Tomás estaba pálido, pero que no expresaba nada. Le sorprendió oír la voz de la señora Luisa.

—La pregunta no es quién, sino quiénes y cómo.

Elizabeth sintió que la habitación daba vueltas y que ella giraba en el sentido contrario. La voz del señor Guillermo la guio.

—Solo te lo diremos porque sos parte de la familia, te guste o no. Los telegramas no son claros, pero dos mujeres o más murieron en circunstancias confusas.

—¿Murieron al mismo tiempo? —preguntó Elizabeth.

—No estamos seguros. En el telegrama se habla de muertes pero no de cuántas —dijo Tomás, inexpresivo—. Sabemos que al menos fueron dos.

—¿Y el señor Perkins?

La señora Luisa se cubrió la cara con un pañuelo, pero no lloró desesperada. Estaba tranquila, como si lo que estaba pasando no la horrorizara.

—Según entiende Tomás, Eduardo se pegó un tiro en la cabeza. Alguien lo encontró y en este momento agoniza.

Elizabeth sintió mucho frío. La muerte no era algo que le hubiera sido ajeno en la casa de Buenos Aires. Pero una cosa era la idea de la muerte escondida en los rincones y otra la certeza de que algo horrible había pasado.

—¿Cuándo ocurrió?

—Hace dos días —respondió el señor Hunter—. El mensaje llegó por correo diplomático. Por eso el cifrado y el misterio.

—Pero ya todo el mundo debe de saber algo.

—Sí, pero no cómo, ni por qué. Mañana recibiremos un telegrama en Le Havre y sabremos más detalles. Desde allí les enviaremos otro. Elizabeth, esta familia vuelve a necesitar un favor tuyo.

El señor Guillermo hablaba, pero ella miraba a Tomás.

—¿Qué necesitan?

—Tomás y yo viajaremos hoy a Le Havre. Salimos de París al mediodía. Partiremos hacia Buenos Aires en un transporte de carga si es necesario. Luisa quedará sola con los niños. Necesitamos que nos ayudes. Desde que empezó todo esto, siempre necesitamos que nos ayudes. ¿Es posible? No quiero que sea una obligación ni tus protestas. Ni Luisa ni Tomás pueden lidiar con eso en estos momentos.

Ella entendió el reproche. El señor Hunter no había mencionado nada, pero seguramente conocía la escena anterior a la fotografía familiar. Se avergonzó como si tuviese diez años y hubiese desobedecido la simple orden de no comer mermelada hasta después de la cena.

—Solo díganme qué precisan.

—Los niños necesitarán saber la verdad —dijo el hombre—. Será lo más difícil. Cuando enviemos el telegrama desde Le Havre se la dirás, sea cual sea. Luisa se encargará de los preparativos para volver a Buenos Aires.

—¿Hay que volver a Buenos Aires? —preguntó Elizabeth, sorprendida.

—Cuestiones legales —dijo Tomás con una voz que sonó tan opaca como la expresión de su rostro—. Necesitamos llegar primero, pero los niños y Luisa deben estar en Buenos Aires cuanto antes. No confío en los Madariaga.

El señor Guillermo se puso de pie y Elizabeth lo imitó. Tomás estaba tan cerca de ella que tuvo que dar un paso hacia atrás para no chocar con él. Tropezó contra la silla. Cayó sentada y se golpeó la pierna. Tomás se arrodilló junto a ella. La tomó por las mejillas con ambas manos.

—Todo va a estar bien —le susurró. A ella le costaba trabajo creerle, pero asintió para calmarlo—. Necesito que seas fuerte ahora porque no puedo quedarme con Adela y Enrique. Te pido que los cuides.

Elizabeth no pudo contener las lágrimas. Asintió tras acariciarle el cabello.

—Voy a cambiarme y después voy a despertarlos —le dijo él—. Podríamos desayunar en la habitación de Adela, con Enrique y Toby.

Elizabeth asintió. Se puso de pie insegura, pero quería mostrar que podía hacer su trabajo justo cuando más le importaba.

—¿Necesita algo, señora Luisa? —le preguntó.

—Por ahora no. Luego hablaremos sobre el viaje.

Elizabeth le dio la mano. La señora se la llevó a la mejilla y se limpió las lágrimas con ella.

Adela y Enrique reaccionaron con tranquilidad ante la noticia. Tomás no les dijo nada que no fuera verdad: algo malo había sucedido en Buenos Aires, en la casa. Que el abuelo Eduardo estaba herido y que su vida estaba en riesgo. Que el tío Guillermo y él viajarían de inmediato hasta allí. Ellos seguirían junto con la tía Luisa y Elizabeth en París unos días más.

La tranquilidad de los niños preocupó a Elizabeth. Tomás no había hablado de muerte y quizá no habían notado que algo había pasado con sus madres. Pero mientras desayunaban en la habitación de Adela, se dio cuenta de que ninguno de los dos quería a su madre. Ninguno reaccionaría como lo había hecho ella cuando sus padres habían muerto. Adela y Enrique llevaban la tristeza encima todo el tiempo. Suspiró con dolor, hasta hacerse saltar lágrimas.

La mano cálida de Tomás se apoyó sobre la suya, que estaba fría, y se la apretó para que lo mirara. La máscara inexpresiva había cedido un poco. Seguía pálido, pero sus cejas se alzaron haciéndole una pregunta, a la que ella respondió con una sonrisa que solo él pudo ver. Más allá de todo, y más allá de las consecuencias, él la amaba y ella lo amaba a él. El resto del mundo estaba hecho de palabras sin sentido.

Tomás terminó el desayuno y se fue a preparar su baúl de viaje. Elizabeth se quedó con los niños, y fueron pocos los momentos en los que se separó de ellos. Hablaron sobre el viaje, los baúles que ya estaban listos para las vacaciones en Florencia, sobre Londres y sobre Fowey. Tomás aparecía de vez en cuando para saber que todo estaba bien y los tres respondían que sí, aunque ninguno estaba seguro. Hablaban poco y estaban preocupados.

Ordenaba la ropa de dormir de Enrique mientras él empezaba a reunir sus libros. Elizabeth se dio cuenta de que sería la primera vez que se separarían de Tomás. Adela, a quien veía en la otra habitación, vestida con el guardapolvo de la Académie Julian, estaba pálida y daba vueltas sin hacer nada. La ausencia de Tomás iba a afectarlos, y ella no sabía qué hacer para que los niños sintieran que, a pesar de todo, él estaba cerca de ellos.

Primero se le ocurrió cortarle dos mechones de cabello a Tomás y conseguir dos guardapelos, pero era un gesto más romántico que paternal. Pensó en su padre y en las cosas que le habían quedado de él. Su copia de *A Tale of Two Cities*, su nombre escrito en la primera página. Pidió a Enrique, Adela y Toby que la siguieran.

Tomás estaba de pie en su habitación y daba órdenes a Bernadette. Se sorprendió al verlos y su expresión dejó reflejar que tenía miedo.

—No te asustes. Solo estamos aquí para robarte algo —dijo ella.

Él la miró sin entender, pero ella le sonrió.

—Adela, ¿qué te gustaría tomar de las cosas de tu padre?

—No lo sé —dijo ella sin entender.

—No te preocupes. Te doy unos minutos para pensarlo. ¿Enrique?

Enrique había entendido.

—El libro de automóviles de Londres. El que llegó la semana pasada.

Tomás asintió. Por su expresión, Elizabeth vio que iba a tener que elegir otro material con que entretenerse en el viaje. Enrique tomó el libro y se lo colocó bajo el brazo, pegado al pecho.

Adela entendió, pero dudaba.

—Hay algo que quiero, pero no sé si papá me lo dará.

—Acercate —le dijo Tomás. Adela obedeció y le susurró algo al oído. Tomás asintió. Buscó entre sus cosas y tomó algo que parecía la libreta donde Tomás hacía bocetos—. Solo si me prometés que lo vas a cuidar bien hasta llegar a Buenos Aires.

—Te lo prometo.

Adela se abrazó al cuaderno. Elizabeth se felicitó por la idea. Los niños y Toby volvieron más tranquilos a las habitaciones mientras llevaban a cabo la tediosa tarea de esperar sin hacer nada.

Bernadette apareció en el pasillo para avisarlos de que los señores partían. Los tres se acomodaron la ropa y bajaron para despedirse. Adela fue la primera. Enrique se quejaba de que le transpiraban las manos y de la muleta. Elizabeth iba detrás de él, atenta para sostenerlo si resbalaba.

No había recibido más información ni había visto al señor Guillermo o a la señora Luisa durante la mañana. Había oído la llegada de un automóvil y la puerta de la calle. Después los habían avisado. El murmullo de criados que bajaban baúles a la planta baja o las campanillas que los llamaban era lo único que se había oído en la última media hora.

Cuando llegaron a la puerta, el señor Guillermo y Tomás ya los esperaban. Adela corrió para abrazar a su padre y Enrique bajó lo más rápido que su muleta le permitió para abrazarlo también. La señora Luisa sostenía el brazo de su marido y lloraba contra él. Los criados iban y venían por la puerta.

Un hombre muy bien vestido la distrajo. Aarón Anchorena la miraba desde los escalones de la entrada. A Elizabeth le gustó verlo y le dedicó una sonrisa sincera. El dandi de Buenos Aires y París era capaz de actos gentiles, ella lo sabía. Fue hasta él.

—Cuidalos. Por favor.

—Lo prometo —le dijo él. Y ella le agradeció con un apretón de manos. Aarón bajó la escalera de la entrada rumbo al automóvil.

Elizabeth se volvió hacia la casa. El señor Hunter ya había salido. La abrazó rápido, fuerte, como si todo lo necesario ya se hubiese dicho. La besó en la frente y ella le dijo en inglés que se cuidara.

Tomás le entregó su maleta de viaje al criado. Se detuvo frente a ella. Los niños habían quedado dentro de la casa con la señora Luisa.

—Te confío mi vida —le dijo con la voz quebrada.

Ella asintió, pero no pudo decir nada. Ni siquiera después de su abrazo y del rápido beso en los labios que le dio. Se sentía partida en mil pedazos y tenía que aparentar serenidad ante los que estaban bajo su cuidado. Solo pudo desmoronarse por la noche, al acostarse bajo el cielo de Fowey, en una cama en la que había aprendido a dormir con un brazo acalambrado.

26

Elizabeth no pudo decidir qué fue lo peor del viaje. Que no pudiera comunicarse con Tomás y el señor Guillermo. Que solo consiguieran pasajes en segunda clase y que la señora Luisa lo recordara cada día y cada noche. Que tuviera que comprar ropa de luto y de invierno para los niños en el verano de París. Que la lluvia los encerrara cada dos días en los camarotes de segunda clase. Que pudieran avisar que estaban en Río de Janeiro, pero que no pudieran recibir respuesta. O que los niños, Toby y la señora Luisa vomitaran toda la primera semana, que ella se resfriara pero tuviera que ocultarlo, y que Françoise llorara a su lado, desesperada.

Lo que sí reconoció de inmediato fue el momento más feliz: la bruma y Buenos Aires detrás de ella. Todos los seres que amaba estaban en la ciudad, así que —solo por ese día— era su lugar favorito en el mundo. Apenas vio la costa en el horizonte, fue hasta los camarotes y les pidió que no salieran. La gente solía amontonarse para ver la llegada del barco al puerto y ninguno estaba en condiciones de soportar a una multitud curiosa apretujada en la cubierta. Todos estaban delgados, pálidos y apenas habían dormido. Incluso el pobre Toby había sufrido. Después de un grito que se había ganado por gruñirle a Enrique mientras hacía reposo, la seguía de un lado para el otro con la piel pegada a los huesos. Elizabeth lo miraba preocupada y rogaba al cielo que no enfermara. Cuando la sirena anunció que habían llegado al puerto, sintió que su corazón soltaba un suspiro tan largo y tan ruidoso como el bufido de una locomotora.

Fueron de los últimos pasajeros en bajar. Dos marineros y el dinero de la señora Luisa se encargaron de los baúles. Las escalerillas se movían, los vestidos se enredaban en las cuerdas, la muleta de Enrique resbaló dos veces —y con ella el corazón de Elizabeth—, Toby se negó a dejar el barco y el dinero de la señora Luisa y un grito de Elizabeth tuvieron que bajarlo.

Cuando estuvo en tierra vio al señor Hunter abrazado a la señora Luisa, a Tomás arrodillado y envolviendo con sus brazos a los niños y a Mary que sonreía frente a ella. Rio, lloró y se ahogó, todo al mismo tiempo. Se abrazó a su amiga con tanta fuerza que las dos casi terminan de cabeza en el río.

—Nunca te había extrañado tanto —le dijo sin despegar la cabeza de su hombro—. Si supieras el cansancio que tengo.

—No tenés que explicármelo —le dijo Mary dándole palmaditas en la espalda—. Ya todo va a estar bien. —La separó un poco para mirarla a los ojos—. ¿Estás preparada? Sé que traés noticias, pero yo también tengo novedades.

—¿Buenas o malas?

—Buenas. Me ocupé de lo que me pediste.

—Quiero saber.

Mary le señaló el grupo que las esperaba. Elizabeth negó con la cabeza y la llevó a un lado.

—Necesito una buena noticia. Por favor.

—Hace dos meses dejé a la familia Anchorena, a Newbery y todo lo demás. Todo. Me mudé a la casa de una viuda que alquilaba el piso de arriba. Le hago un poco de compañía y ella me rebaja el precio del alquiler. El piso tiene una sala de estar y una habitación con dos camas —le dijo, con énfasis en las últimas palabras.

Elizabeth tuvo que llevarse la mano al pecho para sostenerse. La noticia era, de hecho, excelente. Le devolvió una serenidad que la había abandonado hacía varias semanas.

—Gracias. Yo no pude hacerlo. ¿Sabe algo Tomás? ¿El señor Guillermo?

—Cuando los vi hablamos con honestidad. Tomás y el señor Hunter saben que estoy en una casa respetable —Mary hizo una pausa para dejar pasar la ironía— y que tenemos el dinero para irnos a Fowey si así lo queremos.

—Bien —dijo Elizabeth dándose palmaditas en el pecho para calmarse—. ¿Las noticias se conocieron?

—No. Es increíble el poder del secreto de los Madariaga. Nadie sabe nada, más allá de lo que salió publicado en el diario y lo que la familia dijo. Tomás te está buscando.

Elizabeth asintió y se alejó de ella. No supo si darle la mano o saludarlo con una inclinación de cabeza, pero Tomás decidió por ella: la abrazó sin ceremonias y la apretó con fuerza. Ella se quedó quieta solo porque tenía miedo de que él se desmayara o perdiera la calma por completo. Lo sentía temblar. El corazón, las manos, la cabeza inclinada sobre su hombro. Ella permaneció con los ojos cerrados y sostenida por él. Se concentró en respirar para que él pudiera respirar a su ritmo y lograra calmarse un poco. Cuando percibió que él había recuperado la calma, apoyó las manos en sus brazos y lo alejó con suavidad.

—Fue un viaje espantoso —le dijo.

—Lo sé. Ya me contaron algo. Nos esperan dos coches.

—Mary me dijo que ya saben sobre el piso que alquila. Voy a quedarme con ella.

—Esperaba que vinieras con nosotros —se apresuró a decir Tomás.

—Prefiero que mis cosas vayan a la casa de Mary. Los voy a acompañar para que se instalen y luego iré con ella.

Él no cuestionó su decisión. Ella agradeció por una vez la máscara inexpresiva con la que ocultaba sus emociones. La señora Luisa no dijo nada cuando la informaron de que Elizabeth no viviría con ellos. Fue un poco más difícil razonar con los niños. Ella entendió por qué —y por eso los acompañaba para que pudieran instalarse en la casa—, pero no cedió. No quería vivir bajo el mismo techo que Tomás.

Enrique y Toby ocuparon la habitación que se les había asignado sin decir una palabra. Elizabeth sintió tristeza. Era la primera vez que lo decepcionaba y lo hacía enfrentarse a una de esas decisiones que ella tomaba y que nadie comprendía. Adela tampoco lo comprendió, pero ella sí pidió varias veces que le dieran una explicación que la conformara. Como Elizabeth no podía dársela, simplemente le respondió que esa era su decisión y que no la cambiaría. Después de escuchar las mismas palabras cuatro veces, Adela hizo lo mismo que su primo: se encerró en su habitación. La señora Luisa envió a Françoise para que se ocupara de ellos.

El señor Hunter los llevó a la sala de estar. Una muchacha trajo el servicio de té y Mary, que se había quedado a petición de su amiga, se apresuró a servirlo. Elizabeth abrazó la taza con las manos para sentir el calor.

—Ahora que estamos todos podremos leer el testamento de Eduardo —dijo el señor Guillermo—. Será en dos días, Elizabeth. Todos los herederos deben estar presentes. Ya avisé al resto de la familia de que ustedes llegaron.

—Deben querer su parte de la desgracia —murmuró la señora Luisa.

—Dinero —dijo el señor Guillermo—. De eso hablan todo

el tiempo. Quieren vender todo. No voy a decir quién porque vas a enfurecerte, pero me llevó aparte y me susurró que lo mejor sería derribar la casa porque corre el rumor de que está embrujada.

—Es una bendición que no tenga que tratar con ellos, porque te juro, Guillermo, que les sacaría los ojos con las manos.

—¿La casa no le corresponde a Tomás? —preguntó Elizabeth.

—A Tomás, a Adela y a Enrique. Tomás es el tutor de Enrique, así que la decisión depende de él en última instancia. Los derechos de los Madariaga son escasos porque el terreno era de los Perkins antes del casamiento de Eduardo, pero aun así quieren exigir la parte que le correspondía a Amalia. Con los precedentes que tienen no sé como se atreven a hablar de herencia.

El señor Hunter estaba furioso. Las luchas por la herencia después de una muerte eran una forma bastante normal de llevar el luto. Pero Elizabeth había supuesto que las condiciones en las que todo había ocurrido harían que la familia se uniera y pensara en los dos más perjudicados por la situación: Adela y Enrique. Conocía a los Madariaga y no los consideraba tan mezquinos como el señor Hunter o la señora Luisa.

—¿Qué pensás hacer? —le preguntó Elizabeth a Tomás, que miraba por la ventana.

—No voy a pensar en nada hasta que se lea el testamento de Eduardo. En cualquier caso, todos mis planes se retrasaron, pero no se eliminaron. Es una cuestión de tiempo.

—Pero tenés derecho a la casa —dijo la señora con la voz quebrada.

—No volveré a poner un pie en esa casa, tía.

—Perteneció a la familia —insistió la señora.

—Pero ya no —dijo Tomás—. Ya no existe esa familia. Una casa es una casa. Se puede hacer otra.

Elizabeth, cansada de escuchar sobre algo que no tenía que ver con ella, miró a su amiga. Mary entendió de inmediato y se puso de pie al mismo tiempo que Elizabeth.

—Necesito descansar —dijo a todos, pero con la atención puesta en Tomás, que no se apartaba de la ventana—. Mañana estaré aquí a las ocho, para lo que precisen.

—¿Es necesario que te vayas? —le preguntó el señor Guillermo, exasperado.

—Sí —dijo ella sin más explicaciones.

Se despidió de los tres sin darles la mano. Estaban todos cansados y así justificó Elizabeth la frialdad con que la despidieron. Necesitaba un lugar propio donde refugiarse sin que nadie le demandara atención. Las cinco cuadras que hizo del brazo de Mary hasta la casa donde vivía fueron más duras que el viaje desde París.

Tuvo que saludar a la señora Estévez, decir que sí a sus recomendaciones y recibir condolencias que no le pertenecían. Los baúles habían llegado sin problema y ya estaban en la sala del primer piso. También le dijo que la cena estaría a las nueve si lo deseaba, y Elizabeth le agradeció con toda la falsa amabilidad que pudo juntar y postergó la invitación para cuando estuviera descansada.

La sala era pequeña, pero olía como Mary y ese aroma, mezcla de almidón y colonia de lavanda, era tan familiar que se quedó un rato concentrada en respirar. Mary, mientras tanto, buscaba en el baúl la ropa de dormir y la llevaba a la cama vacía.

—Mientras te cambiás voy a preparar té y algo para cenar. ¿Pan con manteca?

—Por favor.

—Te aviso que extraño mucho cuidar niños. Si empiezo a regañarte y decirte que es hora de dormir es por eso.

—Necesito que alguien me cuide —dijo Elizabeth con

tanta tristeza que Mary se volvió para mirarla con los ojos brillantes.

—Cambiate. Tenemos toda la noche para hablar.

Elizabeth obedeció.

A la media hora, ya estaba acostada. Sentada a los pies de la cama, Mary le preparaba pan con manteca y servía el té en una bandeja.

—¿Se supo algo de los velorios? La señora Luisa no me dijo nada.

—Nada. Toda la ciudad se enteró por el aviso que publicaron los Madariaga en *La Prensa*. Decía que en una desgraciada fatalidad la madre y las hijas habían muerto. Que ya habían sido veladas y enterradas en la Recoleta. Si hubo velorio no fue en una iglesia, porque alguien se habría enterado y no se supo nada. Nadie vio tres carrozas ni sus respectivos cajones. La noticia que no pudieron mantener bajo secreto fue la del señor Perkins, porque el balazo se lo dio en la calle y lo llevaron a un hospital sin saber quién era.

—Lo hizo a propósito —susurró Elizabeth—. En la calle, quiero decir. Para que no hubiera secreto. Pobre hombre.

—Sí, eso dijeron Tomás y el señor Hunter. Lo que nunca me contaron es cómo murieron ellas.

—Creo que no lo saben. El señor Hunter nos envió telegramas. Al principio ni siquiera sabíamos quiénes habían muerto. Ellos se acercaban a Buenos Aires y enviaban las noticias que podían. En Río de Janeiro ya supieron que habían muerto las tres. Anchorena los ayudó a cambiar de embarcación y llegar más rápido a Buenos Aires en un barco frigorífico.

—Lo sé —dijo Mary—. Aarón se portó bien. Tomás está muy agradecido.

—Sí, fue generoso de su parte acompañarlos. Una mente fría ayuda mucho en estos casos.

—¿Se sabe quién las encontró? —preguntó Mary.

—El señor Perkins dejó una carta en la casa de los Madariaga. Avisaba de que estaban las tres muertas en una cama. Las tres vestidas de negro y con tierra en la boca.

—¿Cómo fue eso?

—No tengo idea —respondió Elizabeth—. Y te juro que no quiero saberlo. Espero que Adela y Enrique nunca quieran enterarse de nada de eso y se conformen con la idea de que murieron tranquilas y ya están en un lugar mejor.

—¿Cómo tomaron la noticia?

—Con frialdad al principio. Les afectó mucho más que Tomás los dejara. Están acostumbrados a vivir con él. Desde que se marchó de París fue un infierno. A Enrique se le inflamaba la pierna y el médico no encontraba razón. Adela no quería comer ni hacer nada. Adelgazó mucho en esos días. Espero que ahora recupere peso. Comprarles la ropa de luto fue una pesadilla. Ninguno de los dos quería vestirse. Tuve que gritarles y se asustaron. Se pusieron a llorar. Adela me insultó por haber rechazado la propuesta de matrimonio de Tomás. Enrique tiró la muleta por la escalera, se rompió y hubo que conseguir una nueva.

—¿Cómo supo eso Adela? Lo de Tomás.

—Escucha detrás de las puertas. La señora lo gritó en una discusión. Así que Adela es una más en la familia que me detesta por haber rechazado a Tomás.

—Pobre niña, las cosas que debió de escuchar en esa casa.

—Desde que descubrí eso no dejo de pensar en su vida y en su futuro. Para Enrique era más difícil escabullirse, pero Adela debió de ver más cosas de las que dice o dirá alguna vez.

—Me cuesta imaginar un futuro para esos niños —opinó Mary.

—Pensé en eso todo el viaje de vuelta. ¿Qué vida les espera? No lo sé. Creí que Belén tendría el mejor futuro posible y ya ves, terminó donde todos sabían que terminaría.

—Lo que me contaste es increíble.

—Me lo escupió la señora Luisa a las horas de llegar a París. Y yo que creía que había plantado las semillas para una futura artista, una pionera.

—¿Pero no pensás que tiene futuro? No hay por qué imaginar que no se convierta en una artista.

—¿Cuánto tiempo falta para que quede embarazada y el maestro Pascal la deje por otro amor libre? Suena cruel, pero ese es el camino de Belén. Y me causa horror pensar que yo la puse en esa senda.

—No seas tonta.

—La incentivé. Le di la confianza necesaria y el apoyo que la familia buscaba. Y todo es más extraño ahora que sé qué clase de familia son los Madariaga. Belén es buena en esencia, eso lo sé, pero no estoy segura de conocerla como creía. En París quedó todo mi orgullo.

—Ya me di cuenta.

El tono de voz de Mary hizo sonreír a Elizabeth.

—Te imaginaba regañándome con el dedo levantado y con la voz de miss Duncan.

—Mi voz es mucho más agradable, Elizabeth Shaw. Pero el regaño dalo por hecho. Y por eso me quedé helada cuando dijiste que venías a vivir conmigo. Tomás estaba seguro de que ibas a quedarte con ellos. ¿Qué te hizo cambiar?

—Tu noticia, tu decisión. Fue lo mejor que pudiste hacer: decirme que habías alquilado este lugar. Que habías hecho lo que yo siempre había dicho que iba a hacer y no hacía. Nada te ata. Sos mucho más libre que yo.

—No creas que no me costó tomar la decisión. Newbery y demás cosas. Pero como ya habías dicho, tenemos el dinero necesario. Y el proyecto también. Ya había decidido irme cuando tu situación en París cambió. Pensé que iba a quedarme sola, pero empezaste a escribirme para que hiciera eso que me habías pedido antes de irte. ¿Por qué no aceptás ir con Tomás?

—El plan de Tomás es vivir en Londres. Al menos lo era hasta que ocurrió todo esto. Según dijo hoy, sigue en pie. Y yo estaba decidida a ir con él. En la condición que fuera.

—¿Y ahora?

—Ahora las cosas son diferentes. Las cambiaste por mí.

—Él sigue enamorado. Ese abrazo que te dio fue hermoso.

—Creo que se volvió a enamorar. O algo así. No soy la experta en estos temas.

—No, sos terrible. Lo peor es que el pobre Tomás te sigue como Toby para donde vayas. Es esa clase de hombres, muy escasa pero que existe. Elizabeth, no cometas una tontería por mantener el orgullo.

—Si me hubieras preguntado por Tomás hace seis meses no habría sabido qué responderte.

—¿No?

—Era un recuerdo, algo del pasado. Durante años mi máxima aspiración fue evitarlo. No verlo, sobre todo cuando llegué a Buenos Aires. Ya sabés cómo fue. Y de repente pasé a tenerlo todo el tiempo presente y tener que confiar en él de la misma manera que antes, incluso más. Nunca tomé tantas decisiones juntas en mi vida. Nunca me preocupé tanto ni me asusté tanto. Nunca me habían echado de mi trabajo. Y nunca pensé que iba a volver a ser feliz en París.

—Sé que es una crueldad, pero justo ahora que está viudo no querés estar con él.

—No es él. Es la familia. No quiero ser parte de esa familia.

Elizabeth se quedó pensativa.

—Mary, ¿el señor Hunter dijo que yo tenía que ir a la lectura del testamento?

—Eso dijo. Supongo que será para acompañar a Tomás y a la señora. No creo que los niños deban ir.

Elizabeth sintió un estremecimiento que la llenó de terror. Se llevó la mano al corazón para calmarse.

—¿Qué...? —le preguntó Mary sin completar la pregunta.

—Mary, no me dejes sola.

—No.

—Pase lo que pase, no me dejes sola. No me dejes con ellos, por favor. Nunca.

—¿Por qué me estás asustando así?

—Siempre pensé que la señora Luisa y el señor Hunter conocían algo sobre mí. Que el señor Hunter era mi padre o la señora Luisa mi madre. Se lo pregunté una noche, después de discutir con Tomás. Ellos dijeron que no tenía nada que ver con la familia. Y después la señora Luisa quiso esa estúpida fotografía familiar. Yo rabiaba porque no tenía nada que ver con la familia y me obligaba a estar allí. Peleé con ella. Le dije, le hice, cosas terribles. Hasta Tomás se enojó conmigo.

—¿Qué hiciste para que Tomás se enojara?

—Me arrastré por el piso como ellas. Como esas mujeres. Lo hice para enojarla, porque detesta todo eso. Sé que le hace mal. La descompone. Y yo estaba cansada y furiosa de tener que hacer su capricho otra vez. Quería molestarla, hacerle daño. No pensé que Tomás iba a escuchar la discusión. Apareció justo en ese momento. Me gritó.

—¿Cómo pudiste hacer eso?

—Me cansé de soportar los caprichos de una mujer que cree que tiene un poder sobre mi vida. Mis padres no me criaron para ser obediente, me criaron para ser una persona buena, generosa, responsable. Ellos hicieron la persona que soy.

No quiero que me roben eso. Mary, por favor, no me dejes sola.

—Me vas a hacer llorar. No entiendo nada.

—Mary, ¿no te das cuenta? Debo estar en la lectura del testamento. Mi nombre tiene que estar allí.

27

Al día siguiente, Elizabeth llegó a las siete y media de la mañana. Había dormido a ratos, no había descansado en absoluto, pero prefería hacer algo a quedarse en la cama y pensar en lo que ya había aceptado como una verdad. Le hubiera gustado que su cerebro fuese una de esas máquinas que tanto fascinaban a Enrique, una que funcionara a cuerda y que muy despacio se apagara hasta dejarla sin pensamientos.

Oyó las patas de Toby llegar a la puerta y unos pasos que no reconoció. La recibió una de las mujeres que habían empleado Tomás y el señor Guillermo. Solo hablaba italiano. Ella la saludó en esa lengua y le preguntó por los señores. La mujer dijo varias frases que ella entendió a medias y la dejó sola.

Se sentó en el sillón de la sala, con Toby a su lado.

—¿Estás mejor, Toby? —le preguntó después de acariciarle la cabeza.

Toby bajó las orejas y alzó el hocico para recibir otra caricia. Elizabeth sonrió. Era la primera noche en seis meses que no dormía cerca del perro.

—¿Me extrañaste?

La pata que Toby le puso en la rodilla le indicó que sí, que al menos alguien en la casa la había extrañado y no estaba furioso con ella.

—Buen día, Elizabeth —dijo el señor Guillermo.

—Buen día, señor —dijo ella poniéndose de pie después de una última caricia a Toby—. Dígame, ¿dónde me necesitan?

—Por el momento, en mi estudio. Ya le dije a Rosella que nos traiga té. ¿Ya desayunaste?

—Sí, me desperté temprano. Pero siempre hay lugar para un té.

Siguió con algunas palabras más sobre su insomnio y el clima en la ciudad. Si consideraba los sentimientos tan complejos que la embargaban, tuvo que reconocer que podía hablar sobre temas ligeros sin problema. Mencionó el vapor, los pasajeros, las enfermedades. El señor Guillermo sabía todo, así que no tenía necesidad de escucharlo de ella, pero se lo decía igual. Tenía miedo de las palabras que podían seguir a un silencio prolongado.

El señor Hunter esperó que Rosella los dejara solos.

—¿Cómo estás, Elizabeth? —le preguntó en inglés.

El señor Guillermo sabía cómo tratarla. Siempre se sentía más cómoda, y podía hablar con mayor libertad, si hablaba en inglés.

—Estoy muy cansada —le dijo con honestidad—. Supongo que todos están igual en la familia.

—Sí, estamos cansados. Anoche hiciste falta.

—¿Qué pasó?

—Los niños se fueron a dormir temprano. Adela se despertó gritando a las once. Asustó a toda la casa.

—¿Los gritos eran como los de la madre? —preguntó Elizabeth, ansiosa.

—No. Fue un sueño. Discutía con alguien, pero no se entendía qué decía.

—Compartí la cabina del barco con ella y no noté nada. Apenas dormí, me hubiese dado cuenta si tenía sueños extraños.

—Enrique se despertó por los gritos. Sus habitaciones están pegadas. Quiso ver qué pasaba, se enredó en las mantas y se cayó. Cuando pudimos calmar a Adela nos dimos cuenta de que Enrique se había golpeado la pierna y estaba inflamada. Tuvimos que llamar al médico, que comprobó la inflamación y le recomendó reposo.

—Eso le pasaba en París también.

—Sí, eso dijo Luisa.

—¿Encontró una explicación?

—No. Le dijo que guardara cama con la pierna en alto. Vendrá a verlo esta tarde.

Elizabeth se limpió dos lágrimas con la palma de la mano.

—Hiciste falta, Beth.

—Lamento la decepción. Pero no hago falta aquí. Antes que yo estuvo Juliette. Y después habrá otra. No me necesitan.

—No es decepción. Es difícil explicar sin que sepas la verdad y no me corresponde a mí decirte ciertas cosas. Luisa te hablará dentro de poco.

—Lo sé. Pero debo decirle que esperan algo de mí que no voy a darles. Entendí por qué es necesario que yo esté en la lectura del testamento del señor Perkins.

El señor Hunter sonrió con tristeza, y ella continuó:

—Primero pensé que era porque querían que acompañara a la señora, incluso a Tomás. Pero ninguno de los dos me precisa. Ni nadie. Y si los Madariaga son tan adictos a los secretos como son, no verían con buenos ojos mi presencia. A menos que sea indispensable.

—Es necesario que estés ahí.

—¿Puede confirmarme lo que sospecho?

—No puedo hablar sobre eso. Luisa y yo hicimos una promesa, pero le corresponde a ella decirte la verdad.

—¿Y si no me interesa la verdad?

—Es necesario que la escuches.

—¿Por qué?

—Porque Luisa y yo queremos que te den lo que te pertenece. —El hombre respiró rápido y profundo y el pecho se le hundió—. Queremos que tus derechos se respeten.

El secreto, las frases sin terminar, desesperaron a Elizabeth. Se puso de pie.

—Basta. Ya no quiero estar en esta situación. Si hay algo que debo saber dígamelo ahora. Insisto, no voy a poder satisfacer lo que pidan.

La puerta del estudio se abrió. La señora Luisa apareció, todavía con ropa de dormir, pálida y vulnerable. Quiso sentir pena, pero no pudo. Apenas le quedaba algo de piedad.

—Buen día, querida.

Ella no le respondió el saludo. La señora se sirvió una taza de té y lo tomó con una serenidad que exasperó a Elizabeth.

—Prefiero hablar en español —dijo la mujer.

—Y yo prefiero hablar en inglés —dijo Elizabeth con dureza.

—Está bien. Como quieras. Sentate, por favor.

Ella se acomodó en el borde de la silla.

—Guillermo y yo estamos en una situación delicada. Siempre lo estuvimos con respecto a tu persona. Voy a empezar por algo que estoy segura de que jamás sospechaste: somos tus padrinos de bautismo.

Elizabeth se había preparado para una historia de embarazos ocultados, violaciones y secretos guardados en nombre del honor. Que la señora Luisa le hablara de temas bautismales la confundió tanto que no supo qué sentimiento disponer para la frase que había escuchado.

—Eso es imposible —dijo Elizabeth sin dudar.

—No —le respondió el señor Hunter—. Es la verdad. Naciste en Buenos Aires el 18 de febrero de 1874 y fuiste bautizada una semana después en la iglesia católica.

Elizabeth pestañeó. La fecha era la suya, pero no el lugar. La frase se hundía en su cuerpo como los pies se hunden en la arena seca.

—Entiendo —dijo.

—¿Entendés? —le preguntó el señor Hunter.

Ella asintió.

—Nací aquí. Soy una niña bastarda y por alguna razón se tomaron el terrible trabajo de esconderme en Fowey. Supongo que fue porque la familia Hunter es de Fowey. ¿Es por eso?

—Tu padre era mi primo por parte de mi madre. Ellos aceptaron adoptarte después de saber tu historia.

Elizabeth sintió mucho frío cuando comprendió que sus padres conocían su verdadera identidad. Buscó toda la calma que tenía para no mostrarles que el detalle que acababa de conocer cambiaba su vida.

—Está bien —dijo—. No me sorprende. Pero sigo sin entender por qué el secreto. Soy una bastarda. Suena ridículo, pero Mary también lo es. Su madre nunca supo quién era su padre. Hay miles de bastardos en el mundo. Lo único que pido es que me dejen en paz.

—Es que no sos una hija ilegítima —dijo la señora Luisa en voz muy baja—. No sos una bastarda. Naciste de un matrimonio constituido legalmente.

Elizabeth se quedó inmóvil con los ojos fijos en la señora. No podía hablar. Las palabras se le enredaban en los dientes y la lengua y ni siquiera sabía en qué orden debía decirlas. Tampoco sabía en qué idioma hablar. Se retorció las manos para que no le temblaran.

—¿Ustedes son mis padres?

—No —respondieron los dos al mismo tiempo, y Elizabeth sollozó.

—Entonces, ¿quién soy?

Ninguno de los dos respondió. Elizabeth ya no podía controlarse. Respiraba con fuerza y sentía que el cerebro se le volvía una esponja que trataba de absorber lo que pasaba y llenar los huecos que esas dos personas dejaban en sus palabras.

—Elizabeth, ¿estás bien?

—No.

—¿Te sirvo agua?

—¡No! Quiero que me digan la verdad. No me importa qué promesa ridícula hicieron. Ya pasaron tantos años que a nadie le interesa.

—Elizabeth, le prometí a mi hermano que no diría nada.

—¡Su hermano está muerto!

Fue la expresión del señor Hunter la que develó por completo el misterio. Una mueca de dolor, quizá de horror, que se dibujó en su rostro, y que alumbró lo que ocultaban.

—¿Cuál es mi verdadero nombre? —preguntó sin fuerzas.

—Elizabeth Shaw —respondió el señor Hunter.

—¿Nací con ese nombre? ¿Ese fue el que mis padres eligieron para mí?

—Ese fue el que yo elegí —dijo él con los ojos puestos en su esposa—. Luisa, que lo sepa hoy o mañana es lo mismo.

—Se irá —murmuró la señora Luisa—. Sabrá la verdad y nos dejará. Lo sé. Un día más te pido, Elizabeth.

—No —dijo ella.

—Está bien. Entonces, te lo diré yo, por ser el pariente de sangre es mi obligación, ¿no es así? Debo ser yo. En ese momento los nacimientos todavía se inscribían en las iglesias. Tu bautismo está registrado en la parroquia de Mercedes. Tu tío

Guillermo y yo fuimos tus padrinos. Tu nombre es Elizabeth Perkins Shaw, hija de Eduardo Perkins y Amalia Madariaga. Shaw es el apellido de mi madre. Cuando te sacamos de Buenos Aires los Madariaga hicieron que el pasaporte dijera Elizabeth Shaw, así que entraste a Inglaterra con ese nombre. Y con ese nombre fuiste registrada en el orfanato de Plymouth, donde nunca estuviste. Viviste en Plymouth con nosotros unas semanas hasta que los Maddison te llevaron a Fowey.

La señora hizo una pausa. Elizabeth no dijo nada. Miraba el borde del escritorio de madera. Era muy fino, tanto que si un niño tropezaba con él le provocaría un corte en la frente. Era la clase de cosas que se había acostumbrado a notar cuando entraba en una casa. La imagen del niño herido la llevó a Enrique. Se preguntó si le permitirían verlo para arreglarle el cabello como a él le gustaba.

—Esa mujer, Amalia, nunca estuvo bien —siguió la señora—. Los Madariaga supieron ocultarlo. Era la tímida de la familia. «Pero tan dulce», decían. Con el primer hijo, todos creímos que fue una fatalidad, una desgracia. Algo que uno no entiende bien, pero se dice que sí, que puede ser, que los accidentes ocurren, que los niños pueden caerse y aparecer en el patio, ahogados, con la boca llena de barro. Mi hermano mandó poner baldosas en todo el terreno de la casa. Excepto en los establos y la cochera. Nació Eduarda y después Adelina. Los comportamientos extraños de Amalia parecían haberse calmado. Pero siempre había algo extraño, algo que se veía de costado. «¿Pasó lo que acabo de ver?» «¿Entendí otra cosa?» «¿Es posible que alguien cantara en una lengua extraña y que hiciera rondas y sentara a sus hijas en el barro como si fueran muñecas?» Los Madariaga explicaban todo. Se reían de mi preocupación. «Exagerada», me decían.

»Se preocuparon por mí, dijeron que estaba muy sensible por los embarazos que había perdido. Que estaba celosa por-

que Amalia había quedado embarazada otra vez. «Qué tristeza, Luisa, qué pena que no puedas retener al niño.» El día que
naciste hacía un calor espantoso. En el horizonte se veía la
tormenta. El parto fue larguísimo, terrible. Y luego llovió
durante tres días. En la tarde del tercer día te encontré en el
barro de la cochera. Tenías la cara llena de tierra y estabas
roja. Azul. Violeta. No sé cómo hice, no recuerdo, pero te
saqué el barro de la boca con mis dedos. Te sacudí hasta que
escupiste todo y pudiste respirar. Amalia gritaba incoheren-
cias a mi alrededor. Eduardo se la llevó y la encerró en una
habitación. Guillermo trajo al médico y tuvo que revisarte en
mis brazos porque yo no quería soltarte.

»Mi hermano nunca fue un hombre de muchas palabras.
Creo que no podía entender que algo así pasara. Ni siquiera
tenías nombre, no te habían bautizado. No sé cómo se le
ocurrió o por qué pensó que esa sería la mejor decisión.
Eduardo le dijo a todo el mundo que el bebé había nacido
muerto. Lo hizo con tanta naturalidad que le creyeron. Los
sirvientes, Amalia. «Qué desgracia», decían todos. «Qué fatalidad.» Pero llegaron los hermanos Madariaga, que no son
tontos. Y Eduardo quiso que fueras legítima, incluso si no
lo sabías. Guillermo y yo nos ofrecimos para ocuparnos de
todo. Hasta propusimos adoptarte como hija nuestra.
Eduardo no quiso. Eras su hija. Nos pidió que encontrára-
mos una familia que te cuidara, pero lo más lejos posible.
De Buenos Aires, del país. Francia, España, el lugar que nosotros escogiéramos. Que fueras huérfana, pero que, cuando llegara el momento, tuvieras derechos sobre tu herencia.
Él ya había entendido la mezquindad de los Madariaga. Mañana, cuando se lea el testamento, se dirá que sos la heredera
de lo que queda de la casa, junto con Tomás, Enrique y
Adela.

La señora dejó de hablar. Bebió un té que debía de estar

helado. El señor Hunter suspiró profundo y como si pudiera liberar treinta y seis años de presión sobre su pecho. Elizabeth tenía mucho frío. Quiso envolverse en el cárdigan que su madre le había tejido, pero no lo llevaba puesto.

—Es importante que mañana estés en la lectura del testamento —dijo el señor Hunter—. Luisa y yo daremos fe de tu existencia, como cuando te bautizamos en Mercedes.

—¿Por qué mis padres me enviaron a la escuela de miss Duncan? ¿Eso fue también decisión de esta familia? Ustedes vivieron en París todos esos años.

El señor Hunter buscó a su esposa con la mirada. La señora bajó la cabeza.

—Luisa quiso que solo yo estuviera en contacto con tus padres.

—¿Todo el tiempo?

—Una vez por mes, más o menos, me enviaban una carta y yo la respondía.

—¿Y ustedes decidieron enviarme a esa escuela?

—No tomamos ninguna decisión sobre tu vida hasta que tus padres murieron. Si te enviaron a la Richmond School fue por decisión propia.

—¿Y cómo se enteraron de que habían muerto?

—Tu padre dio instrucciones al doctor Marks para que nos enviara un mensaje urgente. Se dio cuenta de que la epidemia era grave y se comunicó con nosotros.

—Por eso no podíamos tratarnos —murmuró Elizabeth para sí.

—¿Quiénes? —preguntó el señor Hunter.

—La señora Luisa y yo. En los primeros meses en Londres, nos llevamos mal. En ese momento pensé que era yo. Mi padre siempre me dijo que tenía un carácter difícil y que tendría que luchar con eso toda la vida. Pero no era por mi carácter. La señora no quería verme.

—¡Eran las circunstancias! —dijo la mujer con voz dura—. La decisión de mi hermano de darte en adopción cuando Guillermo y yo no podíamos tener hijos me enfureció. Hubiese sido todo más fácil si él lo hubiese permitido.

Elizabeth se rio de sí misma. Fue una risa seca, desagradable, pero de inevitable honestidad.

—¿Y tuvo en consideración ese desinterés en cada uno de los reproches que me hizo en todo este tiempo?

—Te salvé la vida, Elizabeth. No fue por desinterés que me mantuve alejada.

—Deberían haberme dejado en Fowey cuando murieron mis padres. En el pueblo me habrían encontrado trabajo de inmediato. O hubiese conseguido una beca en la Richmond School. Nada de esta vida falsa hubiera tenido lugar.

—Los Madariaga propusieron eso —dijo el señor Guillermo—. Se enfurecieron con Luisa cuando ella avisó de que estabas en París.

—Y tenían razón. Si querían mantener mi identidad en secreto era lo mejor. Todo lo que pasó en París levantó las sospechas, incluso las mías.

La señora exhaló furia. Elizabeth entendía que esas palabras podían causarle daño, pero estaba harta de ser comprensiva. Iba de la sensación de vacío porque le estaban robando a sus padres por tercera vez, a la indignación por cada uno de los reproches, exigencias y caprichos de la señora Luisa.

—Siempre te llevaste mejor con esa rama de la familia —dijo la señora.

—Me trataron bien, jamás me hicieron reproches, conocían mi lugar como empleada. ¿Cómo no iba a llevarme bien? Me trataban como lo que era. Una mujer pobre que trabajaba como institutriz.

Solo la mirada del señor Hunter la detuvo. Elizabeth sabía que podía seguir y lastimar a la mujer que reclamaba un amor que ella no estaba dispuesta a darle. Volvió a reírse de su desgraciada historia. Era horrorosa y tragicómica, una mezcla de secretos familiares y muertes pavorosas. Prefería mil veces ser la huérfana de Fowey que lograba instruirse y seguía esa sublime tradición de mujeres inglesas educadas por sus padres. Lo que le daban a cambio era vulgar, indecente, enfermizo. Sintió asco por todos ellos y por sí misma.

—¿Eduarda y Adelina tenían tierra en la boca cuando murieron? —preguntó Elizabeth después de unos minutos de silencio.

El hombre se cubrió la cara con la mano por un momento.

—Sí.

—¿Las mató Amalia? ¿O se mataron entre ellas?

—No lo sabemos —se apresuró a decir el señor Guillermo—. Solo Eduardo conoció la verdad, si es que la supo. Cuando llegamos a Buenos Aires ya habían enterrado a los cuatro. Las tres mujeres en el panteón Madariaga de la Recoleta. Eduardo en el Cementerio Británico. Es posible que alguno en esa familia sepa qué pasó, pero no dirán nada. A esta altura de las cosas creo que debemos agradecer que nos informaran de qué había pasado.

—Son pura mezquindad e hipocresía —estalló la señora—. Amalia tendría que haber sido encerrada por demente. Y ellos solo se dedicaron a presenciar lo que hacía con Eduarda y Adelina. El casamiento de Eduarda con Tomás fue una aberración. Pobre Tomás. ¿Sabés por qué se casó con ella?

—No.

—Porque le gustó que fuera tranquila. Esa fue su respuesta cuando le escribí para suplicarle que no siguiera con el casamiento. «Es una muchacha tranquila, tía. Y dentro de la familia. Estoy convencido de que es lo mejor para mí. Alégrese por mí y olvidemos el pasado.» Pero nunca olvidó el pasado.

Tomás podría haber solicitado la anulación del matrimonio. Si no lo hizo fue porque ya había nacido Adela cuando entendió que Eduarda era algo más que «tranquila».

—¿Miss Shaw?

El corazón se le detuvo. Había escuchado que la puerta se abría, pero no quiso ver quién era. Aunque la voz de Enrique era inconfundible.

—Pensé que había oído su voz —le dijo el niño.

Ella se volvió y le sonrió sin fuerza.

—Prometí que iba a estar a las ocho aquí. ¿Estás bien? Me dijeron que te caíste.

—Me golpeé la pierna, pero ya estoy bien. Casi no me duele.

—Tenés que hacer reposo.

—Sí. Ya vuelvo a la cama. Necesito que me peine.

—En cinco minutos voy.

Enrique obedeció y cerró la puerta detrás de él. Elizabeth se miraba las manos. Una a una, las ideas se le aparecían como fantasmas en rincones oscuros. Los últimos seis meses se organizaban en la perspectiva de lo que acababa de escuchar. Pero sobre ese tiempo se superponían treinta y seis años, como un papel transparente de esos que usaban para copiar mapas. El pasado, su vida, se veía sin contornos.

—Enrique y yo somos parecidos.

El rostro de la señora se iluminó.

—Muy parecidos. Y los dos a mi madre, Adela. Los tres tienen las mismas pecas.

—Adelina también —dijo Elizabeth—. Era cierto que las dos éramos parecidas.

—Elizabeth, es necesario que mañana estés en la lectura —insistió el señor Hunter.

—Él sabía.

—¿El qué?

—El señor Eduardo. Me llamó «la niña de Luisa». Pero él sabía quién era yo.

—Sí, él sabía —dijo la señora.

—Pero nunca dijo nada. Nunca hablamos en privado. No quiso conocerme.

—Mi hermano no estaba bien, Elizabeth. Esa vida lo llenó de amargura. A Tomás le iba a pasar lo mismo si no interveníamos. Estoy contenta de que hayas vuelto a su vida. Ahora quizá haya un futuro para ustedes.

Escuchar el nombre de Tomás entristeció a Elizabeth. Junto con Adela y Enrique eran inocentes en toda esa locura, ese bosque oscuro y tenebroso que era la familia para la que había trabajado todos esos años. Ella misma era una rama, secreta, difusa, escondida, casi quebrada y casi sin vida.

—Necesito que venga Mary —le dijo al señor Hunter—. Le enviaré un mensaje.

—Yo se lo llevaré —le respondió el señor.

—Y mañana también. Necesito que esté conmigo en esa lectura del testamento. No iré si ella no está. No me importa lo que digan los Madariaga o quien sea. No voy a ir sin Mary.

—Está bien. Hablaré con ellos.

—No quiero nada. Déjeme hablar, señora Luisa. Usted ya habló todos estos años. No quiero nada de la herencia. Todo, lo que sea, es para Enrique y Adela. ¿Hay alguna forma de arreglar eso hoy?

—Elizabeth... —murmuró la señora.

Ella no le contestó. Esperaba la respuesta del señor Guillermo.

—Como tu tío, puedo representarte.

—¿Y si le dejo la orden expresa de que cualquier cosa que herede sea para los niños?

—Se puede dejar por escrito y firmar ante un notario público, sí.

—¿Se puede hacer eso hoy?

—Puedo hacerlo, sí.

—¿Qué vas a hacer, Beth? —preguntó la señora Luisa.

La señora extendió la mano para tocarla, pero ella se alejó.

—Voy a subir a la habitación de Enrique y lo voy a peinar.

—Y mañana, ¿qué vas a hacer? —insistió.

—Usted ya sabe la respuesta, señora.

28

¿Cuánto tiempo lleva reconstruir a una persona? Disponer todas sus partes, hacerlas encajar en sus lugares originales, disimular las fracturas con delicadeza, aceptar que algún pedazo se perdió y el hueco quedará para siempre.

¿Cómo hace una persona para contarse su propia historia, una y otra vez, hasta quedar convencida de que esa es la versión definitiva, la que no puede borrarse? «Esta es tu historia, estos son los eventos que te definen, este es tu nombre, este es tu lugar, esta es tu familia.»

Elizabeth no pudo hablar durante un mes. No sabía en qué lengua debía hacerlo. Se hablaba a sí misma en una mezcla de imágenes que se sucedían en francés, en inglés, en castellano. Un cuaderno de estampas de un artista mediocre y una paleta de colores desgastados le respondían cada pregunta que se hacía.

Mary cumplió con la promesa que le había hecho. No la dejó sola. Así como Elizabeth no la abandonó nunca en sus frecuentes tropiezos de juventud, Mary hizo todo lo que debía hacer para llevársela a Fowey sin que la familia interviniera. Se disfrazó de Elizabeth y rechazó cualquier intento de contacto, cualquier acercamiento. Sin despedirse, partieron de Buenos Aires a mediados de septiembre.

Las dos habían ahorrado suficiente como para mantenerse sin trabajar al menos un año. El señor Guillermo las ayudó con el dinero que tenían en un banco de Londres. Pero permanecer ociosas no era la idea. Durante años habían edificado planes sobre las arenas de esa Fowey imaginaria. Cuando, por fin, llegaron al pueblo, las dos tuvieron que parar y recobrar el aliento. No fue por las calles empinadas de Fowey, fue la certeza de que ya no era un sueño, que ya nada las detenía: habían vuelto al hogar.

Se instalaron en uno de los nuevos hoteles de la ciudad. La noticia de la llegada de dos mujeres que decían ser locales alteró a los vecinos. Tardaron en reconocerlas, pero no había pasado tanto tiempo como para que las hubieran olvidado. El doctor Marks recordó a Elizabeth de inmediato. La dueña de la panadería reconoció a Mary porque había sido compañera de ellas en la escuela de Fowey. El dueño de la papelera —y vendedor de libros—, el señor Johnson, rememoró con agrado los años del reverendo Maddison. La modista a la que todos recurrían recordó que la madre de Mary era la mujer que hacía el trabajo de lavandería para muchas casas y olvidó por completo que su decencia era cuestionable. Una de las maestras de la escuela las recordaba como alumnas de miss Duncan. No todos las miraban con confianza, pero la memoria de los habitantes de Fowey las reconoció como verdaderas *foyens*, hijas del puerto que había defendido tantas veces el reino de Gran Bretaña. Al mes de vivir en la ciudad, Mary y Elizabeth ya eran tan locales como las gaviotas de la playa de Readymoney y las historias sobre piratas que adornaban cualquier conversación.

Fue una buena noticia que las recibieran con calidez, porque el regreso no fue sencillo. Elizabeth no estaba bien. Había vuelto a hablar —y eso había tranquilizado a Mary—, pero la tristeza se había convertido en desgana y la desgana en desolación.

Elizabeth se preguntaba si no había vuelto a Fowey demasiado tarde. Todo estaba tal como lo había soñado: el río y el estuario, la ciudad de Polruan frente a Fowey, las casas iluminadas por la noche, las voces de los marinos, las gaviotas que vigilaban la costa, el susurro de los árboles y el viento que soplaba desde todas las direcciones. La visita al cementerio les dio paz a las dos, pero no pudo calmar los fantasmas de Elizabeth.

Mary tuvo que tomar las decisiones mientras Elizabeth procuraba recomponer lo que quedaba de ella. La señora Stevens era una de las mujeres para las que su madre había trabajado. Se la cruzaba cada vez que iba a buscar cartas porque vivía al lado de la oficina postal. Mary le preguntó si conocía algún lugar decente donde vivir y la señora pareció muy interesada. La invitó a tomar té por la tarde. Mary aceptó, sorprendida. Y más sorprendida escuchó que la hermana mayor de la señora Stevens, la señorita Tilly, vivía en una casa demasiado grande para ella y necesitaba compañía. Mary le preguntó si no habían pensado en alquilar una habitación de la casa y a la señora Stevens le brillaron los ojos. En los pueblos era costumbre acomodar a mujeres solteras en una sola casa. Dejaban de ser un problema de inmediato. Miss Sharp y miss Shaw acompañarían a la señorita Tilly y la familia Stevens se vería liberada de preocuparse por una anciana que vivía sola.

A mediados de noviembre ya se habían instalado en la casa. La señorita Tilly vivía en el piso de abajo y Mary y Elizabeth ocupaban el primer piso y la buhardilla. Miss Tilly resultó ser encantadora, extravagante y, mejor aún, buena cocinera. Estaba sorda de un oído, pero según ella no eran los años sino un accidente de caballo que la había dejado un poco torcida. Y era cierto, la mujer caminaba inclinada hacia la derecha.

A la señorita Tilly le encantaba hablar sobre Fowey y sus

habitantes, así que Mary y Elizabeth se enteraron de todo lo que había pasado en el pueblo durante el tiempo que habían estado ausentes. Matrimonios, rupturas, escándalos, nacimientos, muertes, la ciudad crecía o se achicaba según la historia que contaba la señorita Tilly. La mujer era un verdadero compendio histórico de Fowey. Fue, tanto para Mary como para Elizabeth, una bendición. Para Mary, porque al menos sabía que Elizabeth no se quedaba sola y en silencio mientras ella no estaba. Para Elizabeth, porque al menos algo que amaba se volvía real.

Mary, que no podía estar demasiado tiempo quieta, consiguió emplearse en una mercería propiedad de dos hermanos, el señor y la señorita Hanley. Había ido a buscar cartas al correo y la señorita Tilly le había encargado cintas para una funda de almohadón que estaba por terminar. Llegó a la mercería y encontró el local en una especie de vendaval de telas, botones dorados y galones. El señor Hanley estaba solo y trataba de atender al público al mismo tiempo que cobraba. No se veía a la señorita Hanley por ningún lugar.

—Sabés que mi sentido de la oportunidad es único —le explicó Mary a Elizabeth por la noche—. El hombre estaba desesperado y fui en su ayuda. La pobre señorita Hanley está muy dolorida por la artritis y ella es la que sabe de telas. El señor Hanley solo se ocupa de los números. Me ofrecí a ayudarlo, porque, como sabés, mi amabilidad es infinita. Fui tan eficiente que quedó maravillado. Mañana empiezo a trabajar en la tienda hasta que su hermana se mejore. Espero que estés orgullosa de mí. Te traje esto para celebrar.

Le puso en las manos una caja de cartón cerrada con un hilo rojo. Su amiga la abrió y exhaló un poco de felicidad.

—¿No soy la mejor? —preguntó Mary.

Eran tres madejas de lana de color crudo, muy similar a la del cárdigan que la madre de Elizabeth había tejido años atrás.

Ella acarició la lana con suavidad y la humedeció con algunas lágrimas.

—No sé tejer. Pero puedo aprender.

—Si digo que soy la mejor es porque lo soy. El señor Hanley me comentó que la señorita Tilly suele comprar las madejas en invierno. Teje para sus sobrinos. Así que espero mi cárdigan, Elizabeth Shaw. Y mis felicitaciones.

—Mary.

—¿Elizabeth?

—¿El señor Hanley está casado?

Mary dio una vuelta sobre sí misma y sus labios dibujaron un no. Elizabeth se cubrió la boca, pero los ojos le brillaban de algo que parecía ser una mezcla de alegría y travesura.

—No nos apresuremos. La señorita Tilly nos informará de todo lo que debamos saber sobre el caballero y yo me portaré como la dama que jamás fui. Mientras tanto vas a recuperarte. Necesito que te recuperes.

—No estoy enferma —protestó Elizabeth.

—No, no estás enferma. Al menos no del cuerpo. Pero no estás bien y no sé qué hacer para curarte. Elizabeth, te advierto que si te morís de tristeza no te lo voy a perdonar nunca.

—No voy a morirme.

—Todos nos vamos a morir. La cuestión es cómo. Quisiera abrirte la cabeza y saber qué pasa ahí dentro.

—Creo que eso seguro me mataría.

—¡No seas tonta!

—Necesito tiempo —le dijo con voz tranquila—. Ya no tengo pesadillas todas las noches. El ruido del mar me calma; extrañaba dormir con ese sonido tan hermoso.

Mary se había quedado de pie en medio de la sala que compartían a modo de escritorio y comedor privado. La miraba preocupada, como si quisiera decirle algo. Elizabeth, que no soportaba un secreto más en su vida, la tranquilizó:

—Recibiste noticias.

—Sí.

—¿Son buenas o malas?

—No son malas.

—Entonces no hace falta que me digas nada.

—Me preocupa la idea de tener que darte solo una mala noticia.

—No tenés que hacer eso. Ya te lo dije. No hace falta que abras las cartas, ni siquiera que las recibas.

—No puedo. Las cartas son importantes. Y en cuanto tenga algo para decir, lo diré.

Elizabeth asintió. Intentó sonreírle, pero no pudo. Todavía no podía.

El invierno fue difícil. Las dos habían olvidado el frío de Fowey y cómo protegerse de él con botas de caucho y varias capas de camisas de algodón. Los días grises de enero casi se llevan a Elizabeth. El doctor Marks nunca supo decir qué enfermedad tenía. Dos semanas de fiebre que subía y bajaba y que ni los remedios de miss Tilly ni la experiencia de Mary con niños podían aquietar.

No supo qué noche fue. Elizabeth sintió que algo se la llevaba, despacio, como una carreta tirada por un caballo viejo en una tarde sofocante de verano. Cada minúscula parte de su cuerpo se retorcía de dolor y algo se la llevaba con la promesa de que iba a calmarla. Veía la costa, la arena húmeda, las casas de Fowey sobre el estuario, la calle que subía por la colina. Se alejaba de Fowey, flotaba en el mar. Se preguntaba para qué volver, para qué hacer el esfuerzo de luchar si era más sencillo dejarse ir que recomponer un cuerpo que se había desmontado en partes tan pequeñas como granos de arena. ¿Qué la ataba al mundo? ¿Qué lazo irrompible la sujetaba, la sostenía, la entretejía con otros? ¿Eran las piedras de las tumbas de los Maddison? ¿Eran esas cartas que no quería leer? ¿Esa familia que moría en el barro? ¿Tenía ella que aceptar que ese era su destino y debía morir con tierra negra en la boca?

El mar la devolvió a la costa. Un día se despertó sin fiebre y con la mente despejada. Era por la mañana, el sol entraba por la ventana, pero hacía muchísimo frío. Podía respirar con facilidad, aunque tenía la boca seca. Mary la miraba con recelo hasta que ella le pidió agua con voz ronca. Su amiga se abalanzó sobre su cama. Mary tenía los ojos hinchados y estaba pálida. Le ofreció más agua en la cuchara y ella la aceptó.

—¿Se despertó? —preguntó la señorita Tilly desde la puerta.

—Parece que sí —dijo Mary, pero la miraba con desconfianza.

—Quizá pueda comer algo. Es piel y huesos.

—¿Pan con manteca y té? —le preguntó Mary.

—Té de verdad —dijo Elizabeth en castellano.

—No seas tonta —le contestó Mary en el mismo idioma.

—No puedo moverme. No puedo mover nada, ni los brazos.

—No te mueras, Elizabeth —le dijo Mary con su voz de institutriz enojada. Ella tuvo ganas de reírse y apenas pudo mover la cara para mostrarle que se burlaba de ella.

—Tengo hambre.

—Ya te traigo comida, pero no te mueras.

Elizabeth hizo un esfuerzo real para reírse de Mary. Negó con la cabeza porque no tenía fuerzas para hablar.

—Dejá de reírte de mí. Estás toda apestosa y tengo que cuidarte.

—No me hagas reír, que me duele —le pidió.

—Mejor que te duela. Llevamos cuatro días pensando que te morías. Tuve que detener a la señorita Tilly porque quería cerrarte los ojos —le dijo en voz baja.

Elizabeth rio como pudo. Mary rio por ella hasta que le saltaron lágrimas de los ojos.

—No te mueras, que tengo que casarme con el señor Hanley y volverme una señora decente. Por favor.

—Haré lo posible —le prometió Elizabeth.

Y cumplió su promesa. No se murió, pero la recuperación le llevó un mes de reposo obligatorio, indicado por el doctor Marks.

La enfermedad de Elizabeth le dio un aura romántica que cualquier pueblo pequeño está dispuesto no solo a aceptar, sino, incluso, a agrandar. La enfermaron de tuberculosis, por más que el doctor Marks aseguró que sus pulmones estaban tan claros como el mar de Fowey. Elizabeth lamentó no ser más romántica y ofrecerles a sus vecinos una historia melancólica. La historia que le pertenecía era oscura y triste, llena de mezquindades.

Durante los días de reposo aprendió a tejer con la señorita Tilly. Recordaba algunos puntos que su madre le había enseñado y no tardó mucho en acordarse del movimiento de las manos. Tejieron tantas bufandas que Mary las puso en venta en la mercería porque solo tenía un cuello y no podía usar varias a la vez.

Las bufandas tuvieron un éxito inesperado. La señorita Tilly y la señorita Shaw de pronto se convirtieron en proveedoras de bufandas de Fowey y sus puertos vecinos. Incluso vino gente de Plymouth para ver en qué consistían esas bufandas. La verdad es que no tenían nada en especial, excepto que eran suaves, cálidas y largas como para envolverse varias veces en ellas.

Cuando llegó la primavera la gente siguió con los pedidos y la mercería de los hermanos Hanley comenzó a ofrecerlas bajo un cartel que indicaba que allí se vendían las AUTÉNTICAS BUFANDAS DE FOWEY.

Elizabeth y la señorita Tilly instalaron un pequeño taller en la sala de estar de la casa. En dos canastos tenían las madejas de lana, que ovillaban por la mañana, y en otros dos más pequeños tenían la labor que estuvieran haciendo ese día. Eran prolijas, metódicas, tranquilas. Tejían con la ventana abierta, la señorita Tilly le contaba las historias de Fowey y de Polruan, y Elizabeth escuchaba en silencio.

Un día de abril, lluvioso, la señorita Tilly le pidió a Elizabeth que le contara sobre Buenos Aires y la vida en ese lugar tan exótico. La mujer ni siquiera sospechaba que existía un país llamado Argentina y le sorprendía todo, incluso saber que en su capital había calles empedradas y parques enormes.

—¿Recuerda a la familia Hunter? —le preguntó Elizabeth sin levantar la mirada del tejido.

La señora meditó un momento.

—Sé que hubo una familia Hunter aquí que tenía campos de cría de ovejas. Una lana preciosa, mullida. Ese cárdigan tuyo debió de tejerse con esa lana, porque eran parientes por parte de la madre con los Maddison. Pero los campos se vendieron y los Hunter que había en Fowey se fueron a Londres. Había unos primos también, una parte más pobre de la familia que los siguió.

—No se quedaron mucho tiempo en Londres. Se fueron todos a vivir a Argentina.

—¿Y por qué alguien haría eso? —preguntó la señora extrañada.

Elizabeth no podía dejar de sonreír. La fama del orgullo del *foyen* no era exagerada. Para un habitante de Fowey no había un lugar más perfecto que ese puerto. Vivir en otro sitio era impensable.

—Se emplearon como ingenieros en la Buenos Aires Great Southern Railway y fueron a construir ferrocarriles.

Todos trabajaron en la compañía, incluso los hijos del primo más pobre.

—¿Tienen ferrocarriles en Argentina?

Elizabeth rio como solía reírse de comentarios inocentes de los niños que cuidaba. Y le respondió de igual manera.

—Sí, señorita Tilly.

—Me sorprende todo lo que decís sobre ese lugar. Lo imaginaba con más palmeras, serpientes y elefantes.

—Hay palmeras. Muchas. Y bastante feas.

—¿Y elefantes?

—Eso no. Hay árboles muy bellos. En primavera todo se pone violeta cuando florecen los jacarandás. Y hay un árbol de flores hermosas y nombre muy gracioso: palo borracho.

—Qué notable, querida. Qué notable. Me pregunto si ese señor Hunter que estuvo en enero por aquí tendrá algo que ver con esa familia.

A Elizabeth se le escaparon cinco puntos del tejido.

—¿Qué señor Hunter?

—Uno que vino de Londres. Estuvo en Fowey hasta que te recuperaste. Hablaba con Mary en esa lengua que usan ustedes dos cuando no quieren que las entienda.

—¿Recuerda cómo era?

—Alto y rubio. Parecía muy cansado. No era joven, pero tampoco un anciano. Vestía de luto. Preguntaba mucho por tu salud. El doctor Marks le repetía siempre lo mismo, pero él insistía en que no podía ser que no te recuperaras. «O que no se muera de una vez», decía yo.

—¿No recuerda el nombre?

—Claro que sí: Thomas Hunter.

Elizabeth tuvo que sacar el tejido de las agujas y destejer la bufanda.

—¡Querida! Yo podía recuperar los puntos.

—No se preocupe, señorita Tilly. La volveré a tejer.

¿Qué más recuerda sobre ese señor Hunter?

—Mary me dijo que era una amistad de Londres. Deberías conocerlo mejor que yo.

—Mary debe de haberle dicho que no me contara nada, señorita Tilly. ¿Recuerda algo de eso?

Miss Tilly cerró la boca y abrió los ojos como si de repente se acordara de que había algo que no debía decir.

—No se preocupe, señorita Tilly. No diré nada. ¿Qué más recuerda?

La memoria de la anciana se afinó. Se había dado cuenta de que había cometido una indiscreción cuyo tamaño no conocía y deseaba entender.

—Llegó en la segunda semana de tu enfermedad. Se quedó en el hotel de los Davenport.

—¿Vino solo?

—A la casa, sí. No sé si lo acompañó alguien más. Mary me dijo que no te contara nada, que podía afectarte. Pero imagino que era durante esos días, ¿no es cierto? No te afecta ahora.

—Estoy bien. Pero no le comente nada a Mary, porque es posible que se enoje y ya sabe...

—Lo sé, querida, lo sé.

—¿Recuerda algo más?

—Nunca entró en tu habitación ni quiso verte. Eso estuvo bien, porque de otro modo me habría hecho sentir incómoda. Pero ni siquiera quiso verte cuando vino el reverendo Grant para rezar por tu salud. Venía por la mañana y por la tarde. A veces traía un libro o un cuaderno de dibujos. Creo que lo vi dibujar una vez. El día que te despertaste sin fiebre estaba en la sala.

Elizabeth se llevó la mano al pecho.

—Dijiste que no ibas a ponerte mal... —se quejó la señorita Tilly, alarmada.

—No estoy mal. ¿Recuerda algo más?

—Se fue a los dos días. Cuando fue evidente que ya estabas bien. Era muy amable y discreto. ¿Es pariente de los Hunter de Fowey?

—Es hijo de la familia más pobre. Pero está en buenos tratos con su tío. Y es su heredero.

La mujer abrió los ojos con interés.

—¿Y cómo conocés esta historia?

—Trabajé para la familia desde que dejé la ciudad —dijo Elizabeth y de inmediato se dio cuenta de su error. Tuvo que contarle toda su historia con los Hunter y los Perkins. La señorita Tilly no dejaba de decir «qué notable».

—¿Y el hombre que vino está casado?

—Enviudó el año pasado.

—Mary no mencionó nada de eso. Pero ahora entiendo por qué estaba de luto.

—No es nada importante, señorita Tilly. Solo gente amiga que se preocupó por mi salud. Personas como yo dependemos de nuestras amistades. Mary debió de estar preocupada y sin saber qué hacer. Pero mire este desastre —le dijo alzando la bola de lana destejida—. Me parece que lo voy a descartar, no va a quedar igual el tejido.

—No queremos que nuestras bufandas pierdan calidad, querida.

—Por supuesto que no, señorita Tilly. No sería propio de las auténticas bufandas de Fowey.

29

—¿Tiene frío, señorita Tilly?

La mujer dio una vuelta completa por el jardín que estaba en el frente de la casa. Elizabeth, que la esperaba en la cerca, la contempló con admiración. Ya que había decidido convertirse en una solterona, quería ser como la señorita Tilly y estaba dispuesta a tener cada una de sus pequeñas extravagancias, manías y caprichos. Para ir al pueblo, la señorita debía estar unos minutos en el jardín, verificar la dirección del viento, ver el color del mar y del río, y, sobre todo, ver el patrón que seguían las gaviotas al volar sobre el castillo de St. Catherine.

Elizabeth la envidiaba. Su socia en el negocio de las auténticas bufandas de Fowey tenía una vida tan simple que podía contarse en una página. Su sencillez era una bendición. Era casi una niña y parecía más joven que su hermana, la señora Stevens, que estaba casada y tenía seis hijos y ocho nietos. Elizabeth había notado que ella y Mary también parecían más jóvenes que las mujeres de su misma edad, como si el tiempo transcurriera más despacio para ellas.

La señorita Tilly sabía que existía una ciudad llamada Londres y que era la capital del Reino Unido, que había una ciudad llamada París donde la depravación tenía lugar, y después estaba el resto del mundo, exótico, incivilizado y para nada interesante. Miss Tilly solo pedía al mundo que tolerara sus pequeñas particularidades a cambio de no molestar. Había tenido la suerte de encontrarse con dos mujeres que necesitaban un lugar para vivir y que habían tratado a tantas personas que nada las sorprendía.

Miss Tilly comprobó que necesitaba un abrigo y entró en la casa. Elizabeth se entretuvo con las madreselvas y las *ragged-robins*, unas flores rosadas que le resultaban extrañas porque no podía encontrarles traducción al castellano ni al francés. Hasta los dieciséis años habían sido *ragged-robins* y no había discutido su existencia. Veintiún años después se preguntaba cómo podían existir si no tenían traducción. Solía repetirse que no hacía falta que tradujera las palabras a las dos lenguas que ya casi no hablaba, pero era una costumbre de muchos años y no se iría con facilidad. Estaba por terminar el mes de mayo y todavía hacía frío, pero el sol brillaba la mayoría de los días. Las flores silvestres y los jardines habían florecido y el lugar se convertía en el Fowey que Elizabeth siempre había soñado.

La señorita Tilly salió de la casa con una sombrilla y su abrigo de paño. Elizabeth le dio el brazo y tomaron el sendero que unía la casa con la calle principal de Fowey. En la otra mano llevaba un canasto con las seis nuevas bufandas para la mercería de los Hanley. Llegaba el verano y la gente las buscaba menos, pero los turistas curiosos se las llevaban igual, como un preciado tesoro. La ciudad se había convertido en un balneario de moda, pero todavía no tenía nada interesante para ofrecer más allá de las playas, las historias de piratas o el castillo de St. Catherine. Las bufandas —las auténticas— eran una curiosidad más de un lugar que tenía atractivos sencillos.

Llegaron a la mercería de los Hanley media hora después. Se habían encontrado con varios vecinos y la señorita Tilly debía hablar con cada uno de ellos. Elizabeth había descubierto que así se enteraba de todo lo que pasaba en la ciudad. Reunía la información y luego la entretejía en su mente y la sacaba según fuera necesario. A Elizabeth le maravillaba esa capacidad de recordar tantos hechos. Había vivido en Londres, París y Buenos Aires y le resultaba imposible que alguien entretejiera en su memoria a todos los habitantes. Algunos podían ser conocidos, pero no todos. En Buenos Aires se hablaban muchos idiomas al mismo tiempo y pocos vecinos estaban emparentados entre sí. Quizá no hubiera nacido en Fowey y quizá su familia perteneciera a otro país, pero Elizabeth se sentía en su hogar cada vez que miss Tilly la unía a los verdaderos *foyens*.

Aún era temprano y en la mercería no había clientes. La hermana del señor Hanley, viuda y bastante mayor que su hermano, se había retirado por completo del negocio. Mary había llegado en el momento indicado, justo cuando Martin, como las tres lo llamaban, estaba por entrar en crisis. Era un hombre bueno. Si comparaba al tímido Martin Hanley con el aviador Jorge Newbery el resultado no beneficiaba a Hanley. Pero sí a Mary. «Alguna de las dos tiene que casarse, Beth», le había dicho en una de las noches heladas de febrero, y ella comprendió que Martin Hanley iba a ser el esposo de su amiga, uno bueno, dueño de una modesta, pero respetable, mercería. No sabía exactamente en qué términos estaban, pero Martin había empezado a llamarla «Elizabeth» desde mediados de marzo, así que suponía que algo habían hablado.

—Buenos días, Martin.

—Buen día, Elizabeth. Mary está en el cuarto de atrás. Buen día, señorita Tilly, llegaron sus cintas.

Elizabeth pasó al cuarto donde almacenaban la mercadería. Allí había una pequeña cocina y una escalera que llevaba a los pisos superiores, donde vivían los hermanos Martin.

—¿Eso es té de verdad? —le preguntó Elizabeth en castellano a una Mary que sostenía una taza en la mano y revisaba una lista con la otra. Elizabeth borró su sonrisa burlona cuando vio que no le contestaba y la miraba a los ojos.

—¿Qué pasa? —le preguntó en castellano.

—¿Por qué no hablás en inglés?

Ella alzó los hombros.

—Me quedé pensando en unas flores cuyo nombre no puedo traducir.

—¿Para qué querés traducirlo?

—Para mí.

—Bueno.

—Bueno —repitió Elizabeth.

Había visto a Mary en el desayuno y no estaba de ese humor. ¿Se habría peleado con Martin? Le parecía extraño porque él la había saludado con afecto. Quizá algún pedido de la mercería se había perdido. Se iba a sentar junto a su amiga, pero ella se puso de pie. Elizabeth se quedó quieta, con las manos en la espalda.

—¿Por qué te parás así?

—¿Así?

Mary la señaló con el dedo.

—Con las manos en la espalda. Esa es tu posición de institutriz.

Elizabeth rio. Soltó las manos y se las mostró.

—Nada. Esperaba que me dijeras qué sucede.

—Me extraña que hables en castellano. Solo eso.

—¿No vamos a hablar nunca más en ese idioma? No quisiera perderlo.

Mary ladeó un poco la cabeza.

—¿No?

—¿No se supone que es de personas inteligentes conocer varios idiomas?

—Sí, claro que sí.

—Nosotras sabemos tres. Eso nos hace inteligentes. ¿No es cierto?

—Bueno.

Elizabeth rio.

—Te reís mucho hoy —le dijo Mary en castellano.

—Y vos estás muy rara.

—Pasa algo.

Elizabeth tardó un rato en contestarle.

—¿Algo grave? ¿Llegaron malas noticias?

—Llegaron noticias, sí. Llegó... algo.

—¿Un telegrama?

—No.

—Si no es nada malo no hace falta que lo sepa, ya convenimos en eso.

—Así que preferís no saber —dijo Mary con cautela.

—No hay nada que saber —le contestó Elizabeth con seguridad.

Pero Mary se mordió el labio inferior y ella entendió que algo pasaba.

Las dos volvieron la cabeza hacia la tienda. Un conjunto de personas hablaba con animación. Una de ellas era la señorita Tilly, que recomendaba las bufandas, incluso en ese hermoso día, porque uno nunca sabía cuándo iba a refrescar. A Elizabeth le causó gracia la expresión y miró a Mary, pero dejó de sonreír de inmediato. Estaba pálida y con la boca muy apretada.

—Mary Anne Sharp, decime qué pasa —le dijo en castellano.

Mary se puso un dedo sobre la boca y le indicó que escuchara. Elizabeth se volvió, molesta, pero se quedó paralizada. Reconoció la voz y el acento al instante.

—¿Están acá?

—Sí —le dijo Mary, ahogada.

—¿Quiénes vinieron? —Como no le contestaba tuvo que sacudirla—. ¿Quiénes están, Mary?

—Todos.

—¿Cuándo llegaron?

—El viernes. Le dije a Martin que lo más complicado iba a ser hoy.

—¿Martin sabe sobre esto?

Mary dejó el estupor por un momento y se ruborizó.

—Sabe, sí. Nos comprometimos el 1 de mayo. No te dije nada porque ya sabía que esto —y señaló hacia las voces de la tienda— iba a pasar.

Elizabeth la abrazó y ella apoyó la cabeza en su hombro para llorar.

—¡Cómo no vas a decirme, tonta! ¡Te felicito! Es un buen hombre. La señorita Tilly ya me comentó que aprueba la unión.

Elizabeth tuvo que sostenerla un rato porque Mary no dejaba de llorar y temblar.

—Tenés que calmarte, porque la que está por tener una crisis soy yo.

Mary se separó de inmediato y se limpió las lágrimas con su delantal de trabajo.

—Sí, es cierto.

—¡No seas tonta! —le dijo y la abrazó de nuevo.

—Confieso que me agradó guardármelo para mí unos días. No me gustaba porque moría por decirte que ¡voy a ser una señora decente, después de todo! Pero ya está, vamos a celebrar después. Martin también quiere decírtelo.

Mary se secó la cara por completo. Elizabeth hizo lo mismo con una esquina del delantal de su amiga, que se tomaba su tiempo en responder.

—Supongo que están el señor Guillermo y la señora Luisa. Esa es la voz de la señora.

—Y los demás —murmuró Mary y se secó una lágrima que no tenía—. Tomás, Thomas, como lo llaman aquí, y los niños.

Elizabeth tuvo que sentarse. Mary tanteó la tetera y comprobó que todavía estaba caliente como para servirle una taza. Elizabeth se quedó en silencio con la taza en las manos. Mary se sentó frente a ella, preocupada.

—Llegaron el viernes en tren. Se alojan en el hotel de los Davenport.

—¿Cuándo lo supiste? ¿Cada cuánto te escriben?

—Solo me escribe Tomás. Cada siete o diez días.

—¡Siete días!

Mary la calló.

—Te aseguro que eso se escuchó en la tienda.

—Pensé que te mandaban una carta de vez en cuando. No cada siete días.

—Antes de que te enfermaras eran cada dos semanas más o menos. Pero desde tu enfermedad comenzamos a escribir más cartas. Beth, tengo que decirte algo, pero no sé si se aplican tus normas. No es sencillo para mí.

—Ya lo sé. La señorita Tilly no aguantó y me lo dijo.

Mary lanzó un largo suspiro de alivio.

—Gracias al cielo. Tuve que llamarlo. Pensé que te morías. Y debí ponerme firme para que no vinieran todos. A la señora Luisa le gustan los telegramas.

—Mucho.

—No sabés lo aliviada que estoy —dijo con una mano en el pecho—. Pero tenía fe en la señorita Tilly. Podía contar con ella para hacértelo saber. ¿Cuándo te lo dijo?

—En marzo.

—Hace bastante. No te enfermaste ni nada. Así que entiendo que lo tomaste bien.

—Tejí muchas bufandas esos días. Contar puntos ayuda a no pensar.

—Ese hombre es un santo, Elizabeth. Y estoy de acuerdo con que no quieras nada con la familia, pero Tomás es diferente. ¿Martin?

—Necesito ayuda —dijo el hombre que se asomaba por detrás de la cortina—. Cintas azules y rosadas, no entiendo nada.

Mary la señaló.

—Ya sabe.

Martin sonrió con satisfacción.

—¿Debo pedirle tu mano?

—Por supuesto —respondió Elizabeth muy seria y con voz de institutriz.

—Las cosas como deben ser —agregó Mary muy risueña para que él entendiera que bromeaban.

Martin hizo una reverencia con la cabeza y volvió a la tienda.

—No podés ser cruel con él. Es un hombre sencillo —le dijo Mary.

—Prometo que voy a portarme bien.

Mary la miró con incredulidad. Se puso de pie sin responderle.

—Debo ir.

—Vamos.

—¿Vamos? No hace falta. Podés quedarte acá. Te aviso cuando se vaya la señora.

—Tengo que verla tarde o temprano.

—¿Estás segura?

—Sí.

Mary la esperó justo frente a la cortina. Le inspeccionó la cara, como si fuera un niño enfermo, y le arregló la blusa y un mechón de cabello detrás de la oreja.

—Si necesitás desmayarte o algo, me avisás.

—Te lo prometo.

Primero entró Mary y se colocó detrás del mostrador junto a Martin. La señorita Tilly y la señora Luisa trataban de entenderse, pero no lo lograban.

—Ah, querida, qué suerte que están aquí. Le quiero explicar a la señora sobre nuestras bufandas, parece muy interesada.

La señorita Tilly la tenía tomada del brazo. La señora Luisa no sacaba los ojos de las manos de la anciana. Elizabeth esperaba que levantara la vista para saludarla.

—Buen día, señora Luisa.

La señora alzó la cabeza muy despacio.

—Ah, nos saludamos. Es bueno saberlo. Buenos días, Elizabeth. Es un gusto verte otra vez.

El mar tenía sus mareas, las estaciones cambiaban sin remedio, las ciudades crecían, los imperios caían. Pero si había dos cosas que jamás serían diferentes, esas eran la terquedad de la señora Luisa y la de Elizabeth. Algo de familia, podría decirse.

—Señorita Tilly, la señora es la esposa de William Hunter, de la familia que vivía en Hunter Manor —explicó Mary.

—Ah —dijo la mujer, asombrada—. Las amistades de Argentina.

—Mis amistades, sí —respondió Elizabeth.

—¿Y están de visita en Fowey?

—Conocemos el lugar —dijo la señora Luisa con un inglés áspero—. Mi marido tiene buenos recuerdos de su antiguo hogar.

—Fowey es una ciudad encantadora. Si quieren, pueden tomar el té con nosotras, ¿verdad, Elizabeth? Todas las tardes tejemos nuestras bufandas, pero podemos hacer una excepción con las amistades que vienen de tan lejos.

—Muchas gracias, pero no sé si tendremos tiempo —dijo la señora.

—Oh —le respondió miss Tilly, cuya candidez no estaba preparada para los matices de la señora Luisa.

—Están invitados —agregó Elizabeth con sencillez—. Es la casa de tejas negras al final del camino que va a la colina. No es difícil llegar. Me gustaría ver al señor Guillermo.

La señora Luisa asintió y se volvió a Mary. Elizabeth estimó que eso era lo máximo que podía soportar por el momento y se despidió con un saludo general. Mary las saludó y le dijo que iría a almorzar con ellas.

Bajaron los dos escalones de la entrada de la mercería. Dieron unos pasos y se cruzaron con la esposa del doctor Marks. La señorita Tilly se detuvo a hablar con ella. Elizabeth dejó que sus ojos vagaran calle abajo y se entretuvo en la figura de un muchachito vestido de negro y con una muleta. Si tenía alguna duda, la cola de Toby moviéndose al reconocerla la despejó enseguida. Enrique estaba concentrado en el escaparate de la librería Johnson's, hasta que el entusiasmo de Toby lo distrajo. Elizabeth fue a saludarlos.

Toby se abalanzó y ella tuvo que dejar de caminar para calmarlo. La alegría del perro la divertía. Le lamía las manos y al mismo tiempo le pedía con la pata que lo acariciara.

—Hola —le dijo Enrique.

—¡Hola! ¡Estás más alto que yo!

—Sí. Incluso con la pierna así.

—Los médicos dicen que el mar de Fowey es bueno para estas lesiones.

—Todavía no entramos al mar. No sé bien cómo bajar hasta la playa. Ya voy a probar. Mi tío me dijo que no debíamos cruzarnos. Espero no haber hecho nada malo.

—No te preocupes. Podemos saludarnos. Como viejos amigos.

—Mi tío está en la librería.

—¿Y no entraste?

—Por ahora no estoy interesado. Tengo libros de sobra en el hotel.

—Por supuesto. ¿Qué estás leyendo ahora?

—H. G. Wells. ¿Lo conoce?

—Para nada.

—Es como Verne. Pero inglés. Me gusta más. Tiene un libro sobre seres de otros planetas que invaden la Tierra. Es fascinante. Adela también lo está leyendo.

La puerta de la librería se abrió y salió Tomás con un paquete.

—¿Vamos? La tía Luisa debe de haber terminado.

—Está miss Shaw.

Fue evidente que él no la había reconocido, porque se volvió para verla.

—Ella me saludó —explicó Enrique.

Tomás lo tranquilizó con una mano en el hombro.

—Está bien.

Los dos se miraron unos segundos.

—Buen día, Tomás.

—Buen día. ¿Vamos?

—Miss Shaw dice que podemos saludarnos como viejos amigos.

—Bueno, así será. ¿Cómo estás, Elizabeth? Vamos, Enrique, la señora Luisa debe de esperarnos.

Enrique miró a su tío como si esperara que dijera algo más. Elizabeth no quería seguir con la situación incómoda.

—La señorita Tilly me espera. Volveremos a vernos. Quizá puedan venir a tomar el té a nuestra casa.

—A tomar el té —repitió Tomás.

—A la señorita Tilly le gustaría conocerlos. Sobre todo al señor Guillermo. Pero seguramente están ocupados. En cualquier caso, están invitados. Debo irme. Saludos a Adela y al señor Guillermo de mi parte.

Se alejó de ellos con rapidez. La conversación había sido mucho más incómoda que con la señora Luisa. La señorita Tilly había terminado de reunir toda la información que necesitaba. Llegaron en menos de diez minutos a la casa. Elizabeth subió a su habitación y se acurrucó vestida bajo las mantas para calmarse.

Ni siquiera podía llorar. Lo intentó, pero no pudo. Hasta que se dio cuenta de que no era tristeza lo que sentía. Ya había pasado el momento de la tristeza. Casi se le había ido la vida, pero lo que tenía, las circunstancias que habían dado lugar a su historia, ya no la molestaban. Entendía que su pasado y su familia eran la masa de la que estaba hecha, pero no su presente. Ya había pasado la larga tormenta, se había creado un lugar en el mundo y podía mirar hacia cualquier parte sin tener que explicar nada.

Mary volvió al mediodía. Se quedaron en el jardín mientras la señora preparaba el almuerzo. A Elizabeth le hubiera gustado ver feliz a su amiga, pero estaba seria. La tomó del brazo y fueron hasta el borde del sendero, desde donde se veían el estuario y el río Fowey. El sol hacía brillar el agua del mar y las flores silvestres del camino.

—*Ragged-robins* —dijo Mary.

—Sin traducción —le respondió Elizabeth en inglés.

—No todo debe traducirse. Algunas cosas quedarán en Buenos Aires para siempre. Aunque todavía me cuesta creer que ese viaje terminó.

—Y que vas a casarte.

—Eso lo puedo creer menos todavía.

—Pero ya estás pensando en tu vestido, ¿no?

Mary no respondió enseguida.

—Estás pensando, ¿no?

—Sí, algo así —murmuró Mary distraída—. Las gaviotas vuelan sobre St. Catherine.

Había pocas cosas que Mary no le dijera. Sospechaba que conocía menos aventuras que las que su amiga había tenido con sus empleadores. También sabía que gastaba más dinero en ropa del que realmente declaraba, pero ahí radicaba la perfección de Martin Hanley para Mary: en la mercería ella era feliz.

—¿Mary?

—La señora Luisa ofreció comprarme el vestido en París.

—¿La señora Luisa sabe que vas a casarte?

—Por Tomás. Elizabeth, soy tu amiga, por favor, hagamos una excepción. Será un vestido sencillo. No soy una jovencita ruborizada que se casa. ¡Por favor! ¿Puedo? ¿Por una vez?

—¿Qué?

—No me hagas explicarte. Ya es suficiente con todo lo que me hacen callar.

Elizabeth se puso muy seria. Los ocultamientos habían definido su vida hasta el año anterior. No quería más secretos y había obligado a su mejor amiga a tenerlos por ella. No podía pedirle a Mary que los guardara ni que contuviera cosas que quería evitar.

—Mary, no tenés que pedirme permiso para eso.

—Y la luna es de color verde.

—No, lo digo en serio. Basta de secretos.

Mary suspiró.

—Bueno, entonces debés saber que Belén Madariaga volvió a Buenos Aires en la forma que predijiste. La casaron con un primo lejano de la señora Luisa, un Perkins. La señora casi explota. El señor Guillermo la trajo a vivir a Inglaterra y toda relación con los Madariaga quedó cortada.

—¿Viven en Londres?

—Con Tomás y los niños. Desde febrero. Y hay otra cosa...

Mary volvió a suspirar. Elizabeth le apretó el brazo para que hablara.

—Adela estuvo enferma. Muy enferma. Un médico llegó a decir que tenía tuberculosis. Fue durante diciembre del año pasado, cuando llegaron a Londres. Estuve a punto de decírtelo. Se recuperó, pero sigue muy débil. El médico les recomendó el aire del mar y el sol. Por eso vinieron a Fowey. Tomás no dijo nada de esto, pero espera que puedas hacer algo.

—¿Qué podría hacer yo?

—Voy a decirte una cosa, pero prométeme que no me vas a tirar por el acantilado.

—¡Mary!

—Sé que los lazos de sangre no te importan. Pero si alguien pasó por la misma experiencia que vos, esa es Adela. Me atrevo a decir que las dos tuvieron la misma enfermedad.

Entendió las palabras de Mary, pero le costaba admitirlo. No quería volver a ser una forma de salvación para Adela. Había aceptado ese lugar una vez y había quedado arrasada.

—No podría.

—Ya lo sé —dijo Mary con tristeza—. No te preocupes. No vas a cruzártela, no sale de su habitación. Está muy delgada y frágil.

—¿La viste?

—Fui a verla el sábado. Me partió el corazón no decírtelo y que ella supiera por qué. Enrique también estaba. Él la entretiene mucho, pero no es un trabajo para un chico de trece años. Me mostró los libros que están leyendo, tiene una imaginación asombrosa.

—Enrique va a ser escritor.

—¿Te dijo eso?

—No. Es una de mis predicciones.

—Es un encanto. Es casi un milagro que sea así. Ojalá sea escritor.

—Adelina era diferente. Siempre se fijaba en él. Lo cuidaba a su modo. Debió de ser suficiente.

—Dice que tiene experiencia en enfermedades largas, así que se ocupa de su prima.

Elizabeth tuvo que enjugarse una lágrima que le llegó hasta el cuello.

—¿Pensás que a Tomás le molestaría que fuera a verla?

—No. Ya te dije, creo que él espera que puedas ayudarla.

—¿Por qué pensás eso?

—El sábado mencionó algo que dijiste sobre el futuro de Adela. No me lo explicó del todo. Pero entendí que él no estuvo de acuerdo y que ahora entiende qué quisiste decirle. No sé si tiene sentido.

—Sí, tiene sentido.

La señorita Tilly apareció en el sendero para avisarlas de que el almuerzo estaba listo. Elizabeth tiró del brazo de Mary.

—Así que vas a usar un vestido de novia hecho en París.

—Como corresponde a una mujer decente.

30

Tardó dos días en tejer la bufanda. Había buscado una lana especial, de un color gris oscuro que le gustaba porque recordaba que su padre tenía unas medias tejidas en ese color. La señorita Tilly la tuvo que socorrer en varias ocasiones porque los puntos no dejaban de salirse. La pobre mujer no se daba cuenta de que ella era la culpable de esos accidentes: saltaban cada vez que preguntaba por las amistades de Argentina.

Le encargó a Mary un mensaje. Deseaba ver a Adela y quería tener la autorización directa de Tomás. Prefería que no fuera un encuentro casual en la calle, en una tienda o en un recodo de los senderos que bajaban a la playa. Por lo que Mary le había dicho, Adela no salía de la habitación, pero no estaba enferma. No quería correr el riesgo de encontrarse con ella por sorpresa.

Mary llegó con la respuesta escrita en una tarjeta de visita con el nombre de miss Adela Hunter donde le decía que la recibiría al día siguiente para tomar el té. La tarjeta venía en un sobre decorado con florcitas en relieve que Elizabeth acarició. La señora Luisa estaba detrás de eso, estaba segura, y le gustó mucho.

La invitación estaba acompañada por un mensaje no escrito de Tomás.

—Quiere verte antes.

—¿Dijo para qué?

—Para hablar sobre Adela. El señor Guillermo y la señora Luisa se van a llevar a Enrique a dar un paseo toda la tarde. Nadie va a molestarte.

—Todo eso suena como si los odiara, ¿no? No es necesaria tanta molestia si ellos quieren quedarse. Solo quiero ver a Adela y darle la bufanda.

—Elizabeth, no quisiste leer ninguna carta ni saber nada de ellos. No es raro que se comporten así. Tratan de hacer las cosas para que no te enojes y además intentan sanar el orgullo herido. No es fácil.

—¿Me convertí en una mujer caprichosa a la que nadie debe molestar?

—Exacto.

—Me convertí en la señora Luisa, ¿no es cierto?

—Espero que recuerdes que eso salió de tu boca, no de la mía. Y sí, tenés el carácter de la señora.

—¿Hay algo más que deba saber?

—¿Sobre qué?

—Tomás. Te escribiste con él todas las semanas, supongo que sabés cosas.

—Está de acuerdo con mi casamiento con Martin.

—Mary...

—De verdad. Está muy feliz. Dice que es algo que me hará bien.

—No hace falta que digas más.

Mary se cubrió la cara con las manos. A Elizabeth le extrañó la posición y se preocupó por un momento, y se preocupó más cuando se descubrió el rostro.

—No debería decírtelo porque las cosas que escribió fueron en confianza. Él sabía que no leías sus cartas. Pero, digamos esto: alguien que nos conoce no puede dudar de que, si me entero de algo que te concierne, entonces lo sabrás también.

—¿Le prometiste que no ibas a decir nada?

—No me gusta traicionar la confianza de nadie. Menos de Tomás. Debe de ser uno de los hombres más respetables que conozco. Junto con el señor Guillermo.

—Todavía no me crucé con el señor Guillermo.

—No es casualidad. No quiere verte.

Elizabeth no supo qué responder.

—No pongas esa cara de cachorrito abandonado. Defiendo tu posición de no querer nada con la familia. Pero entiendo los motivos que tienen para estar enojados. Sobre todo porque los obligaste a que escribieran a otra persona para comunicarte cosas importantes.

—¿El señor Guillermo está enojado conmigo?

—Furioso.

—¿Por qué?

—Acabo de explicártelo.

—¿Pero está furioso desde que nos fuimos de Buenos Aires?

—Sí. Le molestó mucho que te fueras. Le hizo mal.

—Todos sabían que quería irme.

—Pero no te ibas. Vivías con ellos. Y cuando uno se encariña empieza a pedirle cosas al otro. Que no te abandone, sobre todo.

—¿Yo los abandoné?

—Ellos te quieren, Elizabeth. Sé que los Maddison son tu familia, pero ellos también son tu familia. Todos cargan con la historia que vivieron. Los mayores pueden manejarlo mejor, los niños, no tanto.

—Enrique parece llevarlo mejor.

—Pero eso siempre fue lo que notaste de Enrique. Que, a pesar de todo, no era el que tenía problemas. Y siempre me dijiste que tenías dudas sobre Adela. Que te preocupaba. Bueno, tenías razón. Tus dudas se confirmaron.

—No era mi obligación ocuparme —murmuró Elizabeth.

—Si estuviera la señora Luisa diría que esa mezquindad es herencia de los Madariaga.

Elizabeth se cruzó de brazos.

—¿Es mi obligación cuidar de Adela porque resulta que tengo lazos de sangre con ella?

—No. Porque le regalaste tu guardapolvo de la Académie Julian.

—Nunca te dije eso, así que debe de habértelo dicho Tomás en una carta.

—Sí. De hecho fue en tres cartas, porque yo no podía creer que le hubieras regalado tu guardapolvo.

Elizabeth se retorció las manos. El día era muy cálido y estaba en Fowey, pero seguía con las manos frías como si fuera París o Buenos Aires.

—¿Él todavía me quiere?

—¿Sale el sol por el este?

—Te lo dijo o es algo que suponés.

—En cada carta. Está tan ocupado con sus tíos y los niños que me tomó de confidente. Como si yo no lo supiera. A los enamorados les gusta contar la historia de sus amores.

—Enamorado —repitió Elizabeth como si la palabra fuese ridícula.

—Está enamorado. Aunque no te guste usar esas palabras. Aunque te parezcan ridículas. Te lo repito: es un santo. Y está enamorado. Otros ya te hubiesen olvidado para siempre.

Elizabeth miró por la ventana.

—Ya debe de estar por llegar la señorita Tilly.

—Espero que sí, porque tengo hambre. ¿Hay algo más que quieras saber?

—¿Qué debo hacer?

Mary le sonrió.

—Yo no voy a responder eso, Beth.

La bufanda fue envuelta por Mary en un exquisito papel de seda y una cinta rosa, traída de la mercería especialmente para Adela. Elizabeth trabajó, además, en un paisaje a pluma sobre cartón con el estuario de Fowey, las gaviotas en la costa y sus barcos en el mar.

Se mantuvo tranquila hasta que llegó el momento de ir hasta el hotel de los Davenport. Quedaba al otro lado del pueblo, en las tierras que habían sido ocupadas en los últimos años. Cuando ella dejó Fowey el lugar era un páramo ocupado solo por gaviotas, pero los Davenport lo habían recuperado y construido un hotel con veinte habitaciones. No podía llamarse de lujo, pero tenía las suficientes comodidades como para atraer a visitantes con dinero. Estaba sobre uno de los extremos de la playa de Readymoney y los vientos llegaban más calmados, justo como lo recomendaban los médicos de Londres.

Cuando Elizabeth llegó, se preparaba para partir una carreta que llevaba a una mujer con sombrilla, un muchacho y un Toby.

El perro la saludó con un ladrido y ella no tuvo más opción que acercarse.

—Buenas tardes, Toby.

Enrique la miró muy serio.

—Buenas tardes, miss Shaw.

—Buenas tardes, Enrique. Señora Luisa, ¿cómo está?

—¿Cómo estás, Elizabeth?

—Bien. ¿Van de paseo?

—Vamos hasta la iglesia de St. Wyllow —dijo Enrique—. Mi tío dice que hay tumbas de caballeros medievales. Quiero verlas y hacer copias para Adela.

—Mi padre solía llevarme a ese lugar. Te va a gustar mucho.

Enrique asintió muy serio. Elizabeth no tenía mucha experiencia en pequeños caballeros, pero no era difícil suponer que se estaba transformando en uno. La vida no le había dado las mejores cartas, pero el señor Hunter y Tomás estaban para ayudarlo.

Enrique alzó la mano. Se señaló las pecas en sus mejillas y después rozó las de Elizabeth. A ella le encantó reconocer el gesto. Eran parecidos, no había necesidad de negarlo. Le acarició la frente y le acomodó el cabello sin necesidad.

—Elizabeth.

La voz del señor Guillermo le hizo temblar un poco las piernas.

—Buenas tardes, señor Guillermo.

—Buenas tardes.

El hombre la observaba. Ella le sostuvo la mirada con pesar. Le costaba aceptar que seguía enojado. Se concentró en el viento, el ruido de las gaviotas y las olas golpeando contra la playa.

—Nunca le di las gracias —le dijo Elizabeth de pronto.

—¿Por qué?

—Por traerme a Fowey. Eligió este lugar entre otros miles de sitios posibles. Podría haber terminado en Francia. Habría sido una desgracia.

El hombre no sonrió al escuchar la broma.

—Hice lo que tenía que hacer —dijo.

Elizabeth se dio cuenta de que no debía seguir. Se apartó de su camino y el señor Guillermo subió a la carreta.

—Adela te necesita —le dijo sin mirarla.

—Haré lo que pueda —le respondió con sinceridad.

Ninguno dijo nada más. Elizabeth los vio partir con el corazón cansado.

Se anunció en la entrada y pronto la condujeron al tercer piso del hotel, que los Hunter habían alquilado por completo. Tomás la esperaba sentado en uno de los sillones del recibidor.

Elizabeth se quedó perdida después de darle la mano. No sabía cómo hablarle ni qué decirle. Había pensado en él todos los días desde que se habían separado en París, dieciocho años atrás. Nunca había dejado de amarlo, ni siquiera cuando se había convencido de que podía coquetear con otro. Dejó el regalo sobre la mesa y se sentó frente a él.

—¿Le trajiste algo a Adela?

—Sí. Una de las bufandas que tejemos con la señorita Tilly. Pero es de un color especial que no se puede conseguir en la tienda. Creo que va a gustarle.

—Está entusiasmada con tu visita. Todavía duerme. Pero esta mañana se levantó animada. Hizo algunos dibujos para Enrique. Pero está tan débil que no puede hacer nada sin que resulte un esfuerzo terrible para su cuerpo.

—¿Para qué necesitaba los dibujos Enrique?

—Para su historia. No solo lee, también escribe sus propios relatos de viajes a la Luna. Pero ya no admira a Verne. Ahora es H. G. Wells. Estoy encargado de conseguir toda su obra.

Elizabeth sonrió.

—Eso me dijo el otro día. Está muy alto.

—Crece todos los días un poco. Mi tía está contenta porque puede cambiarle los trajes todos los meses. Pero la pierna le molesta. El doctor le dijo que sería así hasta que terminara de crecer.

—¿Y cómo está de ánimo?

—Tiene sus días. Él y Adelina tenían una relación especial. Y hay momentos en que la extraña, puedo decírtelo. A veces se enoja, se frustra con la pierna o con lo que escribe. Discute conmigo. Alguna vez me echó la culpa por todo y se arrepintió a los dos minutos. Para eso está el automóvil. Compramos uno, el consejo de Aarón fue acertado. Damos vueltas en silencio y cuando volvemos se pone a escribir historias. Mi tía Luisa se asusta con tantas máquinas del tiempo y mi tío lo ayuda con la ingeniería. Es más fácil con él. Siempre dijiste eso.

—Siempre me resultó más fácil con él, sí.

—Y dijiste que con Adela sería diferente. No lo había entendido hasta diciembre del año pasado.

—Sos el padre. Adela es lo que hiciste de ella. Los dos pasaron por muchísimas cosas. Experiencias que nadie debería conocer. Sé que los dos se aman y que va a recuperarse.

—Parece que no alcanza.

La desolación en la voz de Tomás le rompió el corazón.

—¿Dijeron los doctores qué tiene?

—El doctor Reed dijo que es debilidad después de una fuerte neumonía. Sin embargo, el doctor Phillips dijo que fue tuberculosis. Aunque el doctor Pierce dice que en sus pulmones no se escucha nada. Debilidad, eso es lo que tiene. Y debe alimentarse y hacer ejercicio cuando recupere fuerza.

—No parece algo difícil.

—Se levanta para desayunar y mira el plato. Intenta comer. Se cansa o se agita y debe volver a la cama. Lo mismo se repite al mediodía, a la hora del té y en la cena.

—¿No quiere comer?

—No sé lo que quiere. Y se lo he preguntado, pero no puede responderme. No sabe lo que es. No puede ponerle palabras. El sábado por la noche observamos constelaciones con ella y Enrique. La envolví en dos mantas y la llevé en brazos hasta el balcón. Se quedó tan quieta que pensé que se me había ido. Y fui tan cobarde que no pude comprobarlo. Enrique preguntó si una estrella era Marte. No le respondí. Escuché la voz de Adela que me preguntaba lo mismo. Así supe que no había muerto.

Elizabeth se quedó inmóvil con las manos unidas sobre la falda. Empezaba a entender qué ocurría con Adela y por qué Mary le había pedido que interviniera.

—¿Confiarías en mí? —le preguntó con suavidad.

—Te daría mi vida.

—¿Después de todos estos años y de todo lo que hice, todavía me seguirías dando tu vida?

—Sí. Es amor. No se lo recomiendo a nadie. Duele mucho.

—Lo sé. Me pasa lo mismo.

Elizabeth le tendió la mano. Él la tomó entre las suyas para darle calor.

—Supe que estuviste aquí en febrero.

—No quiero recordar ese momento —dijo él con voz ahogada.

Tomás tiró de la mano de Elizabeth para que se sentara junto a él. Ella no se resistió. Se abrazó a él como un náufrago se abraza a un trozo de madera del barco que acaba de estallar. Se besaron como si cada beso fuera un bocado de una comida primigenia que les daba vida. Los dos sabían que no era el momento de la felicidad, que quizá ese momento ya lo habían vivido, en París, en Barbizon, en Florencia. El amor que existía entre ellos era de una naturaleza distinta, hecho de retazos de vida. Ya no era un amor inocente, estaba lleno de cicatrices, arrugas y piel endurecida.

—¿Sabías quién era yo? Cuando nos conocimos en París.

—No. Nunca dijeron nada.

—¿Sospechabas algo?

—Como todo el mundo en esa época. Cuando volví a Buenos Aires todos me preguntaban sobre «la niña de Luisa». Pero al poco tiempo llegaste, te vieron de cerca y dejaron de hacer preguntas.

—¿Y qué pensaste cuando fui a Buenos Aires?

—Nada. Estaba enojado, pero iba a casarme. Lo que quería era evitarte. Lo logré durante un par de años. No sé bien cómo lo hice.

—Vivía encerrada con las González Madariaga.

—Sí, es posible.

—Y después nos fuimos a Europa. Cuando volvimos ya había nacido Adela.

—Sí, y Juliette ya vivía con nosotros. Recuerdo que te crucé en la calle.

—Nos cruzamos varias veces.

—Sí, pero esa vez no te diste cuenta de que estaba cerca. Pude verte de lejos un rato.

—¿En serio?

—Estabas con las hermanas en un negocio. Te veía a través de los vidrios. Ya habías cambiado. Eras la que llegó a casa en abril del año pasado.

—Suena como algo horrible.

—Das un poco de miedo a veces.

—Es obvio que estás bajo la influencia de Mary.

Tomás sonrió.

—Es posible.

—¿Qué vinieron a buscar? Mi opinión sobre la señora Luisa y el señor Guillermo no ha cambiado. Tienen mi gratitud, pero nada más.

—Nadie piensa lo contrario.

—Trabajé para la familia más tiempo del que fui parte de ella. Lo que amo está aquí. Es mi tierra aunque no haya nacido en ella. Nada cambiará eso.

—No estamos acá porque pensemos que vas a cambiar. Cada uno tiene su motivo para estar aquí, incluso los niños. Nunca vi a mi tío Guillermo tan enojado.

—Yo tampoco.

—Va a perdonarte. Algún día. Creo que te perdonaba todo porque pensaba que ibas a aceptarlos cuando supieras la verdad. En estos meses supe que él insistía mucho a la familia para que supieras todo. Incluso a Eduardo.

—En algún tiempo voy a preguntarte sobre él. Sobre Eduardo. Ahora no. Todavía es muy pronto.

—Seguiremos en contacto, entonces.

—¿No van a quedarse aquí? Supuse que habían venido a vivir aquí, qué tonta. Hace cinco días no sabía que estaban y ahora me preocupa que puedan irse.

—No sé qué vamos a hacer. Queremos comprar algo en la región. ¿Un campo? Habría que administrarlo. ¿Una casa y no vivir en ella? Mi trabajo en Londres me demanda tiempo.

—¿Seguís con los ferrocarriles?

—Ahora soy un poco más útil que antes. Estoy en el directorio de la empresa. En la parte de ingeniería, por supuesto. No soy inversor.

—¿Y la casa de París?

—Se vendió. ¿No te dijo Mary?

—No. Hasta hace unos días no sabía absolutamente nada.

—Mi tía no se enfermó, pero pasó una semana en cama cuando se enteró del embarazo de Belén y de su casamiento con un primo Perkins. Mi tío rompió con la familia. Vendieron dos casas que quedaban en Buenos Aires y la casa de París. Se vinieron a vivir conmigo. Me ayudaron mucho con la enfermedad de Adela.

—¿Y cuáles son tus planes?

—Hacer que Adela se recupere.

Elizabeth lo abrazó con fuerza. Él la besó.

—Además de eso; algún plan para tu futuro. Yo tengo mi propio negocio de bufandas.

Tomás pensó por un momento.

—Quiero casarme de verdad —le dijo como si el asunto tomara consistencia real en su mente.

—¿Como el té de verdad?

—Exacto. ¿Te casarías conmigo, Elizabeth? Lo pregunto en serio: ¿te casarías conmigo después de todo esto? Quiero una vida tranquila. Descansar sin pensar en que voy a perder algo o algo terrible va a preocuparme. A veces pienso que soy el ser más egoísta: quiero que Adela se recupere, así yo podría enfermarme durante meses.

—No digas eso.

—Casi pierdo la cabeza cuando te enfermaste. Estuviste a punto de morirte. Un día entré en la habitación. Delirabas por la fiebre. Te pedí que no te murieras porque me parecía muy injusto que no pudiéramos ser felices. Pensé en hacer lo que hizo Eduardo.

Elizabeth le tapó la boca.

—No —le dijo Elizabeth en voz baja—. No somos ellos. Ni Adela es como ellos. Ni la señora Luisa, ni el señor Guillermo. Ni Enrique. El mar nos devuelve a la playa y el viento nos reúne en Fowey. No somos ellos. No nos va a pasar.

—Necesito que salves a Adela. Ella no puede sola. No sabe cómo.

—Voy a hacer lo posible. Te lo prometo.

Llamaron a la puerta. Era la muchacha que traía el servicio de té. Tomás la hizo pasar y le indicó que dispusiera todo en la mesa de la sala.

—Voy a despertarla —le dijo cuando se fue la muchacha. Dio unos pasos y se volvió—. No sé si te dijo Mary que perdió peso. Está muy desmejorada.

—Sí. No te preocupes por mí.

Tomás dejó la sala. Ella acomodó el presente en una de las sillas y dispuso el servicio de té sobre la mesa. La tetera ya estaba lista y la comida que había en las bandejas se veía apetitosa. El corazón se le aceleró un poco cuando oyó las voces apagadas. Pero enderezó la espalda, juntó las manos por detrás y los esperó con calma.

Lo primero que vio fue la carita de Adela. Soltó las manos enseguida y buscó sostén en una silla. «Delgadita», había dicho Mary, pero había sido una mentira.

Todos los huesos se traslucían bajo una capa de piel fina y opaca. Los ojos, que ella recordaba como iguales a los de Tomás, estaban hundidos. Elizabeth se preguntó si no estaba más pequeña. Adela caminó hasta la mesa y se sentó en la silla con ayuda de su padre. Elizabeth se acercó para saludarla con un beso y tuvo que recurrir a toda su experiencia para no llorar. Tomás sostuvo el regalo y Adela apartó el papel de seda. Los dedos consumidos acariciaron la lana con delicadeza. Elizabeth se la acomodó alrededor del cuello y le dio un beso en la frente.

Lo que Tomás no había podido decirle, porque no hay palabras para describir eso cuando uno ama, era que Adela se estaba dejando morir. Elizabeth se vio a sí misma veintiún años atrás. Esta vez ella debía ser la señora Luisa. Tendría que hacerlo, como fuera, tendría que salvarla de su propio dolor. Adela apenas pudo sonreír al ver el paisaje a pluma del estuario de Fowey. Pero la sonrisa estaba. Con eso alcanzaba para el día.

Adela le tendió a Tomás el dibujo y le pidió que lo pusiera al lado de una fotografía enmarcada que estaba sobre la chimenea. Era la fotografía que la señora Luisa había insistido en hacer en París. El señor Guillermo y la señora Luisa sentados en el centro, Tomás detrás de su tío, Adela a su derecha, Enrique y Toby a su izquierda, Elizabeth junto a Adela y la señora. Todos tenían caras serias y Toby sacaba la lengua contento. Un retrato hecho de retazos, de personas que sobrevivían gracias al mar que las devolvía a la playa.

Como en los puntos de un tejido, un círculo se cerraba y otro volvía a comenzar. Se dijo que estaba preparada para la tarea. Que ya había vivido la experiencia y que era un conocimiento que podía transmitirle. Iba a ser el trabajo más difícil de su vida, pero estaba segura de que podía enseñarle a Adela a pelear contra la marea de la muerte.